国家社会科学基金项目
（项目批准号：12BWW035）

NARRATING TRAUMA
IN
PAT BARKER'S WAR NOVELS

帕特·巴克战争小说的
创 伤 叙 事

刘建梅

著

社会科学文献出版社
SOCIAL SCIENCES ACADEMIC PRESS (CHINA)

序

　　建梅的《帕特·巴克战争小说的创伤叙事》即将出版，作为这部书稿自始至终的见证者，我愿意向大家做一个推介。

　　建梅是 2008 年考入南开大学攻读博士学位的，她入学时已经是一位有经验的英语语言文学专业硕士生导师，当然，她的英语水平也是我的学生中最好的。因此，当她入学后与我商量学位论文如何选题时，我的建议是：尽量利用你的英语特长。所以，她很快就确定了方向：帕特·巴克。原因是这个作家的作品在中国居然没有一个译本，当然，如果没有中文译本，国内学术界一般就不会去关注，当时在期刊网上也看不到一篇关于这位作家的研究成果。虽然帕特·巴克早在 20 世纪 90 年代就已成名，她于 1995 年获得布克文学奖之后，便成为西方当代最受瞩目的作家之一。然而，在中国，她的作品很少有人去关注。

　　建梅是英语专业出身的，她具备应有的世界意识，能够把眼光放在巴赫金所说的"外位性"视角上，从而越出了"井"的域限，直接看到了外面的空间。这还涉及一个学外语的目的问题。我们很多学生，学了十几年外语，到了读博士阶段还是不能自如阅读外文，并把外语作为掌握专业文献的实用工具，只能将其作为升学的敲门砖，很多人甚至还从来没有从头到尾读过一本外文书。所以我反复跟学生讲，学外语一定要突破阅读瓶颈，方法很简单，花时间读一本中上难度的书，反复读，直到完全读懂，或者直接把它翻译成中文，我们这个专业总要学会做翻译；一本读过，再读第二本，你就会发现，阅读外文并不像想象的那样难了。关键是，你习惯了使用外义，就意味着你的思维跨出了母语的有限空间，也才意味着你可以开始进行"比较"的研究了。

　　事实证明，建梅的选题是成功的。随后，她作为在职教师，以帕特·巴克为研究对象的项目获得了国家社科基金的资助。其最终的结项成果，也就是摆在大家面前的这本书的初稿。

帕特·巴克的创作以战争小说为主，所以建梅的研究集中于这一领域。我们总是讲，当你选定研究对象后，需要找一个角度，我们往往都把这个角度理解为找一个理论武器，或者找一个统合性的概念，以便把论述集中起来。建梅的研究也是这样，所以我们可以看到书名中有"创伤叙事"这一关键词。一般来说，有了具体的对象，有了角度，这个研究看上去就比较规范了。但实际上，这些要素在文学研究中，仍然是属于技术层面的东西。文学研究是要有思想的，或者说，要有基于文化意识的价值判断。什么叫"文化意识"？文化意识就是人的整体性意识，包括两个方面，一个是人与人之间的友爱关系，另一个是人的自身的精神完整性或曰精神自由的问题。在人类的文化创造类型中，从效果上来看，或许只有文学才是维护人的这种文化生态系统的，其他的要么是为人的物质性生存服务的，要么出发点是维护人的精神完整性，但效果却可能适得其反。因此，你要研究战争文学，那么就要求具备正确的文化意识、正确的价值观，就要符合上面我说的两个方面，要有益于人与人的和谐友爱，同时有益于个人的精神自由。

建梅的课题在这个研究起点上做了出色的表达。

首先，帕特·巴克为什么要在20世纪末的时候回过头去写第一次世界大战。因为现实的政治叙事、历史叙事是一种选择性的遗忘叙事，它记录下来的只是那些宏大叙事视野中的东西——政治家的决策、英雄牺牲的壮举、民族胜利的历史意义，等等；但是，战争的血腥在这些叙事中被淡化了，那些从家中被拉上战场无辜死去的年轻人，被这种宏大叙事所淡化了。因此，战争文学就是要重建记忆，唤醒人的危机意识。如书中所引用的麦克劳琳的话："人类能书写战争，丝毫不意味着能够阻止未来的战争，而只表明人类有能力真实地记录战争。同样重要的是，写作技术和表述工具能戳穿有关战争的不实之词，展露战争残酷的过程细节本身，也许避免不了冲突，但至少可以让人认清危机的本质。"回忆就是反省，是对逝去的事件的重审，站在文学的角度来看，就是恢复被历史所损害的人的荣耀，是要重建被历史淡化的小人物的存在意义。卢卡奇说："小说的全部情节无非是反对时间强力的一场斗争。"所谓"时间强力"并没有触到问题的实质。

其次，帕特·巴克为什么要写"创伤"，要写"弹震症"。因为牺牲在以往的宏大叙事中成为一种壮举，一种超越了人的现实生存的崇高美德。这种"牺牲伦理"在战争发动者的话语攻势下，渐渐成为大众的行为准则，而他们在这个过程中失去的友爱与自由，归根到底是个人存在的意义被扭曲了。这里，我们需要明确一个文学的功能问题。不错，在现实叙事中，均可避免某些个体的牺牲，在任何境况下为他人付出都是一种道德尺度。现实叙事声称，战争是历史的润滑剂，是人类发展进程不可避免的推进剂。苏联作家邦达列夫曾说过，你去问问说这种话的人，他们自己愿不愿意做历史的润滑剂。所以，帕特·巴克不会去描写战场上的英勇行为，不会去赞美所谓的牺牲行为。在她的眼中，战争带给人的只有创伤，只有"弹震症"。第二次世界大战很快就证明了这一点。这也就是帕特·巴克隔了二战去写一战的初衷吧。

是为序。

王志耕

2020 年 2 月于南开大学

前　言

　　帕特·巴克生于 1943 年，是当代英国文坛最活跃的优秀作家之一。到目前为止，巴克共出版长篇小说 14 部。其早期创作以她所熟悉的英格兰东北部约克郡地区城镇社会底层女性生活题材为主，但为她带来巨大声望的则是其战争小说《重生三部曲》（*Regeneration Trilogy*，1996）——《重生》（*Regeneration*，1991）、《门中眼》（*The Eye in the Door*，1993）和《亡魂路》（*The Ghost Road*，1995），其中《亡魂路》获得当年英国布克文学奖。此后她又相继创作了以第一次世界大战为线索或者背景的《别样世界》（*Another World*，1998）、《生命课程》（*Life Class*，2007）和《托比的房间》（*Toby's Room*，2012）。由此，巴克成为为数不多的战争题材女小说家。在西方，巴克的战争题材小说早已进入高校文学课堂，成为西方世纪之交以来的阅读热点。相比之下，我国对巴克的作品关注不多。本书集中研究巴克的六部一战背景的小说，系统地阐述巴克作品的创伤叙事以及这种叙事的文化意义。

　　英国一战期间以及战后出现的"弹震症"——"创伤后应激障碍症"（PTSD）病例，成了英国社会独有的文化症候，是强大的维多利亚传统文化根基下战争思维矛盾与悖谬的明证。巴克透过英国战争时期凸显出来的种种问题，展现英国传统观念和社会体制状态下无孔不入的不公与暴力，揭示出这种宰制性压迫是给人的肉体与精神带来巨大创伤的根源。巴克小说使用真实历史人物与文学虚构互相交融、生死同场的叙事策略，这种在质疑传统成规与观念的惯性认知之后重建再表义系统的写作方式很值得研究。

　　本书借助跨学科研究成果，从事物存在之表象与隐含的双重视域入手，通过对小说中回溯的和历史的视角、非文本和文本媒介、自下而上和自上而下的观念、特殊和一般的考量，以及艺术和科学不同路径等表达方式的分析，呈现当时社会历史语境下人物的动态发展及内心世界的复杂性，揭示巴克站在后现代立场挑战文化定势与常规、强调张力下的探索与包容开放的对话姿态。

本书包括绪论、正文和结语三个部分。

绪论部分：首先，说明战争书写与人对生命的思考同步，它承载道德的力量；其次，梳理国内外巴克研究现状；最后，说明本书的主旨将落实在巴克以"回溯"的视角书写战争的方式上。

正文第一章讨论巴克一战小说"创伤叙事"的总体特征。巴克用历史性叙事展现特定社会历史文化生活的个性及局限，表达文学对社会历史文化之思；用回忆性叙事揭示跨地域、跨时代的人所具有的共性，迫使人正视人的心理现实之根，直面认识现存社会问题的历史根源。回忆、内心对话、生活对话，即艺术与现实的对话，是这一部分的中心话题。然后梳理叙事、创伤与创伤叙事概念、渊源和文化内涵，以及与巴克一战主题小说的关联。第二至第四章分别将身体的叙事、媒介的叙事和记忆叙事贯穿小说文本分析之中，对话传统的理性神话、英雄神话和性别神话，通过人的受难、毁灭与妥协展现战争的悲剧性本质，传达英国民间文化传统的生命立场。这一立场立足于不屈不挠的生命本能和在群体交流中不可或缺的互助与共情，以及在这个过程中的自我叩问、自我质疑、自我认知的叙述策略，达到自我力量的增长和自我改变的可能。第五章论述巴克战争小说的对话诗学特征，指出对话诗学的内核，即用敏感、同情、整合的眼光，通过感官体验、直觉领悟与理性判断和审思的共同力量构成面对苦难的方式。巴克通过创伤叙事的"延宕"揭示与英帝国霸权同构的男性思维方式和其话语权力的实质，为战争小说代表女性特质的伦理视角提供了自主发声、平等对话的场域。

本书认为，后现代语境下的巴克经过对传统现实主义创作形式的批判性质疑之后仍然坚持对生命意义的追寻，这在语言失效、本质失落的当下，不失为对英国某些社会重大历史事件内涵的积极有益的探索。创伤叙事的建立取决于其所处的意识形态环境。创伤叙事的本质是"延宕化"的。巴克的小说主人公经常在不堪的境遇中也不愿意放弃对美的企盼。所以，创伤记忆并不只属于过去，它面向的是未来。这种价值诉求不仅有助于我们通过巴克的作品理解英国小说的创作态势和趋向，而且能够帮助我们开阔视野，批判地借鉴和吸收当代英国小说创作和研究的长处，以反思我们自己的文学创作与文化研究，拓宽与西方学术界的交流与对话。

目录
CONTENTS

绪　论

小说把眼光投向隐藏精神力量的生活领域①

　　100多年前，第一次世界大战结束。实际上，一战从来就没有结束过，因为危害国家及个人安全的危机一直存在。从这个角度看，一战不属于历史，它属于现在。

　　凯特·麦克劳琳在《战争书写剑桥指南》一书的导言中开宗明义地指出："如何书写战争跟每一个个体的人都相关。用写作技术和表述工具准确地反映战争非常重要。人类能书写战争，丝毫不意味着能够阻止未来的战争，而只表明人类有能力真实地记录战争。同样重要的是，写作技术和表述工具能戳穿有关战争的不实之词，展露战争残酷的过程细节本身也许避免不了冲突，但至少可以让人认清危机的本质。写作技术和表述工具如果用到位，可以培养有觉悟的公民。"②

　　西方战争史的书写以主流话语为主，忽略了很多人和事件的存在。然而，个体生命对自我身份和生命意义的探索从未止息过。波涛汹涌的历史长河总在某些关口提供往事钩沉的契机，总有一些作家由于各种原因着迷于曾被忽略、被遗忘的那部分人，以一己之见介入对扩展历史过往事件真相的言说，构成丰富多样的叙事作品。文学叙事也不例外。英国当代小说家帕特·巴克怀着强烈的探索动机，让她的小说主人公们在错综复杂的生活洪流中顽强地搏击着，发出他们独特的生命之声，汇入与强势主流话语的恒久对话。

　　巴克的战争书写聚焦创伤，不仅涉及战争的历史发生、战争暴力和

---

① 〔法〕勒内·基拉尔：《浪漫的谎言与小说的真实》，罗芃译，三联书店，1998，第212页。

② Kate McLoughlin（ed.）, *The Cambridge Companion to War Writing*（Cambridge：Cambridge University Press, 2009）I.

战争后果，还对话强劲的英国战时社会文化意识形态，这使得她的小说具有自觉的文本意识和广阔的思想视域。巴克30年来出版的小说作品自始至终扎根于她所熟悉的英格兰东北部约克郡地区城镇社会底层劳动大众生活的历史与现实，既具有浓郁的英国乡土气息，又不乏博大的国际视野。她的战争主题小说从写作《重生》开始，随后陆续有《门中眼》、《亡魂路》。20世纪90年代这三部小说合集为《重生三部曲》。21世纪巴克接着又出版了《生命课程》（2007）和《托比的房间》（2012）。这些小说将人物聚焦在军官、诗人、医生、律师、画家、摄影师等英国中产阶级及精英一族，与此同时，来自约克郡周边底层边缘化的、另类的人物小说主人公以截然不同的文化气质与精英一族相随相伴，成为质疑与挑战这些精英阶层的人物角色，构成阶层、性别、性格，以及心理状态各不相同的人物的交集碰撞，从而使读者一窥英国社会历史生活中的不同样态和不同声音，这些样态和声音在相互交往或交锋的对话中得到了充分的展现。作为小说家的巴克则身处各种不同声音之中，让战时压倒一切的英国宰制性文化遭遇当时被压抑的群体声音的力量，构成一种动态小说的社会生活景观。

琳达·哈琴将巴克《重生三部曲》归入"历史编年元小说"①，指出进入巴克战争主题小说的对话与战争反思的内在审美与洞见。丹尼斯·布朗援引评论家哈琴对巴克小说创作的后现代视角的定位时说，巴克的"小说作品在建构人类历史方面，采用反省和小说虚构的写作方式，共同奠定了对过往历史在内容和形式两个方面再思考的基础"②。巴克的每本战争小说都仔细交代创作该小说所研读的书目材料。她的三部曲"所展现的事件是官方记录中没有的"③，她要讲的是被历史湮没的故事。她经常说："有两件事让我对前线士兵的真实生活无法释怀：一是他们死在战场；二是他们在战后安然无恙地回了家。小说是关于这些回来的人的故事。他们的实

① Linda Hutcheon, *A Poetics of Post-modernism*：*History*，*Theory*，*Fiction*（London：Routledge，1988）5.

② Dannis Brown，"The Regeneration Trilogy：Total War，Masculinities，Anthropology，and the Talking Cure," Sharon Monteith et al.（eds.），*Critical Perspectives on Pat Barker*（Columbia：University of South Carolina Press，2005）188.

③ Wera Reusch，"A Back Door into the Present," tran. Heather Batchelor，Web. archive. org，http：//www. lolapress. org/reus_ e. htm（2011 – 10 – 21）.

际情况并非所说的安然无恙。他们不是身体有伤，就是精神受创。"① 巴克矢志走进战争文学中的"无人地带"②。抱着如此探索的心态去书写一战，将经历一战的过程和后果放进一个历史化的、复杂的、内部矛盾重重的悖论系统之中，其深度和广度值得期待。

第一节　战争与战争叙事

虽然战争技术和战略部署在历史长河中发生着不断的蜕变，但是战争暴力始终是一个亘古未变的话题。

冲突和野蛮的对峙在人类早期就存在。然而，处于自然状态的人是"原始独立的。生产力不发达，他们既不互相依靠，也没有固定财产，……彼此之间绝不存在任何经常性的关系足以构成和平状态或者战争状态"③。人类文明早期的冲突和争斗遵循善和德的指引与约束。古人的政制以符合人的自然本性为基础，他们共同制定制约双方的规范准则，形成一个有约束力的秩序和客观尺度。在古人那里，政制服从于德行，这样的政制的组建符合当时人对善的自然本性的认可，使善成为衡量一切的前提和基础。有威望的个体选择遵循与弘扬自然秩序中对美德的追求，并把这个美德当作神性的善看待。

随着人口增多，地盘、资源出现匮乏。解决冲突和战争的最高标准——善和德——开始面临个人的权力、激情和欲望的挑战。战争由谁操纵？战争又靠什么操纵？是善和德行、自然本性、秩序，还是人的权力意志？

马基雅维利是将目光投向世俗的技术性事务中最有影响力的人物。他基于让君主保持和维护其君权的现实性和务实性而放弃了古代政治学这个最佳政制臆想的抱负。从马基雅维利的时代开始，国家统治技术成为压倒性的头等大事。

霍布斯通过重新解释自然法的概念，推进了马基雅维利的治国理念。

---

① Wera Reusch, "A Back Door into the Present," tran. Heather Batchelor, Web. archive. org, http://www. lolapress. org/reus_e. htm（2011 - 10 - 21）.

② 一战时期在以法国东北部和比利时为主的西线战场，英法共同对峙德国时双方各自挖了一连串的壕沟实行阵地战，其中间地带被称作"无人地带（No Man's Land）"。

③ 〔法〕卢梭：《社会契约论》，何兆武译，商务印书馆，1996，第 17 页。

霍布斯的自然法将人的自保本能、欲望和意志放在首位，使之成为人与人关系中阻拦不住的碰撞——战争、暴力、敌意，这就是霍布斯所描述的残酷的、临战般的自然状态。

需要了解的是，霍布斯的战争状态不是人类原本追求德行的自然状态，它只是假借了最初的自然状态之名。弗洛伊德于第一次世界大战结束之时写下的《对战争与死亡反思》一书剖析了这种假借之名的荒谬：

> 代表民族的是国家，代表国家的是政府。在这场战争中，个体公民痛切地体会到和平时期偶尔才能体会到的事情——国家禁止个人犯错。国家这么做，不是希望杜绝犯错，而是像垄断烟草和食盐一样垄断所犯的错误。作战中的国家可以随意制造不公正，加害于人，让个体蒙羞。国家使用的计谋、谎言和让敌人上当的伎俩，其花招远远高于以往任何战争使用过的所有习惯性的做法。战时，国家要求国民最高限度地服从国家需要和做出奉献牺牲，同时又像对待孩子一样，对他们封锁消息，实行战时言论新闻检查，压制有见地的声音，让国民对国家的所有不利形势和一派谎言都无能为力。国家可以对他国出尔反尔，毫无顾忌地追逐财富和权力，同时又用爱不爱国这个尺度去衡量每一个个体人物。①

弗洛伊德在该书中呼吁，国与国之间的相互尊重和善念才是人类未来生存的希望之源。

然而，来自学界的呼吁挡不住历史与现实的利益较量。霍布斯的战争状态揭开了用欲望和激情创造世界政治秩序的序幕。该政治秩序因其更容易操作而获得大批追随者，政体和机构开始把战争当作获得荣耀和占有优势的手段。战争看重的是人的社会性表现，用社会规则评判人。当"各式各样的形式被简化为状态和系列，历史被简化为事实，事物被简化为物质"② 成为世界主宰性话语的时候，它简洁而专横，不允许相左意见的出现。被压制的其他话语则以沉默、幽默变形的方式宣示它们的存在，形成与被社会认可的简

---

① Sigmund Freud, *Reflections on War and Death*, trans. Dr. A. A. Brill and Alfred B. Kuttner (New York: Moffat, Yard and Company, 1918) 13 – 14.

② 〔德〕霍克海默、阿道尔诺：《启蒙辩证法》，渠敬东、曹卫东译，上海人民出版社，2003，第 4 页。

单清晰的传统话语相对或者相反的姿态，以疯狂的、怪诞的、比喻的、象征的、隐晦的等诸多方式，传达对生活事件和生命存在的不一样的解读。

如果说康德的"敢于认知"让人从神的国度走进人的国度的话，那么人类在经历了几百年生命历程的自我认知之后，不断涌现出新的认知与发现，如同福柯不认同社会历史发展的进步史观，他甚至认为启蒙现代性并不属于某个历史阶段，而始终与人共在。福柯强调人的主体思维，即有自主思想的人的认知世界的主体构型是"一些人所做的自愿选择，一种思考和感觉的方式，一种行动、行为的方式。它既标志着属性也表现为一种使命，当然，它也有一点像希腊人叫作气质的东西"①。这个"叫作气质的东西"在面对进入现代社会的残酷现实时不会轻易认同普遍存在的绝对话语，拒绝听命处于主宰位置的工具理性话语和单一线性的思维逻辑，它相信人类古往今来所面对的难题具有同时性和永恒性。

战争即是一个具有同时性和永恒性的话题。战争作为有组织的杀人途径由来已久且根深蒂固。站在第三世界立场上的思想家法农认为，暴力的合理性只能从自卫需要角度去理解才可能确立："尽管暴力能消除暴力"，但暴力总是"有损于人格，……所以必须加以节制"②。

法农提出的节制暴力的思想是一种洞见。但是，他的这种思想在充满利益争夺与较量的政治文化场域中似乎没有多大的用武之地。同理，文学艺术所表达的与强力的抗衡与对话也常常被当作不切实际的笑谈。

作为文学创作的题材之一，战争与生存、死亡、爱恋、憎恨同样久远。人类所经历的不同的社会历史环境造就了人们对待战争的不同态度。从人类早期文学中的战争生存观、荣誉观、浪漫观，到后来的现实观、自然观，以及 20 世纪末大行其道的新历史主义多元化视角，直至当下奉为圭臬的元叙事——这一切尤不表明，战争远不是一个简单的文学主题，它在历史长河中始终与人对来自自身和外部世界诸多因素的纠缠、认知与思考相伴。

文学书写和历史书写不同。历史经常由胜利者撰写，现实可能是强者的逻辑，但文学书写总是通过独特的发声方式，表达战争荣耀背后的苦难

---

① 〔法〕福柯：《福柯集》，杜小真编选，上海远东出版社，1998，第 534 页。
② Richard C. Onwucinibe, *A Critique of Revolutionary Humanism：Frantz Fanon*（St. Louis, Missouri：Warren H. Green, 1983）78, 69.

真相，表达对战争裹挟下弱者的同情，对明知不可为而为之的失败的抗争者的注目，以及对这苦难世界诸多棘手问题进行苦苦思索的叩问者的敬意。索福克里斯早在公元前442年就用古希腊神话人物安提戈涅创作了同名戏剧《安提戈涅》，表达了剧中悲剧主人公与胜利者姿态截然不同的道德追问，成为最早抗衡王权权威性、话语唯一性，张扬被压抑的内在的人性与良知的不屈呼声。古希腊语安提戈涅Ἀντιγόνη字面意思为"不屈服、不妥协"，也是意在表明有必要坚守与至高无上的王法的理性与尊严等神圣法则并行不悖的内心情感的呼声。

遗憾的是，安提戈涅的道德追问直至今日也没能得到很好的解答。小说家乔治·艾略特曾看到了这个问题的复杂性："改革者、殉道者、革命者绝不会只与单纯的恶做斗争；他们同时把自己放在一种善的对立面——即不经历伤害就不可能获得真知的可信原则。……一旦一个人的智力、道德感或情感力量把他放在了社会要求法则的对立面，这时那个全新的安提戈涅和克瑞翁之间的冲突就出现了。"①

安提戈涅和克瑞翁之间的冲突可谓是人间古往今来两种势力的一大隐喻。这两种势力一方代表维护集体或多数人利益的治国道德，另一方代表人伦愿望的人本需要。国家意志和生命存在的价值这两个同等合理的但却代表着不同伦理力量的对立双方难以达到相互协调与相互照应。从古至今，人类还是重复经历着这个难题带来的后果，无法真正走向"文明"或"进步"。②时至今日，世界范围内解决争端的方式主要还是以武力为主，胜者为王的逻辑还是生存之道。战争强力解决争端的手段不仅破坏生态、毁灭财产和生命③，

---

① George Eliot, cited in Ruby V. Redinger, *George Eliot: The Emergent Self* (New York: Alfred A. Knopf, 1975) 315.

② 殷企平:《推敲"进步"话语：新型小说在19世纪的英国》，商务印书馆，2009。

③ 据统计，从公元前3200年到现在的5200多年中，地球上大约发生过14500多次战争，平均每年将近3次，因战争死亡的人数达36.4亿人。真正的和平时期累计在一起只有300年左右。1914年爆发的第一次世界大战，战火遍及欧亚非三洲，卷入战争的有33国15亿以上人口，约1850万人死亡，军民伤亡总数达3000多万人，经济损失超过3000亿美元。仅仅20多年后又爆发了第二次世界大战，全世界的独立国家几乎无一幸免，战火席卷了61个国家20亿以上人口，战争硝烟遍及亚、欧、非及大洋洲，约5500万人死亡，军民伤亡总数超过9000万，经济损失超过40000亿美元。二战结束60多年来，全世界局部战争从没停息过，平均每年有四五场，死伤军民达2000万人之多。转引自李公昭《战争·生态·文学——以美国战争小说为例》，《徐州师范大学学报》（哲学社会科学版）2009年第2期，第19页。

更造成人类难以抚平的精神创伤。从国际政治平衡以及国家自身利益的现实出发，打击不服从大国意志的做法是帝国主义的通病。由战争灾难引起的"严厉的谴责"① 的呼声在历史上虽然从未停止过，但它们远远挡不住侵略行径的进行，反而"净化或认可了"这种侵略——"出于为每一次进攻行动辩护的需要而引发的仔细认真的宣传战，使公众舆论沸腾并增加了对战争行动的支持"②。杰弗里·帕克等合著的《剑桥战争史》毫不隐晦西方"对财力、技术、折中主义和训练的强调，赋予西方战争独一无二的复元力和致命性"③。

世界的现实尽管基于利益原则，但对战争丑行的揭露，对战争罪恶的谴责与反思从未停息过。文学作品中的人物所表现的反抗与质疑不公之声声声震耳，虽然存在于想象世界与道德层面，似乎无助于促成世界事实的改变，但是假如没有这些抗争的声音，这个世界将失去色彩，思想将变得单调与独断，文明将暴露其野蛮和荒凉。

况且，文学艺术并非摆设。文学艺术始终在提供审美的同时承载着潜移默化的道德力量，一次又一次地揭开历史不被人注目，乃至不为人知的过往。比如，1941 年，纳粹在乌克兰城市基辅（Kiev）城外的娘子谷（Babi Yar）对 34000 位犹太人（主要是妇女、小孩和老人）进行了集体大屠杀，之后这种恶行一直因各种原因被德国政府、乌克兰政府、苏联政府所掩盖。1961 年苏联诗人叶甫根尼·叶甫图申科（Yevgeny Yevtushenko）在当地逗留时震惊于数万名无辜的死难者被官方刻意忽略的事实，连夜写下诗作《娘子谷》以唤醒公众记忆。这首诗由肖斯塔科维奇（Shostakovich）以唱词的形式出现在其《第十三交响曲》第一乐章之中，从此这段苦难的历史就通过艺术形式传播于世界，有效地推动了世界范围内对大屠杀恶行和反犹主义的认识与反思。

巴克的《重生三部曲》将战地诗人齐格弗里德·萨松 1917 年 7 月刊登在《泰晤士报》上的《脱离战争：士兵宣言》放在小说《重生》的开

---

① 〔英〕杰弗里·帕克等：《剑桥战争史》，傅锦川等译，吉林人民出版社，1999，第 590 ~ 591 页。

② 〔英〕杰弗里·帕克等：《剑桥战争史》，傅锦川等译，吉林人民出版社，1999，第 591 ~ 593 页。

③ 〔英〕杰弗里·帕克等：《剑桥战争史》，傅锦川等译，吉林人民出版社，1999，第 596 页。

篇，意在让反映了当时社会历史现实的边缘人群，以及被主流意识形态压抑的呼声成为对话的主体。这种对话在人类并没有因为战争的毁灭性后果而改变用武力作为解决争端方式的当下更具有重要意义。尽管一战距今已经过去 100 多年，但是一战阴霾至今在英国人的记忆中挥之不去。有关一战的书写和反思在进入 21 世纪之后仍旧不绝，其原因与如下情形密切相关。

第一，一战在英国人的民族记忆中有较之二战更为惨痛的经历①。正如当时英国外交大臣格雷伯爵所沉痛哀叹的一样："灯光在整个欧洲熄灭了。"② 它不仅成为"日不落"帝国从其顶峰地位开始下滑的转折点，而且造成欧美人，特别是英国人现代性范式的危机感的起点——所谓民主正义、科学进步、政治权威丧失了它们原初的魅力；它还迫使人类面对，这个充满危险和神秘莫测力量的世界亟须一种新的眼光。

第二，一战是历史反讽，或曰世界反讽的典型案例。它在战争伊始高调标榜，要以"一场结束所有战争的战争"来换取世界的永久安宁。结果，不仅没有达到所希望的目标，而且参战双方损失惨重。不仅如此，在短暂的 20 多年后第二次世界大战又一次爆发。这种意图与结果的巨大反差表明，文化已经对历史发生的钳制作用完全失效。人类若要获得更好的生存空间，需要重新检视自身观念。

第三，战争创伤和其他心理创伤一样，不断侵扰与之相关的人类的当下生活，成为人与人之间交流的障碍。作为历史事件的一战虽然已经成为过去，但是它所留下的历史痕迹和影响却无处不在。反省历史发生及其影响可为人类当下和未来在面临同样棘手问题时提供借鉴和启迪。

第四，过往与未来密切相关，可以说过往和现实属于同一个精神空间。当今世界不同国家之间、民族之间、宗教之间还在不断重演着历史发生的交恶，战争还一如既往地爆发。重返一战记忆，依靠昔日丰富的资源，与遥远的过去建立一种永久的联系，借助小说这个媒介与过去不断建立联系、进行沟通，可开辟思考战争复杂性的新空间。

第五，历史进程所提供的反思条件的变化和作家创作心灵的自由成为

---

① 英国一战期间是跨海作战，总共"动员了 800 万人，死 178 万人，伤 200 万人。死伤总数远远超过二战。见王佐良《英国诗史》，译林出版社，1997，第 420 页。

② 转引自〔德〕于尔格斯《战争中的平安夜》，陈钰鹏译，新星出版社，2006，第 28 页。

重返一战记忆永不枯竭的源泉。

第二节　巴克创作与研究综述

英国当代作家帕特·巴克从 20 世纪 80 年代开始进入公众视野，属于 20 世纪八九十年代英国文坛活跃着的一批"才华出众、性格各异，人生经历、种族背景和创作风格不尽相同的作家"① 群中的一个。在西方评论界，她是能与拜厄特（A. S. Byatt，1936 ~ ）、斯威夫特（Graham Swift，1949 ~ ）、石黑一雄（Kazuo Ishiguro，1954 ~ ）、麦克尤恩（Ian McEwan，1948 ~ ）、马丁·艾米斯（Martin Amis，1949 ~ ）等相提并论的英国当代作家②。

巴克既生根于英国文化土壤，又具有开阔的眼界和独特的文本历史意识。除了在伦敦求学的几年之外③，巴克始终没有远离过英格兰东北部的米德尔斯堡（Middlesbrough）④ 周边地区。所以，她非常熟悉那里 20 世纪中叶以来的生活、曾经"辉煌"的工业繁荣和七八十年代英国经济滞涨带来的工业萧条和高失业率导致的贫困窘状，以及与之相伴的教育质量下滑、技能缺乏、收入低下、居住环境恶劣、犯罪高发、疾病困扰、家庭崩溃等非常严重的社会问题。这些问题有其深厚的历史根源。

---

① 杨金才：《当代英国小说研究的若干命题》，《当代外国文学》2008 年第 3 期，第 72 页。

② 诸多评论表述类似观点，如 Richard Locke，"Chums of War," *Bookforum*，Feb/Mar 2008，http：//www. bookforum. com/inprint/014_ 05/2049；Lynda Prescott. "Pat Barker's Regeneration trilogy：Lynda Prescott examines the interweaving of fiction and history in Barker's novels." *The English Review* Nov. 2008：17.

③ 巴克 1961 年 18 岁时进入伦敦经济学院学习，1965 年取得世界史学位后在米德尔斯堡做教师。1969 年她结识杜伦大学（University of Durham）动物学教授大卫·巴克，随后与他结婚，并育有一儿一女。有关巴克的生平和经历如无另注则均出自 Sharon Carson，"Pat Barker," *British Writers*，Supplement Ⅳ（eds.）George Stade and Carol Howard（NY：Scribner's，1997）45 – 63 和 Donna Perry 对巴克的两次访谈内容：Donna Perry，"Going Home Again：An Interview with Pat Barker," *The Literary Review：An International Journal of Contemporary Writing*，34：2（Winter 1991）235 – 244；"Pat Barker," *Backtalk：Women Writers Speak Out*（New Brunswick, NJ：Rutgers UP，1993）43 – 61.

④ 米德尔斯堡位于英国东海岸中部的蒂斯（Tees）河口南岸，附近有煤和铁矿区，是英国最早发展煤炭贸易和炼铁工业的重镇。随着英国工业的日益衰落，该地区一度陷入平均收入远远低于英格兰其他地区的境地。

巴克出版的 14 部小说中的主要人物均与她非常熟悉的这个工业地区有着各不相同的，却是千丝万缕的联系。她的第一部小说《联合大街》（*Union Street*）几经周折才在 1982 年由英国"悍女出版社"（Virago Books）出版，此后她又连续在该出版社出版了另三部小说《刮倒你的房子》（*Blow Your House Down*，1984），《丽莎的英国》（又名《世纪的女儿》*Liza's England / The Century's Daughter*，1986），《不在身边的人》（*The Man Who Wasn't There*，1989）。巴克的这些早期作品表现了英格兰东北部工业城市中社会边缘人群的生活。她笔下的底层劳动者在现存体制状态下艰难地生存，特别是底层妇女为保证家庭运转付出了努力和代价。由此，巴克被评论界主推为"英格兰北部的、地方性的、劳动阶层女权主义的"① 小说家。这既是媒体对她创作独特性的褒奖，也是对她创作视野的定性。对此评价，巴克不以为然。她说："我发现我自己进入了某类作家的包厢，成了这样的一个小说家——英格兰北部的、地方性的、劳动阶层女权主义的——除了标签，标签，还是标签。我并不反对标签，可是如果人们只注意标签的内容，就会忽略小说本身的意义。"②

"小说本身的意义"道出了巴克借助文学这个虚拟现实媒介抒发她的生命感悟的创作立场。德国文学批评家沃尔夫冈·伊瑟尔在《虚构与想象：文学人类学疆界》中试图为人类借助于文学的自我阐释创造出一个与社会样式不同的启导式。这个启导式具有预兆性和启示性，不与常规思维的因果关联，不受边界与越界思维的干扰，它是非线性的、神秘的。这个启导式与人类的内在情性和文学创作的自身要素密切相关。人类的内在性情既稳定又变动不居，既自私又无私，既充满关爱又事不关己高高挂起，既擅长记忆又擅长忘记，既博学又愚蠢……虚构与想象对这些恰恰都能驾驭。伊瑟尔提出用"三元合一"（triad，即现实、虚构与想象）代替二元对立（duality，真实与虚幻、意志与表象、清醒与癫狂、内心生活与物质生活等）思维方式，因为"三元合一"正是文本的基本特征③，且都是作

---

① Rob Nixon, "An Interview with Pat Barker," *Contemporary Literature*, Vol. 45, No. 1 (Spring, 2004) 5.

② Rob Nixon, "An Interview with Pat Barker," *Contemporary Literature*, Vol. 45, No. 1 (Spring, 2004) 5.

③ 〔德〕伊瑟尔：《虚构与想象：文学人类学疆界》，陈定家译，吉林人民出版社，2003，第 14 页。

为证据性的经验而存在于人类的生命活动之中的。巴克在接受多娜·派瑞访谈时毫不掩饰她赞同"在过去（past）和幻想（fantasy）世界里可以更广泛地表达想法"①，这同她所喜欢的作家纳博科夫谈论小说与现实关系时的观点异曲同工："现实是非常主观的东西……人们离现实永远都不够近，因为现实是认识步骤、认识水平的无限延续，是抽屉的假底板，一往无前，永无止境。人们对一个事物可以知道得越来越多，但永远无法知道这个事物的一切……我们或多或少地生活在鬼魂一样的事物里……"②

巴克与战争主题结缘是她所经历的生活使然。她生于二战战事正酣的1943年，主要跟着她的外祖母过着底层劳动者的生活，这养成了她吃苦耐劳、知恩图报、博览善思、特立独行的性格。她的外祖父参加过第一次世界大战，身上留有刺刀疤痕，这给了她挥之不去的记忆，让她形成自己独有的历史情结。"我一直想写有关一战的小说。我很清楚我要写的小说必须要有自己的特色，不能与别人雷同。我花了很长的时间翻阅大量的馆藏资料，最终形成小说独特的构思。"③

当《重生》由英国海盗出版社（Viking）出版时，评论界开始对巴克刮目相看，认为巴克超越了作为"英格兰北部的"、"地方性的"和"劳动阶层女权主义的"作家身份，展示了她使用对话、戏仿、双关、多声等后现代叙事策略，自由纵横于社会学、人类学、心理学、军事政治、历史事实与文学想象等空间的能力，借此她得以表现纷繁复杂、相互纠缠的社会历史中的人的生活。随后，《重生》的姐妹篇《门中眼》和《亡魂路》相继出版，成为备受国外评论界好评的巅峰之作。《门中眼》曾获1993年英国《卫报》小说奖，《亡魂路》获1995年布克文学奖，1996年企鹅出版社出版了由《重生》、《门中眼》和《亡魂路》组成的《重生三部曲》合订本，真正地确立了巴克作为英国当代作家中翘楚的文学地位。巴克对那场战争及其战争创伤独具一格的描写，以及小说引出的相应的文化反思和生命启迪也同时为她赢得了战争题材作家的

---

① Donna Perry, "Pat Barker," In *Backtalk*: *Women Writers Speak Out* (New Brunswick, NJ: Rutgers UP, 1993) 46.

② Vladimir Nabokov, *Strong Opinions* (New York: McGraw-Hill, 1973) 11.

③ Rob Nixon, "An Interview with Pat Barker," *Contemporary Literature*, Vol. 45, No. 1 (Spring, 2004) 6.

美誉。随后由同名三部曲改编的电影《重生》也在 1997 年由英国和加拿大电影公司联合推出，进一步推动了西方世界了解巴克、研究其小说的热潮。

《重生三部曲》在沿袭英国现实主义文学创作传统的同时，颠覆了关于战争的宏大叙事模式，浓缩了西方后现代文学的多元景观，成为当代西方文学评论界的一个研究热点。《卫报》上有作者撰文①，用几个不同的"三部曲"归纳概括了巴克已经出版的 11 部小说：早期的"底层劳动女性生活三部曲"（《联合大街》《刮倒你的房子》《丽莎的英国》）、一战题材的《重生三部曲》和"当代生活三部曲"[《别样世界》，《越界》（*Border Crossing*，2001）]，《双重视域》②（*Double Vision*，2003）。在这三个三部曲之外，巴克还有 1989 年创作的小说《不在身边的人》。该小说叙述一个生活在 20 世纪 50 年代的男孩在苦苦寻找父亲下落过程中寻求自我的故事。2007 年巴克出版了重返一战题材小说《生命课程》，讲述从伦敦著名的斯拉德美术学院（The Slade）走出来的青年艺术家在战争前后的生活和历史见证，特别探讨了女主人公埃莉诺的生活与艺术观。2012 年巴克又出版了《托比的房间》，这部小说与弗吉尼亚·伍尔夫的早期小说《雅各的房间》（*Jacob's Room*）构成互文，是《生命课程》的姐妹篇。该小说以埃莉诺的哥哥托比的经历作为小说的主要线索，以他在战争中的"失踪，据信已经牺牲"为悬念，揭开战时英国社会很多避而不谈、鲜为人知的故事。这两部小说又与 2014 年出版的《正午》（*Noonday*）构成"新世纪战争三部曲"。《正午》讲的是同一群年轻艺术家经历二战年代的故事。

巴克在接受采访时经常提到，她对创作题材的选择与她熟悉的重大历史事件中被忽略的那部分人的存在密切相关。她希望自己能够独辟蹊径，为读者展现一战不为人知的一面。她特别关注那些在历史上曾经扮演了重要角色但又较少受人关注的人物，以揭示造成他们个体命运的社会政治、经济、文化的诱因，为当下的生活提供思考。《重生三部曲》中的历史人

---

① Belinda Webb, "The other Pat Barker trilogy," *Guardian*, Tuesday 20 November 2007.
② 描写当代背景下英国战地记者斯蒂芬从萨拉热窝、科索沃、阿富汗和美国回国后闭门写作的生活经历和雕塑家凯特在其丧夫后的生命承担和艺术思考。

物有作为人类学家、心理学家和军医的威廉·里弗斯①（W. H. Rivers，
1864～1922）、神经病学专家、军医刘易斯·亚兰德（Lewis Yealand，
1884～1954）、军中诗人威尔弗雷德·欧文（Wilfred Owen，1893～1918）
和齐格弗里德·萨松（Siegfried Sassoon，1886～1967）等；《生命课程》
和《托比的房间》中的历史人物是当时的一批有思想的画家——保罗·纳
什（Paul Nash，1889～1946）、马克·格特勒（Mark Gertler，1891～
1939）、克里斯多夫·尼维森（C. R. W. Nevinson，1889～1946）、朵拉·卡
林顿（Dora Carrington，1893～1932）、亨利·佟科斯（Henry Tonks，
1862～1937）和布鲁姆斯伯里俱乐部的成员等。这些人物都有自己的个
性，他们在战争期间表现出来的与正统文化格格不入的思想观念代表了主
流意识形态之外的存在，是当时不允许发声的一群个体。巴克还以自己家
庭和亲戚中不同成员与战争相关的经历②作为战争"遗产"写进小说，代言
了成千上万不为人知的普普通通家庭在战争中丧父、丧夫、丧子的切肤之
痛，以及他们丧亲之后的悲苦无依和重新面对生活的内在力量。她自己的亲
人战后难以言说的现实生活促使巴克思考"缄默"与"失声"背后所隐藏的
复杂的社会文化内涵。

　　所以，巴克的战争小说既非她的凭空想象，也非她对该文类作品的简
单重复，而是 20 世纪 90 年代以来英国"回归历史小说"③潮流下的产物。
作为并没有亲身经历战争的当代作家，她十分清楚战争后果对人的影响。
她深感，公共传媒所提供的"真相"是经过净化之后的"真相"，而"真
相"之外另有"真相"。她启用"个人化的和内省的"④"小叙述"撕开历

---

①　里弗斯是贯串《重生三部曲》中的主要人物，历史上确有其人（1864～1922），是著名的
　　神经学专家、人类学家。小说中的里弗斯是位军医、心理学家和人类学家，他的特殊身
　　份让他成为小说中连接并思考前线与后方、军人与百姓、长辈与年青一代、文明与野蛮、
　　自我与他者关系的纽带。
②　巴克的外祖父亲历一战并在腹部留有伤疤，但他对自己的战争经历很少开口，这属于比
　　较典型的战争创伤综合征。另外，生于 1943 年的她始终未能从自己母亲的嘴里得到过生
　　父的任何确切情况。战争情势让那个时候出生的很多孩子无从得知他们父亲的下落。参
　　见 Peter Kemp，"Pat Barker's Last Battle?"，*The Sunday Times*（July 1，2007）。
③　Malcolm Bradbury，*The Modern British Novel* 1878－2001（Beijing：Foreign Language Teaching
　　and Research Press，2005）523.
④　Tim Peters，"PW Talks with Pat Barker War as a Human Experience（Interview with Barker a-
　　bout Life Class），"*Publishers Weekly*（Nov. 12，2007）34.

史表层叙述的裂缝，释放那些原先被挤压到历史边缘的话语，说明一战后果远没有像人们期待的那样成为过眼烟云，而是作为生活的潜流深埋在英国参战一代人的记忆之中，无时无刻不在影响着他们的生活和思考方式。

巴克的战争叙事是建立在她本人对文学的历史记忆与历史重构的视角之上的。她的作品都在不同程度上反映了文化的历史传承与重负，强调过去同现在的关系，特别关注促成当今现状的历史记忆。她对战争主题的情有独钟是她如下的生活经历使然①。

一　大量的阅读积累

巴克 11 岁开始尝试练习写作，直到 30 年后她的第一本小说问世，其创作道路多有挫折和磨炼。她自述自己的亲属都与战争和死亡有瓜葛，所以她特别喜欢挖掘与一战相关的历史人物。齐格弗里德·萨松和威尔弗雷德·欧文诗作对她产生了很大的影响。她少年时期就熟读萨松和欧文等战争诗人的作品。两位诗人早期诗歌中对未来的憧憬和参战热情与他们参战不久后诗歌中理想幻灭的基调形成了鲜明对比。大量诗歌中冷峻的现实主义手法表达了他们对战争的厌恶、对人类苦难的认同和对普遍人性的呼唤。十几岁时她在外祖母家里开的炸鱼店做帮工，盛放炸鱼和土豆条的报纸成了她了解外部世界的窗口。"13 岁读陀思妥耶夫斯基"②，二十几岁时开始读心理学家、军医威廉·里弗斯的心理学著作《冲突与梦》（*Conflict and Dream*，1923），书中针对士兵在第一次世界大战中所患"弹震症"的研究引发过对战争创伤的争论，成为巴克日后创作《重生三部曲》的源泉。从文学角度看，战争时期的诗歌、回忆录和私人日记与教科书、历史文献一道成为后现代视角下对战争再认识的主要途径。

---

① 关于影响巴克创作的生活经历均来自如下访谈资料和文字介绍，本部分不一一注释。Sheryl Stevenson，"With the Listener in Mind：Talking about the Regeneration Trilogy with Pat Barker" in *Critical Perspectives on Pat Barker*，（eds.）Sharon Monteith et al（Columbia，South Carolina：University of South Carolina Press，2005）175 – 184. Pat Barker，"Conversation between Pat Barker and Caroline Garland"，*Psychology and Psychotherapy：Theory，Research and Practices*（2004）185 – 199. Maya Jaggi，"Dispatches from the Front," *The Guardian*（August 15 2003）. Donna Perry，"Pat Barker" in *Back Talk：Women Writers Speak Out*（New Brunswick，New Jersey：Rutgers University Press，1993）43 –61.

② Kennedy Fraser，"Ghost Writer，" *The New Yorker* Vol. 84 Issue 5（March 17，2008）41.

二　她的丈夫大卫·巴克对她进行文学创作的支持与影响

大卫是杜伦大学动物学教授。他不仅是巴克作品的第一位读者，而且还把自己专业领域研究里弗斯的成果介绍给她，这成为她小说创作的灵感和新视野。巴克在小说合集《重生三部曲》中始终把里弗斯放在主要位置，不仅呈现他作为军医、心理学家和科学家的一面，更呈现了他作为人类学家的一面。巴克借用他在太平洋西南部美拉尼西亚（Melanisia）地区进行人类学田野作业的经历，随他进入原初人类的生存现实，进行跨时间、跨地域、跨种族的历时对位思考，反思欧洲战争的残酷现实和白人文化优越论。

三　被安吉拉·卡特（Angela Carter，1940～1992）点化走向创作道路

卡特是英国 20 世纪颇具影响力的女性主义作家，她以无与伦比的独创风格改写欧洲经典童话而著称文坛，对当代英国女性的写作起着关键性的影响作用。伊莱恩·肖瓦尔特（Elaine Showalter）称其为英国文人的膜拜对象。1979 年巴克出现在安吉拉·卡特在阿冯基金会①（Arvon Foundation）的"创意写作"课堂时，只是一个会写"从学校学到的应该羡慕的东西"的新手，她在卡特那里找到了自己的创作定位，获得了"写作许可"和信心，从而坚定了在自己熟悉的生活中展现人类面对残酷命运的写作目标。安吉拉·卡特不仅让巴克认识到只有来自独特生命体验的写作才是创作之本，还把巴克推荐给悍女出版社（Virago），使她的第一部小说《联合大街》在 1982 年顺利出版。自此，巴克走上了成为英国当代小说界不可或缺的作家之路。

四　巴克长辈家庭成员生命轨迹对她进行生命叩问的撞击

巴克与战争结缘的原因首先是她的身份之谜。她出生于二战时期，是

---

① 阿冯基金会由英国著名作家约翰·菲尔法克斯（John Fairfax）和约翰·牟特（John Moat）在 20 世纪 60 年代创办，主要举办文学讲座和培训，其中"创意写作"培训班聘请英国当代著名作家向喜欢写作的人传授写作技巧和经验。安吉拉卡·特曾在基金会担任主讲教师，她的方法启发了不少后来成名的作家，其中有至今活跃在英国文坛上的麦克尤恩、石黑一雄等。

母亲醉酒之后"与幽魂做下的种"①。她的父亲是谁,连母亲都说不清。巴克所能知道的是,1942 年母亲像很多年轻的姑娘一样走出家门成为战时志愿者,加入英国皇家海军妇女服务队。这是母亲直到 2000 年去世之前一直津津乐道的事情。那时海军基地的小伙子们让她激动不已,年轻的她充分享受了一段快乐浪漫的日子,根本不知道哪一个是帕特的父亲。他若不是已经阵亡就是下落不明了。这种情况在当时相当普遍,没有人去追究。由于当时未婚先孕被认为是一件羞耻的事情,所以母亲生下她以后一直对外人讲小孩是她的妹妹。母女俩那时候与帕特的外祖母艾丽斯和继外祖父威廉生活在一起。在巴克七岁时,母亲嫁了人从外祖母家搬了出去,留下巴克继续与外祖母一起生活。巴克 1989 年创作的小说《不在身边的人》讲述了 20 世纪 50 年代一个男孩寻找自己身份的故事。因为不知生父是谁,男孩在生活中万分困惑。他通过各种途径试图解决"我是谁"、"男人是什么"等问题。起初男孩在家里、周边寻找父亲的线索,后来在剧作和影片中寻找——20 世纪 50 年代正是英雄理想形象大放光彩的时期。男孩比照现实和想象中男性的样子寻找着他的生父,不肯无果而终。但最终他还是认识到,男人根本没有固定的模式。如果非要按照所想的模式去找,必然陷入虚幻与徒劳。很显然,巴克通过男孩的成长和顿悟"挑战了传统观念中普遍认可的男人角色"②,因为现实中的男人和女人一样,充满矛盾和问题。与小说中的男孩主人公不同的是,生活中的巴克满足于跟外祖母和她的几个姨婆在一起的生活,并不执着于通过寻找生父来确认自己的身份。但她的境遇让她对自己身份的背景成因和文化惯性充满好奇,所以相关话题成为她终身相伴的影子和小说中探索的主题。跟外祖母一起生活让巴克同时体味一战士兵幸存者的家庭生活,她惊异于男性经历战争创伤后的怪癖和沉默:"小时候我是不敢哭的。"巴克回忆说:"他(外祖父)要是听到屋子里有孩子的哭声就会勃然大怒,那怒火可以把房顶盖掀掉。外祖母告诉我,有一次他们把我藏在柜子里,一说起那件事,外祖母和母亲心里就不舒服。由于我外祖父家的人们的社会地位高一些,他们都是讲究人,

---

① Kennedy Fraser, "Ghost Writer," *The New Yorker* Vol. 84 Issue 5(March 17, 2008)41.

② Pat Wheeler, "Transgressing Masculinities: *The Man Who Wasn't There*", in Sharon Monteith et al.(eds), *Critical Perspectives on Pat Barker*(Columbia: University of South Carolina Press, 2005)129.

每当这些亲戚来做客时，他们就把我藏起来，让我睡觉，或者把我放在楼上。没人敢提起家里竟然还有我这个人的存在。"①

巴克家庭成员中有两类截然不同的长辈——沉默的男人与爱说的女人，他们不同程度地激发了她创作的欲望和文学想象。外祖父在第一次世界大战中是个勤务兵。在一次战斗中，他被德国士兵捅了一刀。幸亏当时身边的军官出手快，"一发子弹打在那个德国兵的眉宇之间，使得他没来得及搅动和抽回他捅进外祖父身体内的刺刀……"如同卡拉瓦乔（Michelangelo Merisi da Caravaggio，1571～1610）画作《多疑的多玛》（1595）中多马伸手想亲自触摸耶稣被钉在十字架的伤口，巴克小的时候也曾带着好奇和疑问用手触摸外祖父的伤口，只是外祖父始终神情木然，丝毫没有反应②。从此，巴克外祖父身上的战争伤疤成了巴克的战争记忆，成为她个人与外祖父一家家庭生活中解不开的谜。她外祖父去世前还确信自己的死是这个伤口恶化的结果。正是这种情结成为巴克用小说展现战争创伤的最初动力。

巴克后来的继父也曾当过兵。和她的外祖父一样，继父也是那种很难说出一句完整话的人。所不同的是，他脾气狂暴，对前妻留下的孩子乖戾，不像外祖父那样缄默无语。巴克还有一个叔叔参加过二战，是个安静的人，但他神经质，对自己 4 岁的孩子没有一丁点儿的耐心。巴克丈夫的父亲也曾经打过仗，在 20 世纪 30 年代成为美国公民。但是，在他生命的最后阶段，他和他的美国太太住在纽约市的一套小公寓里，可他偏说自己所待的地方是战壕。他动手打老婆，认定她就是那个杀了自己兄弟的德国兵。她公爹的亲身经历催生了巴克创作小说《别样世界》中乔迪（Geordie）③的形象。

男人们的无语、沉默与乖戾成了家里女人们聊天争论的话题。巴克从小与外祖母及外祖母的姐妹们一起生活，有机会饱食民间天然养分。她一直倾听她们关于战争故事的谈话和争吵，亲身感受她们面对生活困苦时的乐观和坚忍，而这种特质正是英国男性所缺乏的。这，恐怕是造成男性"失语"转而用身体

---

① Kennedy Fraser, "Ghost Writer," *The New Yorker* Vol. 84 Issue 5（March 17, 2008）41.

② Kennedy Fraser, "Ghost Writer," *The New Yorker* Vol. 84 Issue 5（March 17, 2008）41.

③ 《别样世界》是巴克 1998 年出版的小说，讲述生活在英国纽卡斯尔的尼克一家五口人的现代家庭生活与家庭矛盾，与之并行的另一条线索是尼克 102 岁的祖父乔迪。乔迪经历过一战的残酷岁月，特别是他哥哥在战场上被炮弹掀起后挂在铁丝网上哀嚎不断的场景，让他不忍其兄遭受如此折磨而亲手结束了哥哥的痛苦。从此，哥哥成为他一生的梦魇，甚至在弥留之际他都未曾摆脱他哥哥死亡带给他的阴影。

的各种"怪异"表达受创心灵的原因之一。这些独特的生活经历和感悟，加上她深厚的政治历史学养，跨学科、多方位的思想参照，以及她本身具有的批判质疑性思维，为她在文本内外构筑了丰富的互文空间，形成她自己独特的看问题的视角和方式，成为有别于其他战争时代以见证者身份书写战争的作家。

除了个人的独特经历和感悟，巴克战争小说的独特视角也与20世纪60年代以来西方国家的青年一代反抗主流文化传统的运动与思潮有关；与世界范围内移民潮所形成的生活范式的变动有关（不管移民是出于自愿还是作为难民被转移输送，人们都在世界不同文化的碰撞与融合中发生联系），当代很多优秀作品都围绕"连根拔起和转变"这类主题进行探讨绝非偶然①；与20世纪80年代以来西方世界所进行的深层文化反思密切相关，它包括学界对二战中犹太人遭到大屠杀的反思与批判，对越战老兵和他们的亲属所承受的无法弥补的精神折磨的再书写和世界范围内的女权运动对女性和儿童遭受暴力问题的普遍关注，以及"9·11事件"带给世界的巨大的内心恐慌等。所有这些都有助于形成欧美在20世纪末以来回望历史这种"向后"的思考维度，借助历史反思认识当下世界复杂的生活，避免任何形式的简单化判断。

传统文学叙述以其权威化的定势思维方式简化了战争主题的纷繁复杂，它用社会记忆代替个人记忆（经验），用社会话语塑造每一个个体。进入20世纪90年代以来的再现历史的叙述方式不同于传统的宏大叙事模式，它以人的切身存在作为政治表达和意识形态斗争的场域，表现人如何被形成、被界定，被同一种社会力量操纵和控制，乃至于人的身体和精神被这些力量折磨、扭曲，甚至摧毁。用如此方式书写是因为书写者有话要讲；因为历史的全部面目无法穷尽，因而有必要继续表达历史的未竟之意；因为世界存在许多不同样态的生活，需要通过书写揭示世界本来多样复杂的思想观念和生活景观。

由此，巴克的战争小说书写是"对话"式的。作为英国写一战题材小说作家群中距离我们最近的，也是这方面最有特色的作家，巴克一如既往地关注人作为生命本体的自觉性和创造性，即使表现人（前方的和后方的、男性和女性等）在战争状态最压抑的生活时，她都十分讲究美学上的

---

① Tim Peters, "PW Talks with Pat Barker War as a Human Experience (Interview with Barker about Life Class)," *Publishers Weekly* (Nov. 12, 2007) 34.

策略，让人物的经验能够在语言观照的上下文语境和复杂的文化系统中得到确认，留下印记并产生特定的意义。相对于传统战争小说宏大叙事的范式，巴克的战争小说所提供的是历史性叙事与回忆性叙事相互观照与对话的范式，以重新审视当年一战社会文化所认定的文化成规。对话，和独白一样，都源于书写者对所面临世界问题的探索。"对话理论"的提出者巴赫金指出，"对话不是我们对他人敞开胸怀，恰恰相反，对话是因为我们不可能把他人关闭在外"①。笔者认为，巴赫金的"对话"初衷是欲言者不得不自诩中心，因为他们已经被排除在社会认可的话语之外。他们有话要说，他们的话语不同于既定的观念存在；他们不可能信马由缰，因为他们必须在已有的观念平台上展开思想。他们之所以可以言说，是因为人类看待自我的方式发生了变化②。当今的人类经历了太多的磨难，需要更大的勇气面对探索自我深渊和其多个面孔。自我作为个体一路走来，跳出了既定的本质存在，否定了单靠冥思建立起的幻想，形成了与他人相互的、应答式的、以对方的存在作为自己存在前提的存在共识。因此，这种自我的存在不是孤立的，而是在与前人交流基础上的不断探索和覆写③。覆写方式本身已经显示思想形成过程中所具有的"对话"的内在特质。

源自法国的启蒙思想开启了人类溯古推今、展望未来的宏大思考。孟德斯鸠（Charles de Secondat，Baron de Montesquieu，1689 ~ 1755）、孔德

---

① M. M. Bakhtin, "Problems of Dostoevsky's Poetics," *The Bakhtin Reader*, Pam Morris（ed.）（London：Edward Arnold，1994）88 – 96.

② 关于自我的定义至少有 12 种之多，说明人对自我认识的复杂性和多重性。参见 Jennifer L. Aaker. "The Malleable Self：The Role of Self Expression in Persuasion," *Journal of Marketing Research*，Vol. 36，No. 1（Feb.，1999）45 – 57。

③ 原文是 palimpsests（古时羊皮卷非常珍贵，僧侣们经常将原先的文字刮掉，在上面再写一层，原先的墨迹还会隐约可见）。此概念最早出自英国维多利亚晚期作家沃特·佩特《柏拉图和柏拉图主义》一书，用来表达柏拉图思想本身的渊源——看似新事物的同时也是旧事物，即建立在旧事物基础上的覆写——以此表达思想的成因是历史沉淀、积累的结果。法国叙述学家热奈特把自己于 1979 年、1982 年和 1987 年用法语分别出版的三本"跨文本关系"课题的成果论著称为"羊皮卷稿本"，即指他自己的著作是在先前文本基础上的继承与连接。热奈特（Gérard Genette）著作英文版本文献：*The Architext：An Introduction*. Trans. Jane E. Lewin（Berkeley：University of California Press，1992）；*Palimpsests：Literature in the Second Degree*. Trans. Channa Newman and Claude Doubinsky（Lincoln NB：University of Nebraska Press，1997）；*Paratexts：Thresholds of Interpretation*. Trans. Jane E. Lewin. Foreword Richard Macksey（Cambridge MS：Cambridge University Press，1997）。

（Isidore Marie Auguste Fran ois Xavier Comte，1798～1857）的进化图式说曾让处在世界发达水平的欧洲精英们信心满满，同时也让像马修・阿诺德（Matthew Arnold，1822～1888）那样的浪漫理想主义者忧心忡忡。人类进程的进步说是一种来自占尽世界优势的欧洲强国的自我标榜的价值标准。它有着明显的狭隘性，表现在其试图将科学至上的简约化的社会观念当作适用于全球的普世伦理要求。这种蛮横片面的霸权逻辑的危害早被意大利启蒙思想家维科（Giambattista Vico，1668～1744）识破，他使用"新科学"命名他所探索的"人的形而上学"，形成了与他所处时代的科学理性的形而上学格格不入的另类学说，即一种基于人的丰富性和文化的多元性、复杂性的人文主义文化观。这种文化观认为："人的本性是可以改变的，这种改变取决于人自身；人只能认识他创造的东西，人文科学不仅区别于自然科学，而且高于自然科学；文化是作为整体而存在的，文化的创造方式就是自我表达；我们可以理解各种文化形式，其途径为重构想象"①。"重构想象"的路径一定离不开"对话"。这种社会性自我的投射虽然变动不居，使人们无法达到统一的认识，但它拓宽了人类自我认识的空间。

与此同时，符号学领域的研究成果确认并弘扬了维科开辟的认识自我与社会文化的路径。符号学通过语言的符号表意功能把人内心最隐蔽的、非理性的本能也包容进关于人的整体认识之中。当下，如果谈到自我，至少离不开弗洛伊德的心理学视域（人格理论）、玛格丽特・米德②的人类社会学视域和查尔斯・泰勒③的自由主义、社群主义视域。自我的观念丰富多样，这让自我和世界构成的关系充满迷思和悖论。迷思和悖论原是生活之本，单一方式界定出来的社会自我是历史上代表权力一方势力为了维护自我利益而做出的指令，让其当作生活指南，甚至尊为宝典，会贻害无穷。弗洛伊德、米德和泰勒的学说各有其生成谱系和渊源，如果能够在融合的视域中综合分析、合理运用，那么就可以拓宽我们看待世界和自我的

---

① 何卫平：《人文主义传统与文化哲学——以维科为基点的两个层面的透视》，《光明日报》2011 年 2 月 15 日。http://www.qstheory.cn/wz/xues/201102/t20110215 _ 68283. htm（2013－2－10）。

② 玛格丽特・米德（Margaret Mead，1901～1978），美国人类学家。

③ 查尔斯・泰勒（Charles Taylor，1931～），加拿大政治哲学家。

方式。由此，不妨把人的关于自我的观念理解为一个变动的连续带，一端是人内心最隐蔽的、非理性的本能，另一端是社会文化定位下的高度理性化的个体。置身文化语境中自我的概念就像处在这个轴线不同位置上的点，根据客观情况的变化随时发生移位①。人是复杂个体，由复杂个体构成的社会文化总体更是自不待言。尽管如此，认识这个世界和生活在其中的人并不是不可能的。需要改变的是人如何看待自己、世界及其相互关系的观念。

巴克的对话途径是建立在她充分认识到人与世界复杂关系的基础之上的。她使用历史性叙述展现特定社会历史文化生活下的景观及局限，表达文学对社会历史文化之思；她用回忆性叙述揭示社会表层下的人性自我的存在，展现跨地域、跨时代人的共性追求，使人正视人的心理现实之根，直面认识现存社会问题的历史根源；她还把对生命的思考变成艺术唯一的主题，而艺术所能提供的空间和所能容纳的范围之大又让人与人之间、思想与思想之间的对话成为可能。

正因为如此，巴克认为有必要重新审视"那种在 1914 年 8 月表现在德国和英国年轻人身上的理想主义的狂热……把战争当成一个更加美妙世界的开始"② 的战争观和历史观。她通过小说反观历史，颠覆文化传统赋予男性对战争幻想的传统叙事，促成对历史发生的连续性和复杂性的认识，形成与历史过往的内在的反思与对话，以便使人类能够清醒地认识当代不断地复制过往生活的矛盾与困境。她的作品强调过去同现在的关系，特别关注促成当今现状的历史记忆，展现由战争这个特殊状态所呈现的社会文化积淀和历史传承上的吊诡因素。她的战争题材小说不仅具有"女性的温婉敏捷"，更具有"道德精神的力量"③；她的女性视角也会探视到男性作家忽略的角落，拓宽人们对战争灾难给人造成的侵入性、持久性的心理和精神伤害，并在此语境下开启跨代际的、跨历史阶段的、跨性别的、跨阶层的人物之间的交流与对话。

---

① Gordon Wheeler, *Beyond Individualism: Toward a New Understanding of Self, Relationship, and Experience* (Hillsdale, NJ: Analytic Press, 2000) 67.

② Wera Reusch, "An Interview with Pat Barker," http://www.lolapress.org/elec1/artenglish/re-us_e.htm. (2011 - 10 - 21).

③ http://www.bookpage.com/0802bp/pat_barker.html.

巴克的战争小说，特别是其《重生三部曲》，已成为西方世纪之交以来的阅读热点，作品早已进入西方高校文学课堂。西方国家主要文学刊物也随着巴克小说的不断问世，特别是随着其三部曲的好评如潮，有了越来越多的评论文章和作家访谈录。2012 年文学在线（Literature on Line）收录的国外研究巴克作品的文章达百篇之多，研究专著有 6 部，PQDT 文摘数据库已收录研究巴克的硕士、博士学位论文专论十几篇。2005 年是巴克作品研究丰收年，很多学者①在各自出版的文学专著或编写的文学教材中都有章节专门讨论巴克的小说。曼彻斯特大学出版社出版了约翰·布莱尼根（John Brannigan）的巴克研究专著《帕特·巴克》。这部研究专著将巴克的小说放在后现代语境下并从文学文化批评的视域进行审视，与世纪之交西方社会的问题放在一起讨论，对其小说标志性的主题、意象与象征、叙事策略、艺术手法等做了精辟的分析。布莱尼根认为："巴克 20 多年来出版的小说都与挑战、质疑现代英国社会历史最重大变革的内容有关。"② 他因此将巴克的小说创作归于"一种批判现实主义——这是一种跟在后现代余波之后的现实主义。这种现实主义不仅吸收了后现代自身的否定审美方式，更是经过了后现代对十九世纪现实主义创作形式的批判性质疑"③。

巴克坚持用艺术眼光反映英国社会、政治和历史现实的诸多棘手问题，这是她拥有广大读者群的主要原因。2005 年美国南卡罗来纳大学出版社出版的莎伦·蒙特（Sharon Monteith）等主编的《帕特·巴克作品评论集》（*Critical Perspectives on Pat Barker*）是西方巴克研究成果的集中体现，呈现出追本溯源、深入浅出、视角和方法精彩纷呈的景观。专集按照学者们关注的研究热点分成了五个部分，收录了来自不同国家学者近二十年对巴克前十部小说的 18 篇研究论文。论文从不同层面集中讨论了巴克对英国社会历史发展过程中

① 2005 年出版的巴克研究可在如下书目中获得。Nick Bentley（ed.），*British Fiction of the 1990s*（London and New York：Routledge，2005）；Peter Childs，*Contemporary Novelists*，（New York：Palgrave Macmillan，2005）；Suman Gupta and David Johnson（ed.），*A Twentieth-Century Literature Reader：Texts and Debates*（London and New York：Routledge，2005）；Brian W. Shaffer，*A Companion to the British and Irish Novel* 1945 – 2000（Malden，MA：Blackwell Publishing，2005）；Vincent Sherry（ed.），*Cambridge Companion to the Literature of the First World War*（Cambridge：Cambridge University Press，2005）.

② John Brannigan，*Pat Barker*，（Manchester：Manchester UP，2005）165.

③ John Brannigan，*Pat Barker*，（Manchester：Manchester UP，2005）174.

的阶级和性别等问题的独特视角和艺术表现，展现了被传统叙事忽略的群体的生存困境以及他们的抗争与寻求。后现代语境下的巴克始终不放弃对社会文化惯性与定势的思考与批判，她对存在意义的探寻让她始终执着于对被否认、被忽略或被简约化的群体的重新定位。这体现了巴克基于历史与现实思考的策略和立场，这种主场既是对过往历史生命历程的积极回应，也是对生存现实的深入挖掘。2011 年由维勒主编、蒙特作序的《帕特·巴克作品评论集》续篇《再读巴克》(Re-Reading Pat Barker) 出版，所录入的九篇论文在原来探讨的伦理与道德、信念、犯罪、心理分析和精神病、记忆和创伤、现代性和后现代性，以及再现政治问题等之外，又加入了艺术与视域、美学与情感等美学与伦理新命题的探讨，说明巴克小说所具有的时代性、审美性和内在生命力等多重内涵。

　　探讨社会文化结构对人的意识的影响是大卫·沃特曼 2009 年的《帕特·巴克和社会现实中介》的主题。他通过分析巴克的前 11 部小说，说明人的个体社会身份和性别身份是如何被渗透了社会意识的语言塑型的，以及社会文化烙印和创伤经验是如何在巴克的每一部小说中以不同形态如影相伴的。巴克小说描述性再现历史事件的方式可使读者在面对社会问题和个人问题的多声话语之中理解其多元复杂的内涵。巴克在小说中展现生活复杂的吊诡因素，意在说明诸多社会和人生话题可以无限敞开的魅力。

　　相比之下，国内对巴克的研究明显不足。首先，巴克 30 年来创作的14 部小说目前还无一本被翻译成中文，这势必妨碍国内读者进一步了解巴克和其作品。其次，国内的巴克研究论文尚处于起步阶段，所见相关资料有王丽丽在 2001 年出版的英文教材《二十世纪英国文学史》中收编的巴克及其作品的介绍和简评①；张和龙《小说没有死——1990 年以来的英国小说创作》② 中提到巴克，称其《重生三部曲》是阅读"回归历史"或历史小说不可忽视的作品；翟世镜早在 1998 年上海市哲学、社会科学"八五"重点项目研究成果专著《当代英国小说》的后记③中特别说明，由于时间、资料等原因，书中没能收入帕特·巴克等优秀小说家实在是一件遗

---

①　Wang Lili, *A History of 20th-Century British Literature* (Jinan: Shandong University Press, 2001) 329 – 332.

②　张和龙：《小说没有死——1990 年以来的英国小说创作》，《译林》2004 年第 4 期，第 193 页。

③　翟世镜等编著《当代英国小说》，外语教学与研究出版社，1998，第 735 页。

憾的事。后来，翟世镜在 2008 年的专著《当代英国小说史》①中弥补了先前的遗憾，他专设了独立的一整章内容比较详尽地介绍巴克和她的小说。近几年国内学术刊物开始出现研究巴克小说的文章②，大都集中讨论巴克小说有关战争创伤的描述以及小说中男性人物经历战争环境而出现的身份困惑，远没有形成深入的学理分析以及探究巴克创作战争小说历史和现实语境关系的系统论述。

目前国内外还没有人系统涉足巴克的创伤叙事研究。尽管"战争小说"、"记忆"和"创伤"被普遍提及，文学中的"叙事"也常见。但是，把这几个概念放在一起，会发现巴克战争小说所暗藏的错综复杂的新空间。在这个空间里，有关备受摧残的人类身体的认知无不被一一颠覆，同时又无不以一种象征的方式给予经过死亡洗礼的人类以重整再生的希望。

巴克在小说中呈现的阐释性价值诉求很值得进一步探讨。她继承了英国文学中的问题意识和文学承载道德的传统，她为人类如何正视历史与当下的苦难与创伤提供了女性的视角。她将自身的价值取向通过"女性的温婉敏捷"和"道德精神的力量"隐蔽在一种价值中立的表象之中。她摒弃简单、武断的价值引领，代之以展现生活的艰深与复杂；她用文学想象开启多方位、多层面的认知与对话，这不仅有助于我们通过巴克的作品理解英国小说的创作态势和趋向，而且能够帮助我们开阔视野，从而有助于我

---

① 翟世镜、任一鸣：《当代英国小说史》，上海译文出版社，2008，第 300～309 页。

② 国内研究巴克的相关文章有：刘建梅《帕特·巴克和她的〈重生三部曲〉》（《外国文学动态》2008 年第 5 期）、《巴克〈重生〉的救赎主题》（《云梦学刊》2011 年第 4 期）、《评帕特·巴克新作〈生命课程〉》（《外国文学动态》2011 年第 6 期）、《〈生命课程〉：艺术与战争的对话》（《南开大学学报》2014 年增刊）；刘胡敏《试论巴克〈再生〉三部曲对"创伤后压力症"的描写》（《华南师范大学学报》（社会科学版）2008 年第 2 期）、《回归自然，治愈创伤——帕特·巴克〈双重视角〉解读》（《牡丹江师范学院学报》2009 年第 3 期）、《"男子气概"的解构与重构——解析〈越界〉里汤姆的男性危机》（《海南师范大学学报》（社会科学版）2009 年第 3 期）、《创伤和"边缘性人格障碍"艺术表现——帕特·巴克后期小说文本解读》（《华南师范大学社会科学学报》2009 年第 5 期）、《走出阴影，重获新生——〈越界〉、〈双重视角〉里的"边缘性人格障碍"》（《湖北成人教育学院学报》2011 年第 1 期）、《无法言说的伤痛——帕特·巴克后期作品中的战争创伤研究》（《华中师范大学学报》（人文社会科学版）2012 年第 3 期）；王韵秋《从〈重生〉看创伤后的男性身份重建》（《名作欣赏》2009 年第 8 期）、《现代主义语境下的战争与艺术：解析巴克小说〈生活阶级〉》（《名作欣赏》2010 年第 8 期）；王剑华《走向无界：解读〈鬼途〉中的二元叙事》（《嘉兴学院学报》2013 年第 1 期），等等。

们批判地吸收和借鉴当代英国小说创作和研究的长处，以反思我们自己的文学创作与文化研究，拓宽与西方学术界的交流与对话。所以让我国读者更多地认识巴克，形成对巴克的研究是必要的，也是有意义的。

第三节　著作主旨与研究路向

本书以讨论巴克一战题材小说，包括由《重生》《门中眼》《亡魂路》组成的《重生三部曲》，以及《别样世界》、《生命课程》和《托比的房间》等为主线，以巴克其他小说中主人公的一战经历和其他作家相关暴力书写为辅线，分析巴克使用诸多表达媒介所表述的创伤叙事，包括口述史的、身体语言的、诗歌的、绘画创作的和音像出版物的创伤叙事，揭开战争中鲜为人知的故事，以及巴克通过故事背后的故事所展开的多方位的对话。研究将在文本细读的基础上阐述巴克战争小说创伤叙事的语言特征、文化意义、对话思想以及诗学特征，重点通过巴克书写战争的方式、目的和意义的文化语境和文本表达，寻找巴克小说独有的对话特征和其对话思想背后宽阔的历史洞见，进而为建立巴克小说研究的对话诗学视域打好基础，以便抛砖引玉，思考为何战争暴力仍被当今世界当作解决冲突主要手段的非理性传统，同时通过巴克的一战创伤叙事了解当代英国文学在战争书写领域的新思考。

本书主要从如下几个方面进行探讨。

第一章，创伤叙事与巴克的一战主题小说。本章主要厘清创伤概念和创伤叙事的渊源和关联，说明巴克的创伤叙事是小说作者让叙事者通过讲故事的方式思考与调解生活中不可知的、混乱的、麻烦的困境，是与现存盛行的社会话语构建的创伤叙事并行的话语存在。

第二章，通过巴克小说的内部语言——身体的叙事——揭示肉体创伤之痛和精神创伤之深，消解战争神话。本章试图厘清被战争裹挟的官兵身份的困惑。其中的悖论是，身体是人的身份的载体，但人又不能自主地拥有自己的身体。人隶属于社会，被所生活的社会文化赋形，即被文化概念下理想身体的样态——健壮、灵活、美貌等所定义。这种对身体认知的偏离很难让人坦然地面对战争伤害下的残疾身体。本章讨论小说人物在战壕生死场上、噩梦缠绕中、死亡笼罩时的各种无意识身体表现，分析这些来自身体内部语言所形成的对传统理性神话、英雄神话和性别神话的消解。

第三章，通过小说中使用的表达媒介，揭示其对认知战争真相的表述与思考。本章主要论述巴克小说中人物用口述、诗歌、绘画等表达媒介揭示战争之思，形成与宏大叙事相对与相左的个人小叙事，表现小说人物面对社会意识形态对不同见解和思想的打压，如何坚持自己的立场，展现具有意味的反映战争真相的作品的价值和意义，以拨开权力话语意识形态的遮蔽，修复创伤之路。巴克在小说中以时空跳跃的方式讨论艺术再现战争创伤难以言传的痛苦现实，形成了同历史阐释和见证的互文与参照。艺术再现"二度创伤"能使对话在跨时空的、充满想象力的"遮蔽"与"敞开"的碰撞中逐步展开，让读者在感同身受中面对创伤记忆。

第四章，通过创伤记忆的叙事，寻求面对战争创伤的认知与修复。巴克小说的主导叙事方式——记忆，从战争创伤的临床治疗入手，将记忆的缺失与拥堵作为身体症候。在深层动因上，它们和官兵的其他身体症候，比如结巴、失语、失忆等一样表明对现实的不满与抗议。小说中的记忆机制既是生命存在的形式，也是艺术表现的形式。作为生命的形式，它唤回人的尊严，成为人的灵魂的自我拯救方式。作为一种艺术表达形式，记忆以其非逻辑性的形态揭示人物深层的心理动机，与小说主人公现实心理空间的理性追求构成了巨大的张力。梦作为一种无意识的记忆，为小说人物留下了更为深层复杂的阐释线索。巴克通过表现个体创伤的梦魇式记忆的无声存在，同国家出于政治秩序需要强加于人生活的单一的集体式丰碑化记忆之间进行对话，揭示由强大的人类组织机构推动的战争带给人的生活和心灵的冲击。

第五章，巴克战争小说的对话诗学。巴克小说既有将自己的创作融入历史发生的自觉，又有内心不断涌动的女性的敏感、同情心和直觉，这使巴克的叙事迥异于处于主宰地位的男性战争话语叙事。这种叙事在新历史主义和后结构主义的话语环境中可以形成对"文本"和"历史"非常独特、震撼的阐释。她小说中的"意识形态"话语、阶级话语和"性别"话语时而共谋、时而对峙，可以窥见她在创作深层次上三个定位的对话：一是时代定位，二是创作定位，三是认知定位。处于边缘话语立场的创伤叙事话语具有女性特质，其存在是对男性话语主导的传统战争观念的反拨。

"战争让女人走开"的观念一直让人错误地以为，只有男性承担了战争的伤害和牺牲。这种观念从反面证明了女性被历史无情压抑的事实。战争题材虽然不缺少女性之声，但她们作为独立存在的声音之微弱，是她们常常被忽略的原因。本章通过巴克小说中女性的战争生活叙事，反思女性战争观的历史传承，进而反观女性特质在历史进程中的作用，构成与战争书写主流话语的对话。

　　总之，站在20世纪后半叶以降不断变化的现代生活立场上的巴克亲历了两次世界大战带来的恶果，以及随后世界局势的冷战对峙，民族、种族、宗教冲突，世界瞩目下的国家内战、"9·11"恐怖袭击，等等，再度回顾百年前的一战发生，其反思力度和广度是深邃而有意味的。巴克独特的小说视角、独特的人生感悟和独特的话语体系保证了她在小说视域上的连贯性。她在遭受了极大破坏的小说世界里展开对现代英国社会出现的社会问题的积极探索。她的小说世界可以为读者提供参与社会政治进程的女性思考，进而形成人类审视自身的参照系统，有助于打开当今读者的视界。她通过艺术形象质疑二元对立的思维模式和既成的文化定势与常规，呈现社会语境下事物的动态发展和人物内心世界的复杂万变，强调张力下的探索与包容、阐释中的质疑与批判和面对现实的积极开放的对话姿态。她通过文本与外部世界之间搭建了相互交流的阐释空间，为读者提供了对战争与暴力多维的认知空间。

第一章　创伤叙事与巴克的一战主题小说

*小说家既非历史学家，又非预言家：他是存在的探究者。*①

2009 年，随着亲历一战的最后一位英国老兵哈里·帕奇（Harry Patch）的去世，真人见证者的证词成了过去式。但是，现代英国民族文化思维方式的塑成与其所遭受的一战惨痛后果难舍难分，它并未像欧美其他国家一样让随后到来的二战成为其压倒性的战争记忆，而依然保持一战时期形成的对创伤记忆的持续性反思。海量史料、日志、日记、书信等的发现、挖掘与利用成为文学叙事的宝贵资源，也为人们不断重返和认知这场战争提供了新契机。

本章首先从创伤的历史渊源和认知角度做一个整体梳理，为后面章节具体分析小说中个体生命如何用肉身来面对战争的残酷命运、感知人在强大世界胁迫下的渺小与卑微，以及治疗医师对病人的悲悯、战友同道不放弃生命追寻的艰难历程做好铺垫。

第一节　创伤

"创伤"最初是一个医学用语，指加诸人体组织或器官之上的机械损害。它随着解剖学的出现与发展而来，主要研究范畴是身体。随着医学学科分类的细化和发展，创伤研究也逐渐被分化、细化为不同的范畴，直到精神创伤逐渐占据医学研究的主要位置。随着精神医学与社会学、文化学的融合，"创伤"也逐渐从医学领域走向文化研究领域。杰弗里·亚历山

---

① Elizabeth Anderson, *Excavating the Remains of Empire*: *War and Post-Imperial Trauma in the Twentieth-Century Novel* [PhD] (Durham: The University of New Hampshire, 2002) 43.

大（Jeffrey C. Alexander）、肖珊娜·费尔曼（Shoshana Felman）、凯西·卡鲁斯（Cathy Caruth）等文化研究学者分别涉足人类精神创伤领域，试图从这一角度揭示社会、种族、性别、战争等普遍存在于人类社会的矛盾。近几十年来，创伤更加显示出其"僭越"的姿态，走进文学研究领域，成为文学表述的一种形式，用来表现个体存在与社会存在的矛盾。

从主题上来看，创伤叙事可以追溯至古希伯来《出埃及记》的民族苦难历史书写文献中。但是，从近代研究精神创伤的角度来看，20 世纪的战争及战争文学、21 世纪的"9·11"事件及"9·11"文学更加注重由社会不公正造成的创伤研究。劳瑞·维克罗伊在其 2015 年出版的《解读创伤叙事：当代小说与压迫心理学》一书中回顾了 20、21 世纪之交前后十几年有关创伤研究的代表性著作，指出其中的最新研究成果：走进创伤理论的当代路径研究、托尼·莫里森小说中体现的"耻辱、创伤和种族"问题研究、二战中纳粹德国战争机器野蛮对付犹太人的大屠杀研究、战争犯罪问题在各领域的证词研究、非裔美国女性对其创伤经历的书写和展演、作为破碎主体的非裔美国女性的生命书写、关于文学与媒体记录政治恐怖和政治失败的创伤文化研究、维多利亚小说中的创伤研究，以及各类创伤作品的解读等①。这些研究不仅通过不同的文学意象与主题呈现了不同时期、不同地域的个体创伤与社会文化创伤，更呈现出一种受到创伤意识形态影响的书写话语策略和创伤叙事特征。对巴克战争文学的创伤叙事特征的探索也毫无例外地从现代创伤这条脉络出发。

现代创伤研究可以追溯至医学学科领域的神经病学。里德尔（Lidell）

---

① Laurie Vickroy, *Reading Trauma Narratives*: *The Contemporary Novel and the Psychology of Oppression* (Charlottesville & London: University of Virginia Press, 2015) 216. 依照姓氏顺序，研究创伤的相关代表性著作有：Michelle Balaev's *Contemporary Approaches to Trauma Theory* (2014); J. Brooks Bouson's *Quiet As It's Kept*: *Shame, Trauma, and Race in the Novels of Toni Morrison* (2000); Cathy Caruth's *Unclaimed Experience*: *Trauma, Narrative, and History* (1996); Shoshana Felman and Dori Laub's *Testimony*: *Crises of Witnessing in Literature, Psychoanalysis, and History* (1991); Jennifer L. Griffiths's *Traumatic Possessions*: *The Body and Memory in African American Women's Writing and Performance* (2009); Suzette Henke's *Shattered Subjects*: *Trauma and Testimony in Women's Life Writing* (1998); E. Ann Kaplan's *Trauma Culture*: *The Politics of Terror and Loss in Media and Literature* (2005); Jill L. Matus's *Shock, Memory and the Unconscious in Victorian Fiction* (2009); Kali Tal's *Worlds of Hurt*: *Reading the Literatures of Trauma* (1996).

和波耶尔（Boyer）提出的脊髓神经是基于机体自身的改变而丧失了功能①这一观点，对随后学界的讨论具有启发意义。在此观点提出之前，学界一般是从机械医学的角度来认识这一病症的。在此之后，学界则进入机体内部进行研究，进而发现与个体神经相关的具体问题。之后的几十年里，西方国家的大学都相继展开了相关研究。伦敦大学的外科教授约翰·埃里克逊（John Eric Erichsen）提出了"脊髓震荡"这一以脊髓回路为研究中心的概念。随后的100年间，精神医学的学科发展、外科创伤学的研究视角逐渐被心理研究视角所取代。伦敦外科医生佩吉（Herbert Page）首先提出与精神层面相关联的创伤观点。他通过一个受到过身体刺激并患上缄默症的案例，发现出现症状的不能算是受创者的躯体，因为受创者的生物躯体已经获得了医学上的康复，但是他精神恢复却滞后于身体的恢复，所产生的应激反应是最早的创伤性癔症。1883年，瓦尔通（Walton）提出了不仅要关注脊髓回路，还要关注脑回路这一学术观点，从而彻底扭转了创伤学的学科发展方向，开辟了其精神病学的研究范畴。继瓦尔通之后，格林辛格（Greisinger）认为，脑部疾病属于心理疾病。这一学科分野再一次扭转了创伤的学科研究范畴，从而奠定了创伤的心理学研究基础，使其日后成为心理学的一个核心概念。

心理学学科内的创伤研究在1885年获得了重大突破。这一年，弗洛伊德奔赴巴黎师从当时的精神病学学科带头人沙可（Charcot），在那里进行了较长一段时间的癔症研究。弗洛伊德通过对"诸如半身麻木、视野缩小、癫痫样抽搐等"症状的观察后认为："似乎可以在普通癔症与创伤性神经症之间建立一种类化，从而使我们为扩展创伤性癔症这一概念提供依据。在创伤性神经症中，起作用的病因并不是那种微不足道的躯体性伤害，而是恐惧的影响——心理创伤。"② 从此以后，弗洛伊德将创伤从神经科学的领域拉入了精神分析的领域，为现代创伤学奠定了基础。

第一次世界大战时期及其之后的女性主义、种族矛盾，以及20世纪70年代之后的屠犹反思等都从具体背景和语境出发对创伤进行了进一步的

---

① 施琪嘉：《创伤心理学》，中国医药科技出版社，2006，第2页。
② 〔奥〕弗洛伊德：《癔症研究》，见车文博编《弗洛伊德全集》第一卷，张韶刚译，长春出版社，2004，第18～19页。

考察。20 世纪 80 年代后，创伤研究逐渐脱离传统心理分析的研究套路，将"幸存者叙事"和"大屠杀文学"等众多与政治话语、生命哲学等内容纳入研究范围。

20 世纪 90 年代，创伤开始步入文化领域。朱迪斯·赫尔曼的《创伤与康复》① 成为结合精神分析与文化研究的开拓性著作。书中，赫尔曼通过案例分析，从女性主义的视角将女性、儿童等弱势群体的创伤与社会、文化、政治和制度关联起来，在分析了这些创伤的内源和外因之后，主张以社会关系、记忆、哀悼等方式作为修复之路，开创了新一代创伤研究的综合性视野。阿瑟·弗兰克的《创伤叙述者》② 以创伤叙事的方式探讨创伤修复途径。凯西·卡鲁斯的《创伤：记忆中的探索》③ 从文学与文化的维度探讨大屠杀和艾滋病等不同的创伤，展现创伤研究的复杂性。她的另一部专著《难以认领的经验：创伤、叙事与历史》④ 将创伤经验置于历史视野之中，指出历史经验中诸多不可言说乃至无法表现的创伤经验是了解历史真相的另一条可靠途径。在此阶段，其他创伤学研究者，如多米尼克·拉卡普拉⑤、费尔曼与劳布⑥都在 20 世纪 90 年代新历史主义和解构主义的大框架内将创伤纳入文学、文化视野，构成众多丰富多彩的创伤研究视角。多米尼克·拉卡普拉在 21 世纪伊始出版的《书写历史、书写创伤》⑦ 结合著名历史事件从文化批判视角切入创伤问题，探讨了文学理论式的创伤批评以及创伤后的证词叙事。事实上，从拉卡普拉开始，当代创伤学正式获得了其学科性的地位，具有了更为理论化的框架。作为拉康学

---

① Judith Herman. *Trauma and Recovery*: *The Aftermath of Violence—from Domestic Abuse to Political Terror* (New York: Basic Books, 1992).

② Arthur W. Frank, *The Wounded Storyteller*: *Body*, *Illness*, *and Ethics* (Chicago: University of Chicago Press, 1995).

③ Cathy Caruth, *Trauma*: *Explorations in Memory* (Baltimore, ML: Johns Hopkins University Press, 1995).

④ Cathy Caruth, *Unclaimed Experience*: *Trauma*, *Narrative*, *and History* (Baltimore, ML: Johns Hopkins University Press, 1996).

⑤ Dominick LaCapra, *Representing the Holocaust*: *History*, *Theory*, *Trauma* (N. Y.: Cornell University Press, 1994).

⑥ Shoshana Felman and Dori Laub, *Testimony*: *Crises of Witnessing in Literature*, *Psychoanalysis*, *and History* (London and New York: Routledge, 1992).

⑦ Dominick LaCapra, *Writing History*, *Writing Trauma* (Baltimore: Johns Hopkins University Press, 2000).

派的继承人，费尔曼在其《司法无意识：二十世纪的庭审与创伤》① 中，将文学叙事与政治法律、心理创伤联系起来，通过分析托尔斯泰的《克莱采奏鸣曲》（The Kreutzer Sonata）中丈夫杀妻的经典案例，探讨了法律与文学的关联，由此展开对创伤叙事的文学性特征的研究，进一步奠定了创伤叙事的文学维度。作为证词研究的代表性学者费尔曼和多利·劳布聚焦于大屠杀，从精神分析与文化的角度探讨了文字与叙事如何成为创伤后的证词，呈现并还原了犹太历史与大屠杀经过的骇人听闻，为法律审判提供了另一重要视角。

"9·11"事件之后的创伤学研究视野更加宽广，走向了话语平等和人文关怀等主题。随着媒体的开放报道和美国士兵进驻伊拉克和阿富汗所遭遇的种种问题的出现，以及西方国家对受创士兵回国后的安置和相应处理等，学界对创伤类型进一步细化，其中"二型创伤"（Type Ⅱ traumas）、和平时期的侵凌行为（safe-world violations）、隐性创伤（insidious trauma）、后殖民创伤压力障碍（post-colonial trauma stress disorder）等，都成为学界的话题。创伤研究走向多元化和日常化——种族间的、性别的、阶级的等众多边缘话题研究新视角层出不穷②。

第二节　创伤叙事

叙事是通过记忆抵达事件的途径，其本质是一种超越内在性的生成，一种藏身于粗朴日常生活之中的创造性的认知。叙事与讲述者密切相关，因而是叙事者视角的建构。理查逊将叙事作为人们用生活中的素材"组织成有现实意义的事件的基本过程和方式，……通过叙事'理解'世界，也可以通过叙事'讲述'世界"③。因此，"叙事既是一种推理模式，也是一

---

① Shoshana Felman, *The Juridical Unconscious*: *Trials and Traumas in the Twentieth Century* (Cambridge, MA: Harvard University Press, 2002).

② Stef Craps, "Beyond Eurocentrism: Trauma theory in the global age," *The Future of Trauma Theory*; *Contemporary Literary and cultural criticism*. Gert Buelens, Sam Durrant and Robert Eaglestone (eds.) (New York: Routledge, 2014) 49.

③ L. Richardson, "Narrative and sociology," *Journal of Contemporary Ethnography*, 19 (1990) 118.

种表达模式"①。迪克逊也认为："叙事是了解个人或历史经历的一种方式，否则这些经历会因为不可掌握而使人变得充满畏惧。"② 文化历史学家海因斯在他出版的《想象的战争：英国文化与第一次世界大战》一书中指出，一战是军事事件，也是文学事件。一战不仅改变了世界上的战争方式，也改变了文化运行方式和文化表达方式，以及人们看待世界的方式。③

叙事最早出现在神话与传说之中，并随着文体的流变进而出现在诗歌中、小说中、戏剧中、数字流媒体中等，是对不同时代、不同人、不同地方、不同社会事件的再现。这种再现形式尽管丰富多彩，但最为突出的形式仍旧是语言。因此，叙事同时包含了口头语言和书写语言两种方式，并涉及故事（叙述了什么）与话语（怎样叙述的）两个层面。这两个层面均属于语言范畴。也正是如此，叙事一直以来就以这种传统的方式，即经典性方式为主。随着文化历史语境日渐受到关注，以及跨学科研究成果的影响，叙事逐渐与其创作语境和接受语境紧密联系起来，并由此形成了新型的后经典叙事学。

从叙事学的角度来看，创伤叙事属于后经典叙事学的一个分支，是心理学、精神分析学、修辞学的接驳产物。它聚焦于语言与非语言、感性与理性、经验与超验的罅隙，探讨如何言说与书写个体心理创伤、社会文化创伤以及种族性别创伤等多方面内容，涉及身份认同、意义建构、关系确立等多方面内涵。然而，无论是经典叙事学，还是后经典叙事学，其侧重点都在叙事策略，即如何勾勒一个故事的结构，安排故事的时间，创建故事的视角，表达话语的功能。这一点并没有远离亚里士多德时期的叙述修辞要求。修辞实际上是一门技艺，而并非纯粹的情感表现。这一脉络持续到当代叙事学中便以其结构主义的方式表达出来，注重的是对情节、内容、场景、人物的合理安排。由此，创伤叙事也是经过人为修饰、理性参与的一种叙事模式。

---

① L. Richardson, "Narrative and sociology," *Journal of Contemporary Ethnography*, 19 (1990) 118.

② Jane E. Dickson Jane, "Singing with Mystery: Interview with Graham Swift," *Sunday Times* (*Feb.* 16, 1992) 6a.

③ Samuel Hynes. *A War Imagined: The First World War and English Culture* (New York: Atheneum, 1991), xi.

创伤叙事与经典叙事不同，创伤叙事具有其特殊性。从叙事的本质上看，它是个体复杂心理状态获得表达的路径和载体，亦是人们构建、组织世界与认识自我、发现自我生命意义的心理过程。创伤叙事不仅仅是一种文学的表现形式，更是一种普遍的人类行为的表现形式。因此，它不仅与如何表达创伤这一语言现象有着密切的联系，还与当事者心理承受的自我认知等主体性有着千丝万缕的关系。

20 世纪以来，在语言哲学的转向潮流中，产生了两种对心理表述的认识。一种以罗蒂为主，他认为心理表述可以同生物学、物理学、化学联系在一起，即心理表述是中枢神经系统的加工过程；而另一种则以维特根斯坦为主，他认为心理表述的"主要成就物是理性，这不是一种生物性现象，而是一个社会性现象"①。前者暗示了创伤叙事并不完全从社会文化中获得，因而它具有病理性。无法言说亦是这一病理性的展现。后者则提示我们，创伤亦有一种自己独特的言说方式，它虽然很难存在于逻辑思维的表述之中，却能够通过其他非语言的方式获得展现。因此，创伤书写也就获得了两种特性：第一种，它是非理性的、病理的生物现象；第二种，它亦与人的大脑、情绪、想象、时间等文化经验紧密相连，通过梦境、追忆、回忆、记忆等方式来表述。结合二者来看，可以说创伤叙事既是人的生存状态，也是一种生命意识，具备了被动性与主动性、生物性与社会性等双重性特征。

这个双重性特征使得创伤叙事区别于其他叙事。相对于社会逻辑，生物性病理使其并不能顺利进入一个已经被秩序化的社会，它总是被排斥在正常社会文化的叙事之外。相对于生物病理逻辑，它又因其叙事性而获得了进入社会文化的可能性。这即是说创伤叙事具有一种内在矛盾。一方面它是不可能言说的，另一方面它又不得不被言说。正如雅诺什·拉斯洛所说："心理学从一开始就被语言与人类意识之间的关系所吸引。"② 因此，语言问题是创伤叙事的核心问题，而它的可言说性和不可言说性则是自然生物学派与社会文化学派争论的核心。

---

① 〔匈〕拉斯洛：《故事的科学》，郑剑虹、陈建文、何吴明等译，北京师范大学出版社，2018，第 40 页。
② 〔匈〕拉斯洛：《故事的科学》，郑剑虹、陈建文、何吴明等译，北京师范大学出版社，2018，第 177 页。

　　20 世纪自然科学的高速发展使得形而上的哲学思维方式渐渐失去了光辉，取而代之的是以经验为主的思想范式。在这其中诞生了两支强调日常生活与日常语言的思想脉络。一支是存在主义，另一支就是语言哲学。如果说前者主要兴盛于德国和法国，那么后者则遍布欧美诸国。存在主义在萨特之后逐渐失去了革命的阵地，退回到理论的领域，而在维特根斯坦思想引领下的语言哲学似乎在整个 20 世纪走到了最后。

　　语言哲学的领军人物维特根斯坦发现，形而上体系在于其不可言说性；哲学的问题在于过于追求非实际的形而上答案，从而必然脱离日常生活。维特根斯坦还发现，整个哲学体系谈论，或者说能够谈论的都只是语言系统之内的，超过语言系统框架的，一来不能被纳入认知系统，二来被认为可能完全无法验证（比如死亡）。他认为："在实际生活中，我们根本遇不上哲学问题，相反，只有在如下情形下，我们才会遇到它们：在构造我们的命题时，我们不是让实际的目的引领着，而是让语言中的某些相似性引导着。"① 语言规约了哲学应该解决的问题，哲学也因语言凸显其意义。因此，对维特根斯坦来说，要想治疗哲学病，就要将语言能够解释清楚的和不能够解释的分门别类。哲学也就从形而上的追问中解救出来，开始关注如何解释这个生活世界。

　　对语言的强调除了表现在语言哲学这一支脉上，还表现在海德格尔在《存在与时间》中对语言（Sprache）的阐释②上，以及伽达默尔在《哲学解释学》中关于作为"难言之隐"的"存在"的探讨③上，他提出"存在"的"无我性"概念。生活世界根本不存在一个脱离了"我们"的"我"，其"现实性在于对话"④。

　　巴赫金和哈贝马斯等在其著作中也表达了类似的观点。然而，无论是哈贝马斯的交往理论，或者是巴赫金的对话理论，语言作为解决文学与社会问题的"存在"，首先必须具有如巴赫金所指出的能同等对话的平台："必须让说话者和听话者属于同一个语言集体，属于一定的有组织的社会。"⑤

---

① 〔奥〕维特根斯坦：《哲学语法》，韩林合译，商务印书馆，2012，第 297 页。
② 〔德〕海德格尔：《存在与时间》，陈嘉映、王庆节译，生活·读书·新知三联书店，2012，第 188 页。
③ 〔德〕伽达默尔：《哲学解释学》，夏镇平、宋建平译，上海译文出版社，2004，第 66 页。
④ 〔德〕伽达默尔：《哲学解释学》，夏镇平、宋建平译，上海译文出版社，2004，第 67 页。
⑤ 〔俄〕巴赫金：《巴赫金全集》（第二卷），钱中文译，河北教育出版社，1998，第 388 页。

　　费尔曼和劳布在《见证的危机》①中叙述了现代精神分析者面对大屠杀受害者时的窘境与困惑。如果说在弗洛伊德那里，语言是一条通往创伤之核心的解决之路，那么在费尔曼和劳布那里，语言的行之有效性则受到了挑战与质疑，因为绝大部分的大屠杀受害者很难与治疗师，或者这个"语言世界"有所沟通。当治疗师与大屠杀受害者进行沟通时，他们无一例外地发现了一个共同的问题，那就是这些大屠杀受害者根本无法通过逻辑语言进行沟通，以重现"创伤情境"。于是，创伤是否能够"言说"，它是否具有叙事性，这些都成了新创伤学的困惑之处。在朱迪斯·赫尔曼那里，创伤经验均来自那些无助的、丧失权力的人，他们基本上与社会失去了联系。因此，治疗创伤后遗症的要领是重新赋予受害者力量，同时恢复他们与世界的联系。②这就需要建立一个将事件外在化的程序，即需要无论是受创者还是倾听者都能够回到真实的创伤处境之中，从而能够获得个体心理上的修复与社会关系的重建。赫尔曼认为："当叙事行为开始时，时间的凝固被打破了，创伤彻彻底底成了过去。"③叙事使得固着在创伤时刻的时间开始流动，而流动的结果是使创伤成为过去，不是将其遗忘。遗忘与回忆是创伤研究的重要内容。遗忘是一种创伤后遗症，是受创者心理防御作用的结果，即对过去创伤的应激反应。从治疗学角度来说，遗忘并不代表创伤获得治愈，相反，遗忘掉的创伤总会以闪回的形式回到意识之中。尽管在精神分析学界，这种为患者重新确立逻辑关系的方法具有普适性，但是利斯（Ruth Leys）认为，这层关系的建立并非易事，因为在创伤的核心之处，"知识和现象在经历创伤的时候就已经被延迟了"④。从这一点来看，创伤记忆不仅不会与日常意识产生联系，反而还会与日常意识一刀两断。因此，创伤完全被孤立于逻辑言说性和合理性之外。"它与象征、意义及融合过程毫无联系……是一种不可声明的、模糊的、过程性的回忆。"⑤

---

①　Shashana Felman and Dori Laub. *Testimony*：*Crises of Witnessing in Literature*，*Psychoanalysis and History*（London & New York：Routledge，1992）.

②　Judith Herman. *Trauma and Recovery*：*The Aftermath of Violence-from Domestic Abuse to Political Terror*（New York：Basic Books，1992）133.

③　Judith Herman. *Trauma and Recovery*：*The Aftermath of Violence-from Domestic Abuse to Political Terror*（New York：Basic Books，1992）195.

④　Ruth Leys. *Trauma*：*A Genealogy*（Chicago：University of Chicago Press，2000）231.

⑤　Ruth Leys. Trauma：A Genealogy（Chicago：University of Chicago Press，2000）239.

　　由此，创伤是否具有可言说性的讨论总是与其研究视角相关。心理学视角注重的是它的不可言说性，而文化语言视角则注重它的可言说性。拉康和齐泽克虽然各有其研究谱系，但他们的出发点都是社会语言心理学，他们认为任何潜意识与不可言说的创伤实际上都以产生创伤的社会、文化以及语言为前提。这样一来，对于可言说与不可言说的思辨性的讨论又不得不归至国家与民族文化这个大系统之中。这种回归的必然性不仅构成了创伤叙事的独特结构，亦使得创伤脱离了纯粹病理学与生物学的自然论，走向文化语境下的治疗与修复之路。因此，创伤在本质上的可言说与不可言说的悖论性恰恰为想象性的文学创作提供了可能。

第三节　创伤叙事的文化内涵

　　一战高科技投入所研发的新式武器的杀伤力以及对处理和治疗战争创伤所持的态度是创伤成为主要问题的推手。可以说，一战既是科学的胜利，又是科学的失败。虽然和以往战争一样，参战各国在第一次世界大战中也拼兵力和供给，但更主要的是拼投入科学技术的战略部署，特别是工程学和化学研究成果在武器装备上毁灭性的运用。颇具讽刺的是，第一次世界大战实践了英国作家 H. G. 威尔士[①] 19 世纪末发表的科幻小说《星际战争》（*The War of the Worlds*）中对未来科技世界噩梦般的生活描述。小说中战争强大的机器本质消灭了欧洲启蒙以降所确立起来的强大的个体自信，不仅让古往今来的个人英雄主义丧失了用武之地，而且将人的无助与脆弱的一面暴露无遗。英国诗人欧文创作的战地诗歌《为国捐躯》描述了英国士兵被毒气弹攻击、备受折磨的一幕——生命在高科技成果中挣扎，然后痛苦地离去……欧文在诗中，使用重复、大写字母和感叹号，突出了士兵被毒气吞噬时的瞬间反应，把读者带进那末日般任凭外力摆布的毁灭性场景。

　　　毒气！毒气！快，兄弟们！——一阵狂乱地摸索、折腾，
　　　赶紧戴好笨重的头罩；

---

① 威尔士（H. G. Wells, 1866～1946），英国小说家，其小说涉及战争、科幻、传记等题材。

> 但还有人在呼号，踉跄，
>
> 像在大火或石灰里扭动……
>
> 透过模糊的窗棂，里面混浊的绿光，迷雾一样，
>
> 如身在绿海深处，我看着他消失在这个汪洋。①

该诗歌与画家约翰·辛格·萨金特（John Singer Sargent）的画作《毒气》（*Gassed*，1919）一样摄人心魄：被毒气致盲的金发士兵，个个魁梧高大，但他们都佝偻着身躯，扶着身前的人跌跌撞撞地摸索前进。

这类表现人类战争惨状的诗作和画作，让遵从含蓄、雅致的传统英国诗歌斯文扫地，成了一战官兵在精神、心理受创的证词。欧文的诗歌展现了士兵被毒气弹致伤之后的惨景。比毒气弹更可怕的还有杀伤力更为强大的新式武器——齐柏林炸弹、漂浮水雷、深海鱼雷……

科学在战争中所扮演的角色和造成的后果打破了人类仰仗它造福子孙、走向光明未来美好生活的幻想。尽管如此，为了战胜敌人，各国政府始终倾尽全力保证与敌作战的科技投入，以研制杀伤力更加强大的新式武器。他们在战争中不断调整战略，大力推动科技为战争服务的创新活动，以至于在战后形成了大学与政府联手共同进行科研攻关的新局面，进入与竞争对手无节制军事竞赛的怪圈。这样的社会现实加速了与之相关的医学、心理学等领域的飞速发展，以应对由新式武器导致大批死伤人员的新困境。

战争创伤的疏通修复是一项艰难的工作。以国家与社会文化为标准的理性一脉和以个体内心与精神平衡为重心的非理性一脉构成了国家叙事和个体叙事的不同价值取向，成为创伤叙事的认识论分野。无论是国家的文化叙事，还是个体的心理叙事，它们都离不开人所必须面对的社会责任。

国家叙事的诞生并占据统治地位与上升的理性主义思想发展密切相关。从17世纪开始，理性主义开始占据西方的整体思想史，构成了西方认识论体系最为坚固的骨架。那个时候，笛卡尔、莱布尼兹以及斯宾诺莎分别试图在真理系统中寻找一个清晰的理性原则，推演出精确的信息。这种对精确性的追求使得笛卡尔等大陆理性主义者不再固着于中世纪哲学对基

---

① Wifred Owen, "Dulce Et Decorum Est," in Jon Silkin, *The Penguin Book of First World War Poetry* (London：Penguin, 1979) 193. 该诗为作者自译。本书引用的英文原文的翻译，若无特别说明，皆为本书作者自译。

督教神学教义的依赖，转向对人的研究。大陆理性主义者试图将人总体中的激情、感情等因素排除掉，依赖自身的内在性，并将其内在性延伸到他们对人与世界的观念之上。这样一来，人的观念即是世界的组成。人与其外在世界的打通不仅造就了一系列观念与认识上的改变，亦造就了这个外部世界与人之理性个体的结合。

17 世纪 40 年代，欧洲大陆发生的三十年战争不仅使德意志四分五裂，也让西班牙和意大利岌岌可危。世界的动荡让主权国家有了脱颖而出的机会，形成国家与教会或者国王与议会的管理方式。在此之前，教会统领国家主权的归属。霍布斯效仿笛卡尔，提出权威国家的观念，他从人性之中提炼出人类对权力的冲动与追求，指出无论是个体还是国家，都以谋求更多与更大的权力为目的。霍布斯提出契约可以避免人性恶带来的混乱状态，阻止人性卑劣导致的互相残杀。人们聚集在一起，同意把主权交给一个当权者，由他统领，负责阻止人性之恶的后果。这个人代替了上帝，成为人世间的律法者。姑且不论这个主权者会带来多少问题，就这个主权者概念的诞生而言，他其实是由人民选出的，因此这个契约可被认定是人民之间的契约。遵守这个契约是人民理性的表现。霍布斯的理性主义尽管遭人诟病，但不可否认其出发点要比任何一个后来者都要趋于理性最原始的观念。他对人性之恶的洞悉，他的现实出发角度，以及他对每个人都是一个理性人的前提假设都说明了主权国家诞生之初就与理性主义紧密联系在一起了。尽管在随后的发展中，无论是理性本身，还是国家本身，都经历了历史的变迁，但是国家、主体、政治、理性这几个概念并没有因此断裂它们其中的联系。霍布斯之后，传统权威国家转向了法理权威，理性价值取向成为国家理论与行政管理的价值取向，亦是社会结构的核心观念。

理性对君权神授的破除奠定了理性在现代国家与社会历史中的地位。霍布斯之后另一位确立国家意识的人是洛克。如果说霍布斯将人性置于理性之前，那么洛克则是将理性置于人性之中的人。洛克强调自由平等，认为人们天生就具有不去伤害彼此生命、健康、自由与财产的理性道德。对于霍布斯来说，没有威权政府，人们就会因这种本性而互相残杀，而对于洛克来说，没有权威政府，人们不会相互残杀，而会去协商解决问题，尽管争执不可避免。可见，他们建立政府的出发点就不一样。前者是为了杜绝，后者则是为了发展；前者注重的是权威者的能力、理性与权力，后者则注重人民的自我管理能力。从这一层面出发，洛克的契约是人民与政府之间的契约。一旦多数人决定了契约和法律，政府与当权者就不得超越其正当权限。一旦僭越，人民有权力召回这种权力。

如果说霍布斯奠定了权威国家的理性基础，那么洛克则奠定了民主国家的理性基础。从霍布斯到洛克的政治理论以及对国家行为的阐释是当今西方世界大多数国家运行的参考，国家的理性主义叙事顺理成章。值得注意的是，无论是霍布斯还是洛克，他们所设置的理性前提没有差异的普遍主义的理性概念。

18世纪以降，随着资本主义高度发展和工业革命带来的影响，社会分化越来越严重，前文提到的精英治国思想无法真正落实。与此同时，相对于国家、政府践行的思想体系来说，普通百姓生活中始终存在着一股非理性思潮。特别是席卷欧洲的启蒙理性自身带有一定的反民主色彩，比如民众群体被视为不可能是理性的，显示出理性中心主义中的层级思想。19世纪以来，经由两种不同的国家叙事产生了理性主义与非理性主义的对立。1837年，施莱格尔指出最为真实的思想不是理性，而是直觉和神秘。其后，叔本华则宣布理性意识只不过是精神的表面，他提出底层的无意识这一概念，只不过这个无意识还是一种意志，一种叔本华与尼采意义上的意志。除了施莱格尔与叔本华，尼采的地位与近代非理性思潮关系密切，与对创伤的理解密切相关，因为尼采不仅是一位哲学家，他还是一位心理学家，他将这种无意识提升到了人类最为本真的阶段，由此与弗洛伊德产生了共鸣。在他看来，人性之中隐含着未被文明与理性所俘虏的本我（德语之中 das es 即本我，亦是弗洛伊德的本我 Id 这个词的来源），是一种与酒神的放纵和性相关的力量。尽管之前的理性主义将人从教会的桎梏之中解放出来，但它并没有触及宗教思想的根本。从尼采的解读来看，性与道德之间的关系构成了西方整个文明的基础，亦是理性社会得以发展的动力。他把基督教对性的压抑视为对人性的压抑，从而揭露基督教试图将性与不道德联系在一起的霸权思想，以及理性主义对这一方面的继承。在尼采看来，理性的一个形式——科学理性"追求真理"的准则（即"我不骗人"与"我不骗自己"准则）起源于传统道德谱系中"追求真理的意志"。① 因此，借着"上帝已死"，尼采不仅宣布了

①〔德〕尼采：《快乐的科学》，黄明嘉译，漓江出版社，2007，第216～217页。

人从传统道德体系中的解放，而且将批判的矛头转向了建立在此体系上的科学信仰。人们借助科学理性理解上帝的善意和智慧，相信知识可以与道德和幸福结合起来，认为在科学中可以获得或者爱上某些无私的、使自己满足的事。① 在尼采那里，科学理性从其诞生的那一刻起就经不起推敲。

尼采对弗洛伊德的影响很大。弗洛伊德精神分析的核心内容就是建立在尼采的潜意识理论之上的。弗洛伊德在心理学领域彻底质疑了被奉为圭臬的理性主义。在弗洛伊德前，无论是生理心理学、行为主义心理学，还是格式塔心理学，都是以理性科学的研究方式为基础的，理性以国家话语方式压制着个体。弗洛伊德的精神分析从整体上开启了国家叙事向个体叙事的转向，他首次将人的自我意识和潜意识引入公众视野，为非理性赢得了地位。在弗洛伊德看来，理性即意识。意识是能够为人的理智所把握的心理活动，而真正占据人的根本地位的是无意识的非理性，离开了非理性的理性是无本之木。通过这一秩序的颠倒，弗洛伊德肯定了非理性在理性建构中的重要作用。他还将非理性拆解为两个部分：前意识与潜意识。潜意识是因受到压抑、创伤而被驱逐于理性意识之外的心理能量，是人类活动的根本驱动。它包含生冲动、死冲动、性欲望等各种原始冲动，还包含混乱与冲突的非理性、非顺序性时间以及非道德性、非语言性。潜意识囿于文明的禁忌，因此只是被压制在意识之下，并且被驱逐至整个心理结构的最边远的一端，不能够进入意识。能够进入意识层面的只有前意识。前意识是指无意识和意识之间的中间层，要比潜意识更加接近意识。前意识更加依赖于词语的表征，而无意识则依赖于一些未知的素材。因此，无意识无法借助语言来进入语言的秩序世界。能够进入语言秩序世界的只有以语言为其表征的前意识。每一件事在进入意识层次之前都要经过前意识。在前意识层面，事件与该事对应的词的表征融合起来，为进入意识做好准备。

弗洛伊德对前意识与潜意识活动的区分，及其指出的它们之间的对立，揭示了西方自笛卡尔以来日趋尖锐的理性与非理性的对立，折射出这种二元对立的虚假镜像。一般说来，在一种以理性意识形态为正确话语的社会知识构架中，非理性话语始终被压制于不在场的状态，不允许它发声。它必须由理性话语建构，并按照理性话语的要求获得其虚假的存在。

---

① 〔德〕尼采：《快乐的科学》，黄明嘉译，漓江出版社，2007，第 59~60 页。

而借着对潜意识的精神分析，弗洛伊德彻底动摇了理性一直以来的神话地位，同时他将非理性推至与理性比肩的位置，使之成为可以进一步研究审视的对象。

综上所述，人类的潜意识中存在着与基督教道德相悖的诸多本能冲动。这些本能的欲望与社会禁忌之间的冲突，以及人类由于无知的恐惧得不到疏导导致了创伤。创伤源自生活事件，是日常的，受创者无法自知，也难以通过语言描绘，极容易形成创伤后遗症。创伤与疾病不可同日而语，且与社会道德、国家规约要求相悖，这两条不同的脉络即当代理性话语与非理性话语之别。巴克小说对创伤的处理，在学界至少有三种观点。

第一，巴克小说真实与虚构的主人公、英国神经科医生、心理学家里弗斯的"谈话疗法"体系，以尊重受创者境遇为前提，导入循序渐进的恢复健康的治疗方案，主要是通过治疗师和病人建立起来的信任关系，找到创伤症结，达到治疗效果。[1]

第二，巴克小说真实与虚构的主人公、英国著名治疗师亚兰德的"电击治疗"体系。他在自己的著作《战争歇斯底里症》(*Hysterical Disorders of Warfare*, 1918) 中，用"强令"的方式将病人治好。病人因弹震症吓得缩成一团时，听到的只有亚兰德医生的训斥："记着，你必须成为英雄……一个经历无数战役的人，连自己都控制不好怎么行。"[2]

第三，一战之后，英国官方有一段时间对战争创伤持有过一种压倒性的观点，即不承认战争创伤由战场和社会规范压力导致，认为它是先天性的，战争和战争环境只不过激发了创伤的发生。[3]

基于这种不确定性，巴克在小说中将被历史遗忘的里弗斯式的治疗方案置于一战背景下的显著位置，表达当时处在边缘的，却是新兴的、和官方主导意识形态医疗方案并行的、代表整合性人性立场的医疗方案。

本书将集中讨论巴克小说中的三种叙事，即身体的叙事、媒介的叙事以及记忆的叙事，以对话国家叙事、意识形态叙事以及男性化英雄叙事。

---

① Ted Bogacz. "War Neurosis and Cultural Change," *Journal of Cotemporary History* 24 (1989: 227 – 56) 236 – 246.

② Elaine Showalter, *The Female Malady: Women, Madness and English Culture*, 1830 – 1980 (London: Virago, 1987) 178.

③ George Robb, *British Culture & the First World War* (London: Palgrave, 2015) 25.

在以国家为代表的大历史之中，个体被意识形态化为英雄，而作为个体的人在英雄的史诗化层面上被意识形态化为男性；在男性的性别文化中，作为女性的个体则被意识形态化为相对于男性的边缘存在。从国家历史到英雄史诗，到男性气概，再到女性生存的梯度中，创伤以其潜意识、非理性的叙事方式表述着自我，这构成了巴克创伤叙事的核心内容。

第二章 身体的叙事

在受制的思想领域摸索前进/我们跌跌撞撞无法释怀。①

身体是人最基本的物质存在，是"人与世界联系的场所"②。作为血肉之躯的身体任何一个部分都牵一发而动全身，都可引发根植于身体最深处的心理反应，激发无意识，这是个人身份的基础。因此，身体作为人与世界的联系，与人的自我身份确立有着密切的关系。

一方面，人就是自己的身体；另一方面，人不拥有自己的身体。人的出生与成长不是一个单纯的生物学事件，身体本身具有从出生到衰老直至死亡的动态过程，它同时还受制于所属共同体的文化成规。人的身体既要分属又要共存于这两极，这本身就是一个悖论。所以朱迪斯·巴特勒把身体看作社会制度的喻体，身体在接受所属文化成规制约时并不循规蹈矩，经常表现出对抗甚至反叛的征兆，以自动形成自身在动态过程中的身份平衡。③

现代人接受的身体，是经过医学和社会文化成规规定了的物质存在，包括对精神病人的分类和管理，对适龄男性公民接受军事训练的规定，对社会性别的划分及态度等。社会对身体的规定构成身体的叙事维度，而那个代表了经验和价值意义的身体的审美维度则常常被忽略或遗忘。

生命需要灵魂与身体的双重具在，这样才会丰盈。所以，人的身体需要通过自身系统与社会规约不断协商，时而抗拒，时而合作与妥协。现实

---

① Charles Hamilton Sorley, "To Germany," in *World War One British Poets: Brooke, Owen, Sassoon, Rosenberg and Others by Candace Ward* (New York: Dover Publications, 1997) 5.

② Elaine Scarry (ed.), *Literature and the Body: Essays on Populations and Persons* (Baltimore: Johns Hopkins University Press, 1988) xxi.

③ Judith Butler, *Gender Trouble: Feminism and the Subversion of Identity* (New York: Routledge, 1990) 132.

中，强势一方占有话语权，弱势的一方不得不听命于权威，特别是当战场荒谬的现实和社会意识形态强势话语的围攻，不给士兵"拥有自己的语言，并为自己言说"[1] 机会时，疯癫、歇斯底里、弹震症等身体语言则成为官兵一种策略性规避，成为一种变形的、无声的抗议。

本章通过身体的肉体叙事和审美叙事，对话一战时期英国社会的理性神话、英雄神话和性别神话，展现意识形态话语对人的戕害，以及身体对战争暴力的下意识的抗议。

第一节　理性神话

巴克小说中的人物一战前生活在"日不落"英帝国综合国力达到巅峰的时期。这是被西方理性观念充分照耀的时代，也是他们经历战争磨难转而对深信不疑的浪漫理想所塑成的世界和其前景彻底幻灭的时代。

理性神话从文艺复兴以来经历了从"启蒙"理性到工具理性的发展过程。"启蒙"一词的英文含义是"照亮"和"启迪"。当"启蒙"演变成专有名词"启蒙运动"时，它的意思是思想解放运动和社会解放运动。在西方，从公元 14 世纪开始的文艺复兴运动至 16～18 世纪作为资产阶级革命先声的反封建反宗教的思想解放运动，皆属于启蒙运动阶段。所以，启蒙有引导人们从黑暗走向光明的意思。然而，持续了 500 多年的启蒙理性在其一统天下的同时也暴露出自身难以抗拒的自负，即它在推翻神权桎梏成为解放力量的过程中，自己便逐步走上了神坛，成为蔑视他者存在、压制异己力量的能手。随着人的物质欲望的膨胀，人对自己生理本性的放纵，以及工业文明发展所提供的可能，人的异化日趋严重。这种异化不仅发生在人与自然之间，还发生在人与社会之间，以至于它在进入 20 世纪之后竟然以前所未有的方式——世界大战——发生在国家命令之下的人与人中间和人自身之上。启蒙理性转化为工具理性，工具理性又以人无法掌控的趋势急速膨胀，表现

[1] Shoshana Felman. *Writing and Madness*：*Literature/Philosophy/Psychoanalysis.* trans. Martha Noel Evans, Shoshana Felman and Brian Massumi（Ithaca, New York：Cornell University Press, 1985）40.

出理性自身的两重性和内在的矛盾性。第一是理性和权力的矛盾。理性要求摆脱权力，自己却掌握着权力。当理性发展到极端，成为支配一切的力量时，它本身也就成为一种统治力量，形成对弱势一方的压制。第二是目的和手段的矛盾。人是目的，科学是手段。但是后来科学成了目的，人却成了手段。启蒙本来是要确定人的目的和价值的，但相当一部分哲学家和政治学家通过理性和科学把启蒙变成一种手段，抬高一部分人，压制一部分人，又打击另一部分人。第三是科学精神与人文精神的矛盾。启蒙用科学从神的统治下解放人，但又要人服从科学的统治，甚至科学精神发展成为科学沙文主义、科学技术统治论，让科学精神丧失了人文这一不可或缺的内容。理性的两重性和内在矛盾在暴力问题上表现尤为突出。

本章第一部分通过威廉斯的短篇小说《动用武力》对启蒙理性走向工具理性展开批判和反思。它通过拥有知识与权力一方的医生在诊治小病人的过程中既救治她又制服她的书写提醒读者，武力/暴力其实是一种权力关系不平等状态下的普遍存在。如果和平时期都是如此，那么战争时期的这种不平等关系更堪。本章第二部分分析小说《重生》中医疗专家里弗斯对战争创伤的处理和医治。第三部分通过分析小说中战地诗人欧文的"悲悯"主题诗歌的意义，指出诗人对丧失在战争"绞肉机"中个体生命的深切痛惜。

一

美国诗人和小说家威廉·卡洛斯·威廉斯早在20世纪30年代写的小说《动用武力》① 中，通过日常生活中司空见惯的武力使用表达了他对武力问题的深切关注，成为我们思考当今愈演愈烈的武力或战争问题的当代寓言，并为我们思考帕特·巴克战争小说中的反理性神话提供了批判性的文学镜像。

《动用武力》讲述的是日常生活中的一件非常平常的事。一个普通美国家庭备受宠爱的小女孩玛蒂尔达发烧患病，其父母请来医生到家里看诊。女孩不懂白喉的可怕后果，不愿让医生发现自己的病情，她用自己的方式抗拒医生的例行检查。而患者父母由于对女儿的疼爱，还有她们因对白喉的焦虑和恐惧造成的感情上的患得患失，妨碍了出诊医生的工作进展。出诊医生

---

① William Carlos Williams, "The Use of Force," Robert Penn Warren and Albert Erskine (eds), *Short Story Masterpieces* (New York: Dell Publishing Co., INC., 1954) 538 – 542.

"我"出于职业敏感和道德担当，在其父母认同的条件下坚决果断地按住小患者，如期完成例行检查，并确认她患的就是白喉。女孩最终获救。

小说的魅力在于，女孩对医生从漠视到拼命反抗，以及医生对女孩从循循善诱到怒火中烧，乃至不得不动用武力才使问题得到解决的态度上的转变和经由这种态度转变所显露的真情实感，以及由这种情感经验所引发的思考。小说中的武力使用表面上看是单向的，即医生为挽救女孩性命做出了决然正确之举，而实际上的武力使用是双向的，只是女孩愤怒的缘由和医生的有所不同。女孩的疯狂出于自我防卫，出于她的恐惧本能，而医生的疯狂则出于行使权威，要制服对方。

以医生和女孩的父母为一方的成人在小说中代表理性，他们尽其所能让女孩接受医疗常规检查：女孩父母在焦虑之中也举止有度、言谈得体；医生对女孩也充满体谅和爱意。即使在女孩不配合的情况下，医生都能"露出最友好的职业微笑叫着小女孩的名字"，"哄着她"，同她"轻轻地、慢慢地说话"。具有医疗权威的"我"始终充满自信并富有责任感。他相信他能够及时救治女孩。所以他俯视女孩的任性与无知，轻视女孩父母的无能，即使小女孩表现得强硬固执，他还在循循善诱："我说，往这看，我们需要检查你的咽喉。你长大了，听得懂我的话。是你自己张开嘴，还是我们帮你张开呢?"医生最终还是强行做了检查，这是协商手段失败和理性无能为力的结果。

患病女孩玛蒂尔达代表非理性，她不配合医生的检查。她一开始对成人的大道理充耳不闻，只管以沉默相对。后来逼得急了就用"抓"、"打"、"咬"和"扑"等方式疯狂抗议，让成人的斯文和所有应接招数统统失效。值得注意的是，这个"野蛮的小东西"的非理性还具有传染性和连带性。她的行为使父母没有颜面，玛蒂尔达的父母首先失控，并且表现得非常可怜、无助。随后医生也在面对女孩的攻势和其父母的无能的情况下开始"气恼"，"控制不住自己"，使得检查终于在"超出了理性"的"非理性"中进行："我要用怒火把小孩撕成碎片并以此为乐"，以致最终"我按住她的脖子和下巴，用力把一只挺重的银制调羹塞到她的嘴里，弄得她只想呕"。

小说至少在暗示，医生使用的强迫不全是为了对方的福祉，尽管它客观上挽救了女孩的性命。帮助女孩张开嘴的行为并没有如医生所愿，成为清醒意识支配下的有序行动。相反，医生行为背后是无法压制的怒火——"折磨她对我来说是件快事，我热血沸腾"——职业尊严和社会需要的借口不攻自破。

威廉斯的这篇小说通过具体的武力问题展现了该问题背后容易被人忽略的非理性行为的双重存在：女孩的自尊和医生的自尊。从传统角度看，女孩的自尊常常被忽略不计，她是被认定、被言说的对象，而作为权威的医生的自尊则是不容置疑的。威廉斯突破了传统观念，他既突出了医生的立场，也没有忽略女孩的立场。女孩不计后果、不顾礼仪的拼命反抗让医生既难堪又羡慕。医生反复使用"顽童"（brat）、"小母牛"（heifer）等充满垂怜的字眼指代小女孩，展露了儿童身上具有的本真天性——无知。这种天性带着生命的冲力，让威廉斯赞叹不已。威廉斯曾以《不朽》[①] 为题赋予这种天性以单纯率性的含义：

> 是的，有一物比所有的花儿勇敢；/比纯色的珠宝富有；比天空辽阔；/它不朽不变；它的力量/超越理性、爱和常态！/你，亲爱的，就是那神圣之物！/卓越而大胆；乍一看/似受伤的天后朱诺奋起反抗天神！/亲爱的，你的名字，是无知。

这种天性作为一种客观存在，是事物之所是。它无知无畏，对手哪怕强如天神，它也无法用好坏进行判断，因为好与坏不是事物本身的性质，而是判断者的标准。以这种天性出现的非理性是一股强大的生命力量，不容忽视与低估。

从医生的角度讲，社会责任心的确是医生坚持检查的原因，而医生自身因其权威和尊严受到挑战才是制服病人行为发生的直接和深层的原因。可贵的是，医生"我"没有回避他的非理性。《动用武力》所用的第一人称回忆性叙事清楚地表明人是具有这种自我反省能力的。"我"的视角传达了该事件对当事人的冲击，表明作者通过思考当事者曾经认定的道理的局限性，为重新认识该事件所包含的问题的先兆以及未来的启迪提供思考的情境。

小说中的成人与孩子、医生与病人的关系代表了二元的、有序的、支

---

① William Carlos Williams, "Immortality," *The Collected Poems of William Carlos Williams*. Vol. I, Walton Litz and Christopher MacGowan (ed.) (New York: New Directions Publishing Corporation, 1986) 6 – 7.

配与服从的思维定式。这种居高临下的关系让医生的话语具有绝对的权威性和预设性，形成集体道德优越性和唯我正确的判断。这是极其危险的。医生在为自己对孩子的怒火辩护时，已经悄悄地把"我"变成了"社会"和"人人"："必须管住这个该死的小东西，她的愚蠢将让她自食其果，这一时刻人人都会这么说，还必须防止别人被传染，这么做是对社会负责。"威廉斯要说的是，即使"社会"和"人人"都站在医生一边，也不能证明医生使用武力的无懈可击，因为它关乎孩子的自尊，这不是成人或权威可以替代的。

同样，战争悖谬是指战争本身的杀戮和安置在它身上的冠冕堂皇的理由。美国学者阿瑟·科斯勒曾形象地说："人类历史上最经久不息的声响是战鼓的敲击声。部落战争、宗教战争、国内战争、改朝换代的战争、民族战争、革命战争、殖民战争、征服与解放的战争、防止战争与结束战争的战争等各种战争接踵而来，连续不断。我们完全有理由相信这条战争链会一直延伸到未来。"[1]

威廉斯通过小说提示我们，武力深深地根植于好战者的天性之中。但威廉斯还是相信，人类不仅拥有对获取权力的内在危险性的高度警惕，而且拥有在一定程度上控制事态的方法——人类的警觉、自省与约束，它们是阻止我们堕入万劫不复深渊的法宝。

《动用武力》"通过艺术手段提供的独特结构和审美功能"引领我们进入"艺术家超越政治辖域关注现实生活的洞见"[2]。小说结尾作者以女孩的狂怒警示人们：必须在尊重对手的同时时刻检视自身的问题，这是威廉斯的一种态度。威廉斯的另一种态度是，尽管成人囿于更多的现实利益，已经丧失了这种率真天性，没有足够的耐心和智慧应对儿童的这种"无知"，把儿童这种天然的"无知"当作野蛮和对权威的挑战，但是成人所具有的自省与反思能力是自我拯救的前提。正因为如此，医生后来承认，自己"也许早该先离开，一个小时或更长时间过后再回来做，那样的话毫无疑问会更好"。这充分表明了医生事后充分认识到应该尊重女孩情绪的重要性。

---

[1] Susan D. Lanier-Graham, *The Ecology of War: Environmental Impacts of Weaponry and Warfare* (New York: Walker and Company, 1993) xvi.

[2] Bram Dijkstra, "Introduction," in William Carlos Williams, *A Recognizable Image: William Carlos Williams on Art and Artists* (New York: A New Directions Book, 1978) 14.

威廉斯的小说通过两个人物的双向立场从"事物"的内里剥离理性的统摄力量，使情感、直觉和瞬时表达跃然纸上，还给予被否定、被忽略的非理性以真实面目。非理性是人的知性所否定不了的事实，它存在于不谙世事的小女孩充满恐惧的自我保护之中，存在于父母对孩子既爱又恨的束手无策之中，也存在于作为医生的"我"的职业道德和社会责任之中。作为一个复杂的问题，武力的使用既可能是理性的，也可能是非理性的；既可能是建设性的，也可能是破坏性的；既是外在的、历史的，也是内在的、心理的；其多面性也只有在艺术中才能得到充分的展示。非理性的多重面具无法避免被理性僭越和被社会权力的层级关系言说，但它的多面性至少表明，任何单一的价值判断都是不可靠的，有再思考、再估量的必要。

二

威廉斯在《动用武力》中用小女孩的"打"、"抓"、"撕咬"和"疯狂反扑"表达了人体语言的本能抗议之声。如果说小女孩出于本能的反抗具有其正当性的话，巴克小说《重生三部曲》中经历了战争折磨的官兵身体的"正当性"在当时则是得不到社会认可的。相反，由身体反映官兵承受战争高压的控诉被社会成规当作男子汉"软弱无能"的证据，构成他们的内心恐慌和压抑，以至于病人会极力否认其病理症状所反映出的个人和社会的问题症候。

小说的背景是坐落在爱丁堡的克莱格洛克哈特精神病院。作为隐喻，这个医院所代表的是以里弗斯为首的医生用关爱、启发性的"谈话疗法"治疗病人的过程，构成与医疗常规强制性治疗方式的对话参照。在医院所收留的168位病人中，病人的"身体表演"每时每刻都会进行。下面是里弗斯日复一日工作场景的写照。

一大早，救护人员一阵嘭嘭的敲门声夹杂着急促的"安德森上尉""血"的呼叫，把正对着镜子修面的里弗斯叫走，去处理安德森上尉在屋子里的"尖叫"事件。安德森上尉是军医。他在前线受了刺激，见血就晕，事发时小便失禁。但这个病人不断提出回到前线医院的要求："我没事的。我不可能一辈子待在医院里。"

维拉德是里弗斯预约的第一个病人。他刚做完游泳治疗性锻炼，湿着头发，带着浑身的消毒水味就被人用轮椅推到诊室，他叫嚷着不要跟那个叫普莱尔的怪兮兮的人住在一个病房里……

随后是菲特斯通，他本来没有预约，来了就要求换病房，说根本没法睡觉，没人愿意和噩梦不断、呕吐不止的安德森住在一起……

第三个是兰斯多恩，皇家陆军军医队上尉，幽闭恐惧症患者。他只要身处战场掩体就会犯病。就医时他总是怨这怨那，但里弗斯不介意，觉得他的病人比前一阵子好多了。

第四个是萨松四十三岁的室友——满头银发的福瑟吉尔。战场恐惧症让他显得比实际年龄苍老，他总是表现得神经兮兮的。

里弗斯随后去参加医院管理会议，和同事一道与两个难缠的病人代表周旋。其中一个叫弗莱彻，是位偏执妄想症患者。他说医院不让他们吃饭。之前他也一直抱怨前线军需官存心故意不给他们饭吃。

午饭后，里弗斯和同事一起讨论布劳德本特的病例。布劳德本特曾两次请假去探视母亲。第二次回家探视时他给医院发电报说母亲过世了，需要请假安葬母亲。待他一脸悲戚地回到医院，大家都过来安慰他，直到有一天她母亲到医院探视他，才发现他子虚乌有的故事。布劳德本特自然需要面临军事法庭的审判。

很多医疗界同行不赞同里弗斯的"谈话疗法"，但他依然坚持用自己的人本治疗方案，相信自己的方案虽然没有传统权威式的电刺激治疗方案效果快，却有更好的效果。然而，与病人打交道和长时间超负荷的工作让里弗斯也患上了"战争神经官能症"，表现为睡眠差、心跳不规律、"说话结巴，肌肉抽搐"。就在当天早上紧急处理完安德森病例之后，他就"感到累而且难受了。这种身体状况真不应该上班。可是不上班是不行的"。里弗斯与他的病人的战争困境形成了共鸣。

长期以来，医学似乎是一门关于饱受疾病折磨的身体的科学，而不是关于生病的人的科学。后者无论是从认知角度还是从处理过程上看都更加错综复杂；前者的结论经常是简单化的，可能奏效一时，却难以抵达人内心深处的症结。传统治疗将疾病分类，让其病理、治疗系统都有清晰可寻的方案，但它将人体与肉体分离，并将后者以机械的形式加以整理分析，忽略了身体意义与价值的维度。里弗斯试图用整体观面对他的病人。他相信，医生治疗的是患病的人，不只是病症。病人和病症相互纠缠，互为因果，构成复杂的动态联系。因此，他在治疗过程中将两者放在同一个平台上，摒弃先入为主的观念，面对生活事实，在达成与身体负重的理解与和解的基础上，使有希望获得医治的病人认清困境的由来，面对问题，承担命运。

里弗斯的感悟来自他的一个梦境。这个梦境是关于战前他在剑桥与同事海德共同做的神经修复试验：海德是受试者，他把海德的桡神经切开，再缝合上，然后密切观察被切开的神经的复原情况。他们二人配合做这个试验已经五年了。五年来他们所得出的结论是，神经的两种感觉——原始感觉（粗感觉）和后起感觉（细感觉）的反应截然不同：粗感觉管理着神经是否复原，这个结果比较容易看到，因为海德的反应很清晰，很"极端"，所以观察结果一目了然。但是后续神经完全恢复的过程却异常漫长和痛苦。在里弗斯的梦中，他常常因为试验带给海德的伤害而心怀内疚，总想停止试验。可是生活中的里弗斯从来没有想过要中断试验。如果将弗洛伊德的理论做庸俗化的阐释的话，里弗斯就会认为自己的心怀内疚是由于自己有罪感，而罪感恐怕来源于自己潜意识中对海德的憎恨。但是，这肯定不是事实。如果说梦是愿望的无意识表现，他想回到剑桥继续做他的科学试验是事实，但他并不愿意让海德遭罪。在梦中，作为冰冷科学家的自我和那个有血有肉有感情的自我常常纠缠。继续进行试验是科学家的责任，但他同时不愿意看着作为受试者的海德遭受这么大、这么漫长的痛苦。

醒来的里弗斯从梦中获得了他曾经有的一系列相似悖论的启示。比如，打仗是为了子孙的福祉，必须打；彭斯的精神崩溃，如果救治无望，也只能由他崩溃。所不同的是，这场战争不是科学试验，战争进行与否不是作为医生的里弗斯能决定的。他所能做的，只是同情这些官兵的境遇，想尽办法让病人释放心理压力并找回生活的信心，从而能够有勇气面对个体生命并非完全由自我选择决定的现实。

病人维拉德是个硬汉，负伤前体魄强健，但负伤住进医院后自述伤痛难耐，动不动就对护士发脾气。他是随部队撤退到一片墓地的时候负的伤。当时炮火激烈，好多石头碎片飞进了肉里，痛苦不堪。"你要是愿意，也来试试吧，"他说，"像死人一样，在医院趴上两个月是什么滋味！"他说治好他全身肉体上的伤痛容易，但治好他的脊椎很难。里弗斯心里清楚，他的脊椎根本没有问题，是他心里的恐惧造成他的身体僵直。里弗斯把护工支走，单独跟维拉德交流。

　　"如果你说你的脊椎伤着了，你怎么解释这么多医生给你检查过，告诉你根本没事儿？"他说话时看着维拉德的脸，"你觉得他们的诊断都不专业吗？所有的大夫都不专业？或者，你认为他们都串通好了，你说你不能动，他们偏说你能？"

　　维拉德抬起一只胳膊，艰难地说，自己虽然不能动，却还有劲儿，如同一只公海豹要拖着身躯跨过岩石。"你是说我诈病？"

　　"我知道你不是诈病。"

　　"你刚才说的就是这个意思。"

　　"不是。"

　　"如果脊椎没有问题，那我为什么不能走路？"

　　"这个问题你自己清楚。"

　　维拉德发出一声冷笑。"我知道你想让我说什么。我不能走路，是因为我不想回到战场。"他瞪了里弗斯一眼。"根本不是那么回事。你等于说我是个胆小鬼。"

　　里弗斯拿起了帽子和拐杖。"我知道的答案跟你说的不一样。"他知道维拉德在看着他。"不错，瘫痪意味着一个人想活着；他不想接着打仗了，不想加入到无望的战场上去。但是，这两点都不能说明他准备做逃兵。"他微笑着接着说："瘫痪和胆小鬼不是一回事，维拉德先生。胆小鬼离不开腿。"

　　维拉德没有吱声，但里弗斯能感到他的神经放松了一点。……

里弗斯随后借维拉德的妻子要来医院探视他的机会，劝解他振作穿戴起来，用一个好的精神面貌迎接妻子的到来。

里弗斯同时用作为医生所具有的职业判断和作为人所具有的共情和悲悯帮助病人面对战争问题和痛苦，以便使他们回到社会需要他们的岗位。相比抽象、粗暴的理性主义话语方式而言，里弗斯的这种职业救治方式更具有人性关怀的厚度。

另一位病人萨松的案例让里弗斯煞费苦心。

真实的历史人物齐格弗里德·萨松刊登在 1917 年 7 月《泰晤士报》

上的《脱离战争：士兵宣言》① 是巴克小说《重生》的开场。萨松以一个
参战军官的身份用人格和荣誉担保发出的反战声明，对抗的是官方不实的
战争宣传和国内百姓对战争目标的盲目的热情。声明指出了一战的荒诞、
残酷和前线战场所造成的巨大的伤亡，抨击国家机器把控之下的虚假的意
识形态内容，谴责前线战略部署的错误，揭露决策当局的冷漠，敦促国会
尽快结束这场"邪恶与不义"的战争。声明最后说道："我代表前线正在
受难的士兵抗议政府对他们的欺骗，我相信我的抗议可以帮助消除那些待
在家中无法体会前线官兵痛苦经历的人们的冷漠自负，前线的情况他们根
本无法想象。"

萨松的抗议表现出英国年轻精英分子的真实性情。他们的出身、教育
程度和社交圈都保证了他们对于大英帝国的绝对忠诚和英国绅士的情操。
萨松使用君子手段将他的抗议公开发表，是基于前线战场每日都有大批死
伤官兵，到处都是战争惨烈性与荒谬性的见证。国内报纸每天刊登的死亡
名单也说明了这个问题："普拉斯，4 月 28 日阵亡，某某挚爱的小儿子，
等等，年龄 17 岁零 10 个月。"可见战时国家征兵急迫，问题多多。据统计
数字表明，当时有十分之一的男性，体检时被归入"第四级"，即那些不
适合进入战场残酷环境的人②。但战时缺丁，不仅这些人被纳入，年龄不足
18 岁、有慢性病史的也可能被派往前线，因为政府"顾不过来这么多"。战
壕里还有超龄的，甚至患肺结核病的士兵。

萨松天真地以为，国家将会按照常规程序对他进行处理，要么把他交
移军事法庭，通过法律程序对他进行公开庭审；要么通过民主的方式展开
辩论，敦促战争停火，以避免更多无谓的牺牲。而结果却是，他发现自己
如同"跳梁小丑"，仅仅是"螳臂当车"从而证明自己的自不量力，因为
国家既不希望他的从中作梗成为转移战争视线的引子，同时也不希望打压
萨松这样勇敢的军官而导致军心涣散。所以，相关部门没有让他进入正常
的法律或者讨论的程序，而是在他朋友的斡旋下把他送进了爱丁堡克莱格
洛克哈特"疗养院"。这种讽刺性的结果尽管让萨松恼怒不已，却也给了

---

① 该声明的原文是 Siegfried Sassoon "Finished with the War: A Soldier's Declaration"。

② RAMC. *Ministry of National Service*, 1917 – 1919 *Report Vol.* 1 *Physical Examination of Men of Military Age by National Service Medical Boards* 1 *November* 1917 – *October* 31 1918（London：HMSO, 1920）4, WL RAMC/739/18.

他休整、反思的机会。

接治萨松的医生里弗斯做出对萨松"病情"的判断:"病人身体健康、相貌堂堂。他的神经系统没出任何问题。"但他仍然需要在克莱格洛克哈特住院接受心理治疗:12 周之内,要么认清形势,回到法国战场继续战斗;要么让自己荣誉尽失,如行尸走肉般在国内待下去。

萨松发现,"疯人院"带给他的焦虑和危机不亚于西线那个"绞肉机"——法国战场。他不仅要接受里弗斯对他进行的每日一次,后来递减到每周三次的"洗脑"治疗,还要承受这个"疯人院"中其他病人对他的日常生活不舍昼夜地在心理和精神上的骚扰。他和一个叫安德森的病友一起打高尔夫球,安德森在第 17 洞进球时不幸错失了球,懊悔之下不仅骂了萨松,还扬起手中的高尔夫球杆险些揍了他。萨松吃惊不小,但还是故作轻松地一笑置之。当打第 18 洞时,萨松小心翼翼地问安德森该用哪根球杆合适:"我接着用刚才那根杆吗?"

安德森是弹震症患者,表现为不能控制自己的情绪。他对萨松所表现出的生命威胁并不比前线战场上的危险性弱。所以,萨松反驳里弗斯说他待在医院里独享生命"安全"的观点:"没有什么比跟精神病人在一起打高尔夫球更危险了。"

住院期间,萨松内心一直备受战友在战场经受生死考验的折磨。不论是朗朗晴空还是阴霾密布,幻视幻听常伴他的左右——战友的身影总在他眼前、身后无声相随,抑或总有人站在窗外用手啪啪地拍打窗棂、急着要进屋里来:

> 窗户又传来快速的、持续不断的简短敲击的声音。他想他听到的就是敲击窗棂的声音。外面没有任何大树的树枝能碰到窗户上的玻璃。他推测那响声也许是老鼠吧。可是,老鼠怎么能发出这样快速且持续不断的敲击的声音呢?躺在床上,他辗转反侧无法入睡,想着自己在法国战场都能睡得香甜,现在身处舒适安全之地居然睡不着觉——这岂不是太蠢了……

战争所体现的国家意志与用血肉之躯誓死捍卫这种意志的前线官兵之间存在巨大的差异。1914 年 9 月马恩河战役之后,英法联军对德军作战的西线战场就进入了以铁锹、机枪、铁丝网为象征的堑壕战时期。时任英国首相的劳合·乔治毫不含糊地表达了英国将战斗到最后胜利时刻的决心：
"现在英国军队中既没有钟表，也没有日历，时间是一个最不重要的因素。
英国一共用了 20 年的时间才击败拿破仑，而前 15 年英国一直处于劣势。
虽然打赢这场战争不会需要 20 年，但是不管持续多少时间，我们必定奉陪
到底。"① 丘吉尔也明白无误地表达现代武器所导致的自杀式后果："可惜
的是，战争居然用它自身的贪婪、卑下、无孔不入让我们的铁骑战术毫无
用武之地，现在战场上只能用化学家制造的护目镜，在机舱里飞行员靠使
用拉杆装置或者机关枪……（政治家们）让那些真正懂得如何打仗的人没
有了用武之地，结果只剩下可恶的机器、金钱和人，不分彼此。"② 英国陆
军宣传总部（Wellington House）致力于战争宣传，不断鼓励更多的男性奔
赴战场："英国的立场是保家卫国，……胜利将永远是……正义压倒邪恶，
这是颠扑不破的制胜真理。"③ 诸如"我们部队战斗热情高涨，战斗意志坚
不可摧"④ 之类的鼓动宣传如雷贯耳。这些都与士兵无可逃避的切身恐惧
和死亡阴影笼罩的西线战场现实形成巨大的反差，因为践行国家意志的前
线官兵在战场上死守阵地的战争感受远非政府政治宣传的那么简单。

　　萨松是最早参战的热血青年之一。他在战场上曾杀敌无数，人称"猛
士杰克"，荣获过英勇"十字勋章"；他还在战争初期写下过充满激情的理
想主义诗歌，是希望铲除邪恶、匡扶正义的血性汉子。然而，在经历了
"战争的痛苦"和"理想主义破灭"之后，萨松就在回国治病期间把自己
所荣获的英雄十字勋章扔进默西河（Mersey），表达拒绝继续服膺于这场
自杀式战争的决心。小说中，萨松所看到的未来图景是："火光映照天际，
到处尸横遍野。这是每天夜晚你都会看到的景象，恐怕也是未来我能看到
的唯一景象。一百年以后人们耕种土地时会触及遍地白骨。我好像总是置
身未来回视现在，我甚至能看到我们的幽魂。"所以萨松认为，避免徒劳
牺牲的办法是敦促政府与德国人谈判，以期早日停战。

---

① 金志霖主编《英国十首相传》，东方出版社，2001，第 223～224 页。

② Winston S. Churchill, *My Early Life*: *1874–1904* (London: Butterworth, 1930) 64.

③ Sue Malvern, *Modem Art, Britain and the Great War Witnessing, Testimony and Remembrance* (London: Paul Mellon Centre BA, 2004) 23.

④ C. E. Montague, "Preface" to *The Western Front*, Drawings by Muirhead Bone, 2 Vol. II (London, 1917).

萨松的愿望尽管真诚，却不是国家意志所期待的。他被当作"败坏分子"送到精神病院接受治疗和改造。里弗斯了解萨松的为人，不愿意用治疗之名操纵他。所以，让萨松这样的"病人"回到社会常态中来是一个极大的挑战。

无论如何，作为萨松的心理医生，里弗斯的责任是帮助他摆脱现实困境，回到西线战场。里弗斯明白人必须遵循现实尺度："我属于军队编制，我拿着军医的工资，我干的就是这份工作。"然而内心尺度不容忽略，他是暗自赞同萨松观点的人，但现实又不能让他助长萨松的想法，因为那会"毁了他"。通过"谈话"，他想方设法让萨松明白，文化成规对人的限制不是一两篇声明就能解决的。在国家利益这个最高准则下，个人主动承担与坚持责任既是必要的，也是必须的。他用讽刺的语气对萨松说："如果你坚持抗议下去，你就一定能确保在战争结束前让你自己绝对完整、绝对属于你自己、绝对安全。"① 他随后接着问萨松："你在安全的地方待着，而其他人在冒死奋战，就不觉得难为情吗？"对此诘难，萨松愤怒反驳："这个乌烟瘴气的国家里恐怕不会有第二个人像我这样更难为情了。我不正是和其他人一样，在学习怎么努力面对这样的现实吗？"

布洛克医生认为萨松太感情用事："朋友的死让他难过。战场上别人的朋友的死让他恐怖。这类的感情应该忽略，这是不容置疑的。"里弗斯回答他："在我看来，这类感情不应该忽略。只是要注意不去用这类感情主宰人的行动就好。"

里弗斯是萨松的主治医生，同时也是他的同行者和指导者。他以医疗权威的权限，与身陷泥沼的就诊官兵共同面对困境。里弗斯对萨松的医疗鉴定字斟句酌，表述如下：

> 1914 年 8 月 3 日，该病人加入苏塞克斯野战部队。三个月后，他因为驯马摔伤，在医院里治疗了几个月。1915 年，他接到皇家威尔士步兵团的委任状，从当年 11 月到转年 8 月他在法国带兵作战，直到患上战壕热回国休养。1916 年 6 月，他获得军功十字勋章。因病休假三个月后，他于 1917 年 2 月回到法国。1917 年 4 月 16 日他右肩受伤，

---

① 小说中原文的强调："... in a state of Complete. Personal. Safety."

被送到第四伦敦医院外科病房接受了四周的治疗。随后，他被转入布拉西康复中心休养三周，之后被安排在剑桥指导军官学校的学生。

在法国战场早期，他目睹战争的血腥屠杀，开始怀疑战争继续打下去的合理性。1916 年他在国内治疗休养期间，与罗素等和平主义分子有过交往，但在此之前他与和平主义思想从未苟同过，并不认为自己的想法是受了和平主义者影响。第二次回到法国前线后，他对战争合理性的怀疑有所增加；从军事的角度，恐怕他更加怀疑战争进行的方式。今年 7 月，随着身体的康复他要到工作岗位报到，而他从心里不想回岗，认为自己有责任抗议战争的进行。他起草了一份声明，自认为是用行动意愿反对军方的命令（文字见 1917 年 7 月 31 日的《泰晤士报》）。7 月 16 日他没能如期到切斯特接受医疗委员会的质询，第二次质询定在 7 月 20 日的利物浦，他如期到场。医疗委员会决定让他到克莱格洛克哈特战争医院接受三个月的治疗。

病人身体健康、相貌堂堂。他的神经系统没出任何问题。他阐释自己的行为和动机清晰明确，没有任何抑郁迹象。他知道，自己的战争观与朋友和战友的死亡有关，这些人都是他在法国打仗时的部下。目前，他坚信战争如此进行下去将后果惨重、损失巨大，但他同意不将该声明呈送司令员，也不希望该声明在下议院宣读。他对战争的看法与其他和平主义分子不同。如果他能看到战争朝着积极决策的方向发展，是不会与战争继续打下去作对的。

他 11 岁、14 岁时两次患肺炎，就读马尔堡私利中学，踢足球造成心脏劳损。他在剑桥大学克莱尔学院就读过四个学期，修读法律和历史，后来发现这两个学科他都不喜欢，就离开剑桥。随后他在乡下住了几年，主要从事打猎和曲棍球活动。他对政治不感兴趣。他从童年开始写诗，断断续续坚持到现在。1914 年他骑马受伤进行治疗和康复期间，写过诗作《老猎人》，同名诗集已经发表。

最后，萨松因为明白反战无望，又不忍心弃战友于不顾而主动提出返回法国战场。这决定让里弗斯既高兴又担忧：回到法国战场达到了他与其他战友生死与共的目的，但是在法国战场能否活命到战争结束，这将是另一回事。作为指挥者，萨松认为自己有责任与战友一起战斗在战场，但他回到法国战场的真正目的是带领他们打仗杀人。里弗斯比任何人都清楚，写诗歌与高喊和平口号跟在战场上与敌人厮杀，其行为角色有着根本的不同。"他（里弗斯）没有时间多想，如果齐格弗里德将来受了重伤或者死于战场，自己将会是什么反应。每一个回到前线去打仗的人都有可能受伤或死亡。这种情况，他已经经历了太多。让他觉得格外讽刺的是，医生的职责应该是改变病人的状况，令人想不到的是，在改变病人的过程中他自己被病人改变了，而这个病人并不知情。真是够讽刺的。"小说结尾，里弗斯翻开齐格弗里德档案的最后一页，写完萨松的病例：1917 年 11 月 26 日允许其返回战斗岗位。

小说中，萨松是对部下具有悲悯情怀的切身实践者。他在西线战场参战者中的口碑和所获得的尊重有目共睹。里弗斯等具有话语权力的医疗专家是前线官兵的同行者、关爱者、指导者。这种共识构成一战时期的不同生活面相，尽管萨松超时代的敏感和洞见似乎没能对当时的战争进程产生任何实质性的影响，但是，他敢于与官方将战争无休止地拖延下去的做法进行公开的批评与对话，已经成为一种当代的"旷野之声"。这个"旷野之声"的保留，与一批像里弗斯一样持有不同见解、敢于实践与担当的医疗界权威的理解、爱护与合作密不可分。巴克小说所展现的一战历史的这个切入点为当今世界回溯战争时代面貌的多元性和丰富性提供了独特的参照视角。

三

在众多西线战场军人之中，像萨松这样的军人大有人在。另一位发出"旷野之声"的是战争诗人欧文。他用战争诗歌敲响了战争"悲悯"的警钟，用身体语言对话英雄主义盛行年代的战争观念。

学者林多[1]认为，萨松、欧文、罗森伯格等战地诗人的诗歌并不具备代表性，他们的诗歌是某些战地诗人言辞上"神经过度敏感"的暴露，不配享有评论界给予的高度评价，因为他们的诗歌和相关评论"很离谱"。林多随机采访八位身体残疾的一战老兵之后写道，八位伤残老兵无一人患上所谓的战争创伤后遗症，对让他们走上战场的政治家和军中长官并无任

---

① Peter Liddle, *The 1916 Battle of the Somme：A Reappraisal* (L. Cooper, 1992).

何不满。这些伤残军人的"爱国热情"不仅在当时，即使在当下也是普遍存在的。战地诗人所表现的"悲悯之情"不过是文人进行炒作的手段。

不可否认，林多的批评有其立场背景。他用政治家而非艺术家的眼光看待一战遗产，得出他的结论。诚然，跟上时代步伐是人的生活常态，这场战争在如此漫长惨烈的情形下能够坚持到停战的钟声敲响，如果没有全民参战的爱国激情和上下一致共同协作的作战将是难以想象的。然而，持这种观点的批评家忽略了这样一个事实，思想先锋任何时代都有，特别是在极其困难且危急的时刻。他们的发声可能很微弱，甚至未能引起注意，更谈不上收到实际成效。能够发出这种声音的人是有着高度觉悟和敢于付出自己的人。他们的观点和主流话语相左，在当时，甚至长此以往不被重视也不足为怪。林多等人的批评观点恰恰说明，欧文、萨松等一代战地诗人所发出的身体之殇使这种诗歌具有"旷野"性。用正确的政治观念冷落他们，对战时整合民族力量打赢那场战争有利，对当权者的面子与利益、安定社会等各种因素有利，但是，它对人类面对自身的问题不利。"旷野之声"在开始阶段遭受打压，正说明其中的观点切中要害。历史上的战地诗人的诗歌、良心反战人士的抗议和布鲁姆斯伯里俱乐部的和平主义信条都不能做到尽善尽美，然而，它们不仅成为英国思想史上的宝贵资源，而且已经成为世界性的文化遗产。

欧文本来对战争高调毫无兴趣。想成为牧师的他不得不以战时划定的男性社会身份为重，违心走上战场。战场间歇，他以写诗来消遣难挨的时光。在为数众多的战争诗歌中，欧文最具代表性的诗歌之一为《为国捐躯甜美而光荣》（*dulce et decorum est pro patria mori*）。诗中直言"为祖国捐躯的甜美与光荣，不过是古老的谎言"。他认为，战争中鲜活的生命在片刻之间化作虚无，这让人"心中只有悲悯"。欧文在战场上出生入死的战争感悟与国家英雄主义浪漫宣传唱反调，其诗歌在当时受冷落并不奇怪。

从某种角度看，欧文之死是见证战争荒谬的一个典型案例。欧文在停战前一周不幸被流弹击中死亡，时年 25 岁。具有讽刺意味的是，诗人阵亡的消息送抵他父母居所之时，就是停战庆祝日当天——1918 年 11 月 11 日。这个事件成为小说中欧文渴望战争早些结束的莫大讽刺——"似乎总有个低沉的声音在回荡，跑吧，小人，若能幸存就该谢天谢地。"

没能逃过死神捉弄的欧文用他年轻的生命书写了政治权力与生命权利

之间的对话。他的《老人和青年的寓言》①借众所周知的《圣经》故事表达了他对英国一战社会现实的不满，他借用《圣经》意象拷问一战本质，以及当权者应该思考的问题和担负的责任。

> 亚伯拉罕随后站起身，劈好柴，
> 又去拿随身带的火与刀。
> 父子二人到了目的地，
> 头生子以撒开口问，父亲，
> 你瞧，万事俱备，有火又有刀，
> 可哪有献燔祭的羊羔？
> 却见亚伯拉罕用绳子和带子将年轻人绑好，
> 接着又垒墙，又挖壕，
> 最后伸手拿刀要将儿子杀掉。
> 此时你瞧！天使在天上把他叫，
> 说道，不可在这孩子身上动刀，
> 一点也不可伤害他，他是你的儿。
> 你看，有一只两角被扣在了灌木丛的
> 公绵羊，就用这只荣耀的公羊代为献燔祭。
> 可是老人却拒绝这么做，他亲手宰献了自己的儿，
> 还一个一个地，宰献了欧洲一半的子孙。

　　欧文诗歌对战争本质的揭露被巴克移植到小说中的军医里弗斯身上。作为医生的他已经陷入不能自圆其说的矛盾之中：他为病人做治疗，以便让他们及早康复，重返前线；而重返前线的结果，还是让他们去送命。有一次他面对教堂窗户上亚伯拉罕献子的彩画故事浮想联翩。

　　圣母和圣约翰各在一边，圣灵降临，圣父慈爱地俯视大地。下界的一切都变小了，是亚伯拉罕遵照上帝的旨意在燔祭他的儿子。亚伯拉罕身后有一只羊羔，羊角被灌木丛挂住怎么也挣脱不出去。这是窗

---

① Wilfred Owen, "The Parable of the Old and the Young," 欧文的这首英文诗来自 http://en.wikipedia.org/wiki/Wilfred_ Owen。

户上最富有表现力的图景。你能想象那种恐惧。然而，亚伯拉罕会不会因为答应了燔祭儿子而后悔我们不得而知。以撒呢，他只是暂时被绑在了祭坛上，露出了默许的一笑……

东边的窗户上提供了明确的选择：那促成文明的两种恼人的交易。那可是真正的交易！里弗斯一边看着亚伯拉罕和以撒的默契一边想。整个父系社会得以建立与维系的交易是，如果你，既年轻又健壮，愿意服从我，既年长又体衰，甚至为了我，你要随时准备献出你的生命。那么，随着时间的流逝，你将顺然地获得你该得的，并从你的子辈那里要求同样的卑顺。里弗斯想，是我们破坏了这个交易。就在此时此刻，在年长的男性和不同年龄的女性都聚在这里一起同唱赞美诗的时候，我们后继的子辈们正在整个法国北部——在战壕里、掩体中，和那灌满雨水的弹坑里——无休止地断送生命，死亡无以计数。

两次互文，意义大不相同。欧文诗歌挪用《圣经·创世纪》中亚伯拉罕献以撒的故事是说，上帝既考验了亚伯拉罕对上帝的忠诚，又用羊羔代替他儿子做祭献，阻止了亚伯拉罕杀子的行为。这种以《圣经》故事为代表的宗教思想强调信仰和上帝的秩序，为人确立了一种不容置疑的尺度，成为战前整个西方世界赖以建立与维系的精神支柱。然而，战争期间的战场上、战壕里、掩体中、肮脏潮湿的弹坑里，还有医院的每个角落都有无以计数的生命被断送，人的生命被强大的战争机器如同草芥一般碾压，随时可能化为冰冷的统计数字中的一个。"信念"在士兵心中从此失去了阐释如此磨难的基础，"正义"与"永恒"的尺度也失去了往日的效力，因为他们的长辈——当权者——从不考虑他们作为牺牲品的后果。

诗中"毁灭"二字的分量和导致毁灭的罪魁祸首充分凸显。诗人把这首诗叫作"寓言"，是用假托的方式说明道理或教训。诗中的"老人"寓指那些把国家拖进战争泥潭的人，"青年"指深陷战争泥潭的年轻士兵。欧文在诗中揭示，战争的罪责在于欧洲国家的统治者和决策者。一战的漫长进程表明，卷入战争的国家决策者一直践行"国家的荣耀"高于一切的战争宗旨，是决策者的愚行毁掉了欧洲近千万士兵的性命！诗歌借用《圣经》典故对欧洲决策者操纵生杀大权以至于置年轻士兵宝贵的生命于不顾的顽固与自私进行了无情的讽刺与鞭挞。诗歌最后两句则把这种鞭挞推向顶点：上帝的"公正""智慧""恩典"与欧洲国家决策者的自负、愚蠢、冷漠形成鲜明对照——战争发起者才是这场战争灾难的制造者。正是他们破坏了秩序的链条，致使欧洲进入万劫不复之境。

由于有了深厚的宗教熏陶，欧文心里盛着大悲悯、大哀伤。他并不在意通常意义上的"敌"与"我"。在他眼里，士兵都是战争的受害者，他们都在令人心疼的年纪被战争机器驱使而充当了炮灰。诗人还在诗中暗示，如果必须面对苦难与死亡，真正的男儿不会退缩，但他们绝不是好战者。发动战争的人不会是真正意义上的智者。智者应该思考战争的性质，学会平息战争，避免让更多的鲜活生命白白葬送。可见，诗人的激情不在言表而在内里。诗中饱含他对一个一个鲜活生命遭到战争毁灭的怜惜和哀叹。由此，他对战争荒谬性的逼视不言而喻。

诗中"老人"对"青年"的冷漠也暗指代际鸿沟，即当时长辈（政府官员、父母）对子辈（年轻参战士兵）的葬送。父辈的虚荣与盲目的爱国热情间接地断送了子辈的性命。由此，恼怒与痛恨的情绪不仅存在于敌我之间，更存在于代际和性别之间。欧文在与家人的通信中多次暗示"你（们）"无法理解"我（们）"遭受的折磨。1917 年，连续数月在阵亡者清理站工作的欧文给他妹妹写信，信中说："我开始到这的时候真是心绪不宁。……你晓得，引起我内心不安的既不是德国人也不是炸弹的爆炸，而是这么长时间以来一直与死人为伴的生活。但愿你能理解，这周围遍地都是死尸，其他地方也一样。我想你理解不了。"①

巴克小说中里弗斯的思绪——"亚伯拉罕会不会因为答应了燔祭儿子而后悔我们不得而知。以撒呢，他只是暂时被绑在了祭坛上，露出了默许的一笑"——传达了与《圣经》中亚伯拉罕献祭头生子和欧文诗歌《老人和青年的寓言》中献祭年青一代的对比：《圣经》中的亚伯拉罕献祭自己的亲生儿子时毫无情感犹豫和良心责备；用现代人的眼光来看，这难道不与欧洲的"父亲"们为了一个冠冕堂皇的理由即把他们的儿子——差不多一代人——作了献祭一脉相承吗？所以，真正疯狂的不是里弗斯的病人，而是操纵这场战争的人。更进一步看，是欧洲秉承的基督教所教化的绝对服从的文化观念，即使这种文化观念被贯彻到荒谬的程度，也触动不了

---

① Harold Owen and John Bell（eds.），*Collected Letters*（London：OUP，1967）580–581.

"父亲"们的情感。他们的"儿子"们在遭受社会文化造成的创伤之外，又增添了更深一层的无以言表的情感创伤。里弗斯痛切地思忖着："一个吞噬自己年青一代生命的社会根本不配享用人们对它自觉而又无怨的忠诚。"

20世纪90年代的巴克通过里弗斯的内省，对话了将几百万人的生命毁于这场战争的英国民族主义、爱国主义高调和国家意识形态话语。巴克小说的对话姿态是根植于历史上的威灵顿①、纳尔逊②精神，还有当时被英国本土公认为最高贵的儿子——诗人鲁伯特·布鲁克③的浪漫战争观基础之上的，广为传诵的《在弗兰德的田野上》④（*In Flanders Fields*）所表达的献身情怀正是对这种精神的诠释。巴克用欧文诗歌中的"粗朴"——饱含对生命的渴望与哀叹——将读者带出由田园诗人蛊惑附魅的不实梦幻，进入战争切肤的创伤和难以言表的痛苦之中。

战争的残酷不断出现在欧文的书信和日记中。1917年欧文在给他母亲的信中描述了他所经历的一段又一段煎熬，其中提到他在掩体遭受炮火袭击的经历。"整整12天，我没有洗过脸，没脱过鞋，没睡过囫囵觉。12天我们倚靠在掩体里，随时都会有炸弹过来将我们消灭。"⑤在一个雨夜，他在睡着的时候被炮弹掀起，在空中翻了个个儿。接下来的几天里，他一直趴在窄小的洞坑里动弹不得，另一个已经死了的战友就在不足6英尺远的对面的坑里。战场除了残酷，还有战友之间的相互关爱，以及与死者之间的共鸣。所以，英国作家杰夫·戴尔认为："对于一个战后被悲伤笼罩的国度来说，欧文的诗歌如同从坟墓发出的迟到的预言。英国20年代的作品

---

① 威灵顿（Arthur Wellesley, first Duke of Wellington, 1769~1852），拿破仑战争时期的英军将领，英国人称之为铁公爵。

② 纳尔逊（Horatio Nelson, 1758~1805），英国海军统帅，英国人誉之为"英国皇家海军之魂"。

③ 鲁伯特·布鲁克（Rupert Brooke, 1887~1915），一战时期享誉英国的爱国典范，曾担任皇家海军军官，战争初期在航海中不幸死于败血症。诗作《士兵》《死者》等是当时广为传诵的名篇。

④ 马克雷创作的战争诗歌。"弗兰德"，也称为"弗兰德斯"（Flanders），地名，地处欧洲北海地区的要冲。弗兰德的原野，位于法国和比利时交界处，一战期间是欧洲的主要战场之一。本诗作者约翰·马克雷当年随军队驻扎在弗兰德斯地区，并参加过那里的战斗，战争期间因肺炎在法国布洛涅的医院中去世。该诗歌可参阅洪怡译《在弗兰德的田野上》，见梁梁、厉云选编《我和死亡有一个约会》，解放军文艺出版社，2005，第31~32页。

⑤ http://www.poets.org/poet.php/prmPID/305（2014-2-10）.

有两个特点，一个表现完全被死神统摄的英国社会，另一个就是对灵异世界的渴望。欧文就是为这些死去的人代言的媒介。"① 欧文通过死者的冤魂开启了用神秘世界为现实世界去魅的旅程。在那个与人类现实生活平行的世界里，冰冷、苍白乃至腐烂的躯体与现实中活生生的人一样被寄托了同样的情感与渴望。生死两隔的世界也阻挡不住情感的交流——欧文的诗作《徒劳》② 通过死者所经历的苦难来打通人类发现自我的路径，在充满想象的诗性世界里肆意宣泄情感，寻求答案与精神的慰藉。

> 将他放到阳光下——
> 阳光曾轻柔地唤醒过他，
> 在家乡，待耕的田地低语诉说。
> 阳光总能唤醒他，哪怕在法兰西前线。
> 直到今天的黎明，这场大雪。
> 如何才能让他苏醒，
> 只有仁慈恒久的太阳晓得。
>
> 想想它如何让种子生长——
> 还曾让冰冷的泥土恢复生机。
> 这四肢，如此完美，这躯干，
> 如此勇气非凡——还有体温——竟然无法唤醒？
> 长大成人就为成就今日的结局？
> 啊，是什么让阳光空忙，
> 惊扰了土地的沉睡？

阳光能唤醒万物，却不能唤醒死去的青年；土地借着阳光让万物生长，却让年轻的生命归于尘土。

如诗歌的题目所言，"徒劳"是诗歌背后的隐含意义。诗中不断强化的是躯体之鲜活，给人一种"去性"的感官刺激——"完美""体温""四肢""躯干"——他借着满腔的"爱"表达对众多热血男子丧命于美

---

① Geoff Dyer, http: //www. poets. org/poet. php/prmPID/305（2014 - 2 - 10）.

② Wilfred Owen, *Futility*, http: //en. wikipedia. org/wiki/Futility_(poem)（2014 - 3 - 26）.

好年华的叹惋。富谢尔认为欧文诗歌中的这种"悲悯"可以由人推己,源自对济慈诗歌移情想象的继承和运用。① 欧文诗中用意象的矛盾揭示死亡的冰冷、残酷和对战争期许的徒劳:不仅战争徒劳,诸如政府、宗教等职能组织机构的用心亦徒劳,甚至人本身存在也是徒劳②——那一代人生命的损失是最大的"徒劳"。所以,科克斯和戴森认为,"徒劳"所表述的意义在诗学上的对等物是威斯敏斯特大教堂安葬的英烈之墓③,直接指向理性主义、国家英雄主义神话的虚幻。

第二节　英雄神话

从远古到现在,人类一直试图通过叙事,即通过众神、英雄、凡人等形象投射人对自身和所依存世界的认识。叙事由此成了"了解个人或历史经历的一种方式,否则这些经历会因为不可掌握而使人畏惧"④。文学作为艺术化、风格化的叙事作品脱离不开特定生存环境和社会形态下的意识形态构成及其相应的符号表意系统。文学艺术不仅是生活的镜像,更是提供此镜像的作者本身的生活观念的反映。世界对"英雄"神话的推崇与幻灭的过程跟人们对战争神话的认知密切相关。

一

英雄神话最早表现在史诗之中。作为人类早期社会中一种主要的文学类型,史诗描绘的是各民族创建之初或发展中经历过的重大事件。《吉尔伽美什》《荷马史诗》,以及中世纪的英雄史诗都属于这一种类型。不论是由民间口头文学加工,还是文人有意识地创作而成,它表现的都是宏大的场面、伟大的事件、壮烈的英雄。这种类型的文学在叙事方面体现为统一叙事,其所

---

① Paul Fussell, *The Great War and Modern Memory* (New York: OUP, 1975) 291.
② Abu Baker, "The Theme of 'Futility' in War Poetry," *Nebula* 4.3 (September, 2007) 125 – 140.
③ C. B. Cox and A. E. Dyson, *Modern Poetry Studies in Practical Criticism* (London: Edward Arnold, 1963) 52.
④ Jane E. Dickson, "Singing with Mystery: Interview with Graham Swift," *Sunday Times* (Feb. 16, 1992) 6a.

表现的思想精神是崇高的。这种特性在很长的一段时间里既成为评判文学水平高低的标准，也成为评判一个人的人生志向和事业成败的标准。

随着人类社会经济的发展变化，人通过文学反映出的对自身的认识也在不断地发展变化。早期占主导地位的史诗衰落了，取而代之的是故事诗、诗体小说，乃至杂语小说。大致说来，弥尔顿之后，表现宏大主题的创作走到了顶峰，同时表现日常个人生活的小说文类逐渐成为潮流。但史诗具有的权威性始终左右文学的写作与评判。新出现的小说，即这种杂语创作，毫无疑问地沿用了史诗般的统一性叙事方式，叙事者不容置疑地将自己的个性隐去，把自己置于国家、民族利益代言人的位置上，施以同一性的规范，并为该声音赋予最高的权威性。现实主义文学即此类典型，它以托尔斯泰独白式的《战争与和平》所表现的终极性的主题为最高典范。事实上，表面上看起来具有不同程度对话杂语性质的小说，如简·奥斯丁小说中的闺中私语，甚至被公认为复调小说的陀思妥耶夫斯基的作品，实质上也通过其转喻的方式表达了对于统一性的追求。换句话说，在史诗终结之后的小说类型中，小说家即使在杂语文学类型中追求的仍是史诗般的统一性的叙事。

这种文学状态在进入 20 世纪以后发生了变化。以个人在场性、切身实践性为中心的微观叙事取代了以追求普遍性、同一性为中心的宏大叙事，呈现出反史诗性的面貌。强调个体的多元选择性而非唯一性，强调个体所处的历史情景而非决定论，拓宽了对历史的理解。个体在历史情景下如何面对、怎样反应、如何决定与选择，以及这种决定和选择又对社会和以后的历史发展产生了什么样的影响等成为作家写作的重心。这样一来，作品对历史的揭示呈现出更为丰厚充实的面貌，使读者对历史的解读充满更加广阔与多样化的视角。

从史诗、史诗性到反史诗性叙事可以看出文学的演变，其中折射出的是人类社会随着政治、经济、观念变化而发生在文学创作中的转变。史诗和反史诗因此成为一种关照社会历史发展变化的独特角度。

第一次世界大战开始后不久，西线敌对双方机械化的后勤保障体系和不断升级的现代化武器装备都发挥到了极致，各自逐渐开发出接近一人深的纵横交错的战壕，而后依托战壕进行攻击和防守。战争很快演变为堑壕战，形成了四百多英里长的筑垒堑壕系统，形成迄今为止最为惨烈的人类战争。

战壕在对作战人员提供保护的同时，也带来了一系列的问题，主要是战壕里面环境太差：常年潮湿泥泞的环境，既有老鼠又有虱虫，卫生条件极差，对官兵的侵扰不断，遇到雨季，里面的积水很深，脚泡在水里极容易感染患病，这给军队带来困扰。战场的泥泞形成沼泽环境，成为士兵的死亡地带。跳板装置在堑壕战、消耗战背景下极为普遍。它既是部队的生命之路，也是士兵的死亡陷阱。所以，跳板搭建的地面活动路线和下面的死亡之坑铸成阴阳两个世界，成为现代化战争场景的特殊符号。

巴克在小说中通过军官曼宁的叙述还原了现代战场的荒原本质，其沉闷感、潮湿泥泞感和士兵的孤独感在三部曲之第二部《门中眼》中得到展现："像白日梦，真的没什么大不了的，一点也不可怕，就是一个全副武装、带好防毒面具的小分队经过跳板出发去执行任务……一路……泥泞……如果有人从跳板上掉下去了，很难把他拽回来，只能眼巴巴地看着他沉下去。士兵背后的辎重很沉，那泥潭有 15 英尺深。那可不是普通的泥地，像沼泽地，它……下陷。士兵们得抓着前面人的背包走路。"

法国北部市镇阿拉斯①是西线的战场。它在古罗马时期曾经是重要的罗马兵营，城下留有中世纪建成的纵横交错的地下通道，可以直通德国阵地前沿。英军借此优势在地下隧道驻兵抵御，同时扩建壕沟，埋下地雷，以备反攻之日占据制敌优势地位。可想而知，这样的环境下士兵日复一日的战场驻守该有多么困难，充满黑暗、腐臭、泥泞和死寂，连炮弹扔在周边的炸响都是闷声……

巴克使用了萨松的诗作《后卫兵》②，诗歌描写了一个普通士兵在法国阿拉斯战场黑暗、腐臭难耐的地下隧道摸索前行，寻找司令部位置的一段

---

① 阿拉斯（法语：Arras），法国北部地名。第一次世界大战时，阿拉斯接近战线，从 1917 年 4 月 9 日至 5 月 16 日附近战役连绵，这些战役都统称为阿拉斯战役，死伤惨重。

② 小说中引用该诗歌原文如下：Groping along the tunnel in the gloom /He winked his tiny torch with whitening glare, /And bumped his helmet, sniffing at hateful air. /Tins, boxes, bottles, shapes too vague to know, /And once, the foul, hunched mattress from a bed; /And he exploring fifty feet below /The rosy dusk of battle overhead. /He tripped and clutched the walls; saw someone lie /Humped and asleep, half-covered with a rug; /He stooped and gave the sleeper's arm a tug. / "I'm looking for headquarters." No reply. / "Wake up, you sod!" (For days he'd had no sleep.) / "I want a guide along this cursed place." /He aimed a kick at the unanswering heap; /And flashed his beam across the livid face /Terribly glaring up, whose eyes still wore /The agony that died ten days before /Whose bloody fingers clutched a hideous wound. /Gasping, he staggered on until he found /Dawn's ghost that filtered down a shafted stair /To clammy creatures groping underground /Hearing the boom of shells in muffled sound. /Then with the sweat of horror in his hair, /He climbed with darkness to the twilight air。

历程，是西线战场日复一日生活的真实写照。正是阿拉斯战场地狱般的环境和各种生死遭遇成为萨松负伤后被送回国养伤时决定用自己的方式公开发表声明来呼吁停战的起因。

该诗写于1917年4月。巴克录用的诗歌共24行，完全是自传式的描述。无论诗中的这个"他"是诗歌作者本人，还是用来代言士兵，"他"跌跌撞撞走进隧道的肢体语言带给读者无形的压迫感。隧道里虽有忽明忽暗的火把，但他们无法照亮凸起凹进的四周，以及脚下坑洼的地面。在一人多深肮脏潮湿的掩体内寻找进路完全靠肢体碰触，所碰到、闻到、听到的都不是熟悉生活环境下的感觉，一切都是那么诡异与充满死气。黑暗中只能"摸索前行"，会猛然与"瞪着的可怖的"眼睛相遇，不禁"心惊肉跳"；这个后卫兵由于几天未能有机会睡觉而变得脾气暴躁，他的喊声"起来，该死的"伴随着由排泄物、芥子气、腐臭的尸体混在一起的味道在空间飘荡；唤不醒的士兵不知是生是死，包括他在"黑暗"之中借一缕光亮照到的"铁青的脸"和"睁开的眼"……

沉闷的前线战场与伦敦民众所形成的轰轰烈烈的抗敌宣传形成鲜明的对照——德国炮弹在伦敦轰鸣作响，白天黑夜都让市民们不得安宁。但是，伦敦市民早已习惯这种轰炸。他们生活如常，甚至还编了顺口歌谣，调侃德国炮弹的连续轰炸：

> 昨天炮轰过，
> 前天也挨过，
> 今夜一定来，
> 若是我们被错过，
> 心里必然被吓着……

对曼宁来说，歌谣好像在讽刺前线的士兵。他们回到伦敦后比百姓还容易受到轰炸的惊吓，甚至医院里送茶时茶匙在托盘里发出的"哒哒"响声都可能把他们吓得灵魂出窍！甲弗斯安慰查尔斯·曼宁上尉说："击中了就不可怕，可怕的是没被击中。"曼宁说："你这话让我想起去年（1917年）圣诞节的情景。还记得那次轰炸吧？当时我和罗斯在一起，还有萨松。有趣的是，那是我第一次经历空袭。我们都认为自己是千锤百炼心理素质过硬的老战士，老百姓需要我们来安抚。可当时吓坏了的居然是我。罗斯的房东比我镇定多了。萨松跟我一样也是心惊肉跳。直到今天我还记得他当时的原话："人们议论我该不该回来（英国）。回来哪里有什么好处。'"

前线战场由沉闷带来的死亡威胁与后方城市感受狂轰滥炸的危险是现代战争的新形态。伦敦遭受轰炸的严重程度不亚于前线战场，更能挑战人的神经。如此讽刺让众人期待的士兵的英雄主义气概成为笑柄。

二

英国文化中政府权威与帝国情结根深蒂固。20世纪初，维多利亚女王因六十多年统治（1837~1901）而积累的财富和权势已经达到顶峰。尽管国内农业歉收、国内各种矛盾激化、布尔战争（Boer War，1899~1902）等因素也在消耗英国的国库，但是英帝国早已固化了其传统文化中的秩序和理性，为自己的国民和世界树起了帝国的象征和权威：经济上，1851年首届世界博览会在英国伦敦成功举办，展现了英国作为经济强国的无与伦比的实力；政治上，19世纪末英属疆土遍布世界各地，是名副其实的"日不落帝国"；军事上，英国拥有世界上最强的海上力量；生活上，中产阶级继贵族之后，成为英国社会的主流。人们相信权威、秩序和规则，固守引以为荣的"英国性"，即英国人的体面、尊严、荣誉和理性追求。英帝国蒸蒸日上的事业让其男性足迹遍布世界，心甘情愿地成为"帝国鹰"①。为了自身和帝国的利益，他们信奉坚忍服从、忠诚无畏、不怕牺牲。

小说《三十九级台阶》（The Thirty-Nine Steps，1915）表现了战前英国民族驾驭世界的自信。小说作者约翰·布坎②站在保守的政治立场上表现了大战初期英国对这场战争所持有的乐观态度和战无不胜的强国心理。小说讲述了这样一个故事。第一次世界大战前夕，三名普鲁士间谍潜入伦敦，准备刺杀即将来访的希腊首相，以挑起大战，并从中获得好处。英国

---

① 程巍：《伦敦蝴蝶与帝国鹰：从达西到罗切斯特》，《外国文学评论》2001年第1期，第14~23页。

② John Buchan（1875~1979），苏格兰作家、战地记者和谍报负责人。《三十九级台阶》据说是布坎本人在患胃溃疡期间为排解自己的病痛而进行的一次自我娱乐的写作。布坎的另外两本战争间谍小说［《斯坦福斯特先生》（Mr. Standfast，1919）、《三个人质》（Three Hostages，1924）］和《三十九级台阶》一样均属于情节复杂却又指向明确的"悬疑小说"（shocker），吊足了读者的"胃口"，以至于布坎近百年来拥有的粉丝不减。读者甚至将布坎的作品与当代流行的《007》系列作品相媲美。

情报局的富兰克林·斯卡德上校（Franklin Scudder）发现了这一阴谋，但他在进行侦察的过程中，不幸被普鲁士间谍杀害。临死前他把获得的这一秘密透露给工程师理查德·汉内（Richard Hannay）。汉内在苏格兰青年贵族和警方的帮助下，终于找到了间谍的行动地点，消灭了普鲁士间谍，从而避免了一起政治谋杀，为欧洲赢得了备战时间。

该小说将战争写成了一场有组织、有指导的"滑稽戏"[1]，但它却真实地反映了战争早期英国国民在国家意识形态文化宣传之下所形成的普遍的乐观心理，完全是准备通过进行一场伟大的战争达到扫除未来一切战争隐患的气势。布坎在小说中极力弘扬工程师汉内临危不乱的君子风度——他有良好的教育与教养，品行端正、忠诚无畏、富于冒险和自我牺牲精神；他热爱大自然，深谙英国文明的精华。小说出版后鼓舞过不少怀揣梦想的前线官兵。从一位前线军官对布坎作品的评价可见一斑："这小说（《三十九级台阶》）正适合在这（前线）阅读，既能占据注意力又不至于让人疲倦。堑壕生活是那种泥里、雨里、炮弹长鸣的令人沮丧的日子，该小说在这种情况下大受欢迎。"[2]

大战之初超乎人想象的死亡数字和惨象很快改变了英国人对这场战争的乐观态度。数字表明，战争最初的八个星期里英国就有志愿从军者75万，接下来的8个月又增加了100万[3]。英国当时还没有执行义务征兵制，纷纷走上战场的男性中，很多是身穿戎装的市民和青年知识分子。他们只是经过几周的强化训练就在一声号令下开赴前线。很多人就这样稀里糊涂地做了炮灰[4]。

---

① Stella Rimington, "John Buchan and The Thirty-Nine Steps," in *The Telegraph* (Jan 11, 2011).
② Stella Rimington, "John Buchan and The Thirty-Nine Steps," in *The Telegraph* (Jan 11, 2011).
③ 〔英〕霍布斯邦：《帝国的年代》，贾士蘅等译，国际文化出版公司，2006，第380页。
④ 第一次世界大战期间，每八个走上战场的英国人中就有一个再也回不到家乡。《指环王》作者托尔金所在的队伍的阵亡率，比全国平均死亡率还要高一倍不止。与之相比，包括爱德华国王学校的学生在内，走上战场的英国士兵中，那些前公立学校的学子，阵亡率达到20%。参见约翰·加恩《托尔金与世界大战》，陈灼译，文汇出版社，2008，第9页。Kenneth O. Morgan 提供的最新研究资料数据显示，从1914年8月开始到1914年年底英国共有16200名官兵阵亡，47707人受伤，16746人失踪或被俘。47位贵族头衔继承人命赴黄泉，其中很多人是伊顿公学毕业生。伊顿公学有150名毕业生在战场丧生，这个数目占这个学校整个战争最终丧生总人数的15%。这些伤亡数据让英国人听起来相当可怕，而要跟其他交战国伤亡人数相比就是小数目。但是后来情况发生了变化：由于有了征兵制，截止到停战的时候英国共有600万人穿上了军装，这个数字占英国成年男性人口总数的1/4，其中参战人数的1/8有去无回。Kenneth O. Morgan, cited in Max Hastings, *Catastrophe* 1914: *Europe goes to war* (New York: Alfred A. Knopf, 2013) 548.

不难想象，各种抗议之声随之而来，此起彼伏。特别是随着西线陆路的第一次马恩河战役（First Battle of the Marne 1914）、凡尔登战役（Battle of Verdun 1916）、索姆河战役（Battle of Somme 1916），以及海上的加里波利战役（Battle of Gallipoli 1915）和日德兰海战（Battle of Jutland 1916）的惨烈推进，参战士兵的战争热情很快就消耗殆尽。如果说战争初期还可能有像西线战场"圣诞之夜"①那种充满美好人性的交流的话，那么，随着战争的推进，部队如火的热情很快被战争缓慢的进程、战场的烦闷、野蛮的杀戮以及造成的众多无谓的牺牲击得粉碎——"谁为那些牲口一样死去的人鸣响丧钟？只有枪膛射出子弹的一腔愤怒。"②由英法联军对德军作战的西线战场在马恩河战役之后（1914 年 9 月）便进入了战争的胶着对峙局面，形成了以铁锹、机枪、铁丝网为代表的堑壕战。长达四年多的跨海作战和拉锯式消耗战以及投入的精备武器、毒瓦斯等早已将人们心中的英雄主义的神话摧毁，取而代之的是无奈的坚守、不断的叩问和怀疑。萨松的战地诗歌充满了跨海作战的英国士兵们的绝望：

> 一个个死灰的面容，喃喃诅咒，满布恐惧，
>
> 爬出壕沟，翻过沙袋，
>
> 腕上的表针，滴滴答答，
>
> 偷偷瞄一眼，双拳紧握，
>
> 希望，陷落在泥浆里
>
> 跌撞。哦，老天，求求你叫它停了吧！③

萨松经历战争的愤怒与嚎叫是痛苦和真相之声，是让人不安的英雄主义浪漫高调的反调，而这种反调并非没有历史文化渊源。在英国所处的北欧文化系统中，征战与死亡这种史诗般弥漫的气氛不绝于耳。那种历史的

---

① 1914 年 12 月 24 日的平安夜前后，个别战壕内双方士兵进行了唱圣诞颂歌、踢足球、相互交流，甚至互换食物、香烟、酒等小礼物的活动，发展到"圣诞节"平安之夜有将近 10 万名左右的英军和德军沿着西线陆续中止战事的举动。这些成为士兵厌倦战争向往和平的美谈。参见 Kenneth O. Morgan, cited in Max Hastings, *Catastrophe 1914：Europe goes to war*（New York：Alfred A. Knopf, 2013）541, 556 – 559.

② Wilfred Owen, "Anthem for Doomed Youth," *Wilfred Owen：An Illustrated Life*, Jane Potter (ed.)（Oxford：Bodleian Library, 2014）92.

③ Siegfried Sassoon, "Attack," *The War Poems*（London：Faber & Faber, 1983）84.

苍凉感和个体的无能为力感早就存在于历代文人的思索之中：远到莎士比亚对历史事件和民间传说的改写与利用，近到大战前耳熟能详的克里米亚战争、布尔战争，残酷现实的英伦思想者对世界前景流露出的内心担忧，均代表了他们不对未来抱任何乐观的态度，继而转向英国乡间生活汲取养分和力量的倾向。这种倾向常常被当作一种悲观厌世的态度。而在我看来，它是思想者在国家意识形态宣传高压下对人类自恃强者之流狂妄自大态度的独醒。这些思想者表达观点的风格可能会因人而异，但它们都对所倡导的爱国热忱表示出非怀疑即绝望的态度。

首先，哈代（Thomas Hardy，1840～1928）是比较早地把悲悯目光投向战争中遭到践踏的个体生命的诗人。他的《鼓手霍奇》①（*Drummer-Hodge*），通过布尔战争中一名普通士兵在异乡无声无息的死亡——相伴他的只是而且永远是异乡的星空，揭示"时间和生命永恒的融合是星空的周期运转"②。诗人的悲凉与无奈完全融入自然的斗转星移之中。

其次，霍斯曼（Alfred Edward Housman，1859～1936）的很多战争诗作不失对士兵赴死的无奈和勇气的赞美。1896年他为阵亡青年所写的诗歌《夏日偃卧在寂寥的山头》描写一个慵懒的青年听到军号的响声就立刻跑去当兵，而等待他的命运是：

> 东西战场上久无人顾，
> 捐躯者暴露白骨累累。
> 美好的少年既死且腐，
> 从来出去的没有人回。③

霍斯曼在英帝国发展到顶峰年代的战场描写也只有悲怆。"美好的少年"有去无回，成为与远古战场遥相呼应的回响。

所不同的是，霍斯曼的后继者、大战中人尽皆知的战场诗人鲁伯特·布鲁克（Rupert Brooke，1887～1915）的《士兵》在一战初期用高调

---

① 见 James Gibson（ed.），*Thomas Hardy：The Complete Poems*（Palgrave Macmillan，2001）90。该诗歌中文版可参见刘守兰译《鼓手霍奇》，梁梁、厉云选编《我和死亡有一个约会》，解放军文艺出版社，2005，第455～456页。

② Peter Richard Wilkinson，*Thesaurus of Traditional English Metaphors*（Routledge，2002）266.

③ 〔英〕霍斯曼：《西罗普郡少年》，周煦良译，湖南人民出版社，1983，第53页。

拥抱死神：

> 倘若我死了，就这样想一想我：
> 有一片异国的田野，那里的某个角落
> 永远属于英国。①

　　布鲁克高超的语言技巧、令人羡慕的地位和才气，还有他那令举国上下、男女老少都为之倾倒的英俊面容，为英国战时宣传获得后方长久有力的支持筹足了砝码，他本人则成为帝国浪漫文化的象征。难怪他的诗歌被当作爱国主义情操的顶峰之作，在战争初期"蛊惑"了大批年轻人奔赴战场。幸运的是，布鲁克没有来得及经历战争的折磨，在开战最初期就在执行公务的航海中患病，后死于败血症。此后伴着战争愈渐残酷的岁月和战后英国创伤难愈的内在生活，浪漫战争诗歌失去生存的土壤，布鲁克也渐渐从历史的视野中淡出。

　　布鲁克成为历史政治化的牺牲品，与滋养他的英国历史文化和他拥抱美与死的诗歌冲动有关。如果由此得出一战与英雄主义互为因果的结论，那么单纯把布鲁克当作英帝国旗下死心塌地的士卒，恐怕也是一种简单化的认识。克莱尔·泰丽的说法有一定的代表性，她认为一战初期走入战场的人都是鲁伯特·布鲁克，经历战场回来之后就自然成了齐格弗里德·萨松。②

　　萨松从开战之后就走上战场，亲历战场上的生死和旷日持久堑壕战的荒谬。他用热血言辞为前线不满的官兵代言，敦促英方考虑停战。他的战地诗歌表达了对战争现状的无奈与愤怒，对当权者、谋利者的揭露与讽刺。巴克在小说中通过里弗斯医生翻阅萨松档案材料时读到的萨松书写战争的诗歌，展现了一种与战场英雄浪漫主义画卷截然相反的诗歌表达。《将军》一诗将大批士兵无谓地战死在前线的惨剧归咎于英军最高指挥者及其同僚的冷漠：

---

① 〔英〕鲁伯特·布鲁克：《士兵》，付景川、李军、李安琴译，见梁梁、厉云选编《我和死亡有一个约会》，解放军文艺出版社，2005，第461页。

② Claire M. Tylee, *Great War and Women's Consciousness* (Iowa City：University of Iowa Press, 1990) 79.

"早上好，早上好！"将军说，
上周在奔赴前线的路上我们遇到他。
他微笑注目过的士兵大都已经阵亡，
我们对他领导的部门心存芥蒂。
"他是个笑面虎"，哈利对杰克小声说，
此时部队正背着行囊和枪支跋涉在去阿拉斯的路上。
……
正是他两次把他们推向战场。

　　除了问罪军方高级将领，另一首《致战争贩子》以死亡的惨淡将矛头毫不含糊地还指向战争获利者：

我从地狱重返人间，
有恶闻相告；
那边充满死亡的故事；
充满深不可测的恐怖。
血渍模糊了年轻人的脸，
也涓涓滴进泥浆，
你需要了解真相，
看那被苦难踩蹦的人
不断蠕动着身躯，
用扭曲的肢体，
发出他们的哀嚎，
作战的士兵从旁边经过。

为了你们我们的战斗如旧
总有一半天意的保佑；
逝者的荣耀
点亮每个骄傲者的眼神。
可是刻在我心中的魔咒，
不吐不快，
我心中的伤口血迹未干，

　　我亲历了他们断送生命的行程。

　　萨松站在战争受害者的立场为士兵的战场生活立言，不仅指出士兵所经历的战场是一场自杀式的战斗，还指出战场之外的国人对战场实情的不知，以及当权者对士兵充当战争炮灰的漠视。用海因斯的话说："一旦士兵成为牺牲品，英雄的概念早就烟消云散了。"①

三

　　巴克把人在战争中的决策之难和身在战场的切肤之痛放在首位，所以小说中用赴死的官兵替代了传统战士的浪漫与豪迈。这被有些批评家所诟病。罗伯特·博伊斯认为，巴克的"三部曲"中就连最有头脑的人物都在俯就社会，缺少具有内在引领价值的"超越或升华生活困境的途径"，"小说根本没有连贯的宗教思想或耶利米哀歌，没有比喻和寓言"②。

　　博伊斯模糊了升华作为传统修辞手段与巴克小说用身体和行动言说战争的创作策略的区别。战时英国不存在个人话语和国家话语的有效对话平台，战争创伤导致的缄默、噩梦、呓语、惊吼、口吃、失语、失忆、哭泣、幻听幻视、歇斯底里得不到认可与合理安置。士兵陷入这样的悖论：配合治疗，便等于承认自己的软弱；不配合治疗，则回不到他们的职责岗位，辜负了社会对他们作为男子汉的期许。所以小说中的伤兵都有《别样世界》中乔迪的影子，而乔迪则具有"卡拉瓦乔的哲罗姆"③特质，他们因受战争生活煎熬而变得扭曲的脸如同小说《双重视域》中小村子里古老教堂梁柱上的绿人石像，充满"野蛮、愤怒、扭曲、绝望、狡猾、孤独"。这群备受苦难摧残的人正在"被粗暴地按照秩序、对称和理性的条件进行塑造，正像整治修剪 17 世纪花园一样"④。伦敦的亚兰德医生（Yealland）

---

① Samuel Hynes, *A War Imagined: The First World War and English Culture* (New York: Atheneum, 1991) 215.

② Robert Boyers, "Pathos and Resignation: Pat Barker," *The Dictator's Dictation: The Politics of Novels and Novelists* (New York: Columbia University Press, 2005) 151, 152.

③ 哲罗姆是早期基督教拉丁教父，因其学识、修养被罗马教皇封为圣徒，所以成为许多著名画家用来绘画的题材。巴克将小说中受创的士兵比作圣徒，与他们身处困境却依然固守职业承诺的勇气有关。

④ F. R. Ankersmit, "Hayden White's Appeal to the Historians," *History and Theory* 37 (1998) 189.

即是改造弹震症病人的"修剪工",成为传统文化对男子汉期许的话语权力的象征。他让病人接受粗暴的电击疗法,以期让他们尽快回归社会。他对即将接受治疗的缄默症患者盖伦(Callan)宣称:"我手里只有两种病人,愿意治好的和不愿意治好的。你的情况我一清二楚。你属于哪种病人对我来说无所谓。你必须恢复说话的能力。"于是,他一边给盖伦加大电流,一边命令道:"你必须开口说话,我不要从你那里听到任何不能开口的理由。"这就是让病人摆脱"胆小鬼、懒汉、逃兵、堕落者"恶名羞辱的主导治疗方式途径。亚兰德医生通过权威与强势的超越姿态表现了早期"英雄主义"的特质。

里弗斯医生与亚兰德不同,他使用"谈话疗法"救治官兵,是现代人性意识对传统文化下男性期许话语权力的颠覆。里弗斯的救治方式缺少亚兰德医生救治伤员的戏剧性,却通过"对话"病人病症的过程改善病人的认知,揭穿所谓"英雄神话"和"男子汉精神"的虚假性。里弗斯的治疗是让病人正视自己心理和精神的问题,以抵达自我认知,并对生活悖论进行自觉选择。如果说以里弗斯为代表的医疗权威"俯就社会",那么里弗斯根本不会自我纠结,甚至梦魇缠身,几近崩溃。当里弗斯医生认清战争机器魔杖般的非理性对病人的加害时,他就自觉地成为弹震症患者的精神同路者,在治疗中获得病人衷心的爱戴,其诊疗效果更具持久性。

里弗斯采用"谈话疗法"等疏导方式帮助病人释放心中的压抑,以使他们最终战胜自我,重返法国战场。在里弗斯看来,那些真正了解自身状态和感情的人不容易再次精神崩溃。"他让病人了解,精神崩溃不是耻辱,恐惧和害怕是对战争创伤的自然反应,理解比压制这种反应对人更有好处;战友之间的关爱是自然的、无可挑剔的,流泪不仅是正常的,还能帮助减轻忧伤痛苦的程度。"

两位医生采用的治疗方式不同,但他们的任务都是把年轻人治好再让他们回到法国战场继续为国打仗,而回去打仗正是一部分年轻人内心抗拒的,不管这种抗拒多么隐蔽。正常情况下,病情痊愈意味着病人不再遭受明显的自毁性的折磨。而实际上,康复后重返战场不仅是自毁,更是不折不扣的自杀。只是战争中人没有游离于暴力秩序之外的自由,这是国家法律的规定。亚兰德医生丝毫不怀疑现行规约的合理性,故而完全生活在自身利益和现实世界之中,所以他没有困惑,坚守他自己的治疗方案。他只是按照国家要求和自己的职责工作，并让士兵明白：不配合治疗只有死路一条。里弗斯之所以困在其中，且受困程度丝毫不亚于他的病人，是因为他思考自身利益以外的问题。他意识到，自己所使用的温和的、疏导性的治疗策略改变不了本质上严酷的战争现实以及"英雄"话语权力对参战军人持续性的伤害。他在和病人接触过程中开始质疑自己作为医疗"权威"的力量。和亚兰德医生不同，里弗斯意识到自己力量的局限与渺小，所以伴随他的是一种无力感。然而，更高的使命感让他不会因为自己的疲惫而改变治疗方案。

里弗斯医生代表着那股潜在的同情力量，这种力量可以让人在无望中找到慰藉，凭此人可以从自我折磨中认识自我，重拾信念，找回可以面对残酷战争和自我社会身份变化的办法，甚至可以从容面对自己未来的死亡。萨松原本做好了"殉道"的准备，为了挑战这个"正义"的战争规约，他不怕上军事法庭公开受审，也不怕被监禁。他认识到自己低估了国家机器的力量，因为他根本得不到在公开场合进行辩护的机会。这就是为什么当初他的朋友格里夫斯自作主张以精神问题为由救他一命，将他送进部队精神病医院。在里弗斯的疏导下，他终于明白自己只能面对"要么再次回到战场，要么一辈子在疯人院里待着"的选择时，他选择返回前线那个"屠宰场"。尽管那是他无可奈何的归宿，但是如果那里残酷的共同命运是必须承受的，他愿意走进那个荣辱与共、相互支持、亲如一家的战场共同体，他们可以共同正视自己充当炮灰的命运。所以，萨松回答医疗鉴定专家对他战争信念的提问时毫不规避自己的真实想法："我与我七月份所坚持的信念丝毫不差。我的信念甚至比那时还坚定。"

萨松这个持有比当初提出反战声明时的态度还要坚决的人①竟然心甘情愿地要求重返前线，这无疑是悖谬中的悖谬。这种双重悖谬若使用常规思维考察只会增加困惑。巴克所叩问的是，"上帝死了"之后的世界如果一切都成为可能的话，那么人取代"上帝"成为主宰之后这百年多的历史难道没有证明，人没能使这个世界变得更有希望，也没有让这个世界更加绝望，只是人从未放手他所执着追求的目标？战争与"光荣"是一种话

---

① Sheryl Stevenson, "With the Listener in Mind: Talking about the *Regeneration* Trilogy with Pat Barker," in Sharon Monteith et al. (eds), *Critical Perspectives on Pat Barker* (Columbia: University of South Carolina Press, 2005) 175.

语，战争与"死神"为伍则是另一种话语和现实。作战的士兵之所以始终如一地坚持奋战，不是因为他们"爱国"，而是因为共同的出生入死的战场空间让他们结成了新的共同体而彼此肩负责任。现实的责任，而非虚幻的浪漫口号，才是他们可以置自己的生死于不顾继续战斗下去的原因。巴克一反官兵的传统形象，在小说中开启直面死亡命运、在悖论中重估并选择价值和责任的官兵新形象。

第三节　性别神话

"神话"本来与事物的本性无关，它只是叙事的结果，并通过叙事赋予事物新的意义。[①] 保尔·利科在其奠基性的著作《时间与叙事》中也认为，人类是叙事的生灵，是故事的创造者，即叙事的讲述者和解读者。[②] 叙事躲不开权力的支配和影响，它经常依据文化认可的经验等级阐发事物，或者依据事物之间假想的或偶然的因果逻辑确定事物之间的必然关系。由战争所引起的各种社会关系的巨变为我们提供了甄别权力影响的契机。

本节主要讨论战争与性别之间的关系。性别神话与战争神话、英雄神话一样，都是历史发展的产物，都仰仗其固有的社会结构的优势话语行使权力。本节揭示语言和其他手段对社会结构的影响，以及这个结构是如何进入社会个体和性别身份的，说明这个结构话语影响下的"男子汉"和"纯洁天使"受优势话语摆布的内涵，以及个体是如何在一种不属于自己的或自身不在场的话语系统中言说自己的。

一

何为"男子汉"？这个问题似乎谁都知道，因为社会对男子的期许就是成为"男子汉"。每一个生物性别为"男性"的个体都被认为是"男人"，但他们依照情况随时可能被人称为"胆小鬼"或者"逃兵"。"男子汉"听起来自然拥有肯定价值的道义正当性，因而个体不得不认同这个概

---

① Roland Barthes, *Mythologies* (New York: Hill &Wang, 1972) 110.

② Mark Currie, *Postmodern Narrative Theory* (Hampshire: Palgrave, 1998) 1 - 2.

念；又因为"男子汉"一词带有概括性和总体性，所以每一男性个体都自以为属于其中，其实又都不属于其中。"男子汉"概念上的正当性和处身性的分离使每个男性个体肉身的社会存在处于流亡状态。

流亡（Exile）是人类文化的一个维度，一种独特的话语形式乃至一种人的生存方式或临界处境。流亡其实是人的存在的一个生存论现象，流亡文化是其表达形式，流亡话语现象是文化社会学的一个重要课题。作为文艺学的一个类型学主题，流亡必然在各个时期的文学作品中以显性或隐性的话语方式出现。可以说流亡话语是人类文化的原生表现。流亡不仅包括政治流亡，更指精神流亡或内在流亡，而后者在文学作品中更加普遍。

早在公元前人类精神文化的第一个繁荣期，西方的流亡话语就已经突出地呈现出来：《荷马史诗》中《奥德赛》的主题是流亡；整体上来说，《旧约全书》是流亡话语的结集。刘小枫在他的《流亡话语与意识形态》①一文中集中论述了流亡话语与意识形态权威话语的关联和张力关系，非常具有启发性。我们若仔细挖掘其中的伪装、变形等症候，就会发现当代西方文学作品中不乏流亡话语的呈现。

巴克小说中所质疑的"男子汉气概"是通过语言来表达具体社会意识形态话语表征的。这种意识形态话语具有流亡性。具体地说，流亡就意味着脱离"男子汉"，成为"胆小鬼"或者"逃兵"，成为游离于集体之外的个体存在。因此，对于全权意识形态话语，"男子汉"一词可以给出说明：男人（每一个体）在一种不属于自己的或自身不在场的话语系统中——"男子汉"话语系统中——言说自己，个体言说没有指示出言说者自身的在场性和处身性，而是指示出一个非存在的总体。这个总体基本上是由社会中某几位代表人物构造出来的，只具有个体言说性，但当这一个体言说以类似科学或科学的表述形式出现而把主观意识变成客观事实或规律时，个体话语就变成了总体话语，成为被颠倒过来的情形，即社会意识决定社会存在。于是，在全权意识形态的总体性话语中，个体自以为在言说自己，其实一直是那个在位总体在言说自己。"男子汉"一词具有巨大的道义迫害力量，凡不能被认同"男子汉"标准者，就是应该被消除的个体存在。"男子汉"一词的道义

---

① 刘小枫：《流亡话语与意识形态》，见《这一代人的怕和爱》，华夏出版社，2007，第258～277页。

迫害力量并不是得自于其数量上的不可推算性，而是得自于其道义色彩和总体性。

《重生》中里弗斯医生的心理疗法代表了现代人性意识对传统文化下男性期许话语权力的颠覆，并通过对病人的治疗过程认识到"男子汉精神"的虚假性，同时认识到弹震症的发生是用历史文化和社会意识需求取代个体存在的处身需求的恶果。如果前者被置于至高无上的地位，后者的本真存在就会被压抑至潜意识之中，导致精神障碍。而要解除这个障碍，回归男性正常身份感，首先需要解构这个文化社会话语的权威性，解除弹震症患者对这一冠名的内心恐惧和自我压抑。

里弗斯站在人性的立场上，不采用传统的"电击治疗"这种强制性的治疗手段，而选择"谈话治疗"的疏导方式帮助病人释放心中的压抑，以使他们最终认识现实，战胜自我，重返法国战场。在里弗斯看来，那些真正了解自身状态和感情的人不容易再次精神崩溃。"他让病人了解，精神崩溃不是耻辱，恐惧和害怕是对战争创伤的自然反应，理解比压制这种反应对人更有好处；战友之间的关爱是自然的、无可挑剔的，流泪不仅是正常的，还能帮助减轻忧伤痛苦的程度。"里弗斯一方面采用"现时性意识的引导"，启发弹震症患者颠覆这一话语权威对他们的过高期许；另一方面采用"回忆性意识的引导"①，让他们释放内心的压力，抵达存在的"客观性"，帮助他们在意识中重现对他们造成重大刺激而被压抑至遗忘区的事件，从而寻找到痛苦的直接源头，借此坦然面对战争生活。这种回忆性意识类似美国学者斯皮勒斯所说的"原初叙事"②，其特征是直观性和具象性。在里弗斯的引导下，萨松记起战场上的残酷景象：

　　　　阿拉斯之战的前一天，他奔波在前沿战壕和主力战壕之间，运送

① "回忆性意识"（the guidance... of his consciousness... as it remembers things）是德国批评家埃里希·奥尔巴赫在其《棕色长筒袜》一文中评论马塞尔·普鲁斯特和弗吉尼亚·伍尔夫作品时使用的概念，意指存在于艺术家心中的、不受外部事件现时性约束的原初形象（prototype），受内心时间（interior time）而非外部时间（exterior time）支配，和它相对的是"现时性意识"（his consciousness as it happens to be at any particular moment），即人的受社会文化支配的意识。参见 Erich Auerbach, "The Brown Stocking," in *Mimesis*: *The Representation of Reality in Western Literature*. 463 ~ 488。

② Hortense Spillers, "Mama's Baby, Papa's Maybe: An American Grammar Book," in *Diacritics* 17. 2（1987）67.

一箱箱迫击炮炮弹，其间不断来回穿行于那片横尸之地。渐渐地，地上七扭八歪黑黢黢的形体变得像老朋友一般。其中的必经之处就有两只手像掀倒的树根被卡在坑坑洼洼的峭壁之中。没有办法判断那手是英国士兵的，还是德国士兵的。

军官彭斯（Burns）则被重新唤回他受重伤时的记忆：

> 他先被炸弹爆炸的巨浪掀到了空中，然后头朝下栽到了一具被毒气弹炸烂的德国士兵尸体的肚子里。那时他还没有昏迷，他知道自己满嘴满脸沾的都是肚子里面的东西。现在只要一吃饭，他鼻子里闻的、嘴里感到的都是那股味儿。夜里那种体验不断复现，每次从噩梦中醒来，他都呕吐不止。

少尉普莱尔（Priors）借助里弗斯的催眠术也回忆起那次炮弹袭击时的情景。当时两个煮饭的士兵刚刚和他打一个招呼，突然一发炮弹落下，片刻间两人就没了踪影。他记起收拾他们遗骨的细节：

> 他们快收拾完了，这时普莱尔在铺路板上挪了挪身子，朝下面瞥了一眼，那儿居然还有一只眼睛。他把拇指和食指小心翼翼地伸到铺路板下面去捡，就像人们从盘子上取食物的样子。他的手指碰到了那滑溜溜的表面，那东西在他拿稳之前出溜了一下。他把它拿上来，放在手心里，伸手给罗根看。他看到自己的手在抖，可又觉得那抖动的手跟他没有关系。"这糖球（gob-stopper）该怎么办啊？"

巴克通过穿梭于官兵所经历的泥泞不堪、横尸遍野的战场实景展现战争的切肤之痛。萨松记忆中的"手"，彭斯记忆中的"味道"，普莱尔记忆中的"糖球"，是现代战争真相的写照，其残酷无法用语言描述，更不用说治愈之难。最大的问题是，社会不允许男性表达这些，于是，为了掩饰自身的"软弱"，彭斯总在说他自己的经历"只是个笑话"，总用"没什么要紧"来避免谈及一头栽进地上德国士兵被炸开腹腔的感受。社会文化观念将"男子汉"变成了一个不折不扣的空洞的能指，他们内心的恐惧只能强行压在意识深处，成为随时都可能引发心理崩溃的导火索。

二

同理，社会文化和政治正确话语体系也将女性束缚在道义色彩和总体性的范畴之内。和"男子汉"一样，"纯洁天使"有着同"男子汉"一样的命运，所不同的是生活赋予她们的路径与赋予男人们的大相径庭。

正如男性首先要当"男子汉"，女性首先是"纯洁天使"或"和平使者"。她们的位置在家庭中她们需要待在家中打理生活。表面上看来，女性享受着社会给予的极大恩惠，她们被当作"纯洁天使"，因为她们"天性柔弱""大脑简单"，所以"需要男性保护"——"男子汉"理所当然地担负起捍卫女性所需要的"安宁"生活的责任。外面复杂的世界由男性来对付，女性的"纯洁"不能被玷污，这个历来受男权思想支配的世界不能缺少"纯洁天使"。

劳拉·萧伯格在《女勇士和纯洁天使的叙事》① 一文通过圣女贞德蒙难的案例详细分析了构成这种观念的男权话语的盛气凌人。她说：不了解圣女贞德所生活的时代和文化背景就不容易看懂这个故事。贞德是位年轻、勇猛的女将军，同时又是一个女性受害者，她作为一个女人在法国那个混乱时期投入了战斗。她的生理性别与当时社会对女性的刻板印象之间的差距是理解她命运悲剧的重要因素。女人不能去打仗，要打仗就得改变装扮，所以贞德只能穿着男人的衣服去战斗，她表现得是否英勇无畏无关宏旨。当时很多法国人，包括最终判决她死刑的人在内，都认为女人不应去打仗，也不能去打仗。而她"像个男人一样"去战斗，这简直是亵渎神明，是对"上帝"制定的两性法则的违逆。女人不能去打仗，她的着装和行为举止都得像个女人才对；女人打仗就像牝鸡司晨，不成体统。打过仗的贞德"表现得不像女人"，这就是把她当作异端进行审判的证据。②

文化规约把女人限制在家里，这种社会分工把男性和女性分别置于各自的定势空间，构成难以撼动的社会成规和秩序。小说中与里弗斯构成平行对照的是他姐姐的生活。凯瑟琳·里弗斯不同于腼腆、结巴的亨利·里

---

① Laura Sjoberg, "Women fighters and the beautiful soul narrative," *International Review of the Red Cross* Vol. 92 No. 877 （March 2010） 53 – 68.

② Laura Sjoberg, "Women fighters and the beautiful soul narrative," *International Review of the Red Cross* Vol. 92 No. 877 （March 2010） 54.

弗斯。她从小就是个自由、快活的孩子，长大之后却受到了很多的限制。她是牧师的女儿，未成家成了老姑娘，但她持家勤勉，陪伴父母，母亲去世后又照顾父亲。直到最后她得了病，被限制在家里出不了屋子。里弗斯的姐姐一辈子都受制于文化环境的刻板习俗。她同里弗斯在太平洋小岛上做田野考察时见到的当地女人们一样，一生只有家庭那块窄小的天地。巴克用平静简短的叙述隐喻了女人世世代代的生活：她们一生除了接受命运，就是坚忍自制，恪守家庭职责，通过社会男性话语观念来塑造她们的生活世界——以大局为重、坚忍自制、无悔付出。这种稳定的社会关系经历了漫长的历史岁月的顺畅运行。

战争来临，男人将义不容辞地履行他们的身份职责，女性也会不失身份地以大局为重，牺牲小我利益，以便成全集体或国家的整体利益。平时反复强调的天道人伦和"你不可杀人"的戒律在战时被彻底遗忘。号召踊跃报名奔赴前线的海报和宣传构成一道热血沸腾的景观：母送子、妻送夫。国家一声号令，男人就要敢于舍弃自己的生命，做母亲的舍弃儿子，做妻子的舍弃丈夫。战时的女人要如卢梭在《爱弥儿》中所肯定的斯巴达母亲①式——放手儿子、丈夫，因为"公共自由"永远高于"私人福祉"，"为国捐躯，甜美又光荣"②。

不难看到，英国战时总动员的海报宣传充分利用文化定势上的社会性别划分鼓动全民一致共同战斗的热情。英国最典型的一则海报，画面上方和左上角以醒目的大字写着"英国女士说——打仗去！"。海报中的人物是一位妇女站在窗前，旁边是她女儿和儿子，三人目送经过窗前的列队士兵。③

海报分别表现了英国正统文化下男人和女人各自的社会角色和位置：女性作为受保护的对象，一方面被表现得柔弱无力，另一方面又是让男人

---

① Jean-Jacques Rousseau, *Emile*, trans. Allan Bloom（New York：Basic Books，1979）40. 故事说的是一个母亲，有五个儿子，在战斗中全部死。当家奴战战兢兢地对她说出这个巨大的不幸时，这个母亲却说："你这个下贱的奴隶，我问的是这个吗？"奴隶立刻说："我们胜了。"这个母亲立刻跑到庙里感谢诸神保佑。

② 罗马诗人贺拉斯（Horace）著名诗行（《歌集》第3卷第2首第13行），是传统战争历史背景下勇士气概的写照。原文为 Dulce et Decorum est pro patria mori。

③ E. V. Kealey, *Women of Britain say-GO*！http：//en. wikipedia. org/wiki/Recruitment_ to_ the_ British_ Army_ during_ the_ First_ World_ War（2014－1－18）.

去打仗的"推手"。本来作为政治工具的战争，女人造成了男人保护弱小的效果，好像他们不是去杀敌，而是为女人们的"安宁生活"去受罪。当他们身心受伤无处泄愤的时候，女性就成了他们最直接的出气筒。这样的两性观念由来已久，战争状态让这种不平等暴露无遗。

萨松写过很多讽刺后方民众，特别是女性的诗歌，表达前方将士对后方民众，特别对女性的怨愤之声。萨松《光荣属于女性》① 这首诗，充满"正义勇士"对"纯洁天使"的讥讽：

> 你们爱我们，我们
>
> 当英雄，回国休假，受伤也别让你们难堪。
>
> 你们喜欢军功章；你们相信
>
> 勇猛可以超越战争耻辱。
>
> 你们为我们生产弹药。你们心怀激动聆听
>
> 战火中生死存亡的故事。
>
> 你们为我们的勇武加冕；我们打仗
>
> 在生死场独享光荣战绩的辉煌。
>
> 你们不相信，英国士兵会"逃亡"
>
> 地狱般的恐怖吓坏了他们，他们得逃，
>
> 脚踩遍野尸体——血肉模糊
>
> 啊，德国母亲们在炉火旁幻想，
>
> 你们织着袜子准备寄给你们的儿子
>
> 他早已命葬黄土。

诗中反复使用"你们"，以区别于"我们"，即男女之间难以通约、无法交流的现实。他批评女性天生被动、没有头脑，只会跟着政治宣传跑，是国家话语的帮凶。这种观念在《重生》开场的"反战宣言"中也有流露。该宣言不仅突出了英国存在的"反战之声"，而且揭示了男性对女性的"声讨"——"纯洁天使"无缘无故地变成了战争的"替罪羊"！萨松在"声明"中指责女性和后方民众是"待在家中无法体会前线官兵痛苦经历的人们"，认为他们对受难军人的处境"冷漠无情"等，都言出有因。

---

① Siegfried Sassoon, "Glory of Women," *The War Poems* (London: Faber & Faber, 1983) 89.

而事实上，这些所谓"冷漠无情"的人所要承担的负重丝毫不小于冲锋陷阵的男性。

《别样世界》中乔迪的妻子玛丽和历史上大部分普通女性一样恪守本分、任劳任怨地分担乔迪的战争创伤，成为他回归日常生活后强有力的支柱与安抚者。由于乔迪参战时只有 17 岁，到了 21 岁战争结束时他除了会杀人之外别无一技之长，还伴有严重的弹震症——口吃、社交障碍、梦魇缠身、小便失禁……幸运的是，他遇到了喜欢他的姑娘，与她成了家，有了女儿和孙辈。乔迪能够活到 101 岁，成为寿命最长的一战老兵的重要因素之一与他始终有亲人的关爱与照顾密不可分。所以妻子去世四十五年来，乔迪没有一天不思念她。这份亲情被常年采访他的记者海伦如实地记录并传承下来：

> 她很不容易，刚结婚的时候，她看到我的情况，日子真的不好过。我做噩梦，甚至大喊大叫到把自己喊醒。更糟糕的，我都不好意思张口说，她被惊醒后，看到我尖叫、用手抠着墙皮，床上弄湿了一大片，也把她给弄湿了。多少女人遇到这样的情况家里的日子都过不下去了，你可知道她从来没有扔下我不管？她总是坐在床边陪着我，一边拉着我的手，一边为我唱歌：
>
> 别乱动你的脚，亲亲乔迪，
> 咱们高高兴兴坐好，
> 也许不是一直都快活，
> 至少给我们点安慰吧，
> 别乱动你的脚，宝贝乔迪！
> 不要把我的姑娘的美梦赶跑。

乔迪的外孙尼克无意听到海伦附和着乔迪当年接受采访的录音唱起他妻子玛丽经常哼唱的歌谣时，不尽感慨万千："乔迪的一生，特别是走到最后的这几个月并非总是生活在战争创伤的阴影里。他有爱的怀抱，正是这爱的怀抱温暖着他走到生命最后的日子。"

女性在后方的生活负重一点儿也不亚于在前线打仗的男性，而后方的危险又是前方打仗的男人没办法理解的。她们是战时宣传员、后勤服务员、医院里的护工、军工厂高强度的劳动者……她们响应国家号召成为男人上战场之后空缺岗位的替补者，虽然能够拿到比较高的工资，且享有走出家门的自由，但无论干什么，她们仍是二等公民；她们必须顶住德国炮弹的狂轰滥炸，为待在家中的一家老小的安全担惊受怕，因为一战所使用的现代武器僭越了前线后方的界限。德国最新研制的齐柏林飞艇随时都有越过边境轰炸平民住所的可能[①]。从 1915 年开始，德国主要轰炸伦敦地区，后来破坏范围扩大，炸弹已经扔到了英格兰东部的诺福克郡（Norfolk）和英国中部的西米特兰郡（the West Midlands）。英国征兵海报充分利用了这种新的危险，把它作为征兵总动员的说辞："死在枪林弹雨下总比死在炮弹狂轰滥炸的家里强。快来报名当兵，为阻止空中轰炸做贡献。上帝保佑吾王。"[②]

不难看出，女性的付出远远不是历史文化早已铸就成型的那些自负的男性所想象的享受战果的样子。男性早已内化的优越感固化了他们对于女性负重与苦难的漠视与傲慢，这种漠视与傲慢正是在他们遇到同样负重与苦难时产生无助、崩溃，甚至绝望的根源。

三

表面上看，战争只把男性推向祭坛，女性是被动的看客。实际上，这是文化定势的吊诡。无论是让祭坛四周堆满鲜花，还是尽量规避战争幸存者诸多问题带来的种种不便，都不能忽略或否认女性始终如一地和男性一起承担了全部的社会生活和战争苦难。

英国记者、历史学家黑斯廷斯在其《1914 年大灾难》中记录了悲悼仪式如何在残酷的战争局势下悄然退场和后方的女性如何在极度困难的情况下坚守家园、分担男性缺位的生活负重：

> 战争开始的八月份，地方官会一本正经地穿上黑外套、配上奖章和任职绶带亲自来到战场上殉职的士兵家属的家去报告这一不幸的消息。五个月之后，这样的"殊荣"就交给了当地的教师。有一位叫玛丽·普里松涅（Marie Plissonier）的教师，住在拉瓦登伊赛村（Isere village of

---

① Susan R. Grayzel, *At Home and under fire*：*the air raid in Britain from the Great War to the Blitz* (Cambridge：Cambridge University Press，2012)．

② 英国一战参战动员宣传 http：//en. wikipedia. org/wiki/Recruitment_ to_ the_ British_ Army_ during_ the_ First_ World_ War（2014 - 1 -18）．

Lavadens）。当地投递员去当兵打仗之后她接管这个差事，这是最合适不过的事了，因为她生性温柔。她说："当然了，人们的反应很不一样。有些人一听到这个消息就呼天抢地，但大多数人对此冲击表现麻木，好像早有所准备似的。"拉瓦登地区总共有400位士兵战死，100多位受伤。普里松涅还在村政厅负责组织战争宣传，她利用地图和报刊文章传达战争进程。来参加这种活动的人开始还能把村政厅坐满，后来随着前方战事停滞，来听战争进展报告的人越来越少，到后来甚至没人来了。后方和前线战士一样，都是日复一日地挨着。①

在黑斯廷斯看来，仪式尽管重要，但也不过是虚饰而已，伤者或死者家属所要面对的创伤仅靠仪式很难抚平。伤痛要靠关爱、时间和自我领悟进行安抚。女性不得不面对自身的痛苦、缺少社会关注的生活，所以她们更具有坚忍自制的勇气，即便在仅有的生活小圈子里也能够相互扶持、自我疗伤。军工厂中不少女工的亲人都身赴法国战场：莎拉的男友就战死在法国战场，玛奇的男友正在医院养伤，利兹的丈夫写信说他即将从前线回来度假……这些女人都背负着生活重任，此刻又都从事军工中的有毒作业，特别损伤皮肤和健康，但她们依然在困境中寻求可得的生活乐趣，一边工作，一边谈笑风生。

女工面对环境变迁和生活困境时的坚忍与幽默同男性在西线战场受限制、受折磨时的"歇斯底里"形成鲜明对照：

> 保家卫国，建功立业。他们一直被安置在战壕里作战，那地方窄得要命，动也不得动。至于建功立业——那可是他们从小就如雷贯耳、梦寐以求的生活——到头来不外乎就是让他们蜷曲在坑里，还随时都可能毙命。那个曾经让"男子汉"备感光荣的战争原来只会让他们像"女人般地"任人宰割，所不同的是女人早就认了命，而他们却不应该如此。难怪他们精神崩溃。

造成这种痛苦的原因是社会文化话语本身。性别本来是在社会关系中

---

① Max Hastings, *Catastrophe* 1914：*Europe goes to war*（New York：Alfred A. Knopf, 2013）559 - 560.

形成的一种身份，这种身份应该由"主体这一稳定的中心"所决定，不能被社会"行为自成一体的重复"所规定①。里弗斯医生在治疗病人的过程中反复强调，所谓"男子汉精神"不过是学校教育和社会文化暗示的结果，认为"精神崩溃、哭泣、承认害怕的表现都是女人做派，是懦弱，是失败。根本不是男人"的观念是错误的。因此，里弗斯要他们确认"恐惧、柔情"这些感情的正面意义，对"男人"这个概念在自我认识中重新定义。

巴克在小说中将被传统文化建构起来的"男子汉"还原为"普通人"，暴露男性神话的荒谬；而小说对承受同样荒谬话语的女性生活的展示更富深意，那些所谓"早就认了命"的女人和她们悄无声息的日常生活，能够充分揭示出女性所具有的强有力的生活动因。她们深厚的同情、忍耐、包容、理解不啻为人类绵绵无尽的生命潜流。

这股生命的潜流还是阻挡不了男权主宰下的文化习俗将女性打入另册的现实，就连萨松、欧文这些富有洞见的历史人物也不例外。这正是极端二元化观念取代主体肉身性存在复杂性的可悲之处。它用文化成规形成对人的主体切身性存在的强力压制。二元思维构成的两级化范畴内，"黑暗"与"光明"、"他们"与"我们"、"女性"与"男性"无不刻着深深的历史文化烙印。人类早已习惯使用"坏"与"好"、"错"与"对"这类标签式评判处理问题。它们使用起来确实方便有效，但结果会既远离真实又充满隐患。

吉尔伯特在《士兵的心》一文中指出，一战已经成为"男性启示录"："如此众多的男人一心抱着建立功勋的愿望奔赴前线，结果发现自己如同维多利亚妇女一样被囚禁在狭窄的活动空间，丧失了男人的活力。这是极其荒谬的。"② 更加荒谬的是，这种几千年来加在女性身上的狭窄空间所构成的荒谬命运一直以来都被认为是天经地义的！巴克在小说《双重视域》中通过艺术家凯特之口道出了对人们头脑中普遍存在的社会性别偏见的不满。凯特在为一座教堂构思和制作耶稣受难主题雕像的过程中，道出社会

① Judith Butler, "Performative Acts and Gender Construction: An Essay in Phenomenology and Feminist Theroy," in Kate Conboy, Nadice Medina, and Sarah Stanbury (eds.) *Writing on the Body: Female Embodiment and Feminist Theory* (New York: Columbia UP, 1997) 402.

② Sandra M. Gilbert, "Soldier's Heart: Literary Men, Literary Women, and the Great War," *Signs* Vol. 8 No. 3 (Spring, 1983) 447 – 448.

偏见对女性的非理性："受折磨的裸体男性是殉道者。受折磨的裸体女性则是虐待狂的性幻想。"

能否想象，受折磨的男性看见美丽健康的女性做何感想？女工莎拉有一次偶然走进了医院的重伤员区，撞见一群面色苍白、肢体残缺的"怪物"，内心充满惊恐。伤员眼神中的漠然和敌意让她顿觉委屈和不安，好像她的青春靓丽、四肢健全是大罪过。她觉得自己在这些人眼中成了美杜莎①，这让她心里很不是滋味。他们的眼神让她内心愤愤不平："既然这个国家需要人们付出如此的代价，那么就该有心理准备去毫无怨言地面对这个局面。"

女性是能够"毫无怨言"地面对难堪局面的人，她们背负过历史沉疴，经历过自我炼狱。当女性缺少话语权的时候，她们可以顺服地接受自己在社会中的位置，并根据情况创造性地服务于社会。她们尽心地抚慰家人和伤员，接受自己亲人的不幸命运，甚至在大难之中还能"谈笑风生"——这种"谈笑风生"让参战的军人心里很不舒服。实际上，这些女性与那些弹震症军人一样，心里承受着巨大的战争创伤。这种创伤虽然都由社会话语下的文化成规造成，却在不同性别的人（群）身上发生了很不一样的反应。女性因其是生命的给予者，就被社会自然而然地赋予了悲悼者的身份。这个身份与男性作为战士在战场付出生命相比被认为"微不足道"。文化给定的这种偏狭直接导致对女性的苦难隐而不见。

本章讨论了巴克战争小说对身体创伤的言说，分析在战争非此即彼的文化高压下，身体如何在与社会意识形态需要的个人努力合作失败之后，成为宣示自己存在的、对话社会文化成规摧残的场所。身体用其本真的、自然的表现对抗社会文化成规的高压，揭示了战争时期英国社会历史文化在性别差异上的历史现状和社会面貌。同时，由于身体在战争状态下频繁发出危机信号，社会在战争中和战争结束后开始重视身体的症候，从而把心理健康问题提到了重点研究的日程。

---

① Medusa，古希腊神话中的蛇发女妖。据传，她的法力是将看见她的眼睛的人石化。

第三章　媒介的叙事

我们讨论重要事项时，有一个极其令人厌恶的字眼应该避免使用，
那个词就是"知道"。[1]

媒介即表达方式，是小说家将人物生活感悟和思维状态用艺术语言表达出来的叙事方式。表达媒介通过一种再现的方式服务于使用者，既可以作为社会生活力量需求所规定的意识形态宣传手段，也可以成为批判、反抗社会生活逻辑的生命本质思考的手段。

英国在漫长痛苦的一战时期能够坚持到最后的胜利，做到全民一致共同对敌，与其高效有力的战争宣传分不开，甚至让希特勒都毫不吝啬对英国宣传效果的溢美之词。他在《我的奋斗》中高度赞扬英国宣传机构因势利导、反复灌输观念和渲染情绪的职能作用，让"伟业"在情绪压倒理性的群情激昂中完成[2]。在这种为单一效果造势所形成的五彩缤纷的压倒性的意识形态话语媒介面前，其他与之相左的话语必然受到排挤、打压和遮蔽。

巴克使用"小历史"生命的叙事、绘画的叙事、诗歌的叙事等表达媒介对话宏大的国家战争话语叙事，为读者提供多方位的战争生活视域。《别样世界》中，口述史专家海伦对一战老兵乔迪40年的追踪访谈是了解乔迪内心创伤和揭示战争真相的一种途径；《重生三部曲》中，参战诗人及其所创作的诗歌再现了在战场上充当炮灰的那一代人的痛苦和焦虑；《生命课程》中，参战画家及其画作传达了反映战争现实、追问意义、试图超越当时意识形态宣传的信息。巴克用多方位、多层次的表达媒介叙事传达主流话语之外的个体话语立场和其颠覆性的与意识形态话语对话的立场。

---

[1]　Pico Iyer, "The Folly of Thinking We Know," *New York Times*,（March 21, 2014）A23.

[2]　Adolph Hitler, "War Propaganda," in Arthur Marwick and Wendy Simpson, *Primary Sources* 2：*Interwar and World War II*（Milton Keynes：The Open University, 2000）79 – 82.

第一节　生命的叙事

生命叙事是文化背景下个体生活的展开和意义追寻，常常被社会力量的宏大话语覆盖。斯普福德认为巴克的战争小说"由于女性的存在而将男性的战争经历人性化了"[①]，这一评价充分肯定了巴克在小说创作方面将人作为主体去言说，对话了传统战争书写中将人当作社会附属物的艺术再现。从另一个角度看，20 世纪 90 年代对一战时期的"再现危机"[②] 说明重返一战问题的重要性和需要不断开启新的对话的必要性。

本章主要讨论的问题是小说中国家审查制度对艺术媒介乃至私人信件的严格监控，包括官方检查、配合官方的自我检查和战争经验对外秘而不宣的策略，使得一切跟战争相关的工作，如征兵宣传、战地鼓动、媒体报道等，都染上了国家意识的色彩。遮蔽的压抑直接影响在场者在战时和战后的个人生活及家庭生活。信件、照片、新闻、墓地、纪念碑等物证，都在从不同角度重建与过去的联系。巴克在小说中运用"回溯"和平行视角思考战争与艺术再现问题，形成同历史阐释和见证的互文与参照，使对话在跨时空的充满想象力的"遮蔽"与"敞开"的碰撞中逐步展开。

文字卷宗、照片、战争现场及相关遗物是碎片化的、混乱的线索，不能说它们就代表真相，但它们是认识真相不可或缺的材料，特别是受创主人公在社会力量的包围下无法或者不情愿表达真实想法。可以说，巴克小说中的"弹震症"老兵都是失语症患者。《别样世界》中的老兵乔迪是典型例证之一。海伦和尼克是与老兵乔迪关系紧密的人。他们一个是历史学家，一个是心理学家。无论是海伦的口述史出版物还是尼克在历史语境下

---

① Francis Spufford, "Exploding the Myths: An Interview with Booker Prize-Winner Pat Barker," *Guardian Supplement* (November 9, 1995) 3.
② 一战的"再现危机"之说法早已成为学界共识。Bernd Hüppauf 认为："是荒谬的战争经验开启了一战作为现代战争再现的危机。"参见 Bernd Hüppauf, "Experiences of Modern Warfare and the Crisis of Representation," *New German Gritique*, 59 (1993) 49。Santanu Das 也指出，"再现危机"在战壕生存困境中体现在对人感官的强烈冲击上，说那是一个"没有实质的本质世界"。参见 Santanu Das, *Touch and Intimacy in First World War Literature* (Cambridge, 2005) 85。

的内在自我摸索与探索，都可以使我们走进乔迪的世界，尽管那是一个被困惑锁住的世界。

一

英国的一战历史书写和回忆录在战后经过了一段沉默期。随后迎来的第一个出版高峰在 1928 年至 1931 年，第二个高峰出现在 1960 年至 1970 年①；20 世纪 90 年代是重返一战题材写作的第三个高峰。这时活在世界上的一战老兵已经屈指可数，关于一战需要留下见证记忆的紧迫感更强了。

研究表明，随着时间的变化，回忆录叙事的个体记忆受所在的社会文化背景影响非常大②。英国诗人、作家查尔斯·卡灵顿曾多次改写他的回忆录，1929 年的《一个陆军中尉的战争》和 1969 年的《战场上归来的士兵》都是他的一战经历的记录。读者阅读后会发现，他在战争结束 40 年之后的第二本回忆录比第一本具有更广阔的历史视野。20 世纪 90 年代的研究者和媒体基本上延续 20 世纪 60 年代所做出的抢救一战战争记忆和遗产的计划，主要原因是看到"一战的老兵到了退休年龄。从现实层面说，他们有更多时间写回忆录。而年龄越大，意味着社会对让他们留下记忆的期待越大。这时他们也意识到自己来日不多，也愿意在众多关怀与鼓励下重返过去的经历来阐释他们如何生活过来的意义"③。

《别样世界》的背景充分体现了战后 70 多年来一战记忆的时代变迁。小说叙述 20 世纪 90 年代英格兰东北部一城市中身为大学教师的尼克五口之家纷繁的家庭日常生活，与其平行的另一条叙事主线是尼克的外祖父乔迪的生活和其经历一战的公共与私人记忆。乔迪作为中心人物被家庭、研究者及媒体关注，他经历战争的故事受时间、背景、对话者、讲故事形式等诸多变量的影响。在战后日渐多元的思想和日常生活的框架内，他自己

---

① Jessica Meyer, *Men of War: Masculinity and the First World War* (London: Palgrave Macmillian, 2009) 128 – 129.

② Michael Roper, "Re-Remembering the Soldier Hero: The Psychic and Social Construction of Memory in Personal Narratives of the Great War," *History Workshop Journal* 50 (Autumn 2000) 191.

③ John Todman, *The Great War: Myth and Memory* (London: Hambledon and London, 2005) 192 – 193.

也随着时代的变化调整和确认自己作为一战老兵的身份，成为具有代表性的英国老兵代言人。

海伦是小说中的历史学家，其研究领域是战争与记忆。她连续20多年跟踪采访乔迪，出版过乔迪口述访谈录《士兵，从战场归来》。海伦选中乔迪作为访谈对象，除了因为他的年龄最大，有资格见证战壕经历，还因为他能够在不同历史时期用不同的方式讲述他个人的经历。

乔迪当年从西线法国战场上刚回国的时候是个沉默的人。他在战后最初时期的生活情况是，每到11月停战纪念日那天，他总会佩戴上罂粟花，但他总是躲避参加任何停战纪念日活动。纪念日当天，人们会忙于参加各种各样的纪念活动，他就独自一人躲到乡下去，而且直到很晚才回家。他回家时已经筋疲力尽，经常一言不发。即使想张口说话，他也结巴得厉害，不能达意。

到了60年代，他开口说话了。此后30年来他越来越愿意分享自己的记忆，特别是随着老兵一个一个地离世，他的价值也越来越大。90年代作为为数不多的老兵之一，他应邀参加了索姆河战役纪念日活动。当时很多其他老兵都是坐着轮椅被推过去的，相比他们羸弱的健康状况，乔迪的健壮似乎是对自己最大的褒奖。随后，越来越多的人邀请他，听他讲故事，在其他老人都孤独地坐在自己冷清的房间里盼望亲戚来电问候的年纪，乔迪既有朋友又有兴致，生活还有目标。应该说，他的这种使命感是发自内心的。他经常告诫世人：它（战争）发生过，还会卷土重来，小心。

这个时期他的口吃的毛病似乎好了，说话时只有片刻停顿的痕迹，给人的感觉好像是准备说下一句话时让听众休息片刻，以便集中精力听下去的效果。海伦对这种变化背后的原因特别感兴趣。早年，乔迪表现出明显的个人恐惧、疼痛、苦恼、落魄。这些情况不被当时社会接受，他就力图把它们都掩藏起来。后来，随着60年代电影《多么可爱的战争》和布里顿的音乐作品《战争安魂曲之震怒之日》的播出，乔迪所能听到的都是关于恐惧、痛苦的关注与回响：恐怖，恐怖，更多的恐怖。突然间，乔迪意识到他的经历的大部分"可以接受了"，尽管还有不被接受的内容。可见世界对于战争残酷过往所给予共情的宣泄力量。

海伦当时的访谈著作快要出版的时候，接着计划以后让乔迪再谈谈阶级、商人牟利、发战争财，以及军官和普通士兵到底有哪些不同的经历等话题。海伦相信，乔迪还会一如既往地配合她和公众对战争概念的期待，成就他自己的战争记忆。当然，海伦还想让乔迪就 20 世纪晚期的一些思想动态，比如社会性别、男子气概的界定、同性恋情感等谈谈他的战争经历。

海伦在乔迪身上所做的庞大计划是社会历史文化走向的需要及她的学者身份给定的。毕竟，海伦是牛津大学优秀毕业生，而乔迪只有普通住宿初学毕业，14 岁时就开始在没有前途的工厂做工，18 岁在战争中服役。海伦和乔迪之间应该不是一种公平的交易，但是无论乔迪如何配合海伦做访谈，并让自己成为媒介关注的中心，他心中的阴影——哈利在战场的惨死——从未离开过他。

二

乔迪在战后力图表现出英式男子汉那种坚毅不屈的姿态①。他在公共视野下的理性叙事为他赢得了尊敬和掌声，但是他内心深藏着苦不堪言的过去——哥哥哈利的阴影和母亲对他的诅咒，这是他一生的双重枷锁。这枷锁直到他去世都没能彻底被砸碎，以至于他不受意识控制的梦魇在他生命的最后日子让他用身体语言卷土重来。

来自底层的乔迪也不同于"三部曲"中有追求、有个性的里弗斯、萨松、欧文和曼宁，他很聪明，更容易接受社会总体意识留给他的关于战争经验的投射。其一，若从回溯的角度看海伦对他的采访记录，可以看到乔迪的言论与海伦采访时的时代主流话语紧密相关。乔迪的理性逻辑受现实生存逻辑文化套路的影响很大，是在"同质的历史进程中"为"纯粹的繁衍和求生的循环"②。其二，乔迪身体的逻辑在独立面对自己的时候会下意识地对抗自己白天的话语，他内心固有的罪感与他从儿时起自尊心被母亲挫败有关。他对自我的认知和信心似乎从来没有确立起来过。且听他对海伦的叙述。

母亲喜欢哥哥哈利，并不喜欢他。他一直认为自己是个失败者。他告诉海伦：哈利是个了不起的男孩，什么都行，踢足球、唱歌、参加戏剧演出，没有他做不了的事情和达不到的目标。所以，哈利是个大红人，姑娘

---

① Deborah Cohen, *The War Come Home: Disabled Veterans in Britain and Germany*, 1914–1939 (Oakland: University of California Press, 2001) 189.

② 〔德〕哈贝马斯：《瓦尔特·本雅明的现实性》，见〔美〕理查德·沃林《瓦尔特·本雅明：救赎美学》，江苏人民出版社，2008，第 51 页。

们都愿意追求他，妈妈更是把他捧到天上。

他说，我呢，嫉妒死他了。记得我们小时候，有一次在河里游泳，从桥上往水里跳，河水特别深，哈利总是径直往下跳的那一个。我那时还小，帮他们看管衣服。记得当时看着他跳下去时，就等着看河水冒泡呢，你知道，我那时候经常这么想，快点死吧，你这个混蛋，淹死你。然后，他冒上来了。我心里想，感谢上帝。乔迪始终认为哥哥的死跟他的嫉妒心有关，不能区分海伦告诉他的"孩童的恨"跟真正意义上的"恨"不是一个概念。不管海伦怎么讲，乔迪充耳不闻，仍旧生活在自我折磨之中。

他说到战争结束回家初期的感觉："非常糟糕……不光我这么觉得，很多人都是这样的。……噩梦不断，被自己的叫声喊醒。而且那时我还结巴得厉害，应该是患上'弹震症'了，当时还没有这个词儿呢。那时候人都沉默，忍忍就算了。你想啊，你的腿脚完整无损，要是没完没了地抱怨，真的说不过去。这是态度问题。你被人当作英雄，如果胡乱瞎说，人家认为你无事生非在诈病呢。有事自己扛着呗。我们那时候都这样想。"

说到母亲的丧子悲伤，乔迪情真意切："哈利死了以后，母亲打不起精神来，我成了罪魁祸首，母亲说子弹不长眼，让不该死的死了。……就在纪念哈利的仪式上，母亲在我们离开教堂时，曾转过身对我说：'该死的那个是你才对啊。'"

母亲的话留给乔迪的阴影是巨大的。甚至在战后，乔迪的母亲请了招魂师为全家人拍照留念。一家人合影时唯独少了哈利，母亲就泪流满面地失声痛哭："我们的哈利啊。"母亲因丧子之痛忽略了对眼前从战场归来的活着的儿子的关爱，不仅糟蹋了她自己，还摧毁了乔迪，因为这样的场景曾一次又一次地刺痛乔迪，让他把自己的苦果埋藏得更深，最终就像亚伯拉罕和童罗科所断言的，那种难言之隐只会让"不能表述的悲伤搭建起自己的密室，让自己安歇……从此和创伤事件一起居住在自己真实或者想象的完整的国度……"①

由于国家处于鼓舞国民志气的初衷会将死亡事实理想化，即调用崇高化的宗教、体育精神的规则、爱国的和值得奉献的词句供奉死者。比如，

---

① Quoted in Ann Scott, *Real Events Revisited*：*Fantasy*，*Memory and Psychoanalysis*（London：Virago，1996）88.

"为了国王和国家的利益"，一位军官对烈士的母亲说："他在战场死去，没有遭受痛苦折磨，他的死是为国家牺牲的英勇行为。"① "即使悲伤"，烈士的父亲也会"对儿子的英勇赴死感到骄傲，因为他是真正的男子汉"②。官方会对阵亡士兵的母亲说："我们看着这些不到成年的年轻人去世，内心悲痛无比。但我们不应辜负他们的牺牲，应该将他们这些勇敢士兵表现出来的勇气和坚毅传承下去。"③ 由此，官方在通知家属关于该家庭有士兵死亡的通知信件上始终坚持不折不扣地执行"无痛苦死亡"和"战斗中离世"的固定说辞。

而事实上，乔迪所见证的哥哥生命终结的情形与官方话语提供的事实不符。当时哈利被炸弹弹起，整个人被挂在了布满战场的铁丝网上，被割破的内脏里面的东西直往外流，令人触目惊心、毛骨悚然。乔迪实在忍受不住哥哥撕心裂肺的叫喊，就冒着生命危险爬过去一刀终止了哈利的痛苦。此后他背上了负罪感，跳不出认定自己杀了哥哥的逻辑，一生都受"下地狱"的折磨，被哈利的幽魂纠缠。他的创伤记忆直到他去世的时刻也没能让他释然。

里德指出，一战的战争经验已经越出了正常社会经验边缘，成为不可理喻的存在。这是为何男性的战争身份"用战后社会的、经济的传统方式衡量均无法撼动，所以不能用传统的社会学和心理学方法进行分析"④。创伤不只是个体事件，它是家庭，是文化事件，需要从总体的文化角度追溯渊源。记忆实际上是"非情景的、非认知的"⑤ 身体行为和表现，它是一个复杂的综合体，不会单纯再现所发生的事件。乔迪是表面快活但内心忧郁的"黑暗之星"。他不能在漫长的生活共同体中发现自我、认识自我、回归自我。这是他受认知限制和文化信条控制的结果。

---

① Quoted in Jessica Meyer, *Men of War*: *Masculinity and the First World War* (London: Palgrave Macmillian, 2009) 82.

② Quoted in Jessica Meyer, *Men of War*: *Masculinity and the First World War* (London: Palgrave Macmillian, 2009) 83.

③ Quoted in Jessica Meyer, *Men of War*: *Masculinity and the First World War* (London: Palgrave Macmillian, 2009) 84.

④ Eric J. Leed, *No Man's Land*: *Combat and Identity in World War I* (Cambridge: CUP, 1979) 4.

⑤ Paul Connerton, *How Societies Remember* (Cambridge: Cambridge University Press, 1989) 102.

三

乔迪的外孙尼克是维系小说中其他人物关系的纽带。乔迪"从法国带回来的刀伤"通过停战庆祝活动、索姆河战场蒂耶普瓦勒纪念碑活动，以及他夜半惊魂般负罪的梦游过程都毫不吝啬地让渡给陪伴他的尼克。老人一生都生活在"别样世界"里，遭受的是"地狱里的煎熬"。他的痛苦不是战后通过参加纪念堂、纪念碑、纪念日活动和安度死者的文化仪式可以消除的。除了要照顾命悬一线却惶恐不已的乔迪，尼克与第二任妻子组成新家庭的复杂亲子关系又赋予了他更多的家庭责任。另外，他新近迁居的老宅闹鬼再为他忙乱的生活增添了更多的烦恼。好在他是训练有素的大学心理专业教师，生活的磨砺和他的职业训练让他在应对生活中的棘手事件时远远超越了他外祖父乔迪的语境和视野，有了更多的理智回应和文化反思。

首先，暴力普遍存在于日常生活中，战场不过是暴力的特殊场域。《别样世界》的开篇就展现了 20 世纪 90 年代英国东北部一座老工业城市的生活危机。我们通过开车去火车站接女儿米兰达的尼克的观察和思绪了解这个城市和地区的现代生活景观：交通道口有成群的年轻人互相叫骂打斗，他们阻碍了交通；"几个月前，一个 14 岁女孩因为不愿意和想跟她搭腔的男孩说话，结果被他从火车上扔了出去。除此之外，还有皮特·威廉·撒特克里夫[①]那张有着大胡子的脸，克伦威尔大街一所房子的门牌号[②]，录像监控显示三个人大摇大摆走出摄影镜头[③]，大一点的男孩手里牵着个蹒跚学步的小孩，他的同伴走在前面，心里正热切地盘算着怎么折腾这个猎物"。

---

① 皮特·威廉·撒特克里夫（Peter Sutcliffe）是自伦敦"开膛手杰克"之后，给英国妇女（不仅仅是妓女）带来极度恐惧的连环杀手。他杀了大概 13 个人，其杀人方式和类型，尤其是其对尸体的破坏手段与"开膛手杰克"十分近似。撒特克里夫当时的所作所为给英国这个作为现代意义上连环杀手概念的发源地留下了很多想象空间，人们甚至深信他一定就是"开膛手杰克"的转世之躯。毫不夸张地说，撒特克里夫在 1975 年至 1981 年六年间使约克郡地区的人们完全生活在恐惧与不安之中。

② 克伦威尔大街门牌号代指"恐怖屋"——格鲁塞特市克伦威尔大街 25 号（25 Cromwell Street, Gloucester）。房主是弗雷德里克·韦斯特，他曾在 20 世纪 70 年代至 90 年代先后谋杀了至少 12 位女性。1994 年 2 月警察破案组在此处院落挖出三具尸体，其中一具是他的女儿。

③ 这个描述是指一桩发生于 1993 年 2 月 12 日的英国利物浦默西塞德郡的凶杀案。两名当时年仅 10 岁的男童在一家购物中心诱拐一名 2 岁男童詹姆斯·巴格（James Bulger），并将其虐待致死。经辩论，法庭推翻了"儿童无犯罪能力"的假定。

　　暴力危险就在生活周边。尼克的新居老宅让他摆脱不掉与过去老宅主人一家生活的关联。现在的房子曾经是当地大资本家范肖的老宅。尼克在收拾房间时发现了这个家庭鲜为人知的不光彩的过去。他后来从他买到的一本关于北方谋杀案的书中读到关于范肖家的历史：幼童詹姆斯·范肖1904年死于非命，他是房主威廉·范肖和第二任妻子的孩子。时年，他们与范肖第一次婚姻的两个孩子住在一起。小说中描述的情节大致是这样的。

　　有目击者说，1904年11月盖伊·福克斯日①的晚上，11岁罗伯特和13岁的穆里尔将他们同父异母的弟弟詹姆斯虐待致死后，给他戴上盖伊·福克斯面具，然后将他抛尸在没有点燃的柴堆里。后来尸体被人发现。这个目击者原来是前一年因酗酒被老范肖从军工厂开除的人。证人的证词受到质疑，因为姐弟俩都有不在犯罪现场的直接证据，即案发的时候他们正在家里睡觉。两个孩子无辜，被宣布无罪。后来，罗伯特在索姆河战场阵亡，穆里尔始终住在老宅从不走出来。置身于这个老宅之中，尼克内心装满忧虑，深感一百年后穆里尔的阴魂没有散去。

　　巴克小说提出的问题是，未成年人杀人，是不是犯罪？成人和未成年人犯罪的界限是什么？应该怎样看待这种现象？萨默思－布莱纳针对小说的内容提出了更深刻的问题："儿童以凶残的方式杀了人，我们是否要把它当作严肃的问题来看待？因处于冲动和狂喜而犯下的罪责，应该怎样对待、安置才算妥当？"②

　　这些问题关乎未成年人的身心健康和代与代之间是否能够有效交流。尼克居住的老宅里，穆里尔的鬼魂时隐时现、若有若无，昭示着一百年后尼克家所面临的同样问题和危机。家里客厅墙上不同寻常的全家福壁画与尼克家的生活现状有着惊人的相似：再婚的父母，以及前婚的孩子与他们

---

①　盖伊·福克斯之夜，或称篝火节之夜（Guy Fawkes Night），英国的传统节日。时间是每年的11月5日，是为纪念"火药的阴谋"这个历史事件——天主教反叛分子密谋炸毁位于伦敦威斯敏斯特的英国国会大厦，但是密谋泄露了，一个卫兵发现了盖伊·福克斯，在严刑拷打下盖伊·福克斯招认了一切。这个节日的夜晚以人们把自己用旧衣服填充做成的假人——"盖伊"放到篝火上焚烧作为狂欢的高潮。

②　Eluned Summers-Bremner, "Family at War: Memory, Sibling Rivalry, and the Nation in Boarder Crossing and Another World," *Critical perspectives on Pat Barker* (eds.) Sharon Monteith, Margaretta Jolly, Nahem Yousaf and Ronald Paul (Columbia, South Carolina, USA: University of South Carolina Press, 2005) 272.

再婚共同拥有的孩子生活在一起。"大家都无语。现在居住在这里的人就站在那看着已经死去的原房主一家人。恐怕每个人都想到一起去了，只有米兰达把大家都想到的话说了出来。'画上的人就是我们啊。'声音有点歇斯底里。尼克张开嘴想反驳她，但却说不出话来。"

历史过往影响当今的生活。老宅将历史和当下、过去和现在、战时生活和家庭生活连接起来，诸如长辈对子辈的责任等很多问题都在"创伤和日常生活领域的诸多方面互为关联，难分难舍"①。当年军火商威廉·范肖让儿子去打仗以换取更多的财富和名声，是作为父辈牺牲子辈的典型代表，正如小说结尾引用吉卜林的诗句："如果问我们为何没了命，告诉他们，因为我们的父辈把我们断送。"

范肖家发生的弑弟事件不是偶然的。罗伯特死于战场时才22岁，他在给姐姐的信中说："记着，那时我们都小。"而一个世纪之后，住在此处的尼克一家和一百年前的范肖家的境遇竟然有着惊人的相似：尼克与前妻所生的13岁的女儿米兰达、现任妻子芙兰和其前夫所生的11岁的儿子加利斯，还有他们婚后共同生养的2岁的儿子贾斯伯。唯一不同的是，芙兰又怀孕了。这个新生命所带来的希望预示着尼克有能力处理好前人处理不了的棘手问题。

尼克的儿女有重演老范肖儿女悲剧的迹象。小说提到一次全家出游，尼克和芙兰各自在海边休息，抬头远眺时猛然发现加利斯、米兰达和贾斯伯都在海边山坡上，当时加利斯正朝着贾斯伯扔石头呢。这个动作太危险了，他差一点用石头把贾斯伯砸死。

加利斯有暴力倾向记载。他的心理辅导老师因他行为不轨曾经跟他的家长告过状；他有一次在购物中心曾经存心把他同母异父的弟弟扔在停车场；他在他们的居住区域踢过一个小孩；还有便是这一次他们一家人去海边。加利斯原本要帮着贾斯伯将他的棒棒糖小棍当小船放进海里，脑子里想的是帮他好好放进水里，并且是让小棍子打着转放进去，这次他并没有想要加害弟弟，但他不由自主地做了一连串的动作，结果差点儿导致最恶

① Maria Holmgren Troy，"Memory and Literature：The Case of Pat Barker's *Another World*，" *Memory Work：The Theory and Practice of Memory* (eds.) Andreas Kitzmann, Conny Mithander and John Sundholm (Frankfurt：Peter Lang, 2004) 101.

劣的后果。他先拿起小石头子扔着玩，然后把小石头换成了大个儿的，直到这大块的石头打中了弟弟的脑袋，他才意识到自己过头了："他没想怎么着，这石头居然打中了贾斯伯的头，他被击倒在地，然后又站起来了。他一定要把他再弄倒，不要他哭。加利斯当然不明白这事情是怎么回事。他不知道贾斯伯为什么哭。石头打中他时，加利斯就以为贾斯伯死了。第一个石头打过去他就该死了。因为弟弟没有倒下，情急之中他朝弟弟继续扔石头。他想让整个事情快快地结束。"加利斯就像一个被预定了命运的人，就像被这个大房子有创伤的阴魂所控制的替身。

好在加利斯还没有酿成大祸就被父母发现并及时终止他的行为。生母芙兰凭着母爱本能一遍又一遍地跟儿子讲事情发生的偶然性，并告诉他，他所做的事情并非有意伤害弟弟，让他在接受事情真相的同时走出自己的心理认定。芙兰的心理学家丈夫认为这样做是徒劳的。但是，加利斯最终似乎明白过来，只把所发生的事情当作一次意外："每个人都说，（加利斯）在那个事故中没有恶意，那就是个意外。这个说法深深铭刻在加利斯的心里。那天下午发生的事情，并没有改变人们对他的看法。那天他扔出去的石子不会变成石头。石子跟贾斯伯的脑袋没有关系。"总之，发生了什么并不重要，重要的是成人世界怎么看待这个事情。巴克不厌其烦地讲不同的故事，但它们表达同一个道理，即西方社会文化常规经常认定一个人做某事罪恶动机的危害，这危害来自社会文化认为孩子有能力理解他们行为的后果。这种制造神话的过程，用艾博和尼尔的表述即是，重要的不是这类事情的发生，而是人们的反应，他们都一致相信其中的一种道理是真的[①]。

这种预设罪恶的暗示对未成年人造成难以修补的创伤。尼克面对女儿梦游过程中对贾斯伯事件反复重申她"没有干。我没有在那儿"给予的回应最终帮助她走出阴影："他抓住她冰凉的手，说：'我知道你没干。看着我。我知道那不是你。'他抱着她，看着她脸上紧张的神情慢慢放松下来"。

事实上，米兰达当时在场，她一直看着加利斯扔石头。贾斯伯的脑袋

① Dena Elisabeth Eber and Arthur G. Neal (eds.), "The Individual and Collective Search for Identity," *Memory and Representation: Constructed Truths and Competing Realities* (Bowling Green, USA: Bowling Green State University Popular Press, 2001) 171.

被砸得流了血，她才开始意识到事情的严重程度。芙兰和尼克对这个事件中她们年少儿女行为后果的引导和安抚，缓解了他们内心原有的矛盾，让他们确认了自我的位置和对他人该负有的责任。尽管还是问题重重，但是父母的关爱和指引已经让他们开始发生变化。乔迪去世之后，加利斯和米兰达似乎都长大了：米兰达要离开尼克回到母亲那边去，加利斯将和他的祖母生活在一起，开学就要到新学校去了，尼克的姨妈弗里达将搬到尼克的家里来住，照顾即将分娩的芙兰。

在乔迪的葬礼上，尼克很高兴神父省略了很多宗教主题细节，心里暗暗祈愿外祖父能够相信宗教意义上伟大的救赎，并希望这救赎能够让乔迪超越死亡，出离苦海，正如葬礼上大家所唱的赞美诗：

> 时间正似大江流水，
> 浪淘万象众生，
> 转瞬飞逝，恍若梦境，
> 朝来不留余痕。

在尼克看来，生活如滔滔江水川流不息，同时又割不断与过去千丝万缕的联系。大家唱的赞美诗的内容与葬礼上大家纷纷表示会铭记死者音容的话语是多么矛盾。他耳边总会响起乔迪的声音："我在地狱里煎熬。"尼克不知道到底谁说对了：是乔迪，还是大家？如果时间并不像赞美诗中唱的那样，说它像大江流水，而是像"难以撼动、难以预测的东西……思绪就凝固在所发生的可怖的事件上……停在那不动了"，这世界又会怎样？事实是，乔迪的时间与赞美诗所唱的就是不一样。乔迪没有办法让自己走出泥潭："我在地狱里煎熬。"

乔迪的记忆停摆的那一刻是这个老兵一生刻骨铭心的生活。他所受到的伤害来自当时社会文化对人的高压。

从搬进新居看到老范肖家客厅家庭成员的肖像到乔迪葬礼结束，尼克一家人经历了不同寻常的整整六个星期。米兰达当时看着肖像时所说的"画上的人就是我们啊"还在尼克的耳畔回响。但是作为心理学家的尼克还是认为，他的家和老范肖家并不相同，因为关于事物真相（knowledge）的理解因人而异。关于过去对现在生活构成的威胁"既不可以简单化，也不能通过高谈阔论避免，更不是生活重复循环论可以做结论的"。小说结尾处，当尼克途经范肖家已经被岁月冲刷的坟墓再次回到乔迪墓前驻足时，他对生活和历史的感悟更加深刻："这恐怕也是一种智慧：让清白的和有罪的，杀人犯和受害者，共同长眠在青草覆盖下的忘川，都随岁月的流逝而被淡忘。"

《别样世界》中两个家庭三代人的"跨时间和跨地区的犯罪事实遥相呼应"①，同时还与老宅原主人范肖家的生活事件息息相通。跨时空的三个家庭受创成员的经历构成了一个连续往复的创伤链，指向创伤的日常性和社会思维习惯定势对人的限制和戕害，而战场只不过为有些人的受创时刻提供了新的认知契机。所以，受创时刻与再度开启心智互为因果。医生、同道、配偶、家人都是开启人，都有责任引领挚爱走出梦魇，开创新的生活。

第二节　诗歌的叙事

巴克小说中以明晰或隐含的方式启用民谣和一战时期大量参战的英国诗人（欧文、萨松、格里夫斯、罗森伯格等）的作品作为她对话一战时期无处不在的意识形态话语的文本。除此之外，老一代诗人，像丁尼生、吉普林、哈代等人的诗歌，也隐含在小说之内。巴克在小说中用现成的诗歌作品进行创造性的嫁接、挪用，形成新的诗歌文本，对话历史上的存在和诗人作为时空在场者的声音。

一

巴克重视民间素材，利用民谣表现社会生活的真实面目和时代变化，投射人的心灵的自由和社会价值标准对心灵自由桎梏的矛盾。和很多诗人高雅艰深的情趣不同，民间诗的语言是民谣。它扎根于土地，是最自然和最具生命力的存在。由于民谣合辙押韵朗朗上口，它便以最自由的方式流传在客厅和床榻。作为古老的文类，它是人类情感表现的需要，直接触及

---

① Heather Nunn and Anita Biressi, "In the Shadow of Monstrosities: Memory, Violence, and Childhood in Another World," Monteith, Sharon et al (eds.). *Critical Perspectives on Pat Barker* (Columbia: University of South Carolina Press, 2005) 261.

人的心灵世界。正如契诃夫所言："对化学家来说，世界上就没有一样东西不干净。文学家应该跟化学家一样的客观：他应当丢开日常生活中的主观态度，知道粪堆在风景里占着很可敬的地位，知道恶的感情如同善的感情一样，也是生活本来就有的。"①

童谣《布丁和派》②，由詹姆斯·奥查德·哈利维尔（James Orchard Halliwell）19 世纪中叶整理的最早版本是这样的：

> 罗利·保利拿着布丁和派，
>
> 亲吻女孩惹她们哭；
>
> 女孩开始大哭时，
>
> 罗利·保利就跑了。

进入 20 世纪之后，该民谣在流传过程中发生了一点变化：

> 乔治·帕其，拿着布丁和派，
>
> 亲吻女孩惹她们哭；
>
> 男孩们出来玩耍时，
>
> 乔治·帕其就跑了。

这两首民谣都没有交代事件明确的背景，也看不到当事者对事件的感受和情绪，只以一种不急不缓的调子诉说事件的发生。它们看似单纯，却无不包含对社会现实的摹写，暗含众多的社会不平等，特别是社会力量造成的两性之间不平等的关系。它们的主题用当下的话语概括即"性骚扰"。由父权沿袭下来的社会文化观念给了男性更多的特权——"布丁"和"派"，女性则特别容易成为拥有特权的有些男性的牺牲品。女孩除了"哭"之外似乎没有任何其他办法。这两首歌谣诉说的是女性的无奈。

该歌谣被引用到巴克小说三部曲之二《门中眼》第七章，出现在圣诞节前海蒂与母亲贝蒂·洛普的通信中。海蒂谈到居家生活，涉及时事、调侃和态度，她甚至告诉贝蒂她给孩子唱的歌谣改了新词：

---

① 〔俄〕契诃夫：《契诃夫论文学》，汝龙译，人民文学出版社，1959，第39页。

② I. Opie and P. Opie, *The Oxford Dictionary of Nursery Rhymes* (New York：OUP, 1951, 2nd (ed.), 1997) 185 – 186.

乔治·乔治，拿着布丁和派，
女孩可能会惹他哭。

新歌和老歌谣相比，除了名字变成叠音听起来更加俏皮，就是她将作为施动者和受动者的人物位置进行了调换，为新歌谣注入了时代性、革命性的要素。女性在新歌谣中由原来完全被动的角色转化到具有一定主体身份的施动者行列。这种变化在生活中可能是不知不觉的，但是巴克让它成为有声有色的故事，让女性具有了作为人的资质。当然，这种变化与战争延绵不休的局势有关，战争结束后女性还会面临新的挑战。所以说女性真正走向作为主体性的人的道路将很漫长。战时女性暂时获得了能自由工作的机会、择偶的机会和相对开放的生活机会，这些机会表面上看似乎是建立在男性为她们做出极大奉献和牺牲的基础之上的。小说让读者惊奇的是，表面上是“女孩可能会惹他哭”，而实际上让人哭的是同一种社会文化力量。这一点只有在 20 世纪 90 年代回望历史的时候才愈发明晰。

而在当时的社会文化熏陶下，男性可以具有不怕牺牲、盼着死亡快些来临的准备，却从来没有会长期屈尊在战场壕沟狭窄空间里接受莫名其妙的煎熬和荒谬死亡的准备。压力面前，他们心理崩塌，容易将愤怒发泄在更弱势人群——女性——身上。女工利兹与众姐妹在工作间隙休息调侃时，说她不期待丈夫从前线回家休假时即道出了英帝国这个浓缩了整个西方社会文明景观的内在真相：“你们可知道 1914 年 8 月 4 号是个什么日子吗？……告诉你们吧，和平来了。这是我这辈子享受到的仅有的和平。不，我不希望他回来。我不愿意他回家度假。战争结束了我也不希望他回来。你要问我，我宁愿德国人把他打死。……我告诉你我想干什么。我要为我自己镶上一副假牙，然后出去找乐子。”

8 月 4 日这个国家对德开战的日子对利兹而言却是她获得自由的日子。她居然无视她的丈夫在前线出生入死！若用传统文化视角理解利兹的话语，会认为这个为人妻的利兹简直冷酷到了极点，一定是个没有心肝、恬不知耻的女人。但是如果换个视角，我们就会理解女工们对利兹的同情和无语。她的朋友贝蒂跟姐妹们道出她的处境：

我小时跟他们是邻居，大半夜里经常听到他们家传出来的有人挨揍的哐哐声，那声音如同穿过墙壁在你屋里发生的一样。嗨，第二天你在她家院子里看见她，那脸一定是肿的。"是我不小心撞到盛煤块的铁桶上了。"她总是这么说。我都替她冤得慌。"他揍你，"她自己也说，"你到处辟谣，还得怪罪自己。"她说，"正义在哪儿呢？"听着，她说的是对的。

跟战前利兹所面临的家庭暴力相比，战争中"每周六天、每天十二个小时得去工厂轮班，工作在雷管生产线上"是她更加珍惜的。她说要给自己"镶假牙"和"寻快乐"，不过是巴克引起读者震惊的把戏。当时社会条件下根本没有体面的女性独自外出活动的空间。女工因战事而有工作可做、有钱可挣，但社会根本没有像利兹所幻想的那样生活的可能。贝蒂对利兹形同姐妹般的同情与关爱也只能是道义上的援助。

类似的家庭暴力也出现在小说《生命课程》中。特丽莎是伦敦斯拉德美术学院的模特，是在校学生保罗和埃莉诺结识的朋友。如她所述，是她的丈夫对她施行的暴力导致她只身离家逃到伦敦谋生。可是，不论特丽莎走到哪里，她的丈夫杰克·韩礼德都如鬼影相随，并用恐吓和淫威获取妻子辛苦赚到的钱财。他们夫妻应该早已各奔前程，但特丽莎始终被杰克跟踪恐吓，经常被搞得心绪不宁。那时候，社会不支持离婚。在女性不受保护的时代和社会，即便向警察局报案也不会有任何好的结果。就连特丽莎都认为："我们是夫妻，我就是被打成乌眼青，落得个鼻骨损伤也不关警察的事"，因为"他们不想管"。杰克知道保罗与特丽莎相恋后，一直伺机报复，最终在学期结束的某个晚上得手。杰克把保罗的肋骨打折好几根。转天保罗去看特丽莎，发现她也"颧骨青肿、下唇有个口子"。杰克使用武力的用意并非要赢回特丽莎的感情，而是发泄心中的不平，通过让对方恐慌而获得快感。美国学者罗宾将强势施加给弱势的恐慌称为"政治恐惧"。这种恐惧究其根源"源自普遍的社会不平等"：

> 想想一位妇女对虐待她的丈夫的恐惧，或一位工人对她的刻薄的雇主的恐惧，在不经意的旁观者看来，这些都属于个人恐惧，某种不幸，但这完全是私人滥用权力的产物。但实际它们却是政治意义上的恐惧。这些恐惧源自普遍的社会不平等，并维系着长久以来妇女和工人低人一等的传统。政府的政策又常常制造出这种不平等和加强着这种传统，不论关系多么间接和疏远。在虐待妻子的丈夫的背后是几个

世纪的律法和教义，授予他对她滥用权力；黑心雇主在过去和现在都有条文使他能够心安理得地薄待工人。①

不同于患上弹震症的男性，巴克小说中的女性在被世界种种不公的围攻下还能守住自我并在苦中作乐，凸显女性人性中坚忍的一面。前面说到的贝蒂因莫须有罪名被捕入狱也能坦然处之。女儿海蒂与狱中母亲的通信联络展现了英国普通百姓无所顾忌的天然情趣和对时局的大胆评判。且看海蒂对征兵站情形的描述："在伊塔普雷斯②训练营地，你从来都不会有机会见到那么残酷的训练方式。他说他们把新兵不当人看。……惹得大伙儿都要反了。我希望他们反，真心希望。有几个军官已经被他们打死了，这样对待人的代价就是这个结果。星星之火，可以燎原。我想会是这样的。"贝蒂和海蒂一家对国家胁迫男性去打仗的做法发出了来自内心的天然同情。这种同情与男性认为女性热衷战争宣传一样，都是一战其间并存于社会中的生活的样态。

"惹他们哭"的另一层含义，是战时社会历史文化赋予男性所有优越感彻底失衡的结果。巴克所表现的是，大多数女性能够看到男性的痛苦和创伤，而男性中的大部分人由于社会历史文化塑成的力量，不假思索地接受历史赋予他们的社会优势身份而看不到女性的挣扎，以至于他们会想当然地认为女性在后方始终独享他们用牺牲换来的生活。男性在心理上的这种不协调是导致男性双重创伤的根源。

二

除了民谣，巴克在小说文本中穿插大量战争诗歌，表达不同体裁文本的表意功能，形成文本与文本之间的对话。对话围绕"面对事实"，即哪种事实是浮夸的，却被奉为真理大肆宣扬；哪种事实是真正的存在，却遭到打压不允许抬头。

同性友谊在前线遇到了适宜的土壤。"像在前线一样团结"，这种口号虽然是一种神话，却也有其短暂、快活而又坚实的基础。这是共同作战的

---

① 〔美〕柯瑞·罗宾：《我们心底的"怕"：一种政治观念史》，叶安宁译，复旦大学出版社，2007，第 3 页。

② 伊塔普雷斯（Etaples），法国一小镇，战时是新兵培训基地。

官兵用生命换来的真情。把士兵送上战场的国家号令不会顾及更多的士兵心理需求和个体切身利益，却有足够多的条例和条款将官兵意志统一在既定的目标上，结果使得前线官兵出于自然本能和个体需求而彼此靠得更紧。战壕这个特殊环境是可以提供彼此相互理解并让身陷绝境的官兵获得相互信赖与支持的最彻底的共同体。所以，巴克战争小说把同性恋当作异类，视为洪水猛兽，不是因为同性恋行为本身多么可怕，而是因为它对社会形成的权威构成挑战的可怕后果。巴克战争小说中同性恋的存在破坏了既成利益集团所要的绝对稳定，特别是一战战时形成的同性恋关系远不是所谓"性倒错"和"娘娘腔"，而是一种牢不可破的"生死情谊"。这种建立在军官和他们的弟兄之间的"生死情谊"可以形成一股咄咄逼人的人性力量，甚至有可能摧毁英国人顶礼膜拜的文化根基。普利斯特里说："他们中间的大多数出身上层或富裕阶层，在公学期间就养成这方面的热情，欣然接受可以摆脱女性繁琐、过上完全属于男性自己生活的方式。"①年轻的随从，通常是军官的勤务兵或随营管家，他们不仅有青春美貌，还有纯真的心灵，这些会引发长者的理想和激情，形成他们之间充满激情的、理想化的、没有肉体接触的友谊。作家毛姆与他遇到的救护车司机就是这种关系。J. R. 阿克力写过自己作为这种关系一方的感受："我们通讯员和勤务兵要根据外在气质选定。确实，让俊俏士兵提供服务的愿望在军官中普遍存在。我不知道他们是否比我享受更多的这种近似父子的关系。"②

许多军官试图通过对手下人更加尽心来升华他们的罪感。历史上的里弗斯在爱丁堡医院就遇到不少这样的案例。格里夫斯、萨松、欧文等诸多官兵都有同性恋倾向，他们在不可遏制的性欲望和不可僭越的军中纪律条文辖制下左右为难，备受煎熬。他们分别用不同的方式回避或升华这种情感。里弗斯本人医治好过众多年轻的军官，不仅是出于他精湛的医术，更重要的是他化育人心的移情力量。这种在医患之间建立起来的平等信任关系靠的是胜过自上而下强制命令的坦诚与柔情的力量。这种力量使人在能够面对自己的同时还能够获得来自同路人的默许与支持，并且让人形成恒

---

① 转引自 Paul Fussell, *The Great War and Modern Memory*（Oxford：OUP, 1975）273。
② 转引自 Paul Fussell, *The Great War and Modern Memory*（Oxford：OUP, 1975）273。

久的信念，即使在最困难的时候也有面对不幸的勇气。从医院里走出来的很多军官无不感恩于住院期间能够有缘结识里弗斯这样的医生。医院甚至鼓励欧文创办自己的诗歌刊物《九头蛇》，为住院病人提供宣泄和交流的平台。正是这个平台让欧文有机会频繁会晤萨松，让诗歌创作成为交流的媒介和排解战争压力的途径之一。

诗歌媒介与医疗手段在爱丁堡医院完美地结合在一起，以"对抗丑"，即对抗"那种不敢面对事实的观念"为目标。战时很多真实的感情被认为有害，不允许表达，这是里弗斯治疗病人过程中所遇到的最大障碍，同时也是诗人创作时所要面对并通过诗歌去冲破的障碍。

萨松的很多诗歌表达失去战友的痛苦和负疚，其精神内涵远远大于肉体欲望：

> 但今日我忧愁满怀。坐在火旁，
> 火带走我的梦，化之成灰，
> 因为死亡使我明智、苦涩和坚强。
> 而我，因我所失的而富有。
> 啊，星光映照既往原野，
> 给我黑暗和夜莺。
> 逝去的夏日有黑暗的幸福，家园的宁静，
> 还有沉默，朋友们的面孔。①

小说中，萨松的另一首诗《病假》，表露的是萨松远离战场的内心不安：

> 我睡着了，做着梦，迷迷糊糊、暖暖乎乎/他们来了，无家可回的人，无声无息的魂。/暴风雨敲着窗棂，/雷声滚滚，风声低沉，/他们心情沮丧，聚在我床前。/他们对我推心置腹；我们感受如出一辙。
>
> "你为何待在这，不去值班？"/"我们在从伊普尔到弗里泽的队伍里一路找你。"/我醒来，身居暖屋内心难过，孤独难挨；/黎明破晓时雨声阵阵/不由想起泥泞中的部队。/"你何时重回他们身边？"/

---

① Siegfried Sassoon, "Memory," *The War Poems* (London: Faber & Faber, 1983) 106.

"他们难道不是和你一起出生入死的弟兄？"

萨松在诗中袒露出慈母般的担忧和醒后深深的"罪感"，这让他的主治医生里弗斯读后几近失控。这种情感共鸣给萨松带来的震撼甚至比里弗斯使用任何其他治疗手段更有效，它让萨松长久的内心纠结在片刻获得释放，一下子找回了自己，做出"我要返回前线"的决定。

战争不是个人的呼吁所能阻止的。萨松在经历战场洗礼之后的"反战"行为通过他对自己远离战场的"罪感"的认知而不同于英国其他反战团体和个人。萨松以履行他作为军人更具"人性"的责任感解构了"为国捐躯"的虚幻高调，使"返回前线"成了他异常清醒的选择。

另一位战地诗人欧文与生俱来的羞涩与卑微让他有别于同时代那批颇具贵族风范的"学府"诗人萨松、格里夫斯、布莱顿等。如果说萨松这类诗人"突出表现的是战场与记忆中英国故土的对比、怀旧、反讽"①，欧文的诗歌则更直接地表现士兵的命运，反复强调战争的"悲悯"，饱含对年轻鲜活生命的赞美和对生命突逝的悲伤。他调动人的移情，在展现战争恐怖的同时多了一份对人，特别是对男性身体的温度与激情上的感知：

> 红唇并不如此地红，
> 像英国亡灵吻过的斑驳的石头。
> 情人和他爱人的温情，
> 与他们纯净的爱相比像是一种耻辱。
> 啊，爱神，你的眸子失却了媚惑，
> 当我看到实名的双眼！
> 心，你从未如此火热，
> 如此宽广和饱满，因伤痕而伟大。
> 虽然你的手苍白，
> 比焰火与寒冰中拖着你十字架的手更苍白：
> 哭吧，你可以哭泣，因为你再不能触摸它们。②

① Bernard Bergonzi, *Heroes'Twilight: A Study of the Literature of the Great War* (London: Constable, 1965) 128.
② John Stallworthy (ed.), *The Poems of Wilfred Owen* (London: Hogarth Press, 1985) 143.

这首饱含宗教抚慰的《更伟大的爱》写于 1917 年。之前像凡尔登、索姆河等战役造成的生命之殇渗透在欧文诗歌细腻、深沉、悲怆的笔触之中。欧文用诗歌高扬生命的强度，后被理查德·奥尔丁顿①在其小说《英雄之死》中推向顶峰。奥尔丁顿在战后谴责读者对他小说人物所谓同性恋欲望的猜测："我必须矫正读者中那些在我作品中找寻犯罪者的火眼金睛之士。让我最后一次告诉你们，士兵之间的情谊与你的想象毫无干系。"②

三

巴克在小说中想象性地重构了欧文和萨松的关系，以及他们在住院期间的诗歌创作，形成小说人物同历史上存在的诗人之间在友谊的建立和诗歌创作上的对话。

小说中的萨松在战前已经是著名诗人，欧文却只是个默默无闻的学徒。他们的初次见面是在《重生三部曲》之《重生》第 8 章。因为同住在爱丁堡医院，欧文拿着五本萨松已经出版的诗集慕名来到高尔夫球场请求萨松为他签名。这是他们建立牢不可破友谊的开端。欧文的拘谨和萨松的干练是以一种非常微妙的方式描述出来的。小说写道，欧文心想：

> 若能避免紧张和结巴，讲出哪怕一句完整的话，欧文……宁可用所有的财宝来换。没有希望——他太紧张了。萨松让他自愧不如。萨松，著名诗人的地位、高大的身材、堂堂的相貌，连说起话来带着的贵族式的无可挑剔的口音都那么有松有弛，但他总有某种冷漠，某种心不在焉，他在跟你说话的时候并不看着你的那种姿态——害羞，也许吧，但看起来像傲慢。更重要的是，他作战勇敢。

如同当今追星族崇拜明星那样，欧文在萨松的允许下多次找机会和他在一起谈诗论道。他们讨论如何用词才能达意，以破除虚饰，用诗歌表达真相。

---

① 理查德·奥尔丁顿（Richard Aldington, 1892~1962），与欧文同时代的诗人、作家。《英雄之死》是他 1929 年出版的第一部根据自己参战经历写的小说，描写小说主人公乔治·温特伯恩参加一战，从士兵到军官乃至最后死亡的经历。他对士兵苦难的关注使他成为独具特色的一战小说家和诗人。

② 转引自 Trudi Tate, *Modernism, History and the First World War* (Blanchester and New York: Manchester University Press, 1998) 81。

　　小说中的萨松极具历史洞见和未来眼光，他在诗歌中同欧文的社会文化视角形成张力。安妮·怀特海认为，巴克如此创作表现了她独特的进入历史现实进行反思的构思，使人物在相互交流过程中不断摸索"寻找'重启'过去的路径"①。读者可以通过巴克"回溯"性书写思考历史的发生，形成理解战争灾难在当时历史条件下不可避免的盲点和局限。他们共同讨论欧文的诗作《为被断送的青春而作的圣歌》（*Anthem for Doomed Youth*），是对"为国捐躯，甜美而光荣"虚假宣传的解构。正式出版的诗歌的第一部分是这样的：

> 谁为那些牲口一样死去的人鸣响丧钟？
>
> （What passing-bells for these who die as cattle?）
>
> 只有枪膛射出子弹的一腔愤怒。
>
> （Only the monstrous anger of the guns.）
>
> 只有嗒嗒来福枪飞速的射击声，
>
> （Only the stuttering rifles' rapid rattle）
>
> 才能做出它们匆忙的祈祷。
>
> （Can patter out their hasty orisons.）②

　　小说第 13 章虚构了这首诗歌的创作过程：欧文是在医院休养期间酝酿这首诗的。当他把诗歌初稿拿给萨松看的时候，前两句是这样的：

> 谁为那些片刻死去的人们鸣钟？
>
> （What minute-bells for these who die so fast?）
>
> ——只有我们枪中庄严的愤怒。
>
> （—Only the monstrous / solemn anger of our guns.）

　　下面是萨松和欧文之间就这首诗歌要表达的意境而进行的对话：

---

① Anne Whitehead, "Open to Suggestion: Hypnosis and History in the Regeneration Trilogy," (eds.) Monteith et al., *Critical Perspectives on Pat Barker* (Columbia: University of South Carolina, 2005) 215.

② Wilfred Owen, "Anthem for Doomed Youth", *Wilfred Owen: An Illustrated Life* (ed.) Jane Potter (Oxford: Bodleian Library, 2014) 92.

"我觉着用'丧'字表达钟声更好。"欧文说。

"行。如果扔了表达钟声的那个'短'字，你知道'片刻'其实表意也很弱。'只有一腔的愤怒'……"

"那个'庄严'呢？"

"'只有我们枪中庄严的愤怒。'欧文，看在上帝的分儿上，这不成了陆军指挥部宣传了吗？"

"对了，不能成为宣传。"

"你读读看。"

欧文读了一遍。"嗨，那不是我要表达的意思。"

"我想问你，你考虑过没有这个'死去的人们'是谁？英国战死的士兵？由于他们是英国人，那么，我们的枪……"

欧文摇了摇头说："指所有死去的兵。"

"那我们得这么写。"萨松把"我们"划掉，然后添上定冠词，让它表示类指。"你肯定要表达这个意思吗？这么一改，意思就大不一样了。"

"可不，真的大不相同了。如果用了这个定冠词表类指，那愤怒必然是'一腔的'。"

"没错。"萨松把"庄严"一词也去掉。结果是：

谁为那些……片刻死去的人们鸣响丧钟？

——只有枪膛射出子弹的一腔愤怒。

"第二句应该没有问题。"

"用'牲口'如何？"

"更好。"

他们就这样一词一句地又继续讨论了半个小时。……

巴克虚拟了诗歌未成型之前的状态，表达出欧文作为一个年轻诗人创作的涌动。他的原稿词句带有他潜意识里浸润的英国战争宣传的文化定势。这在当时是极其自然并极具代表性的。对战争本质的认识需要理性的辨识。正因为如此，久经沙场的萨松作为思想者的洞见和谆谆教诲才显得更加重要。交流过程中萨松是继里弗斯之后又一个"慈父"与引导者的形象。萨松和里弗斯们有别于英国传统文化下的严苛的父亲们，他们为了国家福祉甚至愿意牺牲自己的亲生儿子。

两种对待战争的看法通过萨松和欧文对一首诗歌如何斟词酌句表达意义表现出来。巴克的小说创作始终将两个甚至多个平行的视角并置，构成互相参照的效果。她并置的目的是展现生活中存在的多样化的事实，并将人的个体立场昭示于世，以便看到其他视角的局限性。正是对这种局限性的正视，才可能避免独断与张狂。

回到历史，在欧文战死后，萨松凭着他对欧文独具特色的战争诗歌的欣赏，两年后将欧文的诗歌结集出版，引起战后欧美和世界强烈的反响。欧文作为战争"悲悯"的代言者，用"身体的事实"开创了战争诗歌回归人性的书写与表达。他以战争造成的切肤之痛，呼吁远离战争，开启思考暴力手段之外的解决争端的途径。

第三节　绘画的叙事

战争毁灭性的现实如何成为一种艺术创造行为？什么样的艺术创造可以让死亡、伤残、损失成为财富？一战时期英国艺术家都在干什么？

战争艺术是关于理解生命本质的艺术，是将生命推到了它的极限——死亡——来面对的艺术。这种时刻，艺术家要承担的责任更大，他所面临的艺术表现的形式选择和伦理选择都更加艰难。

一

里德在他的《艺术的真谛》中认为："艺术与宗教是自然的理想化，特别是人——自然发展的顶峰——的理想化。"① 只要人的理想信念在，人就有坚持不放弃生活信念的理由，不堪重负的生活就变得可以忍受。

艺术中的理想是用"美"的形式来表现的。所谓"美"的概念，就是"感性"的概念。作为人类的"感性"活动，美学实践自然也应该包括"审美"和"审丑"，因为"丑与美二者都是审美经验的基本部分"②。

人类的理想随着时间变动而发生变化，它可能是单一的，也可能是并

---

① 〔英〕赫伯特·里德：《艺术的真谛》，王柯平译，中国人民大学出版社，2004，第 6 页。
② 〔英〕彼得·福勒：《艺术与精神分析》，段炼译，四川美术出版社，1988，第 117 页。

存的，但绝不是唯一的。不同时期的绘画艺术所展现的女性画像均投射出社会历史的发展和观念的变化。波提切利的维纳斯近乎透明，弥漫着一种神秘的氛围。拉斐尔的圣母则血肉丰满，洋溢着浓郁的世俗生活气息。乔尔乔内的《沉睡的维纳斯》表现生命形而上的哲思。提香的《乌比诺的维纳斯》则表现人对生命的感性观照和热情拥抱——这时的维纳斯不是躺在清幽静谧的原野，而是躺在温暖富丽的卧室；她没有恬然入梦，表现为一种超然物外独立自足的安详，而是脉脉含情，斜睨着画外的欣赏者，似有满腹柔情蜜意正待诉说，加上她的脚边，一只哈巴狗正蜷缩打盹；她的身后，有两个女仆正翻箱倒柜为她准备衣裳；窗台上摆着鲜花，房间里挂着帷幔……这一系列生动的生活细节，无不在强烈地暗示着此时的维纳斯已经不是什么女神，而分明是个普普通通的女人，是位贵族人家的名媛淑女，是位体态丰腴春心荡漾的闺中少妇——提香"躺下"的维纳斯竖起了艺术观念新的界碑，即从神到人的漂移；戈雅①的"玛哈"开始用直呼其名的方式展现那女子的生活姿态。但裸体和着衣的玛哈还是有造型和色彩上的区别的。玛哈不仅仅双手叉着枕在头下，将裸露的身体扭对着观众，而且眼睛也在拼命"放电"。玛哈的卧姿并不舒服，但却妖艳，充满紧张感和诱惑力。就色彩而言，戈雅一反古典绘画辉煌而又沉稳的金橙色，用更明快、亮丽、绚烂、轻盈的色彩让整个画面极具运动感和冲击力。

历史地看，原始艺术作为拜神或赎罪的一种职能，表现人对神秘严酷世界的恐惧感。那是一种悲天悯人的原始艺术理想。在历史的长河中，人类摆脱恐惧的艺术理想有别于古希腊人孩童般的自然理想，有别于神性的、理智的和抽象的拜占庭艺术理想，有别于那种抽象的、玄秘的、本能的东方艺术理想，有别于神秘的、奇异的和虚夸的隐晦曲折暗示和象征性的中世纪宗教理想，有别于启蒙运动以来以人取代了神以后的关注主体、高扬理性的现世理想，还有别于唯美主义"为艺术而艺术"更具"神秘性"和"神圣化"的感官沉醉的形式主义艺术理想。原始艺术毫无顾忌地袒露人本性中的无能和怯懦，表现人类的谦卑和妥协，其魅力即在于承认并拥抱人类这种与生俱来的质朴天性。

随着人类对外部世界的开拓和对自我认知的日益膨胀，人类渐渐远离了

---

① Francisco Goya，西班牙画家（1746~1792），《战争的灾难》是其代表作之一。

自我天性，代之以对力量的崇拜与张扬。表现战争的艺术具有获取明确的军事目标和经济利益的目的，使得如下问题更值得思考①：什么样的作战算是有欣赏价值的"艺术"？启蒙运动提升了"人"的地位，与此同时，伴随着科技的发展，远程杀伤性武器的更新换代又增强了生命的脆弱性——当我们知道在一场"伟大的"诺曼底登陆中，就连胜利者都要付出12万人的代价时，我们也许就不一定有胃口去欣赏战争的"艺术"了。

加拿大军事理论家格温·戴尔在专著《战争》中有一组非常触目惊心的数字：

> 装备精良的西方国家针对贫弱的第三世界独裁国家所进行的一次次势力悬殊的短暂战争，杀死的人成千上万；而在脆弱的后殖民地区所进行的种族灭绝冲突，则是地方性的悲剧。在第二次世界大战的最后两年，每个月都有超过100万人被杀戮。如果大国之间再进行一次战争，动用他们现在所有的武器，那么哪怕只有一次，每分钟就会有100万人死于非命。……很多人都知道7万人死于广岛核轰炸，但是很少有人知道东京有22.5万人仅在两次常规炸弹的空袭中丧命。很久以前，我是轰炸机飞行员。我轰炸过汉堡。有7万人大火里丧生。8万或者更多人死于德累斯顿。要是你注意数字的话，在硫璜（黄）岛有12.3万人死去……所以，症结是战争，而不是核战争。②

戴尔认为："战争游戏在升级，我们若想生存下去，就得改变游戏规则。"③而改变游戏规则需要反思人类至今出现过的历程，敢于面对人类至今出现过的历史问题。霍布斯鲍姆说得好："我们的世界既有从外炸裂的危险，也有从内引爆的可能。……人类若想有一个看得清楚的未来，绝不是靠着现在或过去的延续达到。如果我们打算在这个旧基败垣上建立新的千年，注定将失败。失败的代价，即人类社会若不大加改变，将会是一片黑暗。"④

人类是否愿意并且能够"大加改变"？屡次战争给人类带来的只是毁灭

---

① 云也退：《需要永远拷问的战争伦理》，《南都周刊》2007 年 6 月 16 日。
② 〔加〕格温·戴尔：《战争》，李宵垅、吕志娟译，江苏人民出版社，2007，第 1~2 页。
③ 〔加〕格温·戴尔：《战争》，李宵垅、吕志娟译，江苏人民出版社，2007，第 1 页。
④ 〔英〕艾瑞克·霍布斯鲍姆：《极端的年代》，郑明萱译，江苏人民出版社，1999，第 529 页。

性打击，并没有给人类带来他们所希冀的结果。这至少说明，战争不是强力和"道义"就能解决问题的。由此，艺术"染指"战争是一件痛苦的事，正如阿多诺直言："自奥斯威辛之后，写诗是野蛮的，这就是为什么在今天写诗已成为不可能的事情。"① 一个有良知的艺术家在进行战争题材写作时首先面对的是伦理难题。犹太裔意大利化学家、小说家，纳粹大屠杀的幸存者普里莫·莱维（Primo Levi，1919～1987）痛苦地留下如下箴言："幸存者不是真正意义上的见证者——被湮没的、没有归来的人才是真正的见证者。"②

表现战争的艺术，本质上是因着美而拷问良心的艺术。当科学成为一种意识形态，甚至拥有了凌驾于其他意识形态之上的话语霸权，成为评价知识的知识，评判价值的价值，即成为一切知识和价值的尺度与标准，成为一种元知识和元价值时，它是不可能从根本上引领战争问题的思考的。而与科学截然不同的艺术则用自身的方式，凭着它质朴的手段和对生命内在本质的执着默默发表自己的言说。巴克小说《生命课程》中的战时艺术家即在战争生死边界用作品表达他们对生命的热爱和对生命本质的追寻。

二

《生命课程》是巴克继她的《重生三部曲》之后于 2007 年出版的又一部以第一次世界大战为背景的小说。如果说"三部曲"聚焦的是一战时期参战军官、战地诗人和作为军医的知识分子的战时生活，那么《生命课程》则通过青年画家经历的战场洗礼展现他们从美术课堂进入生活课堂的艺术实践和生命思考。这些年轻的艺术家不得不在充满暴力的世界里寻找属于自己的位置，艰难地思考战场残酷经历的艺术表达途径。露西·休斯-哈莱特在《星期日泰晤士报》刊登的书评中用"背离"一词一语道破青年艺术家在战争题材选择上的困境："遵循传统艺术观念，从可怖的现实中表现优美与崇高几乎不可能；像小说中的女主人公埃莉诺一样地远离战事又似乎显得任性与轻薄；表现战争实况肯定让人难以忍受。……在战争恶果和人类的应对能力之间存在令人烦恼的背离。"③

---

① Theodor W. Adorno, *Prisms*, trans. S. Weber and S. Weber (London: Neville Spearman, 1967) 67.
② 〔意〕普里莫·莱维：《休战》，杨晨光译，中信出版集团股份有限公司，2018。
③ Lucy Hughes-Hallett, "Life Class," in *The Sunday Times* (July 8, 2007).

　　小说用回溯视角表现这种背离，展现深陷战争泥潭的英国青年艺术家的生活与艺术追求，以及他们通过作品呈现的曾被历史搁置与湮灭的存在，形成他们与国家意识形态或并行，或超越，或抗衡的不同价值立场，宣示了艺术对战争真相的言说。

　　传统一战题材作品从未离开过参战士兵、战场和堑壕①。乔治·奥威尔对战争既血腥又无可逃脱的现实悖论做出的立场鲜明的回答颇具代表性：

> 　　我们从这些事情中感到的恐怖让我们得出下面的结论：如果有人用炸弹炸死了你母亲，你就用两颗炸弹炸死他母亲。唯一明白无误的选择就是去把住房炸成粉末，用成堆的炸药去把人的内脏炸烂，让儿童体无完肤；要么你就去受比你早有准备做这些事的人的奴役，因为到目前为止还没人找得出一条可行的路来。②

　　巴克使用与国家话语相对的个人话语进入"回归历史小说"③ 之列，表现曾被历史搁置和湮灭的存在，拓宽对历史事件和人物的书写与阐释，展现作家本人对文学的历史记忆与历史重构的独特视角。历史资料表明，英国一战时期参战士兵的人数不到总人口的一半④，而另一半人的战时生活不应该被忽视，像服从良心的反战者以及和平主义者对战争的谴责或超然度外，像各种职业的志愿者、医疗救助人员、军工厂的劳动者等大批准参战者和普通百姓在战争环境下的生命体验，这些都是战争背景下不可或缺的经验。他们用书信、日记、画作等媒介记录所知所见，尽管这些记录均因所涉及的内容被国家话语认为"不合时宜"而被历史长期搁置。巴克在小说创作过程中翻阅、改写和引用的大量历史资料⑤无不意在突出小说

---

① 德国的雷马克（Remarque）、法国的巴比塞（Barbusse）、英国的萨松和格里夫斯等人有关一战题材的文学作品均在一战结束到二战爆发之间享誉世界，极大地影响了人们对战争的定势理解。

② George Orwell, *Collected Essays*, *Letters and Journalism* Vol. 1 (eds.) Sonia Orwell and Ian Angus (Harmondsworth: Penguin, 1970) 329 - 330.

③ Malcolm Bradbury, *The Modern British Novel* 1878 - 2001 (Beijing: Foreign Language Teaching and Research Press, 2005) 523.

④ A. K. Smith, *The Second Battlefield*: *Women*, *Modernism and the First World War* (Manchester: Manchester University Press, 2000) 3.

⑤ 小说的"鸣谢"部分用了两整页篇幅（Pat Barker, *Life Class*, London: Penguin Books. 2007. 248 - 249）介绍小说创作过程中借鉴过的历史资料。

人物强烈的主体性和作为主体的个体的苦闷及求索之声，形成主流文学思潮框架内从艺术角度思考战争本质并展开同战争进行真诚对话的充满活力的思想暗流。

把尊重生命作为艺术创作的使命赋予了艺术家无可逃避的社会责任。马克思早就提出艺术是掌握世界的四种方式①之一。艺术创作不仅是技术技巧的问题，更是人的存在的问题。艺术不会完全听命于国家意识形态的引领，它总以其自身的灵性拷问并照亮世界，展现世界多样复杂的存在。艺术创造的根本目的即便不在于"用秩序来整合我们所要面对的混乱的生活"②，也在于通过捕捉我们对自身生命的体验，进而思考那些让我们"变得混乱的经验"③。这类经验可以让我们"看到世界本来的样子，充满各种不同的要求、部分和经验"④，可提醒我们去接受世界多元的存在，去倾听不同的声音。小说这个独特的"审美场"⑤ 就是用来让读者感受"自己已经与世界紧紧相连融为一体。他们感到自己是真正属于这一世界，而不是站在世界之外的旁观者"⑥。

这样一来，艺术家的生命担当尤为重要。巴克曾在一次她接受的访谈中明示，她的《生命课程》不同于"三部曲"的历史反思，而是继续她在小说《双重视域》中关于战争如何被表现的问题⑦的思考。《双重视域》中的艺术家典范是戈雅。作为一个真正的艺术家，戈雅能够"提供思想启迪和揭示艺术所呈现的世界的真实"⑧。通过戈雅，巴克言明真正的艺术家在灾难面前的担当：艺术家的创作一方面需要直面人在残酷场面下无可逃遁的宿命，不能先被暴力惨象湮没；另一方面需要在作品中"暗含希

---

① 这四种方式是理论的、宗教的、艺术的、实践精神的方式。参见《〈政治经济学批判〉导言》，《马克思恩格斯选集》第2卷，第104页。

② Harold Bloom (ed.), Introduction, *Modern Critical Views: Anthony Burgess* (New York & Philadelphia: Chelsea House Publishers, 1987) 63.

③ 〔美〕桑塔格：《关于他人的痛苦》，黄灿然译，上海译文出版社，2006，第207页。

④ 〔美〕桑塔格：《关于他人的痛苦》，黄灿然译，上海译文出版社，2006，第155页。

⑤ 童庆炳：《维纳斯的腰带：美学创作》，中国人民大学出版社，2009，第46~47页。

⑥ 〔美〕马斯洛：《谈高峰体验》，见《人的潜能和价值》，林方主编，华夏出版社，1987，第366~367页。

⑦ John Brannigan, "An Interview with Pat Barker," in *Contemporary Literature* ns 46: 3 (2005) 370.

⑧ John Brannigan, *Pat Barker* (Manchester: Manchester UP, 2005) 157.

望"——让作品"引起震惊、恐惧、同情心、愤怒,乃至让人奋而起之,采取行动"①。戈雅在苦难深重的西班牙不折不扣地践行了这两点,特别是第二点:"画中的这些人们没有希望、没有过去、没有将来,然而,这个场面经过了戈雅坚实平稳并充满同情目光的处理,你不可能只有绝望的感觉。"② 因而,戈雅绘画的表现形式简单但思想内涵强大——他的艺术拒绝被工具化,拒绝被异化而进入意识形态范畴。

正因为巴克一直把写作当成一种"见证行为"③,或是一种"伦理的再现"④,所以它不迎合社会成规与大众趣味:"人类经验的表述几乎都依赖有效的归纳方式。而对小说来说,归纳是不可靠的:桀骜不驯的人并不在归类之列;他们有更多的话要说——这就是我们需要小说的原因。"⑤ 她的小说因此更注重表现人性,而不是表现英国人作为一个民族整体的独特与崇高⑥。小说中刻意描写一战爆发是在这些艺术青年的毫无准备中到来的,但它却直接影响了他们的命运:那年夏天的周末,埃莉诺正在家中招待跟她在同一所艺术学校学习的朋友——"大家在饭桌上都坐好有五分钟了,男主人(埃莉诺的父亲)的位子还空着,后来他面带笑容深表歉意走过来坐到自己的位子。……布鲁克医生说他刚接过医院打来的电话,'让我们腾空所有的床位,把非急诊手术往后推'"。

战争的爆发把青年人一下子拖进未知的生活,形成小说表现的战前和战后两个截然不同世界的对照:战前伦敦斯拉德艺术学校一群年轻人追逐浪漫与渴望成功的悠闲生活和战时他们经历焦虑、烦躁与幻灭的内心恐慌。艺术家对生活的敏锐感受决定了他们必然使用艺术手段表现战争状况及其对未来信念的影响,正如约翰·伯格对毕加索通过模特反映艺术家注视世界和自身观念的诠释——艺术家在用自己的生命践行着艺术的表现,

---

① Pat Barker, *Double Vision* (Suffolk: Quality Paperbacks Direct, 2003) 152.

② Pat Barker, *Double Vision* (Suffolk: Quality Paperbacks Direct, 2003) 152 – 153.

③ John Brannigan, "An Interview with Pat Barker," in *Contemporary Literature* ns 46: 3 (2005) 372.

④ John Brannigan, "An Interview with Pat Barker," in Contemporary Literature ns 46: 3 (2005) 374.

⑤ Maya Jaggi, "Dispatches from the Front," in *The Guardian* (August 16, 2003).

⑥ Jodie Barker, "Life Class By Pat Barker," 可参阅 http://allthingsgirl.net/reviews/harvest-septoct-2008/the-ghost-road-by-pat-barker-book-review-by-jodie-baker/ (2014 – 6 – 18)。

并通过艺术创作展现他们的感悟——"她就在那里……，她的作用是存在。她是自然，是性，是生命。而如果这听起来有些沉闷，记住：因为同样的根本性的理由，所有艺术学校画裸体模特儿的素描课，都被称作生命课程"①。由此，艺术作品的言说完全不同于任何本质主义的阐释与判断。

《生命课程》中的年轻艺术家们虽然还没有达到戈雅对人生苦难的洞悉和其艺术修养的高度，但他们拒绝在生活中盲从。他们在自己的生活实践中摸索前行并主动寻求表述苦难和希望的方式。

梦想成为艺术家的保罗·托伦特来自工业社会底层。母亲因精神错乱自杀身亡，这给保罗留下了一生都无法治愈的心理创伤。他最初在医院做护工，后来用祖母操劳一生的有限积蓄进入艺术院校准备实现自己做艺术家的梦。可是，他在人才济济的美术学院似乎始终找不到教授要求他达到的艺术感觉。他知道家境宽裕的高才生埃莉诺不会垂青于他，就与模特特丽莎混在一起打发时光："整整一年他纯粹是在浪费时间，整天和漂亮模特形影不离。他泡皇家咖啡屋，频繁光顾酒馆，大把大把地花钱，而自己作画的水平连一个小学生都会感到羞愧。他知道自己在干什么吗？他在斯拉德美术学院一事无成，真是活该！"

战争爆发后他加入比利时战场医院做护工。在与伤兵交往的过程中，他迸发出前所未有的创作热情。他甚至在城里单独租用了一间阁楼作画室，创作了大量见证伤兵遭受苦难与死亡题材的作品。他发现自己并非像画界泰斗佟科斯教授认为的那样缺少"灵性或感情"。他诸多画作中的一幅画的是"破脸人"②的肖像，画的是"一个年轻士兵，他的整个下颌被炮弹削掉"。像这类见证战争对身体严重摧残的画作在当时的社会历史条件下自然是"无处可展"。

---

① 〔英〕约翰·伯格：《毕加索的成败》，连德诚译，广西师范大学出版社，2007，第227页。
② "破脸人"是对一战期间被枪炮或炸弹击中头部且面目被打得难辨的可怕的士兵的称呼。这些伤病由具有外科医生和艺术家双重身份的佟科斯教授负责治疗。战争期间他曾为75个被弹片破相的、经哈罗德·吉利斯（Harold Gilhes）医生做过整形手术的"破脸人"画伤情对比图。他用画笔记录了他们面目全非的肖像和整形后的最佳手术方案。佟科斯作为医生医治战争伤病的功绩一直在英国广受赞誉，他留下的"破脸人"肖像虽然在艺术上无可挑剔，但它们却一直被历史尘封，鲜为外界所知。有关佟科斯医治"破脸人"的资料可参见 http：//www. projectfacade. com/index. php？/about/glossary_ comments/henry_ tonks（2011 - 4 - 5）。

保罗以他在人类战争惨剧发生时的见证者身份揭示了战争的残酷和艺术家对被摧残者的注目，证明了他并不缺少"灵性或感情"，而是缺少机遇。战争灾难以它的伤亡惨象及其后果为青年男性提供了与死亡共舞的机会。"诗歌表达悲悯"① 即是保罗绘画的昭示——他让个体生命遭受践踏的切肤的苦难形成与传统"英雄"、"功绩"和"光荣"之类的浪漫高调截然不同的真相。

三

《生命课程》通过女主人公埃莉诺的生命追求，来思索通过艺术传达希望和建构生命意义的可能，在重建人们对于战争真相的认知的同时揭示了极限境况下生命的意义。

按照当时理想女性的社会标准，埃莉诺远非完美——她过于特立独行。她母亲"最关心的就是让她嫁出去"，但她比其他女性幸运的是她可以选择自己的生活。她拥有强大的家庭经济保障和家人的保护，这使她有机会独立生活并继续大学教育。因为她的艺术感觉灵敏，她成为学校的骄子：她经常受到专家的赞许，其作品还多次获奖。

更为幸运的是，当时的英国社会文化要求合乎条件的男性都上前线打仗，或从事与战争相关的工作，否则会为人不齿。相比之下，女性似乎可以拥有更多的选择。这使埃莉诺有可能主宰她自己的艺术生命。她如此沉醉于绘画，以至于她与在比利时前线医院工作的保罗相互通信时总要问上一句："最近你是否一直在干活儿？你知道我所说的活儿，就是你的作品。"她不像当时很多妇女那样踊跃加入战时服务社团，而选择与以反战的奥特兰·莫瑞尔②为代表的布鲁姆斯伯里文人圈为伍。她把自己的画作交给欧米伽工作室③，并获得一定程度的认可。尽管这个圈子在举国备战

---

① "诗歌表达悲悯"（The poetry is in the pity）是诗人欧文为自己将要出版的诗集所写自序中最有名的一句，表达欧文通过诗歌颠覆战争浪漫高调的虚伪和揭示战争丑恶的真相。可参阅 Guy Cuthbertson，*Wilfred Owen*（New Haven and London：Yale University Press，2014）284。

② Ottoline Morrell（1873～1938），英国贵族，布鲁姆斯伯里成员之一。

③ 欧米伽工作室（Omega Workshops）：1913 年由罗杰弗莱成立于布鲁姆斯伯里费兹罗伊广场 33 号，主要帮助一些年轻画家发挥艺术之长从事室内装饰，如碗、花瓶、桌椅、窗帘、地毯等。1919 年 6 月宣告结束。

的狂热中备受争议，但他们同样代表了战时英国社会的不同存在和观念，成为不同政见的一面旗帜和英国的社会良心。埃莉诺感受到这个圈子的力量和希望，加入了奥特兰发起的救助身陷囹圄的德裔同胞的活动，帮助那些丈夫被政府关入拘留营，自身又没有任何收入来源的德籍家属寻找工作以维持生计。战时举国蔓延的仇德情绪使这些德裔家庭连最卑微的做清洁工的工作都找不着。昆汀·贝尔后来评价道，"布鲁姆斯伯里用一种和平的方式来回应挑衅，这种和平方式其实不仅仅不是仁慈的，还颇有点侮辱性。他们拒绝还击，这其实有些伤人的蔑视的味道，有某种显而易见的优越感，那种不屑一顾的优越感"①。

这种优越感也恰如其分地表现在埃莉诺身上。小说占用总共六章的篇幅，通过保罗和埃莉诺之间总计 26 封书信往来，展示战争的进程和战争对生活的影响，揭示交流主体之间的隐秘情感和思想碰撞。埃莉诺经常对保罗抱怨战时伦敦生活的乏味单调："跟发生的战争相比，你能想到的一切都显得微不足道"；与学习打绷带相比，"作画不算什么"。然而，她也会告诉保罗："我又在作画，不是我有多坚定，而是要用作画表达一种蔑视。我不愿意看着大家拿着达尔顿 - 史密斯太太的脚踝作为教人如何做战地救护样板的做法取胜。"在别人眼里，她显得既自负又自私，但她坚守着这份自私，因为这需要勇气。她对周围人说她"自私"时的评判不仅态度平和，而且充满自嘲，她告诉保罗："母亲又操持战时救助训练的事去了；托比参了军；父亲在单位忙于治疗头部受伤的伤员；露丝去了法国前线……除我之外，每个人都在为战争做贡献。只有我一个人在此拿着鸡毛当令箭。"

巴克通过埃莉诺对艺术的执着表达对战争的否定和对艺术的肯定。这种对艺术的追求实际上等同于对生命意义完整性的追求。当然，在人类的战争崇拜背景下，这种追求注定经历一个痛苦的过程。所以，埃莉诺的自嘲也是一种清醒和担当。与其说埃莉诺自私，不如说她自信。她不为外界势力左右，不屈服于环境的压迫，表明她拥有内在的人格力量。她对在前线医院工作的保罗说："战争是从外部强加给我们的。你不会自愿选择这个工作，医院里的人也不会。战争是我们不能选择的结果，是被动的，所

---

① 〔英〕昆汀·贝尔：《隐秘的火焰：布鲁姆斯伯里文化圈》，季进译，江苏教育出版社，2006，第 55 页。

以在我看来不适合用作艺术题材。"

在埃莉诺看来，战争血腥、丑陋、不道德，与艺术的旨趣大相径庭。艺术家无论如何都要保证其创作在题材选择上的自由。所以，她在距离比利时前线很近的小镇伊普雷（Ypres）获得的创作灵感是当地女学童中午放学在街心公园逗留玩耍的场景；她还在潮水般奔赴前线去做护理工作的女性志愿者的人流中捕捉到"一张面带倦容的妇女的脸，她正扭过身去，撩开衣襟……船舱中间那位妇女似乎在全神贯注地给孩子喂奶，她整个人就像一根能让火苗旺盛的蜡烛。那里的光线正好。她把速写本支在膝上稳稳地画了一个小时"。

如果说埃莉诺本能地抗拒用画作表现战争的血腥和死亡的行为算是一种无声的傲慢的话，那么巴克对欧洲尚武精神的忧思则不折不扣地源自艺术家的责任。巴克所面对的问题是，诉诸武力作为解决问题的途径早已融于男性的血液之中，使用暴力仿佛是最便捷、最得意的讨回"公道"、获得"尊严"的方式。小说开场，保罗在美术课堂因佟科斯教授对他课堂上所画习作的"不屑"而愤然离开教室。他走进公园，看到一位绅士正尾随一位神情恍惚的姑娘，似有觊觎之心。保罗便升腾起一股骑士般的豪气，随后与那位绅士展开了较量：他将那位绅士举手打向他的那根银柄手杖撅成几截，抛向湖中。保罗以后想起这件事的时候特别津津乐道，他感觉自己就是忠诚的贝德维尔骑士①，已将那个啤酒肚送到亚瑟王处任他发落。保罗这种"路见不平，拔刀相助"的举动根本没有为他带来任何实质性的结果——那位显然遇到了麻烦的姑娘最终还是消失在人流中，杳无踪迹。这恐怕是巴克对当代世界通过战争方式解决问题终将无果而终的一种阐释吧。

四

将历史人物和虚构人物融为一体是巴克对历史事实和艺术想象的双重坚持。巴克在小说后记中所提供的书单大致包含了四类人群在战争状态下的生活（艺术家、伤兵护理人员、救治医生、后方百姓的生活见闻），意在凸显被历史湮没的作为主体的普通人的苦闷及求索之声，与官方话语形成对照与互补。这种写作方式拓宽了对历史事件和人物的书写与阐释，展

---

① Sir Bedivere，亚瑟王传奇中圆桌骑士之一，以忠诚著称。

现出作家本人对文学的历史记忆与历史重构的独特视角。

小说中三个青年艺术家保罗·托伦特（Paul Tarrant）、基特·奈维尔（Kit Neville）、埃莉诺·布鲁克（Elinor Brooke）确实与历史上的保罗·纳什和马克·格特勒、克里斯多夫·尼文森、多拉·卡灵顿等有很大的相似之处，但读者若试图将他们一一对应，结果一定会大失所望，因为巴克是根据她的艺术构思充分利用历史人物生活事实进行她的人物创作的。

保罗除了有纳什的影子，更多地融入了历史上佟科斯（1862~1937）曾经做出的业绩。这里巴克巧妙地让年轻的保罗代言了佟科斯藏而不露的先锋思想。历史上的佟科斯是画界泰斗、维多利亚时代造就的"先锋"艺术家，深受法国印象派画家影响。战时，他服务于多家军队医院，为国家部门整理士兵病情案例，并同其他同行配合为面部受损的士兵做整形治疗。他还是战争纪念委员会成员之一，亲历法国战场，目睹战争实情。但是，作为国家高级专家，他必须保持清醒。

巴克在小说中保留了佟科斯的历史原型，让他成为贯串小说的主心骨式的人物。

和《重生三部曲》中的里弗斯必须通过"谈话治疗"治病不同，艺术家佟科斯无须多言，他总是闭着嘴板着脸，给人不容置疑的印象。他总在指出学生对解剖学的无知，一会儿对这个说，你画得毫无生气，一会儿又对那个说，注意线条，画画就要把形式搞清楚。所以，学生们口口相传，形成了戏谑他的口头禅："我是耶和华你的神，除了我以外，你不可有别的神。"①

这个"神"一般的人物既有画界泰斗的威严，又心怀悲悯。

他作为权威的形象是立体的，威严背后是提醒和爱护，是和里弗斯一样的另一个"慈父"形象。他对保罗"破脸人"画作中所表达的悲悯高度认可，但他心里清楚，保罗的画作很可能"无处可展"，但还是答应帮助推荐保罗进入画展，这让保罗充满感激和期待。佟科斯本人作为艺术权威的开放心态和充满人道的悲悯情怀在笔者看来恐怕只是巴克做出的一种姿态，但这种姿态很重要，表明英国艺术权威机构的专家们的鉴别力有别于国家政治权力机构的维护者们。曾有身居前线报道战争实情的艺术家们忍不住站出来表达对国家极力封锁前线真实报道的不满："……总说，生还

① 源自《圣经》中的《出埃及记》。

很多，伤亡很少！还说我们都藏在掩体里……那种极端的'恐怖'才是战争，是战争本来的样子，可是，要是真的报道出去，整个世界都不要打仗了……，国与国要握手言和，互为朋友。"① 这种发泄虽然有些极端，却说明欺骗民众，维护一种残酷的战斗状态的官方意识是多么难以撼动。

1917 年 8 月在西线第三次易普雷（Ypres）战役受伤的约翰·格莱博说："战争的恐怖不在前线，而在医院。"② ——"他的脸伤得最重。左边的下巴被炮弹弹片打飞了，伤口处露出残留的骨头和牙齿，鼻子以下血肉模糊，耳朵下有一处动脉不住地流血……"③

医院的恐怖不仅在于条件简陋、缺医少药，还在于伤员太多没有办法得到快速救治，大呼小叫，横七竖八的情形比比皆是，随时受到炮弹攻击的危险也常见，还有伤势严重到无法医治在一边等死的景象：虱子、老鼠、尸体、血液、毒气、屎尿，这些惨不忍睹的东西才是战争，"那种悲惨，非人的感觉，末世景象，惨不忍睹"④，特别是脸部受伤的士兵，器官被打通，伤口都是打开的，血水伴着液体……画家埃里克·肯宁顿 1918 年见到的景象让他感到无力与无能："想到创伤太重，缺口太大，我无法勾画这样的恐怖和悲惨。"⑤ 画家保罗·纳什也有同感："简直无法描述。"⑥

佟科斯在法国战地卫生所和伦敦皇后医院见过各种伤情。他作为既懂解剖学又会作画的专家协助吉利斯为面部受伤的士兵——破脸人——画像，以对照手术前后的整形效果。战争造成身体创伤的可怕程度能达到的极致，可以在佟科斯写给朋友的信中感知一二："伤口吓人，这是我反战的理由之一，你没有权利让人遭那么大的罪。伤口处理得不好，都腐烂化脓了。"⑦

① 转引自 Debra Lennard, "Censored flesh: The wounded body as unrepresentable in the art of the First World War," *The British Art Journal* Vol. 12 Issue 2（Autumn 2011）23。

② Emily Mayhew, *Wounded: A New History of the Western Front in World War I*（New York: OUP, 2014）117.

③ Emily Mayhew, *Wounded: A New History of the Western Front in World War I*（New York: OUP, 2014）119.

④ Shoshana Felman, *The Juridical Unconscious: Trials and Traumas in the Twentieth Century*（Cambridge, MA, 2002）179.

⑤ Kennington to Alfred Ycrkney, 6 June 1918, IWM, London, Kennington file.

⑥ Paul Nash, "Describing the Western Front in a letter to his wife Margaret," November 13 – 16, 1917, reprinted in Paul Nash, *Outline: An Autobiography and Other Writings*（London: Faber, 1949）210.

⑦ 转引自 Joseph Hone, *The Life of Henry Tonks*（London: Heinemann, 1939）114 – 115。

一方面，战争带来了无法描述的创伤；另一方面，国家千方百计屏蔽可怕图片和资料的发表。埃尔金在谈到那段历史时说，官方检查会屏蔽掉那些不能让人看到的图片和报道。不希望让人看的东西实际上是"看得见的，就是不让展示，但是允许想象，最好把它想象成一幅画"。如实反映战场是"违法的，国家严令禁止"[1]。

作为整形医生和艺术家，佟科斯受命为这些面目全非的伤兵画像时，他内心有过怎样的煎熬我们不得而知，但档案中存留的几十幅士兵手术前后比照面部伤情特征的特写"首先是佟科斯和吉利斯整形外科手术的美学突破。其次，它展现了佟科斯用其外科医学知识和经验完美地表达了身体，或者说肉体的语言"[2]。他画的肖像让画家的悲悯跃然纸上，具有专业眼光的人一下子就能看出肖像创伤的质感和医患之间绝对的"坦诚和信任——饱含由照相机拍摄的同一个人的肖像所无法携带的心理深度和亲近感"[3]。这种肖像自然属于国家机密，被放在档案馆供特批人员查阅。这样的画作一旦让人知晓，定会在民众之中引起巨大的不安，不愿意打仗的人数会增多。

佟科斯最具有代表性的画作是《1918 法国前线战斗救护站》。画作背景是被战火摧毁的教堂。这个教堂在当时被用作临时战地救护站，可见战火浓烟中左上角尚有一小片清澈蓝天。伤病虽多但工作井然有序地进行：伤员在接受包扎治疗，他们不管是头上还是身上都打着绷带，被护工和志愿者照顾着。这幅画是佟科斯视察法国前线战场回来后创作的，被战争纪念馆珍藏。这幅画作曾备受批评，被认为是迎合国家战争虚假宣传的、为战争英雄主义和大无畏牺牲精神而呐喊的应景失败之作。但近年来有批评家注意到画面一直被人忽略的右下角——那里有一位伤员，虽然是坐姿，但他的半截身体非常突出。他用左手扯着头部缠着的绷带，正要把它揭开；右手则拿着棉签准备去擦拭露出的伤口，这个动作让人不会不联想到"破脸人"，那批不愿意让人看的伤兵。他们的伤势定会刺痛人的眼睛，

---

① James Elkins, "The Unrepresentable, the Unpicturable, the Inconceivable, the Unseeable," in *On Pictures and the Words that Fail them* (Cambridge, 1998) 252 – 54.

② Suzannah Biernoff, "Flesh poems: Henry Tonks and the Art of Surgery," *Visual Culture in Britain* Vol. 11 Issue 1 (March, 2010) 28.

③ Emma Chambers, "Fragmented Identities: Reading Subjectivity in Henry Tonks Surgical Portraits," *Art History* No. 3 (2009) 578 – 607.

让人无法直视那无以言表的身体和精神之殇。

佟科斯的《1918法国前线战斗救护站》是应国家之需为鼓舞士气而作的画作，如同他为"破脸人"绘制手术画像一样，都可用来见证战争的残酷。佟科斯的作品袒露了创伤的明证，这明证也许只有像他这种经历了战争折磨和见惯了死亡常态的医生兼艺术家才能真正读懂。貌似迎合国家意识形态宣传的画作，其实是按照检查制度标准先通过自我检查才能上交的作品。有道德良知的艺术家总会想办法运用他们娴熟的艺术手段和策略表达隐含事物之存在——以用手遮挡的动作或者绷带遮盖的地方表达鲜为人知的隐情。《1918法国前线战斗救护站》的"线条"和"形式"表现了佟科斯的艺术语言：创痛就在那儿，等待被揭开。他让那些缠着绷带的脸随时都有被揭开的可能，因为用棉签清理伤口是治疗的必然步骤。画家用艺术双关达成对战争本质的揭示。

巴克对于佟科斯的刻画可谓模糊又深奥，人性的内涵在复杂的情势下被表现得弥足珍贵。佟科斯的艺术境界不仅仅表现为他绘画技艺娴熟，更重要的表现为他对战争苦难的悲悯与共鸣。佟科斯回忆他在医科大学接受医疗训练时就特别感慨："医学职业为人提供了深入研究人类的观察者的角度，这个角度可能是从人体结构入手，还可能是从人类精神状态入手。对于医生来说，后者是更有吸引力、更重要的角度。每一个人，不管他后来做什么工作，如果他在病人床榻前认真观察过，就会变得更加有头脑，因为病人才是人之根本，他扔掉了生活赋予他的很多假象。"[1]

好的艺术家具备一双能够参透表象直抵真意的眼睛，好作品一定是建立在它所产生的时代和背景下，并能够超越那个时代的。相比之下，小说中的年轻艺术家们虽然缺少佟科斯那种隐而不露的功力，但是他们苦苦探寻的精神也是艺术家本性的体现。在躲不开的战火中，在充满假象的生活中，他们也许终有一天会悟出佟科斯的用意。巴克在小说中虽然没有明示这种乐观，但也没有就此放弃希望。年轻艺术家的痛苦求索预示着他们将在人生的历练中逐渐走向成熟。至少，在他们的生活道路上还有像佟科斯这样的艺术家、引路人。

巴克在小说中借用此段历史恐怕是在暗示：一战停战百年之后，在战争

① Henry Tonks, "Notes from 'Wander-Years'," *Artwork* 5 No. 20（1929）223.

幸存者已经逝去的当下，我们实际上对该战争的了解和认识远没有达到完整与切肤的程度。战争即便给像保罗这样的人提供了契机，也远不能留给他们任何美好的前景，因为战争割断了人与周围世界的一切联系，形成人在残酷环境中的孤独心态。保罗回伦敦的休假期限未满就渴望返回比利时战场救护队，因为他已经同原来熟悉的生活疏离，所以"他想，越早回去越好。他不属于这里（伦敦）"。保罗真的像他所想那样完全属于战时医院和战地救护队吗？答案也是否定的。临时搭建的医院就像屠宰场，伤员的惨象时刻刺激着医护人员的神经："战场就像灌溉系统，运来盛满水的水桶，运回用完水的空桶。"保罗提醒自己保持理性，努力学会不动感情是保证投入正常工作状态的法宝："伤兵的痛苦远比他自己的大，也远比他能想象得大。在伤兵的痛苦面前念念不忘自己的痛苦是不是自我放纵？没有人能与他分享这些折磨，只能靠自己摸索。如果你不动感情——正像他自己经常做的那样，你尽可以像个机器，而机器是不能把人照顾好的。"

渴望返回比利时战地医院只表明保罗对战场以外世界的生活感到同样的无奈和厌倦。战争的紧迫性造成男性更大程度上疏离日常生活，国家意识形态宣传也会无形助长男性的自我膨胀，战后男性回归日常生活的过程将会更加困难。保罗发现，无论他怎样努力，他都似乎既无法主宰爱情，更无法主宰自己。前线医院的紧张生活可以让这些矛盾暂时搁置，救助伤员的过程也可以让他体会到自己的价值。

同样的无奈也发生在比保罗早几年走出学校大门的时代弄潮儿、成功画家奈维尔身上。奈维尔早就发出过哀叹："战争结束后这些作品将不会有人愿意再看。"

尽管如此，战争年代的艺术创作，无论是表现对战争苦难的悲悯还是对美好事物的捕捉与向往，都会成为一种见证，昭示着艺术家无言的诉求。这种诉求表现在小说标题"生命课程"中。它指艺术院校训练学生绘画基本功的人体素描课，反映英国当时艺术的权威观念和最高标准；它还指与艺术课程的科班教育截然不同的生活课程——一战时期的艰难岁月，它既是艺术家赖以生存的世界，也是艺术家感悟生命的场域；它也显示了20世纪初这个更为广阔开放的历史境遇为来自不同阶层的青年艺术家提供了更多的谋求个人发展和自我价值实现的机遇，同时让他们在受制于战争毁灭性打击的同时又受制于战争宣传的控制，以至于他们不得不在夹缝中用画笔见证自己的经验和感悟，留下对战争灾难难以传达之苦和对不让传达的抗拒。这抗拒的火种可见证历史的记忆和对未来的憧憬，构成人类对战争不断的叩问和思索。

战争是对生命的毁灭，而艺术是对残酷现实的揭示和对人生完整性的认知与重建。艺术也许在战争当时急于处理利益纷争的局势下更多地服务于意识形态，但艺术终究以它敞开的姿态对抗被当作唯一"真理"的现实，以艺术独有的形式想象性地创造拯救的可能。

第四章　记忆的叙事

*给你伤害最大的记忆，给你带来最大的变化，使你变得不同。*①

　　记忆从来就不是一个单纯的概念，更何况围绕痛苦和死亡的战争记忆。如同语言的迁移，记忆还受制于社会文化环境和个性。记忆既吊诡又困难。吊诡的一面是由于它真假难辨，困难的一面是由于很多记忆与人内心深处的"难堪"和"耻辱"等文化心理内涵相关。隐秘的创伤记忆需要通过言说释放负累，继而调整现实困境与自我的关系。传统叙事遵循语言的神话性或社会性规则，用置换或简单化超越的方式完成对创伤的处理，虽然看起来暂且相安无事，实际上真正的问题并没有得到解决。当难以启齿的记忆被当作"耻辱"处理的时候，创伤的本质被完全遮蔽。

　　本章将秉承文化成规的社会现实逻辑和自我切肤感受的内在逻辑讨论战争记忆的线索，通过巴克小说人物面对语言失效的具体困境分析记忆的实质和价值，寻找言说创伤的新途径，以回归自我。巴克立足后现代语言观下的个人化主导叙事，即巴尔特、怀特等人所坚持的不及物写作和中间语态，即介于主动语态句和被动语态句之间的第三种语态②，表现受创者的内心生活和背负历史情境下的生活状态，揭示权力话语对创伤简约化的处理和目的论式的篡改，揭示人不愿面对创伤而又不得不面对的矛盾。当战争神话成为人认识现实生活的唯一话语，创伤也就不可避免地服从于意识形态话语的调遣，即"把创伤事件还原成一套标准的叙事（被讲述过两三次的故事用来代表创伤'故事'），把创伤从一个恐怖的、失控的事件变成平静的、可预知叙事"③——没什么了不起，过去的总要过去——成为

---

① 〔意〕卡尔维诺：《通向蜘蛛巢的小径·前言》，王焕宝、王恺冰译，译林出版社，2012，第 24 页。

② Roland Barthes, *Critical Essays* (Illinois: Northwest University, 1985) 144 – 145.

③ Kali Tal, *Words of Hurt: Reading the Literatures of Trauma* (Cambridge: Cambridge University Press, 1996) 6.

"男子汉"表现尊严的口头禅。

第一节　回溯与记忆

弗吉尼·雷纳德认为，小说家写作的过程与心理医生为病人解决心理难题的过程一样，它们都与侦探破案的过程如出一辙。[①] 作家寻找人物行动的动因与医生要通过病人的病例和自述寻找病因极为相似。"回溯"（backward stories）是用现有资源向过往要证据，让小说主人公沿着他们的记忆线索回到过去寻找内心受创时刻的证据。这就如同玩拼字游戏，需要将碎片一一拼凑在一起，形成具有说服力的阐释。这种框架叙事/嵌入叙事表明，我们只能是通过当下的线索间接地去追寻过去事件之间的关系。回溯一旦有可能拼出一个完整图案，就会出现对所发生事件的某种认知结论。"战争中身体受创的病人一定有过去受创的经历，那种经历的痕迹只留在潜意识里，追寻这个受创事件，就能把问题的症结找出来。"[②] 彼得·布鲁克早在 20 世纪 80 年代就曾论述过这种侦探小说般的追问方式，认为它与弗洛伊德的心理分析方法接近：

> 弗洛伊德提出一种类似于侦探小说式解决问题的修复方式，因为让所有事件构成的故事形成一个有时间顺序和因果关联的叙事链，以不偏离解决当下疗伤修复为目标的方式，启发病人讲述这个故事……侦探小说提供了现成的叙事模式，这个模式立足当下状况，去挖掘、复现，以便找出那个消失的过去的故事。心理分析所做的与侦探小说如出一辙……[③]

[①] Virginie Renard, "Reaching out to the past: memory in contemporary British First World War narratives," in Jessica Meyer (ed.), *British Popular Culture and the First World War* (Leiden · Boston: Brill, 2008) 285 – 304.

[②] Virginie Renard, "Reaching out to the past: memory in contemporary British First World War narratives," in Jessica Meyer (ed.), *British Popular Culture and the First World War* (Leiden · Boston: Brill, 2008) 288.

[③] Perter Brooks, "Constructions Psychanalytiques et Narratives," English translation by Jessica Meyer, *Poetique* 61 (1985) 65.

一

从词源角度看，"创伤"来自希腊语，意思是"伤口"，最初指外伤——身体的组织被分开、割裂、分离，[①] 后来扩展到包括由损失、死亡、事故、疾病、虐待而产生的精神上的诸如情感受挫、爱的失去等更加微妙复杂的感情危机等。伤痛无论是肉体的、情感心理的，还是精神的，都表现在受创者面对自己时候的无助感和绝望感。

创伤的系统研究是从 20 世纪 80 年代以后才蓬勃发展起来的，其标志性事件是 1980 年美国心理学会把创伤后应激障碍症作为医学病症正式列入第 3 版《心理障碍诊断与统计手册》，成为学术研究领域的课题[②]。在 20 世纪之前，该病症没有得到过充分的重视，处理这类病症的方式是依据社会习俗观念，经由"权威"（通常是医生）判断之后把不符合社会规范要求的人关进地窖、阁楼，或送进疯人院[③]。

早在 19 世纪末 20 世纪初，弗洛伊德和布鲁尔（Joseph Breuer，1882～1980）探讨过创伤和歇斯底里之间的关系[④]。弗洛伊德认为，精神创伤主要与人在幼年时的创伤性记忆关系密切，很多记忆因为不愉快而模糊不清，被人本能地隐藏起来。这种压抑的情感造成精神紧张，是致病的根源。为了逃避无法解决的冲突而带来的痛苦，人会调动自身的能量建立一种"补偿机制"，比如通过"主动遗忘"事件把问题推出意识之外加以解决。这样做的结果是将遗忘的事件压抑在无意识状态之中，实际上事件并非真的被遗忘了。它会在未来某个时候被激活，成为复杂的精神症状。

作为当代心理分析的奠基人，弗洛伊德强调"我"的状态。他的人格理论将人锁定在"自我"如何把握内外因素的平衡能力上。一旦把握失衡，精神隐患迟早会出现。弗洛伊德意义上的创伤隐患一开始并不为当事

---

① Oxford Online Dictionary, http://www.oed.com/view/Entry/205242? redirectedFrom = trauma #eid（2014 - 2 - 26）.

② Richard J. McNally, *Remembering Trauma*（Cambridge, MA：Harvard University Press, 2003）1.

③ Sarah Wise, *Inconvenient People：Lunacy, Liberty and the Mad-Doctors in Victorian England*（Berkeley, California：Counterpoint, Reprint edition 2013）.

④ Jeffery C. Alexander（ed.）, *Cultural Trauma and Collective Identity*（Berkley：University of California Press, 2004）32 - 33.

人（受创者）所知，当他再次受到侵扰时，创伤记忆在没有任何迹象的情况下由外及里侵入主体，造成主体自主意识的混乱与无能为力。

在弗洛伊德之后，学界对于创伤的界定尽管各有说辞，但能够达成基本共识：创伤是一种可怕的病态，因为创伤经验深埋心中，一旦被再次激活将会扰乱整体意识①。美国心理学家莫纳宏认为，创伤导致受创者强烈的无助感，这种无助感"非同寻常"、"无法预测"、"突发"、"压倒一切"、"令人震惊"并"改变人"②；凯鲁斯认为，创伤造成当事人丧失行动能力、容易受惊吓、大脑产生幻觉，并且与梦魇相伴③；赫曼也指出，创伤的力量是淹没性的，它破坏个体对感觉和意义的联结④。

创伤的另一学界共识是创伤体验的主观性。吉勒认为："心理创伤源自个体的主观经验，个体的主观经验决定一件事能不能成为创伤事件。创伤事件是在某一时间段或持续状况下的特殊经验，这种经验导致个体失去其统整情绪经验的能力，整个人被威胁淹没，致使其完全改变生命感受、身体的完整性和神智的健全。"⑤

针对创伤是令人震惊的、病态的共识，学界还存在一种声音。这种声音认为，过多地关注受创者的"苦"与"可怜"、"受害"与"牺牲"的身份是一种"情感谬误"。这些学者认为，创伤是日常的。它与人类共存，同时创伤的表现方式复杂多样。美国哲学家、心理学家、UCLA 精神病学临床教授斯托路罗认为，创伤可能是突发的，让人难以应对；也可能是发展性的，它一方面源于人对生老病死永恒主题的恐惧，另一方面源于主体过去的亲身经历，但关键问题不是寻找根源，而是寻找"可以安置情感的

---

① Van Der Kolk, Bessel, and Onno van der Hart. "The Intrusive Past: The Flexibility of Memory and the Engraving of Trauma," *Trauma: Explorations in Memory*, Cathy Caruth (ed.) (Baltimore: Johns Hopkins University Press 1995) 168 – 169.

② Cynthia Monahon, *Children and Trauma: A Guide for Parents and Professionals* (San Francisco: Jossey-Bass, 1993) 3.

③ Cathy Caruth (ed.), *Trauma: Explorations in Memory* (Baltimore: The Johns Hopkins University Press, 1995) 4.

④ Judith Herman, *Trauma and Recovery: The Aftermath of Violence-from Domestic Abuse to Political Terror* (New York: Basic Books, 1992) 1 – 2.

⑤ Cole A. Giller, "Emperor Has No Clothes: Velocity, Flow, and the Use of TCD," *Journal of Neuroimaging* 13. 2 (2003) 97.

家园"①，即形成对于"苦难"的共识："痛苦不是疾病。成人由于找不到像婴儿应对痛苦时的恰当对策，以及对痛苦进行疏导与安抚的路径，才使得创伤难以忍受，最终成为心理疾病之源。"②斯托路罗用"婴儿"这个概念说明创伤与生俱来，不可避免。任何试图避免创伤发生的企图都将徒劳无益，因为生命主体的需要和外在于生命主体的诸多因素所能提供的可以满足主体需要之间的差异不可能被填平，所以创伤记忆是一种必然存在。凯鲁斯基于弗洛伊德对创伤研究的成果着手从道德危机的角度研究创伤。她认为，创伤事件总是悄然突降，这时大脑和心智来不及认识所遭遇的问题，就把这个问题很自然地搁置在一旁，形成创伤的滞后。③ 后知后觉是创伤的表现。凯鲁斯断言，生活中作为直接经验的任何发生其实并不可怕，可怕的是经验的缺失。是经验的缺失，而非经验本身导致人无法抵达事件的本质。因此，最关键问题是当事者对该事件毫无概念，根本不知，即"经验本身包含内在的滞后性"④，这里的"滞后"不是它的字面意义，而指它的引申内涵，指主体虽然在场，但主体缺少对该事件体验的任何经验。伯拉斯将这种情况描述为"虽不陌生但并不了解，是还未经过大脑进行深度加工的事物"⑤。处理创伤是一个极其复杂的工程，不仅需要时间、方法，还需要治疗师具有同情心和同理心，让患者感受一种绝对的关爱与信任，而非受到摆弄或操纵。没有时间的洗礼，根本不可能真正认识创伤。⑥

　　柯尔克和哈特同凯鲁斯一样赞同弗洛伊德在《超越快乐原则》中提到的"那个导致引起心理疾病可怕经历的因素"，他们反对的是弗洛伊德的"压抑是创伤根源"的观点。在他们看来，压抑是主体对经验的主动拒绝，

---

① Robert Stolorow, *Trauma and Human Existence: Autobiographical, Psychoanalytic, and Philosophical Reflections* (New York: Routledge, 2007) 10.

② Robert Stolorow, *Trauma and Human Existence: Autobiographical, Psychoanalytic, and Philosophical Reflections* (New York: Routledge, 2007) 10.

③ Cathy Caruth, *Unclaimed Experience: Trauma, Narrative, and History* (Baltimore: Johns Hopkins University Press, 1996) 4. "滞后"一词，凯鲁斯用 belatedness/deferral，弗洛伊德用 deferred action/latency。

④ Cathy Caruth, *Unclaimed Experience: Trauma, Narrative, and History* (Baltimore: Johns Hopkins University Press, 1996) 17.

⑤ Christopher Bollas, *The Shadow of the Object: Psychoanalysis of the Unthought Known* (London: Free Association Books, 1987) 280.

⑥ Cathy Caruth, *Unclaimed Experience: Trauma, Narrative, and History* (Baltimore: Johns Hopkins University Press, 1996) 62.

把经验放在不让意识察觉的隐蔽区域①，本质上是一种自我保护的防御机制；他们也赞同凯鲁斯基于弗洛伊德合理内核的深度研究，认可人对于空间上外在于自己或时间上先于自己发生的事件视而不见、充耳不闻，这是人完全专注自己的表现。柯尔克和哈特认为，人之所以心理受创是因为他们在当下所具有的认知关系中未能找到对过去经验认可的理解。理解不了的事情就无法叙述，也就整合不了他的生活经验，即不能通过记忆把所经历的事情融入宽广的认知结构，融入持续不断的言说自我的可能之中。②他们强调，对创伤问题的纠结不仅表明现代人道德层面上的危机，更表明人对"存在"这个概念在更深的层面上有认识危机。安德鲁·巴纳比在《太晚了：弗洛伊德、滞后反应及其存在性创伤》③中总结道，人们对于创伤的迷思源于对弗洛伊德的"死本能"理解上的分歧。学界争论的焦点多以"死本能"中的"求生意识"为主，其中凯鲁斯对于二战大屠杀后果的研究有着里程碑式的突破；但"死本能"中还有一层本质性的意义一直被忽略，或者让人难以接受，那就是它是一种"生命本源意识"。巴纳比援引爱默生在其《经验论》④一文关于人类自身局限的论述："我们存在，然后才有我们对我们存在的认知——我们发现得太迟，又对此无能为力——这种状况令人很不愉快。人的这种发现等同人被逐出伊甸园。"这种认识不是现代人的发现，它不仅自古有之，而且在不同的领域都有代言人。圣贾斯丁⑤对此早有阐释，认为人的无从选择性与生俱来，这是人的本质属性："我们借由父母来到这个世界，无须通过我们自己的选择或认可。"⑥人类这种从出生就不能选择的"本质"同人与生俱来习惯用"我"的眼光

---

① Van Der Kolk, Bessel, and Onno van der Hart. "The Intrusive Past: The Flexibility of Memory and the Engraving of Trauma," *Trauma: Explorations in Memory*, Cathy Caruth (ed.) (Baltimore: Johns Hopkins University Press 1995) 158.

② Van Der Kolk, Bessel, and Onno van der Hart. "The Intrusive Past: The Flexibility of Memory and the Engraving of Trauma," *Trauma: Explorations in Memory*, Cathy Caruth (ed.) (Baltimore: Johns Hopkins University Press 1995) 158.

③ Andrew Barnaby, "Coming Too Late: Freud, Belatedness, and Existential Trauma," *Substance* Vol. 41 No. 128 (2012) 119 – 138.

④ Ralph Waldo Emerson, "Experience" in *The Norton Anthology of American Literature Shorter Version* 6th edition, Nina Baym (ed.) (New York: W. W. Norton & Company, 2003) 567.

⑤ 圣贾斯丁 (Saint Justin, 100~165)，基督教哲学家、殉道者，著有《第一辩护书》。

⑥ Andrew Barnaby, "Coming Too Late: Freud, Belatedness, and Existential Trauma," *Substance* Vol. 41 No. 128 (2012) 119.

看世界的方式构成难以化解的矛盾。

心理学视角之外的其他学科的成果同样佐证了心理学领域的发现。小说家沃克在其《凯恩号哗变》中通过犹太律师格林渥表达了类似悖论的复杂观念："你不当舰长就不知道指挥是怎么回事。它是世界上最孤独、最沉重的工作。它让人梦魇缠身，除非你是笨牛不去思考。你如履薄冰，错误在所难免，若做对了决定，算你运气。"① 小说所表现的，是人缺少对人性的理解而将责任者孤立起来导致严重的后果。这种后果可能会发生在任何重任承担者身上。责任承担者更能深切感受人的后知后觉的特性。

迈特·瑞德里以《人类美德溯源》② 对话图比和考斯米德斯，他不赞同他们认为的人完全是文化产物的"标准社会科学模型"③，提出"普遍人性"这一不容忽略的事实，从而拓宽了对人的认知。瑞德里从正反两个方面都非常有力地证明，人类既是利他的，又是利己的。撇开人的复杂性只谈社会文化塑造人，其实是一种极其狭隘的学术视野，有悖于科学全面地展开对人的研究。如同小说《凯恩号哗变》所涉及的，人类的本性是竞争的还是合作的？是反社会的还是亲社会的？瑞德里认为，社会本不是人的发明，而是漫长历史演化的结果。这种演化不光包括不同个体的背景和经验的印记，还包含不容忽视的人的本能印记的定性表述。这证明了尽管人类文化林林总总，人类整体却拥有探索人性的共同主题：家庭关系、敬拜仪式、贸易往来、爱恨情仇、等级观念、忠诚与迷信等。同时也说明尽管文化习俗不同，甚至语言不通，但是如果从文化深层的动机、情感和社会习惯等角度观察，会发现人并不需要花多大的力气就可以理解他异文化。瑞德里赞同俄国学者、无政府主义代表人物克鲁泡特金（Peter Kropotkin，1842～1921）的观点，认为人类的本能不是固定不变的生物程序，而是具有学习和后天适应、调试可能性的动态历史生活过程。人的社会性决定了

---

① Herman Wouk, *The Caine Mutiny* (Back Bay Books; Reprint edition, 1992) Chapter XXIX.

② Matt Ridley, *The Origins of Virtue* (London: Viking/Penguin Books, 1996).

③ Tooby and L. Cosmides, "The Psychological Foundations of Culture," in *The Adapted Mind*, J. H. Barkow, L. Cosmides and J. Tooby (eds.) (Oxford: Oxford University Press, 1992) Chapter 1, 19–136. L. Cosmides and J. Tooby, "Cognitive Adaptations for Social Exchange" in *The Adapted Mind*, J. H. Barkow, L. Cosmides and J. Tooby (eds.) (Oxford: OUP, 1992) Chapter 3, 163–228.

他的复杂性和自身对复杂社会关系的适应性①。他援引克鲁泡特金1876年从沙皇狱吏戒备森严的彼得堡监狱成功越狱②的事例试图说明：与达尔文进化论所持"适者生存"法则相对的动物世界具有另一种重要的法则——合作。合作使动物组成群体，这更利于生存竞争。在群体中年长的动物更容易生存下来，因此也更能积累经验。那些不会互助合作的动物种类更容易灭亡。这种法则理应是人类现代社会的主导法则，在人之差异的前提下共同面对生存困境而形成步调一致的互助。但是，人类通常习惯于使用更简便有效的竞争方式来征服对手，以显示自己的"绝对"强势而彻底忽略诚意合作这个更持久有力却需要经过共同体集体协调合作才能完成的更缜密的部署和更忘我的牺牲精神的坚持。③ 所以，理解合作——一种自下而上的默契，而非敌视竞争，应该成为主导人类活动的模式。

这种逆文化潮流而动的认识观念有别于达尔文一脉的主张④，但因缺少当时历史条件需要被认可的土壤，而注定了遭受嘲笑和排挤的命运。与之相对的达尔文理论却因契合了如日中天的资本主义市场和其弘扬个人权力与责任的思想观念而成为人人追捧的对象，进一步强化了启蒙运动以来人类早已习惯的固定看问题的方式和眼光。达尔文后继者托马斯·赫胥黎19世纪末出版的《天演论》中大力主张英才教育和精英文化，成为英帝国文化中的支柱思潮，支撑着英国男性在世界各地进行大英帝国的伟业。克鲁泡特金不满于《天演论》的观点，故而写下《互助论：进化的一种因素》（1902）作为回应。他与达尔文所用材料虽出自同一平台，但他提出截然相反的见解和结论。然而，他的声音在当时根本没有市场，刚一冒头

---

① Matt. Ridley, *The Origins of Virtue* (London：Viking/Penguin Books, 1996) 6 – 7.

② 克鲁泡特金后来回忆越狱经历时说，他重获自由完全归功于很多人为他付出的胆识：首先是一位通过监狱监察把藏有越狱详情小纸条的手表成功送进监狱的妇女；其次是一位在大街上以小提琴之声报告监狱外环境畅通的妇女；再次是正点抵达监狱门口送柴火的汽车司机和医生；此外，还有那些在监狱外大街上几步一哨相互沟通协作的移动暗哨。转引自 M. Ridley, *The Origins of Virtue* (London：Viking/Penguin Books, 1996) 2。

③ Matt. Ridley, *The Origins of Virtue* (London：Viking/Penguin Books, 1996). Peter Kropotkin, *Mutual Aid：A Factor in Evolution*, Paul Avrich (ed.) (London：Allen Lane, 1972).

④ 主要指达尔文进化论所主张的"适者生存"的竞争观念，即人类社会若离开自上而下的引领就会混乱不堪。这种理论最早可追溯到霍布斯，他的政治哲学认为，人都是自私的，所以需要以人造的机器人的铁腕形象作为统治者国家权力的象征，为了遵守"自然法"而与公民订立契约。霍布斯的后继者是大卫·休谟、亚当·斯密、托马斯·马尔萨斯，这些人把达尔文进化论理论推向不容置疑的顶峰。

就被"时代精神"淹没，成为没落逃亡贵族的天鹅之歌。与此同时，进化论不仅得到了美国主流话语的呼应，而且他们把"天定命运"的口号当成了强民强国征服世界的借口。随后的"优生学"更是一浪高过一浪。当时极具国家代表性的英国作家威尔斯发表言论说，"那些不符合效率要求的……人种，都将统统消失"①。从这种竞争机制下唯我独尊的认知角度去理解英国当初信誓旦旦地要把一战当成匡扶正义的"伟大的战争"，就不足为怪了。20 年后希特勒在德国形成气候，他所进行的另一场大战也是这种历史思潮的必然产物。对此，马克·伊普斯坦一针见血："我们将世界客体化，追逐我们认定的目标，容不得受挫折，这是创伤之源。"②

二

战争残酷的现实不断迫使人叩问生命的价值问题。战争既是政治、经济、文化领域专家学者的问题，也是艺术家的问题。艺术的真谛用阿多诺在《启蒙辩证法》中所提到的概念就是"合乎人性的状态"。阿多诺始终认为，"人类没有进入到合乎人性的状态，而是堕落到一种新的野蛮状态"③。

"合乎人性状态"的问题是一个很难穿透的问题，特别在人类业已形成战争惯性思维的基础之上。至少，它不是人类用强与弱、男与女、高贵与卑贱关系方式去看待问题或解决问题的方式。这种简单看问题的方式已经失灵。那么，是否存在另一种可行的看问题的方式？如何可以复杂地看待问题以使人类获益而不让它成为一种故弄玄虚？

巴克的小说暗示，"合乎人性的状态"不是男性话语传统下皈依国家行政命令的生活状态，而是另外的一种思维方式。这种思维方式和人类一样久远古老，它曾经是人类的主宰思维方式，但由于世事变化，由于社会历史角度受知识、权力的操纵和人自身的脆弱虚荣，它遭到历史无情地贬抑、打击而沦入被遗忘区域。人类的这种创伤记忆虽然被压抑了，但它会在一定的情形下被再次触及，这既是极其艰难痛苦的，也是有可能揭开问题症结的。巴克在《重生》中通过里弗斯和海德战前所做的神经再生试验，

---

① 转引自 G. Watson, *The idea of Liberalism*（London：Macmillan，1985）。
② Mark Epstein, *The Trauma of Everyday Life*（New York：The Penguin Press，2013）54.
③ Theodor W. Adomo & Max Horkheimer, *Dialectic of Enlightenment*, trans. John Cumming（New York：Herder & Herder, Inc.，1972）xi，159.

说明代表激发神经触觉的两种感觉系统——精细触觉和粗略触觉——同样重要并各司其职。精细触觉（epicritic system）传导的感觉刺激非常真切，它包括触压、关节、震动与肌肉感觉；而粗略触觉（protocritic system）所传导的则是一种整体的痛感、触感，无法找到任何具体的痛点位置。德勒兹将这两种感知自己和世界的方式命名为"特指生命"和"泛指生命"。

"特指生命"和"泛指生命"这两个概念在德勒兹去世后的著作专集《纯粹内在性：生命问题文集》中得到了充分的阐释①。德勒兹一生著作等身，理论庞杂，不乏抽象隐晦偏激之言，但他对内在性的分析颇有见地。他对特指和泛指生命的区分对应了巴克小说人物里弗斯和海德的神经试验所指的精细触觉和粗略触觉的内涵。

德勒兹说明"内在性"的时候使用的是不定冠词（What is immanence? A life...），这是非常绝妙的界定：一语双关，因为不定冠词本身就兼具这两个特征——特指和泛指。用不定冠词而非定冠词来阐释理解"生命"，将"生命"复杂的内涵通过能够确证人类的思维轨迹——语言，展现出来了。在德勒兹看来，生命（a life）同时包括特指的生命和泛指的生命两部分。特指生命是受限于社会历史文化下的个体生命，泛指生命是一种潜在的具有本能意识，也就是生命伦理意识的生命。前者是大家通常谈论的生命，后者经常因为不方便谈，谈起来困难，甚至有危险而被压制或者忽略、搁置，而只成为少数学者的象牙塔研究对象。生命的双重特征昭示着人本身的两重性：社会的、具体的、确定的、关系中的人和自然的、超验的、不确定的、奇特性的人。这两重性代表人的生命的本质缺一不可。

奇特性最容易从婴儿身上看到。婴儿都彼此相像，还没有形成个性，但他们具有作为人的特征：微笑、姿态、鬼脸，这些都不是主体性的特质。婴儿所能获得的那种身心被爱的力量和至福包围的内在性与其受折磨时无能为力的状态紧密相连。德勒兹把婴儿具有的这种无个性化（individuation）而只有奇特化（singualarization）存在的生命个体（haecceity）称作纯粹内在性的生命，他因呈现中性特质而超越了善恶。

根据德勒兹的分析，人的善恶观来自于置身世界秩序事物之中的肉身

---

① Gilles Deleuze, *Pure Immanence Essay on A Life*, translated by Anne Boyman（Brooklyn, NY: Zone Books, 2001）25 – 34.

主体，这个主体早就被生活世界的严格训练规约限制住了，所以他善恶分明。如此，人有两个层级状态：一个是社会的历史的具体语境下的人，这个人不得不遵从特定文化规约；另一个是被现实语境遮盖的看不见的超阶级、超历史、超性别的奇特性存在的人。后者的存在因为他的不确定的特质而不被认可，但他始终以不被承认的状态存在。忽略后者的存在是人类权力主宰文化思维方式的蛮横。不认识这种文化自带的蛮横，就不能面对违反"合乎人性的状态"的后果——人性更加扭曲，创伤更加深重。因为生活在社会里的人会在不知不觉中把愤怒的目标对准更弱小更无助的人。战场回来的萨松、普莱尔等人都不可避免地表现了这种倾向，他们把体制造成的压抑和不满发泄到更加弱小的无辜者身上。萨松回国"治病"的第二天在医院树荫下闲坐时，眼前出现战场尸横遍野的幻觉，随即对大路上走进医院来的人心生怒火。

普莱尔也有类似的经历。一天，他在一家酒吧坐下，"环顾周围那些穿着笔挺光鲜西服在酒吧里晃来晃去的人，拿着叮当作响的硬币，对着栗色头发的女招待送去意味深长的微笑。然而吉米死了。这里的小子们做的就是心里想着要跟哪个姑娘寻欢作乐，根本不在乎她是谁。（他们）还有在银行工作的差事。普莱尔那个时候只想开着一辆坦克横冲进去，把酒吧的每一个人碾得稀巴烂，正像在前线坦克开过来的时候，挡着坦克道路的伤兵根本来不及爬出去，坦克就轧过去了。他看到满地的断肢残体，听到大哭小嚷——他脑子里的这些想象让他着实地吓了一跳"。

战争让人性扭曲和创伤深重的情形通过这一幕暴露无遗。他那压抑的人格在恍惚之中冒了出来，让他"吓了一跳"。他后来非常痛苦地对里弗斯承认："即使在我状态最好的时候，我都发现我自身有些东西难以启齿。"里弗斯对他说，他这么想有自虐的成分，但也没有什么不正常，这是人认识自己的第一步。尽管事情远没有那么简单，但随着对自己这些问题的不断正视与审视，会出现"那么一个……认识的时刻。自我接受（的时刻）。会有那么一个时刻，你看着镜子里的自己，对自己说，这个'我'也是我的一部分"。

三

人身上"难以启齿"的东西有很多，这源于文化中的禁忌。文化禁忌常让人心怀恐惧。但人被压抑的东西是一种存在，越不让它出现，它越想冒头，实在找不到合适的出口人就会生病。巴克在她的小说中把创伤事件置于能够把人吞没掉的时间中，搭建至少两个可以并行的但处于不同层次的生命的故事，这种"复数"故事分属各自的语义场，永远处在对比和对话的张力之中，以凸显作为特定历史时期生命个体的生活境遇和作为"合乎人性状态"的生命本质的存在的召唤。生命本质，无论它遭受怎样的打压，始终以它隐含的存在，以它不期而至的复现与复活提醒人对它的视而不见。

帕特·巴克曾坦言，暴力的复杂性让她不敢轻易动笔写一战题材。"我不愿意假扮参战者去写战争。这种视角虽然可行，写出来也能打动人，但我们已有太多的发生在前线的故事，那不是我个人的兴趣所在，因为那样写很容易与别人雷同。我要写的真正视角，即那个主要视角，是一位非参战者。我写里弗斯，他对前线的了解比大多数非参战者多多了。"①

里弗斯是巴克精心构思出来的、贯串三部曲的人物。无论在小说内外，他都兼具同样重要的三重身份——医生、心理学家和人类学家，这让他具有独特的视域和洞见。里弗斯的传记作者斯洛柏丁②更看重他战前作为人类学家所做的探索性工作以及他在南太平洋小岛做田野考察的思考。他在人类学领域的造诣是理解巴克小说中里弗斯运用独特的心理咨询的钥匙，也是理解再现里弗斯人物刻画想象性的线索和依据。作为主治医生，他是一位既了解前线又了解后方生活，既能明白外在生活世界的复杂又能洞穿内心细腻感受的兼具两者视角的人。里弗斯的独特位置和他对分寸的把握是他能够不受干扰进行自由思考的前提。

作为军医，他的职责是治病。他获得的战场图景虽然不是亲历的，却是靠他所医治的士兵的身体病症获得的，其可信性如同参战者，甚至胜过参战者本人，因为创伤病症对于战场发生是一种滞后反应，它通过士兵自身的梦境、幻觉不断复现，这些都躲不过他的见证。医科训练让他在面对病人的各种举止时不带偏见，他会根据每个人的具体病症有的放矢地进行治疗。他是当之无愧的医学权威，但他从不以权威自居，给病人强加影

---

① Rob Nixon, "An Interview with Pat Barker," *Contemporary Literature*, Vol. 45 No. 1 (Spring, 2004) 8.

② Richard Slobodin, *W. H. R. Rivers* (Stroud: Sutton, 1997).

响。他治疗病人的原则是调动病人内在的自愿与自主，共同应对病人挥之不去的症结。他是一个耐心的倾听者，他一边倾听判断，一边治疗他们。读者和病人经常听到他反问：你怎么看？他给病人充足的时间叙述、回忆，"沉默"和等待是他一贯的倾听策略。

这些为战争出生入死的年轻人的经历让他感同身受，难以释怀。一段时间内，他甚至连"自己的梦都没了，而只梦着他们的梦"。在此过程中，他与这些年轻的病人之间建立起一种坦诚信任的关系——美好、温馨，同时具有鼓舞人的力量，他被当作"慈母般的父亲"看待。他的同事看到这些经他调理的病人个个皆有起色，对他佩服得五体投地："简直怪了，他们肯为他做任何事。居然都康复得很快。"萨松在离开医院准备再度奔赴前线时甚至对里弗斯情不自禁地表示："没有了你，我不知道如何是好。"

里弗斯认为，神经官能症不只是由一个单纯事件引起的。长时间的被压迫感所造成的压抑才是一个人患病的根源。英国文化对男性的规约让男性拼命压抑自己以便摆脱掉社会让他觉得不齿的东西，结果心里越想摆脱，其负重越大，创伤也就越严重①。

作为心理医生，他处理过的病例越多，就越能理解这些"另类"的个体和群体的存在不是行政命令可以解决问题的。男性在前所未有的狭窄空间持续"战斗"，丧失了他们通常习惯的自主性生活，唯靠服从命令和完全依赖军队供给去履行他们的"天职"，致使很多士兵患上严重的精神病症。国家为了保证胜利掀起一浪高过一浪的战争宣传热潮，毫不留情地打击不服从国家意志的人士，包括要禁止录用持和平主义者信念的护工——这在战时用人之际实在是本末倒置。所以里弗斯再也按捺不住内心的愤怒："我可不——不支——支持这个，"他接着说，"我这一——一辈——辈子都——都俯首帖耳惯了。我不——不会再——再这样下去了。"海德逗他说："我们都熟悉热爱的那个能言善辩的里弗斯到底怎么啦？"里弗斯承认，这是他的"苏格兰时期"②的年轻病人对他潜移默化的影响：

> 他发现自己发生了很大变化……不光是受到萨松的影响，还受到

---

① W. H. R. Rivers, *Dreams and Conflicts* (Cambridge, 1920) 58.
② 指他在爱丁堡克莱格洛克哈特（Craiglockhart）医院治疗'弹震症'患者的时期。

其他所有人的影响。彭斯、普莱尔，还有上百个其他士兵。他年轻的时候，无论从气质还是信念上看，他都是个不折不扣保守的人，这种保守也不只是政治上的。现在，人到中年了，这个世界有增无减的混乱让他在很多问题上都陷入重重矛盾之中……医疗的、部队的，不管哪儿的。一个吞噬年轻生命的社会不配得到人自觉的、毫不动摇的忠诚。老一辈的抗议会不会要比年青一代的更有力量。萨松的抗议无果而终，当然他跟自己说，结果还是个未知数。萨松的抗议是君子式的。这种光明正大的行为如同种子随风飘逝，他们会飘到哪里，无人知晓；或许，他们在某种情况下开花结果也未可知。

作为人类学家，他所做的田野考察进一步开阔了他的视野，让他长了"心眼"①。莱辛在分析弥尔顿和荷马作品时提出"心眼"和"失明"这两个概念，指出："弥尔顿与荷马之间的类似点就在失明。弥尔顿固然没有为整个画廊的绘画作品提供题材，但是如果我在享用肉眼时，我的肉眼的视野必然也就是我的心眼的视野，而失明就意味着消除了这种局限，我反而要把失明看作具有很大的价值了。"他治疗病人越来越见标治本，"……不是以物观物，而是以心观物，以神观物，最终是一种'内视'之物——言外之旨，韵外之致"②。

由此，里弗斯不仅能审美也能审丑。这种审视不仅来自自我检视，也来自与病人的互动。他看到英国社会文化中的"压抑情感"对男性的摧残，知道自己曾经也是这样生活过来的，知道自己结巴的毛病和没有空间感的缺陷与他小时候的情感受到压抑有关，所以他告诉病人在他的治疗中不要压抑，可以"毫无顾忌地表达战争带给他们的恐惧和悲情"。

"恐惧"源于未知。恐惧发生的状况与人所在的外在环境影响、他的心理状态和接受能力等相关。恐惧心理能否解除与当事者是否遇到引路者密切相关。里弗斯的"慈父"形象与英国历史和小说中的"严父"构成鲜明对比。在《门中眼》第 11 章，他甚至在治病过程中允许普莱尔与他交换角色，以便让普莱尔明白做医生不是靠所获得的权威地位维持职业声誉

---

① 〔法〕莱辛：《拉奥孔》，朱光潜译，人民文学出版社，1982，第 79 页。
② 童庆炳：《文学独特审美场域与文学入口——与文学终结论者对话》，《文艺争鸣》2005年第 3 期，第 69~74 页。

的。他甚至不隐瞒自己和病人一样也有很多"难以启齿"的困惑，所以困惑需要通过交流来面对，而不应该"独自一人承担"。当普莱尔借机抓住里弗斯的漏洞，指出他也"隐瞒了自己的感情"，并像心理医生一样接着问"你一直是这样的吗"的时候，里弗斯并没有觉得自己受到了冒犯。他坦承，小的时候在父母严厉的管教下自己确实心存很多恐惧，只是一直无从记起，但他开诚布公地探讨人心里的"未知"和人由于无法驾驭未知而生发内心"敌意"的对话颇有戏剧性。"你总是充满警惕，用恶魔行为填充记忆中的空白。我们这样想问题并不奇怪。一旦出现未知，我们习惯先把自己的恐惧投射过去。这有点像中世纪绘图师绘制的地图指南，是不是？恶魔居于未知领域。我倒劝你别这么想，这种想象只说明你投射了你自己的认知，而且是消极看待问题的认知。"

遗憾的是，英国传统式的家长，特别是父亲们古板严厉，经常不但疏导不了孩子的苦恼，反而以如此父爱的名义加重子辈的恐惧，造成难以逆转的创伤记忆。里弗斯这个来自牧师家庭的孩子也有难以释怀的创伤。但作为医生，他虽然清楚自己心理存在问题，但是无从找到答案。那创伤深埋记忆深处，直到一次与姐姐翻看家庭旧照片一起回忆往事的时候他才发现问题的端倪。他小时候特别害怕剃头，这种合情合理的恐惧被成人，特别是父亲当成软弱可耻、将来成不了男子汉的象征。他想起，他大概四岁时剃头，脖子上有怪怪的感觉，他不喜欢，吓得把裤子尿湿了，还大哭不止，一直哭到家。他的哭声让父亲在理发店里颜面尽失。父亲威胁他住嘴，不管用，就动手扇了他的腿。他吓坏了，哭得更凶了。后来父亲将他带到他祖父的照片前，用祖父具有的男子汉气概教训他："你不那么着，非要这么着。'他可没哭过，'父亲把他抱起来让他看照片里的人，'他一声也没有吭过。'"父权下的强制压抑了孩童天性所造成的创伤贯串日常生活，它无处不在，其伤害也无处不在。

创伤可以由很严重的突发事件引起，也可能是别人并不在意的鸡毛蒜皮的小事。所以，里弗斯在诊治病人的过程中多次强调："小孩子的恐惧，在成人眼里可能不是什么恐惧，甚至没什么要紧。"他思忖着：

　　这就是那压抑的记忆？他说不清。从某种角度看，他这点记忆与普莱尔满脑子的可怕记忆相比根本算不得什么。腿上挨了一巴掌，还有那个爱他的、颇具大男子主义的父亲教训他要他做个男子汉的事儿，远比不上遭受粗暴的折磨或者性侵犯那么严重。可是，它也不像看起来那么不重要。这件事让他从此把嘴闭上了，再也不敢言弱——这是他的问题，没有刀光剑影，只有紧闭着的一张嘴。他每天工作时间也是面对着一张张紧闭着的、扭曲了的嘴巴。行了，他会说，简简单单，想哭就哭。表露悲伤没错。崩溃也别觉得没有脸面——压力本来太大了嘛。且慢，然后他还得接着说，别哭了。站起来。继续过生活。对于缄口不言的痛苦，他既怀疑又信任。就得这样才行，因为他是他父亲的儿子。

里弗斯通过与病人的互动不断地检视自己，同时对他的病人因势利导，超越了维多利亚传统文化下武断的父亲将儿子"献祭"的西方圣经文化遗产，成为走向身心整合统一的新一代父亲的代表与代言。他的"慈父"形象用维多利亚标准衡量很怪异，但用现代标准衡量就很正常。他的行为在小说中直接影响了下一代年轻的军官萨松。萨松后来返回前线的原因也是他作为军人和指挥官不忍抛却守在前线正在战斗的年轻士兵。生死与共是军人的天职，对此，萨松承认他的位置让他责无旁贷。

巴克通过小说树立了具有"慈爱"之心的循循善诱的长者引路人形象，以此区别于维多利亚时代严厉、武断的父亲形象。成为可亲可敬的引路人父亲，代与代之间才会有可能交流，新一代人的身心健康成长才有可能成为现实。

第二节　丰碑式记忆

丰碑式记忆与创伤记忆相对，是以官方社会发展需要为目的的记忆。美国历史学家凯蒙将它表述为一种社会建构式的记忆，而不是忠实记录历史的记忆①。丰碑式记忆建立在行为主义语言学理论基础之上，忽略人的心理现实，将人当作无个性的"白板"，强调人由社会集体文化塑造，成

---

① Michael Kammen, *Mystic Chords of Memory* (New York: Alfred A. Knopf, 1991).

为文化建构的产物。[①] 它由线性思维主导，本身具有很强的驾驭性和层级性。这种理论只承认人与人之间、集团之间和族群之间的差异，不承认人普遍存在的人性。它在一定的历史阶段对唤起民族自尊、维护国家利益和国家强势、形成统一行动的效果至关重要。它强调国家利益高于个人利益，使个体进入整体运作规则，服务于国家意志。丰碑式记忆强调政治正确，强调批评和阐释一定要配合社会文化规约的需要，形成维护文化和国家意识形态规范秩序的简洁而有力的保障。

—

战时英国征兵海报[②]与英国丰碑式记忆密切相关。征兵海报的措辞之高调浪漫，令人不容置疑：

"祝我们勇敢的战士新年快乐！现在参军吧，你会真的快乐。"（1914 年底）

"在战场上面对子弹胜过待在家里等着被炮弹炸死。快来报名参军，为消灭空袭做贡献。上帝保佑吾王。"（1915 年）

"男人可杀不可逃！""诚实对待自己，出于自私不去当兵可耻。今天报名吧。（落款：英军总司令基奇纳勋爵）""你一定为你军队的同胞骄傲！你想过没有，你的同胞怎么看你？请好好考虑！""英国希望每个男性都来尽责。今天来报名吧。"（1919 年）

士兵就被这样具有鼓舞性、警告性的言辞带入战场。在经历了残酷血腥的战斗之后，他们很快就产生了对国家高调宣传的幻灭感和来自内心由衷的厌战情绪。但是作为军人，他们必须履行职责，基于前线出生入死共同作战而建立起来的战友共同体支持着他们一直战斗下去。国家对战争实情的严密封锁，以及军队严格的检查制度让前线与后方亲人之间不能及时倾心沟通，这在很大程度上使后方对前线状况并不知情，加剧了前线与后方人员的互不理解。国家对文字材料的严格监控制度致使女性和非参战者

---

① 参见 J. B. Watson, *Behaviorism* (New York: Norton, 1925). F. Skinner, *Verbal Behavior* (New York: Appleton-Century-Crofts, 1957)。

② 搜索"英国一战征兵海报"、"一战时期英国军队的征兵工作"或"一战宣传"都有不同发现。本引用来源：http://en.wikipedia.org/wiki/Recruitment_ to_ the_ British_ Army_ during_ the_ First_ World_ War（2014 - 2 - 23）or http://www.ww1propaganda.com/（2014 - 2 - 23）。

的言说基本上被排斥在主流战争话语之外。不难想象,为何战争期间和战争结束后一段时间欧美出版的主流战争书写均出自男性参战者之手。当时的出版和阅读导向决定了这些人讲述战争的可信资格,这些作品极大地影响了人们对战争的定势理解,成为人们认识战争的窗口和屏障。

从一战末期到二战爆发前这一段时间的英国尽管没有出现像美国海明威①(Ernest Hemingway,1899~1961)、德国雷马克②(Erich Maria Remarque,1898~1970)、捷克哈谢克③(Jaroslav Hasek,1883~1923)等享誉世界的一战题材作家,却也不断有亲临战争现场并根据自己经历撰写作品的优秀作家问世。他们是查尔斯·爱德华·蒙塔古(Charles Edward Montague,1867~1928)、理查德·奥尔丁顿(Richard Aldington,1892~1962)、拉尔夫·黑尔·莫特拉姆(Ralph Hale Mottram,1883~1971)、亨利·威廉逊(Henry Williamson,1895~1977)、齐格弗里德·萨松和罗伯特·格里夫斯(Robert Graves,1895~1985)等。

蒙塔古毕业于牛津,是《曼彻斯特卫报》的主笔。战争爆发时,47 岁的他毅然投笔从戎,分别做过掷弹兵军士、陆军中尉、情报队队长。报界同行亨利·伍德·奈文森(Henry Wood Nevinson,1856~1941)评价他是自己认识的"唯一一位因勇气而在一夜之间使头发由白变黑的人"④。战后他发表作品《幻想破灭》(*Disenchantment*,1922),揭示了军官的无能、失误,随军教士、战地记者的态度,后方民众的情况以及士兵从开始表现出

---

① 美国小说家,其一战题材作品《永别了,武器》(*A Farewell to Arms*,1929)以美国青年亨利(Frederic Henry)在民主正义高调鼓舞下以志愿者身份前往意大利参加战地救护队的战地经历及爱情经历,揭示战争暴力的黑暗与不义使亨利身体和心灵均受到巨创。小说讲述他奋力挣扎以求得一份生存的空间,但终因不敌世界黑暗的包围而堕入空虚与绝望,以致他在告别战争的同时也告别爱情。

② 德国小说家,其一战题材作品《西线无战事》(*All Quiet on the Western Front*,1928)以一个十九岁学生保伊默尔(Paul Bäumer)的视角反映战争的残酷和政府的不实宣传,揭露战争摧毁的不仅是生命和肉体,还有人的信仰和精神,是第一次世界大战的真实写照。

③ 捷克小说家,其一战题材作品《好兵帅克》(*The Good Soldier Švejk*,1923)讲述了一个名叫帅克的普通捷克人在第一次世界大战中的荒诞经历,揭露了奥匈帝国通过武力奴役弱小而顽强的捷克人民,并把捷克人民卷入苦难深重的战争中的罪恶。但是,以帅克为代表的捷克人民以他们的机智、幽默、乐观以及执着抵制了强势民族的欺压。小说主人公通过各种嬉笑怒骂的方式对强加在自己头上的战争厄运进行了恶作剧式的抵抗,该小说是政治讽刺小说的典范。

④ http://en.wikipedia.org/wiki/Charles_Edward_Montague(2015-9-18).

的对战争的极大爱国热情到灰心失望乃至对战争的厌恶。其相关题材的故事集和小说还有《如火如荼》（*Fiery Particles*，1923）、《粗暴的正义》（*Rough Justice*，1926）、《地图以外》（*Right off the Map*，1927）等。

出身于律师家庭的奥尔丁顿是著名的小说家和诗人。他 1911 年结识 H. D. 并与她在两年后结为伉俪。战时他服役于英国皇家苏塞克斯（Royal Sussexs）军团，1917 年在西线作战时负伤，由弹震症引起的创伤后应激障碍症给他留下了永久性的伤害，其代表作《英雄之死》（*Death of a Hero*，1929）、《四海之内皆仇敌》（*All Men are Enemies*，1933）等均揭露战争的惨无人道和社会的冷漠虚伪——宗教的欺骗、道德的僵化、教育的歧途和文化的庸俗①。前者通过小人物温特伯恩绝望地在战场上走向死亡揭露战争对人性的摧残，其笔调冷峻、灰暗，充满讽刺和辛辣的批判；后者虽然在笔调上略显轻松，但仍反映了英国战后对现实的普遍失望、沮丧以及对未来的绝望心理。

莫特拉姆一战期间在西线的弗兰德地区作战的经历也成为他创作的素材，其反映西线形势和士兵战时态度变化的作品"西班牙农庄三部曲"②（*The Spanish Farm Trilogy*，1927）展现了范德林一家的农庄在战争年代沦为兵营和战场的过程，揭示了"真正的敌人不是德国，而是战争本身"的真谛。

威廉逊也曾在弗兰德地区作战、负伤并患上弹震症，终生饱受创伤后应激障碍症的侵扰。他的《潮湿的弗兰德平原》（*The Wet Flanders Plain*，1929）和《爱国者历程》（*Patriot's Progress*，1930）都通过战争亲历者的视角反映了战争的野蛮和残酷。

格里夫斯才华横溢，集诗人、翻译家、小说家于一身。一战期间，他随英军去了法国前线，一生遭受战争创伤折磨。战场经历是他创作诗歌的重要源泉。他的自传《话别旧事》（*Goodbye to All That*，1929，1957 年修订后再版）是对以他自己为代表的英国中产阶级一代人所经历的生活、梦想和那场战争浩劫梦魇的写照。之后直到逝世，格里夫斯都避而不谈战争。

---

① Harry Blamires, *Twentieth-Century English Literature*（London：MaCmillan Press，1982）84.
② "西班牙农庄三部曲"由《西班牙农庄》（*The Spanish Farm*，1924）、《六十四，九十四》（*Sixty-Four*，*Ninety-Four*，1925）和《在范德林登的罪行》（*The Crime at Vanderlynden's*，1926）三部小说组成。

诗人、小说家、传记作家萨松在爱丁堡克莱格洛克哈特医院里待了一段时间之后，决定为了责任和同胞之情重返法国战场。他后来在1918年因头部受伤被送回英国。6月，他的《还击诗歌集》出版。之后，他的虚构自传"谢斯顿三部曲"（由《猎狐者回忆录》、《步兵军官回忆录》和《谢斯顿的历程》组成）和真实"自传三部曲"（《旧世纪》、《青春荒原》和《齐格弗里德的旅程》）都"无法释怀过去。他让世界了解过去的错误"①。他自己则因过去的痛苦经历难以自拔而在乡间过着半隐居的生活。

针对这些战争题材，作者尽管在选材、文体上各不相同，但他们具有很多共性。他们的作品都是自传性、亲历性的，都在丰碑式记忆的框架中找寻着突破，诉说战争的荒诞和残酷；大都采用中产阶级家庭的参战者视角，代表英国文化中的一隅；小说中的人物都曾带着"英雄时代"的梦想走进战场以立足社会、建立功勋，又都在"遍体鳞伤"中走完自己的人生道路；这些作者都不隐瞒他们对战争的痛恨、愤怒以及对死去战友的痛惜，然而他们又都曾在战场上尽忠职守；他们用忠诚、忍耐和相互支持造就了同舟共济的患难之情，甚至形成自己非"功勋"即"受害者"的集体观念，以对照非参战者和整个后方世界的"无知"与"愚昧"。

保罗·富谢尔说，人们对一战难以言传的痛苦的了解主要不是来自历史，而是文学作品②。不错，以往的文学遗产没有可以和这场现代战争所造成的苦难相匹配的话语。对一战的所有记忆和言说可以说都是叙述的产物，都带着作者的视角和立场，都和时代潮流文化密不可分。巴克重启一战话题，表明她不满足于前人的叙述，她还有话要说。她将使用她叙述的权力重述一战的影响。她把眼光投向创伤，不是为了揭开伤疤和痛楚，而是为了通过面对过去的伤痛走向自我修复与治愈。这让她的小说不同于以往的战争书写。她所涉及的战争创伤都是历史上难以言说的，包括自尊的创伤、压抑和分裂的创伤、性创伤等。这种书写只能是"回溯"式的。20世纪后半叶的世界政治生活视野的变化为重新解读一战的历史发生提供了全新的视角。

---

① Paul Fussell, *The Great War and Modern Memory* (New York: OUP, 1975) 90–92.

② Paul Fussell, *The Great War and Modern Memory* (New York: OUP, 1975) 61–169.

二

正像征兵宣传给人留下的浮夸与虚假一样，人们不禁要问：战争中衡量人的唯一标准真的是勇气和战功？举国上下一致对敌是至高的民族大义，有志男儿的命运真的将因战争的锤炼而改变？抑或像海明威小说《永别了，武器》所暗示的，是战争毁了亨利的一切，包括情爱、妻子、孩子，还有未来？要不是战争，想象的美好是否真的如愿存在？甚至，真像传统或许多现代战争小说所描述的主人公那样，在身心俱疲、濒临死亡的时候，渴望家乡那片绿洲般的田园和温柔体贴的姑娘？

马克雷（John McCrae，1872～1918）① 是一位身处一战法国西部战场极具有代表性的诗人见证者。他的《在弗兰德的田野上》代表了用诗歌迎合国家战时宣传的较高水准，对鼓舞当时民众低迷的战争情绪起了关键性作用。该诗写于1915年5月3日。就在前一天，马克雷的学生也是好友海尔默中尉（Lieutenant Alexis Helmer）被炮弹炸飞，连完整的遗骸都没有找到。掩埋了海尔默的当天晚上，马克雷带着满腔的激情和悲愤创作了这首诗。

> 在弗兰德②的田野上，
> 罂粟花在十字架间开放，一行又一行，
> 那就是我们躺身的地方；
> 天空中，飞翔的云雀仍在勇敢地歌唱，
> 却淹没于地上的一阵阵炮响。
>
> 我们已经死了。就在不久以前，
> 我们还好好地活着，沐浴着清晨的破晓，享受着落日的霞光，
> 爱着心上的姑娘，也让姑娘为我牵肠。现在我们却躺在弗兰德的
> 田野上。

---

① 约翰·马克雷，第一次世界大战爆发后作为加拿大炮兵部队的随军军医在比利时境内服务，因功成升至中校，最终因肺炎在法国医院去世。

② 马克雷的这首诗英文来自 http://en.wikipedia.org/wiki/John_McCrae，中文翻译是笔者根据洪怡的译文译出。该诗的中文翻译可参阅洪怡译《在弗兰德的田野上》，见梁梁、厉云选编《我和死亡有一个约会》，解放军文艺出版社，2005，第31～32页。

诗人用死者的口吻，传达对生的渴望和对死的凛然。聆听者与战死者"我们"，"田野"和"十字架"，"天空"和"躺身的地方"，富有顽强生命力的"罂粟花"和长睡不醒的士兵虽然被置于生死两界，却没有给人死之悲凉的感觉，反而让人有一种死得其所、视死如归的大义。罂粟花的意象格外鲜明：它们既象征如歌的生命，又象征鲜血流尽的死亡；既是安顿伤痛的良药（适量使用从中提取的吗啡），又是走进死亡的通行证（过量使用吗啡）。诗人还通过运用修辞的伪装，将炮火过后的战场、墓地、墓碑和遍地尸骸罩上一抹色彩和力量。田野（fields）本是"战场"，却被罂粟花和绿地覆盖了，如哀乐，如挽歌；十字架所代表的血腥、尸骨和腐臭，却由于为国捐躯的年轻生命而升华了意义；弥漫着战场硝烟的天空由鸟儿的歌唱替代了死之悲伤和压抑；死者生命的陨落和着大自然的律动在复活：飞翔的云雀、清晨的破晓、落日的霞光、心上的姑娘……

在诗歌所营造的生与死的意象交替中，夺人耳目的不是死亡的恐怖，也不是死亡的凄惨，而是死亡的壮美。死者的世界尽管是战争的结果，但却被他内心爱国激情的鲜花装点得分外妖娆绚丽，以至于让人不得不认可"为国捐躯，甜美而光荣"的古老箴言，认可"死不足惜"不仅是美德，更是男子汉本色。在这个意义上，该诗给人留下的蛊惑和震撼是彻底的。该诗歌的最后一节直接抵达政治鼓动：

愿你们继续我们的奋斗和仇敌作战：
这火炬，从我们倒下的手中传到了你们那里，
你们要把火炬高高举起。
如果你们背弃我们这些死者的信念，
我们将不得安眠，尽管罂粟花开放在弗兰德的田野上。

诗歌在这里成为宣泄的途径——对死者的痛惜让他擂响战鼓，期待更多的人和他站在一起。该诗的创作应该给了诗人一种适时地宣泄，释放了自己很久以来在战地医院日夜目睹伤员惨状的内心压抑和痛失朋友的悲痛。这种宣泄还让马克雷受到了认可和欢迎，这是否让他获得了真正的内心平衡？我们不得而知。但我认为，在战时那个自我个体无法不被时代裹挟的生活中，马克雷的做法得到了普遍的认可。他宣泄了他的义愤却难以引起人的建设性的深层次的反思。如果从思想者的角度评判他，就会发现

他作为历史人物的局限。马克雷曾在不同场合不止一次地讲过："战争应该打下去"，"打到这个世界上的罪恶被纠正过来为止"。① 他所持的"我方正义"的观点无疑契合了官方的战争宣传，成为整合社会舆论、消除相左观点的有力武器。当时流传的诗歌作品大都有着和他的作品一样的思想主题内涵，其政治色彩被冠以最美好的评价先声夺人，成为那个时期诗歌的主导，致使战争诗歌的意识形态内涵远远超出诗歌本身的语境和意喻。

　　该诗在当年 12 月 8 日英国《笨拙》（Punch）周刊②上发表后，立刻引起了轰动，尔后在英国成为家喻户晓的箴言。当时停战遥遥无期，士兵伤亡惨重，官兵士气异常低迷。这首诗像一剂强心针"鼓舞着"前线士兵的士气，"推动着"后方民众对前线各个方面的支援。所以说，这种浪漫激情诗歌具有蛊惑欺骗之嫌，因为它的高调混淆人的视听，妨碍人冷静反思战争行为本身的污浊与残忍，无助于人形成对历史事件及其评价更宽广的认知视野。站在当下回头审视历史就会有新的发现：该诗歌除了满足国家意识形态宣传需要外，其他同时存在的不同声音，如国人对战争本质的深层思索、不同政见的质询、不同思想内涵艺术作品的发表等均受到不同程度的抑制和屏蔽，致使当时多角度反映战争本质的声音被压制等。为此，美国批评家富谢尔在其专著《一战与现代回忆》中毫不留情地指出，马克雷的诗歌，特别是最后一节，有"征兵宣传之虚夸的言辞"③，其蛊惑作用"用邪恶、愚蠢等字眼来形容一点也不过分"④。富谢尔的言辞也许过于激烈，却命中要害。

三

　　人类的确需要希望，但是如果人类的希望建立在忽略或抑制人的天性的认知上，一定会有灾难性的后果。当下世界范围内的各种正在进行的战争先姑且不论，以往战争留下的创伤问题就是一大痛点。这个问题牵一动百，不仅关乎战争创伤，更重要的是关乎人类对自我与世界的认知定位。

　　用"伟大的战争"（The Great War）冠名一战暴露了英国国家信条的

---

① http://www.greatwar.nl/frames/default-poppies.html（2010 - 5 - 10）.

② 英国幽默插画杂志，创建于 1841 年，1992 年关闭。

③ Paul Fussell, *The Great War and Modern Memory*（New York：OUP, 1975）249.

④ Paul Fussell, *The Great War and Modern Memory*（New York：OUP, 1975）250.

狂妄。英国军队经历了难以想象的困境最终坚持到停战协议签署的时刻，不能不说是国家意志坚如磐石的功劳。公民尊崇国家至上的观念，除了战场上的军队，还有官兵（作为个体的自己），以及他们的父母、亲人和朋友。没有多少人愿意被挡在历史洪流之外，包括萨松诗歌中所谴责的母亲们。在巴克的《重生三部曲》中，萨松一开战就报了名；欧文犹疑了一段时间也跟上了战时国家需要的步伐，尽管他内心抗拒；普莱尔丝毫不怀疑战争可能会成为自己摆脱底层工人阶级命运的转机；《生命课程》中来自社会底层的保罗看到他的同学和朋友都先后奔向战场，也觉得自己在前途未卜的时候干脆参加战地救护队，似乎不失为明智选择，因为战争对他来说兴许能趁势换个环境；甚至埃莉诺正在医学院读书的哥哥也顾不上他父母的反对，与同学一道为自己报了名……

这些人中还有求学阶段的学生。他们代表了英国不同阶层的青年走上战场。这个战场最终毁掉了近百万人的性命。他们虽然均被冠以"光荣"之名归为尘土，而"光荣"背后的负重与泪水从未被人细究。与"光荣"相对的诸多难堪、耻辱和不便始终对外界封闭，成为禁忌话题，直到事件的细节内容不断地以变形的方式在当事者身上展演，直到有研究者根据蛛丝马迹一路追踪、报道，才可能使真相一角慢慢浮出水面，等待有可能被全部揭露的契机。

2004 年，学者布莱克的文章《多亏这些记忆》中透露[1]，一战期间英国有 274 名英国士兵因冒犯军纪临阵脱逃被行刑队执行枪决。这一内幕说明，士兵的家属长期以来不仅有丧亲之痛，还要经受巨大的心理负重、社会偏见，并蒙受屈辱之冤。经过数十载的漫长协商与等待、调查与考量，英国媒体终于在 2005 年 8 月对该问题做了如下报道[2]：

> 在第一次世界大战期间，英国武装部队的行刑队曾秘密处决了数
> 百名开小差或者当逃兵的英国士兵。但英国国防大臣德斯·布朗 16 日
> 宣布，他将为这数百名士兵平反。

---

[1] Jonathan Black, "'Thanks for the memory': War Memorials, Spectatorship and the Trajectories of Commemoration, 1919 - 2001 ," *Matters of Conflict: Material Culture, Memory, and the First World War* (ed.) Nicholas J. Saunders (New York: Routledge, 2004) 144 - 147.

[2] 雷怀：《英国防大臣布朗要为一战时三百遭枪决逃兵平反》，《青年参考》2006 年 8 月 23 日。

一战时数百逃兵惨遭枪决

1914 年 8 月，英德两国军队在著名的西线战场展开了迄今为止最为激烈的争夺战。战争旷日持久，几乎每天都有成百上千英国士兵阵亡。战争的残忍令不少英国士兵心生胆怯，他们不愿白白当炮灰，这样，不时有士兵临阵脱逃。

为了稳定军心，迫使军队死守战壕与德兵血拼，英军最高统帅部强化了行刑队的执法，凡被军事法院判处死刑的开小差士兵，一律由行刑队快速处决。据英国 2005 年解密的历史文件记载，在一战期间，共有 3000 名英国士兵因冒犯军纪而被军事法院判处死刑，后因其上级军官出面说情，大约 90% 获免，但仍有 306 名士兵被行刑队枪决。

二等兵哈里斯·法被英国行刑队枪毙时年仅 25 岁。他曾是成千上万战斗在西部战线的英国士兵中的一员，他在一战期间自愿加入西约克郡团第一营，到他被处死时已在西线战壕战斗了两年。

由于战争异常恐怖和血腥，哈里斯患了弹震症和恐战症。但上级军官不顾他的精神状况和病假申请，命令他加入敢死队，于是哈里斯尖叫着逃离了前线。军事法院随即审理了这起临阵脱逃案。1916 年 10 月 18 日，经过 20 分钟的法庭审判，法院最终忽略了哈里斯·法的精神异常因素，他被以"在敌人面前表现懦弱"的罪名于黎明前被枪决。

国防大臣布朗要为士兵翻案

尽管事件已过去将近 90 年，但是被枪决士兵的家属和后代的心灵创伤和痛楚却与日俱增。哈里斯案，成为这 300 多名一战中被枪决士兵的家属们为亲人寻求死后特赦、恢复名誉的突破口。近几年来，306 名被行刑队枪决的士兵家属四处奔走，要求政府为他们的前辈正名。英国在野党和工党也积极配合，呼吁政府拿出勇气，承认一战期间行刑队枪杀士兵是个悲剧，并为死亡士兵恢复名誉。

曾任国防大臣的约翰·里德称："这些士兵不应该被人们当作是'懦夫，开小差者'，而应视为残酷、恐怖战争的成千上万受难者中的一员。"为了安抚那些被枪杀士兵的家属和后人，里德敦促将 306 名士兵的名字记载到回忆录里，并铭刻在全国的纪念碑上。英国国防大臣布朗也认为，在那种"令人毛骨悚然的环境下"，他们被枪决是不公平的。

布朗以前是一名律师。他认为,这些士兵遭受到的审判是不公正的,而且因为缺少证据而有些谋杀的意味。布朗希望评估当时的环境,对每一个案件进行重新审理。他相信,绝大多数被枪决士兵都应该得到特赦。

逃兵家属:结束耻辱中的偷生

正如布朗所说,为逃兵恢复名誉不仅是法律和历史问题,更是一个基本的道德问题。因为那些被枪决士兵的家庭到现在依然背着耻辱偷生的罪名。哈里斯的妻子 14 年前已经去世了,他们的女儿格特鲁德现年已经 93 岁,他的外孙女詹妮特·布斯也已经 63 岁,他们一直希望英国最高法庭能够对哈里斯案件进行复审。

哈里斯的女儿格特鲁德说,父亲被枪决后,母亲终日羞愧流泪,无脸见人,一直将这个消息对家人保密,在没有军人津贴的情况下,靠帮人擦地板,才将自己拉扯大;如今母亲已作古,作为女儿的她一直想替父亲平反,以告慰亡魂。

哈里斯一家的律师约翰·迪克逊说:"哈里斯的案例完全是一个常识,是不公正的审理。我们现在要做的就是承认哈里斯不是一个懦弱的人,而是一个极为勇敢的士兵,他在那种激烈战争中勇敢地战斗了两年。很明显,他可能受到弹震症或者恐战症等精神疾病的困扰。"

听到布朗要为父亲平反的消息后,格特鲁德激动地说:"我很高兴,这种折磨终于结束了。我现在可以很自豪地宣称:父亲是一名勇敢的士兵。我不相信父亲拒绝去前线是因为懦弱,实际上他承受的痛苦和压力太大了。我希望其他士兵的家属也能勇敢起来,为亲人争取其应得的名誉。"

一战结束后经历了 90 年的漫长岁月终于使某些问题获得了某种承认,这与自 20 世纪末之后的政治视野、文化观念转向和时间长河中创伤不断复现、给人提供不断面对和反思的契机关系密切。90 年的时间,被枪决士兵的家属和后代背着前辈"耻辱"对自己的影响,无法释然。这从现实角度证实了经由文化"固化"(crystallized)① 创伤的严重戕害,并非人们通常

---

① W. H. R. Rivers, *Instinct and the Unconscious* (Cambridge, 1920) 123.

认为的那样，随着战争结束似乎一切跟战争相关的问题都结束了，或者必须让它们结束了。英国社会的这一报道说明：政府能经过漫长的过程最终承认当年施加给士兵的不公正待遇，承认受害人的崩溃是对战争非理性般疯狂的正当反应，承认真正疯狂的是国家意识形态规约的非人性限制，开始正视"普遍人性"中原来受鄙视的人的脆弱性，并还给人以真正的生命尊重。这种面对"事实"，重拾"自我"的"回溯"视角不仅重要，而且不可避免。检视过去就成为建设性的对话过程，让人可以不断地认识当年由于各种历史和人为原因不可能或者无法认识的问题，同时通过过去反观当下并做出相应的调整和转变，正像几十年后一战老兵受到的不公正待遇都能随着人认识的改观而得到平反一样，文学想象性的重建具有同样不可低估的鼓舞人的力量。

306名被行刑队枪决的士兵家属四处奔走求告的行为本身毫无疑问是催生政府为他们前辈正名的力量。这说明锲而不舍行动的必要，它从另一个角度说明丰碑式记忆的问题是造成创伤的一个源头。这个问题在当今开始得到某种程度的认可和重视，说明改变对待创伤问题的态度是面对危机的关键。

上文中的306名冤死的士兵未能昭雪，加上《心理障碍诊断与统计手册》的法律保障，才会在90年后的社会效果上产生一些影响。它至少用科学事实证明以往立法存在的问题，更正了过去长久以来的历史上的做法，最终促成建立新的判断依据。伊安·海金将此看作反战政治获得成功的标志，他认为"这是回溯式重叙穷追不舍的功劳……过去的习惯做法是病态表现"。但是同时他也指出，可能存在"保面子"而导致的看不见的代价，比如，"它可能会限制士兵其他有意为之的做法，像萨松式的脱离军队的反战行为方式的抗议就不可取"①。现代心理学研究成果表明，文化共同体中的受害者不光指当事人，与他们息息相关的亲属所承受的负重同样艰难，而亲属所经历的苦难与负重始终被忽略。学者丹尼斯在其专著《死者：一战士兵》中指出："研究死亡课题的现代分析家们展现了死亡给人留下的长期影响。一个数字结果是，有12%的丧夫之妻在一年内死亡；

---

① Ian Hacking, *Rewriting the Soul*: *Multiple Personality and the Sciences of Memory* (Princeton, NJ: Princeton University Press, 1995) 241.

另一份报告说，一年之内有 14% 的人看见过死者鬼魂，另有 39% 的人会时不时发现死者就在眼前。"① 巴克在《重生三部曲》之《亡魂路》中通过里弗斯作为人类学家的视角感叹战争如收割机般掳走生命，致使活着的人认为鬼魂经常光顾人间："鬼魂才不躲躲闪闪，……那些搞不懂的问题越来越清晰有力地通过鬼魂之口说出来。"从追问意义的角度讲，活着的人时不时心生"惶惑"并被死者阴魂缠绕也并非坏事，鬼魂的复现敦促人不断地主动思考当下生活的问题与困顿，并带着死者的冤屈和继往开来的叩问走向未来。在这个意义上，鬼魂不仅折磨人，还通过折磨人迫使人寻找路径，成为拯救人的媒介。

第三节　梦魇式记忆

梦魇式记忆是有创伤的人无限复制所发生事件情境的记忆，这种记忆占据病人的生活使他无力恢复患病前的整合思维和旺盛的生命生机。梦魇式记忆是巴克叙述战争的主要方式。因为记忆缺失，人感觉不到自己出了问题，所以创伤形成的原因很难追溯，只能看到记忆给大脑留下的绵长无尽的后果，成为一种难以化解的心理情结，这使得受创者右脑情感区域的情感感知能力丧失，右脑与左脑原本整合起来平衡看待世界的联系减弱或中断，所以受创者只执着于那个纠缠他的伤痛而不能自拔。心理学家威尔金森强调通过建立过去与现在之间的联系帮助病人整合左右脑的平衡，重新建立其记忆与逻辑叙述能力②。这个问题很久以来一直是个心理学难题，在它没有被很好地认识之前，患者受到严苛的、不公正对待可想而知。很久以来，创伤记忆与"无能"、"懦弱"和"耻辱"有关，它被当作瘟疫，列入禁忌话题。这种话题之所以在一战时期和之后不断被提及，并成为学界研究重点，与大批弹震症患者曾经是非常勇敢的士兵和军功章获得者不无关联。创伤之普遍使它渐渐成了文化现象和不断被关注的课题。

---

① Dannis Winters, *Death's Men*: *Soldiers of the Great War* (London: Penguin, 1985) 257.

② Margaret Wilkinson, "Undoing dissociation: Affective neuroscience: A contemporary Jungian clinical perspective," *Journal of Analytical Psychology* 50 (2005) 485 – 486.

梦魇式记忆是巴克在她的《重生三部曲》、《别样世界》、《生命课程》和《托比的房间》中用来取代丰碑式记忆的主要叙述方式。她基于丰碑式记忆对人的限制、压抑与伤害，启用梦魇式记忆的言说方式对话英国战争，展现一战创伤性的现实而非惯常的英雄主义梦想。梦魇式记忆是与英国主导的社会意识形态文化规约相对应的私人话语形式，它试图言说一种社会主导文化不愿意看见的存在——一种被规避、被归罪、被压抑的存在。这种存在不仅是身体的，更是心理的和精神的。因它拒绝依照社会认可的方式行事，它被称作"弹震症"，即"疯癫"。

一

"弹震症"的命名已经暴露了文化的虚荣。它是一种委婉语，实指"歇斯底里"。战争期间，即使在学界，能把这种病症当作心理疾病的人也不多。梅耶斯于1915年首次在《柳叶刀》医学杂志上撰文，澄清这种心理疾病跟炮弹休克没有关联，"弹震症"是一种误称，但从这个误称中可以体会医疗机构为"男子汉"形象保留"面子"的用意。该疾病在严格意义上说是一种"歇斯底里症"，它是战争的创伤性环境，即士兵被长期固定在窄小战壕空间，缺乏主体主动性造成的①。

不管它的名称是弹震症、神经官能症、战争疲劳症、歇斯底里症，还是疯癫等，叫什么根本不重要，重要的是这病症的症状让自诩代表"体面"与"文明"的社会难堪，所以社会对他们进行有组织有系统地干预和治理。莎拉·怀斯在其专著《令人难堪的人群》中指出："19世纪的'疯癫恐惧'表明，英国悄然进入了不得不靠医疗权威来控制个人自由的恐慌，其方式是把不符合社会规范的行为当成病态，让当事人接受治疗或受到监禁。"② 社会通过归罪、禁闭等方式将不符合社会规范的行为定性为疯子，这个问题恐怕在普遍接受自由民主观念的今天都未能真正被杜绝。有识之士早在英国19世纪中叶发出的质问在今天看来仍不过时："盎格鲁－撒克逊民族儿童幼小心灵所接受的第一课就是自由的信条，他们牙牙学语

---

① Charles S. Myers, "A Contribution to the Study of Shell Shock," *Lancet*（February 13, 1915）320.

② Sarah Wise, *Inconvenient People：Lunacy, Liberty and the Mad-Doctors in Victorian England*（Berkeley, California：Counterpoint, Reprint edition 2013）"Preface" xvii.

时就不断重复我们祖先留给我们的《人身保护法》（*Habeas Corpus Act*），该法律可以充分且长久地保证我们免于虚假或武断的监禁。年青一代兴高采烈地接受了大英民族这份不可撼动的傲人遗产，把它作为有别于外国暴政统治卑下奴隶无可争辩的道德优势。原来，这只是满足我们民族虚荣心的童谣。我们得完成一个讨厌的任务，即扔掉这个宝贵的幻想。"①

从某种意义上说，疯癫是社会的一面镜子，折射的是人类社会状态。福柯在其《疯癫与文明》一书中指出，疯癫在文艺复兴以前，甚至在文艺复兴时期，并不受到排斥，他们会乘上愚人船被送到另外的地方。但随着理性主义统治地位的巩固，疯癫作为一种与之相对立的现象受到排斥或禁锢，被当作一种异己的力量对待。于是，在文明时代或曰理性与知识的时代，疯癫被边缘化了，它们被视作一类特殊的人群而成为知识的研究对象。在理性或只是对其研究和关照的同时，疯癫自身的声音消失了，变成了沉默的群体。我们有关疯癫的认识也只是使用理性观念或知识对其进行研究分析后的认识。这样，真正的疯癫与我们认识的理性的人或者知识的人的关系越来越远，甚至被当作某种危险性的因素被排斥和边缘化。

疯癫虽然以理性的反面形象出现，它的非理性的一面恰恰展露自身所蕴含的真理、自由和超越等人类所必需的品德。疯癫具体表现在以下几个方面。

超常性。由于疯癫以理性的反面形式存在，它自身带有理性无法抵达的超常性，并以超越理性认知的方式去行动。堂吉诃德勇斗风车和羊群，在理性看来是疯癫的举动，但从另一个角度看，这种举动折射出的是一种不甘于束缚的本能举动。

本能性（自由性）。由于摆脱了理性的控制，疯癫以一种本能的、常人所不理解和不能达成的方式追求本真的自由。俄罗斯的圣愚文化②所表现出来的本能抗拒是源自生命的呼告，圣愚行为被主流文化当作疯癫，是具有话语权的官方意识形态操纵的结果，但其追求却有着警醒世人的作用。前面提到的威廉斯小说《动用武力》中的小女孩本能的抗拒也属于此。

---

① Sarah Wise, *Inconvenient People: Lunacy, Liberty and the Mad-Doctors in Victorian England* (Berkeley, California: Counterpoint, Reprint edition 2013) xv.

② 王志耕：《圣愚之维：俄罗斯文学经典的一种文化阐释》，北京大学出版社，2013。

求真追求。疯癫表现所追求的真理，不是受权力和利益驱动的现实世界的常人之理，而是逆常人之理而动的本性真理。此种真理原本是人类社会的某些本质性事实，却因让社会和人感到不便与不快而在人类理性社会的功利追求中被代表理性的文化势力屏蔽掉了。不受理性控制的疯癫之言或疯癫之行用其原始粗朴的表现让人震撼，给人警示，使人们得以重新思考人自身和人类社会的本质或异化。

疯癫虽然被理性排斥在世界边缘，但是在文学作品中经常会见到以他者身份或者变形方式出现的疯癫的身影，疯癫传达了作者的道德警示和伦理诉求。疯癫所揭示的道理一如柏格森的"抱负道德"① 和舍斯托夫的"第二视力"②，或柏拉图的"洞外之光"③ ——作为哲学隐喻，它们都要求人类超越现世功利的诱惑而进入另一层别样的求真空间。

巴克的别样战争小说空间是"无人地带"。地形上，它是一战期间西部战场英法联军和德军分别筑起堑壕相互对峙的中间地带。那是双方暂时争执无果暂且无人认领之地。由于双方都想将这个地带占为己有，但又畏惧于对手的致命出击而处于既不敢冒进又虎视眈眈的紧张状态。在象征意义上，它是介于真实与虚幻之间的灰色地带，那是创伤的处所，里面居住着恐惧、危险、麻烦、未知和不确定性。这个地方不关乎战争的"对"与"错"，可是士兵有由此出现的精神崩溃的症状却被简单看成"错"的，为人所不齿。巴克的战争小说空间填满了精神类病症所传达的、与丰碑记忆截然不同的、令人难堪的身体语言，主题是战争痛苦，它伴着缠绕受伤士

---

① 〔法〕柏格森：《道德和宗教的两个来源》，王作虹、成穷译，贵州人民出版社，2000，第2页。柏格森认为人的生命是意识之绵延或意识之流，是一个整体——不可分割成因果关系的小单位。他主张通过"双重道德"走向主体的生命活力与普遍之爱。此处"双重道德"包括：作为"义务道德"（obligation）的处于社会需要的绝对命令而非自由选择的压力下的道德，作为"抱负道德"（aspiration）的最高的、人类的、动态的道德。二者在本质上都是生物学的。

② 〔俄〕舍斯托夫：《在约伯的天平上》，董友译，上海人民出版社，2004，第21页。舍斯托夫提出的"双重视力"说可与柏格森的"双重道德"说构成共鸣。所谓"双重视力"是指："天然视力"或曰"第一视力"；"超天然视力"或曰"第二视力"。这两种视力永远是人类平行的看待世界的方式，前者是具体的、时间的、历史的，后者是抽象的、空间的、永恒的；前者是天然的，是人的本能选择，其中包含着动物性的原始动因，后者是习得的，是人的自觉选择，它是人在精神层面试图彻底超越现世苦难的选择。文学家能够运用"双重视力"展现世人看不到的真相，让读者认识人类源于生存利益的局限。

③ 〔希〕柏拉图：《理想国》，张竹明译，译林出版社，2009，第242～246页。

兵的幻觉和梦魇出现在一种亦真亦幻、模棱两可的诡异空间。这种空间被有些批评家类比为"哥特"特质①,并把它与"创伤"联系起来。

丰碑式记忆对这个地带内部的情况视而不见。社会文化观念对创伤的自然存在极尽敌视与疏离之事,总使得一部分人比另一部分人更具道德优势,让另一部分人处于被言说、被注视的位置,故而形成对创伤的恐惧和偏激化处理,导致人一直纠缠于问题的"情绪"而非问题的"事实"。创伤记忆将视线拉回到"事实",探究"无人地带"的诡异。

二

《重生三部曲》的创伤视角决定了小说背景的压抑氛围,奠定了巴克要聚焦压抑主题的基调。事实上,爱丁堡克莱格洛克哈特医院是具有疗养性质的"精神病院",在当时英国是集地缘、医疗护理水平和特权于一体的"精神官能症患者的麦加"②,一个传统意义上让病人有希望得到精心治疗的康复之地。萨松被送到此地是动用了特权的。他发表的《反战声明》按程序应该进军事法庭受审判,但审判一个既受士兵爱戴又屡立战功的军官会激起人心混乱。从某个角度讲,萨松受到保护和爱戴除了朋友通过关系运作外,还与人民对他的拥护紧密相关。克莱格洛克哈特医院服务于国家宗旨,所以这个让伤员无可挑剔的疗养之地对梦魇缠身的病友们来说难以疗伤。医院里的病人无处不在的内心惶恐传递着幽暗恐怖的气息。

小说第一章萨松打车去医院报到的路上心里就格外"害怕"。到了医院大门口,他下车驻足观望:"但凡第一次见到克莱格洛克哈特医院的人无不对着医院黢黑庞大的建筑倒吸一口冷气。"这种感觉得到了探视他的好友格里夫斯的共鸣:"格里夫斯一脸惊讶地望着克莱格洛克哈特医院庞大的灰黄色外观,半天合不上嘴。'我的天啊。'"萨松顺着他的视线回应道:"我也这么想来着。"

---

① Sarah Gamble, "North-east Gothic: Surveying Gender in Pat Barker's Fiction," *Gothic Studies* Vol. 9 Issue 2 (Nov. 2007) 71 – 82. Amna Haider, "War Trauma and Gothic Landscapes of Dispossession and Dislocation in Pat Barker's Regeneration Trilogy," *Gothic Studies* Vol. 14 Issue 2 (Nov. 2012) 55 – 73.

② Siegfried Sassoon, *The Complete Memoirs of George Sherston* (London: Faber and Faber, 1945) 543.

　　哥特小说中的"庞大"、"昏暗"、"压迫感"和"刺痛感"等都能在这所医院里体会到。尽管这座城堡式的医院外面有花园和草地让患者作诗、打牌，甚至还可以练习高尔夫、打网球、看卓别林电影等，但到了晚上，他们都"噩梦不断"——风雨交加的夜晚更让医院的患者比平时更"神经"，医院随时都会有突发情况引起的骚乱，让人心悸。这种模糊难辨的诡异氛围无以名状，正如萨松的梦被医院别的病人的惊叫打断：

　　　　他（萨松）浑身哆嗦，知道这是害怕，不是冷，可是这恐惧又描述不出来。战场，差不多。那些忘不掉的人，说不出的话，跟跟跄跄的步态，"精神病患者"模糊不清的脸。克莱格洛克哈特医院比前线更让他紧张害怕。……他哆嗦着，很不舒服，让自己靠在铁床床头，等待天亮。

　　萨松的"疯癫"源于他要告诉别人战争的疯狂，他患的不是"战争神经官能症"，而是"反战神经官能症"，他甚至拒绝过去剑桥做军官候补生训练工作的空缺——这个位置是很多人都巴望不得的。他最不能忍受的是想象着与之生死与共的弟兄们在前线打仗赴死，自己却在待遇优厚的"疯人院"独享英国大后方所谓的"安全"与"清净"。格里夫斯殚精竭虑把他送进克莱格洛克哈特医院，认为萨松的事情"还有挽回余地。人们可以接受精神崩溃，但绝不会接受拒服兵役之人"。事实上，格里夫斯只说对了一半，萨松既不属于宗教反战者，也拒绝接受和平主义者罗素、奥特兰伸过来的橄榄枝。萨松认为爱丁堡"疯人院"比让他在军事法庭接受审判更令人难受，他骨子里受不了自己待在安全地带无所作为，而此时他的战友和部下正在前线流血牺牲。正因为如此，他痛恨后方市民的无知和愚蠢。这让他的主治医生里弗斯感到为难。最终，军人服从命令的天职使得代言政府的里弗斯和代言良知的萨松获得了共识。他们之间的一段"谈话治疗"足见里弗斯的用心：

　　　　"你是在开战的第一天就当兵了？"
　　　　"没错，当兵了，当时简直等不及。"
　　　　"你的上级军官给医疗鉴定小组打来的报告都是对你的溢美之词。"
　　　　听了美滋滋的。"我拿部队当家。"

"你这不是离开家了吗？"①

"是的，那是因为——"

"我现在不想听你解释原因和结果。说说你这么做的感受。"

"感受么？——孤独。我找不到可以交流的人。"

"你在跟我交流。至少，我是这么认为。"

"你不说蠢话。"

里弗斯把头转向一边："你这样说我很高兴。"

"好啊，笑话我吧。我不在乎。"

"剑桥邀请过你？培训候补军官。"

萨松皱起了眉头："有这么回事。"

"可是你拒绝了？"

"是的。反正我不是进监狱（受审）就是回法国（西线战场赴死）。"他笑了笑，"我没想到会进这儿（疯人院）。"

里弗斯看着他，环视着屋子："让你生命有安全了，你倒经受不起了，是吧？"他停了一会儿，见对方没有反应："现在，你有 12 周的时间。至少 12 周。如果你还不归队，你就会永远安安全全地待着，直到战争结束。"

萨松两颊通红："反正不是我的选择。"

"我没说是你的选择。"里弗斯顿了顿，接着说，"你自己清楚得很，你反驳我，好像我冒犯了你。你想想，我这么做的目的是让你面对事实。"他往前靠了靠："如果你死守你的抗议，你就等着在一个完完全全的——属于你个人的——绝对安全的——地方，等到战争结束吧。"

萨松在椅子上动了动："我没必要为别人的决定负责。"

"你在安全的地方待着而别人在送死，这不让你感到难为情吗？"

一股抑制不住的怒火涌上来。"这个不可救药的国家再也找不到像我这样更难为情的人了。我想我得学会适应生活，像所有其他人一样。"

里弗斯式的心理疗法靠的是让患者摆脱情绪纠缠，认识并面对"事

---

① 里弗斯在这里指萨松因反战言论而被送到医院接受治疗的事。

实"。做到这一点很困难，但一旦收效，会打开病人内心的心结。里弗斯让萨松最终明白，若想坚持用自己的方式呼告这个问题重重的世界，就要先保证自己言之有物、率先垂范，萨松本人的战绩和人品证明了他具有这个能力和资本。他要在两难之中做出选择，一方面是一种实实在在的由格里夫斯道出的军人的使命感和责任感——"我是这样看这个问题的，你穿上了军装，你就立了约。你不能说自己改了主意就可以随意解约。你不妨坚持自己的原则，你也可以反对你为之效命的代表，但归根结底，你得把你的工作做了。我想，这样你才会获得别人的认可。"也就是说，这种作为义务的道德带有它的法律属性，僭越了这个属性就被社群排除在外。另一方面是里弗斯从一开始在治疗过程中就担心的——萨松早已抱定回法国战场必死的信念。对于前者，萨松在"三部曲"之《重生》结尾如愿重返法国战场，那种心理释放和释然的程度是接受电击等其他疗法患者所没有的——他对里弗斯的知遇之恩发自肺腑。对于后者，里弗斯的担心不无道理，因为那是众多重返战场士兵的命运。萨松在战场上若是还能活着回来又当如何？里弗斯心里明白："还得崩溃。真正意义上的崩溃。"

士兵之所以出现如此大面积的心理症状，从病理上说是压抑的结果。现代心理学承认这些症状是对疯狂战争的正常反应。而在当时，无论是社会观念，还是文化成规，或是军队管理都把恐惧和害怕当作男子汉的耻辱，认为他们的表现是女性化的"歇斯底里"。任何与歇斯底里意象相关的都是"忌讳"，男人们唯恐躲之不及。而现实生活中，作为不容忽略"事实"的心理症状明明白白地困扰着人，所以就有伦敦亚兰德医生式的更普遍有效的电击式的强制性治疗。电击式治疗是以服从外在权威为前提的配合性治疗，它进一步压制了人的本能，让其回归社会期待，结果极有可能暂时解决了问题，却同时为造成患者的二度创伤埋下了隐患，而创伤的反应都是滞后的，这使得患者的状态更为复杂。很多老兵带着自己的创痛又无从言说，其思绪永远停留在战时的某个时段乃至某个瞬间，再难以融入战后日常社会。

的确，萨松的创伤超越了"我"的忧患，他问罪政府，同时也问罪非参战者，认为自己与众不同——"他对市民绝对地讨厌，对穿制服的非参战者也是这种感觉"。不仅如此，他毫不掩饰对爱丁堡克莱格洛克哈特医院的厌恶，把那个地方看成比"死"还难受的地方，多次使用"疯人院"

一词表达对它的贬低和不屑。特别是，当他知道自己还得回到那个地方再次接受医疗小组最终鉴定时所表现出来的鄙夷态度，让一向儒雅的里弗斯大为恼火："……怕说你堕落没救、疯疯癫癫、放浪形骸、胆小如鼠。"

巴克通过里弗斯提出了人的根本问题：战场上，敌人是目标；而待在医院接受治疗，所面对的目标和敌人不是外在的对手而是自己！人自己的问题古往今来仍是未解之谜，是人最大的躲不开的难题。处理这个问题与受创者接触的外在群体和环境的反应有关，更与受伤者自身的心理状态、受创程度、自我认知和叙述能力，以及愿意面对创伤的勇气和安抚创伤的渠道密切相关。尽管这种恐惧感是社会观念造成的，但被病人携带则成为他们自己的问题，并且被他们投射到生活的各个方面。特别是社会系统提供不了疏通、安抚的有效渠道，反而因惯性文化定势的眼光加重其受创程度的时候，个人的负重愈加难以想象。里弗斯对萨松的担忧即是对所有面对战争困境乃至生活困境中人的担忧——"还得崩溃。真正意义上的崩溃。"这是比死亡更难以应对的难题。

美国作家蒂姆·奥布莱恩在他的《如何讲战争故事》中以经历磨难的士兵的率真表达他对战争的复杂认知："真正的战争故事绝不讲道德问题。它不教导人，不鼓励优良品德，不列出所谓人类合理的行为模式，不限制人去做他一贯会做的事。如果一个故事关乎道德，千万别信。如果你读完战争故事后觉得自己升华了，如果你在一大片废墟中还存有一丝公正之感，那么你已经中了那个可怕古老谎言的圈套。战争无公正。战争无美德。真正的战争故事最重要的内容是下流和罪恶。"①

奥布莱恩表述的很能说明问题。它让我们看到了战争这个庞大概念的复杂性。如果只允许单向度的丰碑记忆去认识战争的话，那么，战争中不允许别人看到的事实就不存在了吗？如果那些不堪入目的景象真的可以因人的躲闪而被蒸发掉了，那么人的幻灭感、绝望感又从哪里来的呢？

三

"下流和罪恶"有损人格和尊严，但既然有不堪的客观存在，就要正

---

① Tim O'Brien, "How to Tell a True War Story," in *The Things They Carried* (Boston: Houghton Mifflin / Seymour Lawrence, 1990) 76.

视与面对，否则人类将有被自己梦魇吞没的危险。蒂姆·奥布莱恩直言战争的各种混乱、矛盾、焦虑、痛苦以避免人用简单的方式看待战争。至少，战争自古有之、不可避免，痛苦是人的现实。人类对战争的认识不足、反省不够是加重苦难的根源。重新审视距今已经过去一个世纪的一战灾难性的后果，重估"已经成为英国民族意识中不可或缺的一部分"①，冲破"历史现象"禁忌话题②的禁区是人能面对"事实"的前提。这个视角关心的看问题的立场，是"我们怎么看和从哪个角度看的问题"③。

作为对未知存在的反应，人表现出巨大的恐惧和荒诞感不足为怪。18世纪末19世纪初盛极一时的哥特小说就是一种对未知世界既充满探索精神又充满矛盾惶恐的文学回应。哥特小说已经成为当时社会矛盾和危机的镜像，反映历史转型时期即将走向社会舞台中心的英国中产阶级对于历史与现实的复杂心态，体现了"启蒙"思想发展到顶峰后的一种自下而上的（大众文化，非官方文化倾向）、充满母性的、代表欲望和破坏潜能（欲望、激情，会导致犯罪）的文化对理性思想与新古典主义所代表的自上而下的、父权式的、有着严厉秩序的文化的一种挑战和反拨。哥特小说的叙述模式一反传统的宏大叙事和理性引领，转向一种寻求个人与自我、黑夜与阴暗的积极探索与冷静沉思。它通过类似反观大卫名画《贺拉斯兄弟的誓言》中所表现的新古典主义的思想精髓，将一种不言而喻的决策或行动变成了一个非常紧张而又充满矛盾的时刻，即，什么东西更为重要：家族荣誉，还是个人感受和私情？一方面为了家族的荣誉需要去决斗，而这个决斗有可能使自己家里的儿子丧生，但我为了家族的荣誉又必须这样做；另一方面又有可能会把妹妹的恋人杀死。人们怀疑和叩问长久以来信奉的"真理"及"成规"是否符合人性的倾向已经初露端倪。玛丽·雪莱1818年出版的《弗兰肯斯坦》（*Frankenstein*）和史蒂文森1886年出版的《化身博士》（*Strange Case of Dr Jekyll and Mr Hyde*）等一大批哥特小说能够大行

---

① Sharon Monteith, "Pat Barker," in Sharon Monteith, Jenny Newman and Pat Wheeler (eds.), *Contemporary British and Irish Fiction: An Introduction Through Interviews* (London: Arnold, 2004) 27.

② Sheryl Stevenson, "With the Listener in Mind: Talking about the *Regeneration* Trilogy with Pat Barker," in Sharon Monteith et al. (eds.), *Critical Perspectives on Pat Barker* (Columbia: University of South Carolina Press, 2005) 176.

③ Ann Whitehead, *Trauma Fiction* (Edinburgh: Edinburgh University Press, 2004) 48.

其道，逐渐形成与主流话语小说相伴的另类话语潜流，表现了在"启蒙"的一片光亮之中，"黑夜"作为一种"存在"之不容忽视的事实。它和"光亮"一样，相辅相成，有其本质的价值和意义。

"黑夜"作为"白昼"的对应物理应是自然之物。心理上，白天人彼此交往，看得见对方，人不会有可怕之感；可是到了晚上，"漆黑"的环境切断了人的联系，这时基于某种经验的想象而非事实即时登场。想象会干扰事实，因为它任凭记忆的河流将它带走。如果长时间处于封闭状态找不到交流的通道，那么人在这漆黑的旋涡中只剩下自己孤独恐惧肆意游走的灵魂，让大脑肆意漫游，这时人已经开始失去方向，经常被儿时来不及弄清楚的记忆纠缠，越来越深地陷入痛苦不能自拔的境地。即使在这时，人也未必绝对被动，理智甚至能够让他明白，事情没有他想象的那么可怕，但他的内心不会听从理智的判断而受着无以言表的痛苦的折磨。笔者以为，顾城的诗句"黑夜给了我黑色的眼睛，我却用它寻找光明"[1] 放在小说这种语境中也非常合适。黑夜需要用黑色的眼睛去认识，首先是认识的角度，然后是对"黑夜"这个人所不了解的神秘空间的坦然与正视。人类需要一种看待黑夜的眼光，否则与其相伴的另一半幽暗空间会因为他的虚荣作祟而无法敞开心扉。放逐与贬低"黑夜"，假装它不存在，或者把它当成另类，这个"黑夜"就会变成恶魔让人惶惶不可终日。

巴克小说借助人物的身体语言和梦幻传达其精神病症的根源之一是文化压抑。《重生》中一次"谈话治疗"的对象是里弗斯的病人安德森，他原本是一位被送回国内接受治疗的战地外科医生，其症状是不能见到血，还小便失禁——"当时我就在病房，所有的人都用那种眼光看着我。难堪死了。一个当大夫的人精神崩溃，你有什么法子？"安德森经常梦到自己"赤身裸体"，被他岳父和医院护工追逐，他岳父挥舞着像蛇一样咝咝作响的棍子，这棍子甚或变成了女性的紧身内衣将他捆绑，连医院的工作者都在观看。这些极容易被植入弗洛伊德性本能的阐释套路让人反感，所以安德森很不情愿谈及自己梦中的意象。里弗斯耐心地听着，然后询问安德森：

"我想知道的是，你怎么看这个梦。"

---

① 顾城：《一代人》，见张贤明编著《现代短诗一百首赏析》，文化艺术出版社，2004，第237页。

　　没有回答。

　　"你说你早晨起来就呕吐？"

　　"没错。"

　　"为什么呢？我是说，你刚才说到我在你梦里的样子，我身穿解剖尸体工作服的样子是让人不大舒服——"

　　"我说不清楚。"

　　"你梦中最可怕的东西是什么？"

　　"蛇。"

　　好一会儿谁都没说话。

　　"你经常梦到蛇？"

　　"对。"

　　又好长时间的沉默。"行了吧，你接着分析啊。"安德森终于憋不住了。"你们弗洛伊德信徒就这么看问题，是吧？赤身裸体、蛇、女士内衣。你心里一定好得意吧，里弗斯，这是我给你的礼物。"

　　"你要让我说说我头脑里自由联想蹦出来的蛇——我的联想能是什么？——那是军服翻领上爬的东西。"

　　原来安德森所穿的英国皇家军医部队的制服领子带有蛇纹图案的徽章才是安德森的心结！军服时刻提醒着军人的身份和男子汉的尊严，医疗队军服上的徽章时刻提醒人作为医生的职业尊严。很显然，把弗洛伊德奠基性的概念简单化为性欲压抑的动因或者是色情的追求在当时也是较为普遍的认知。就连受过严格医科训练的安德森都不能免俗，刻板地运用弗洛伊德的心理学和心理分析概念。有着深厚人类学视野的学者型心理学家里弗斯不会这么简单地得出结论，他更关心人赖以生长的社会文化对人的塑型影响和患者的主体身份所构成的综合因素形成合力的作用。安德森害怕看到流血，源于他在法国战地医院时接收过一位伤员，他被抬过来时伤痕累累，身上没有一块干净地方，而且他被 5~6 英寸厚的泥包裹着。安德森以为把伤口处理完毕就没事了，没想到伤兵出现大出血，他只能眼巴巴看着这个士兵因血流尽死去。这件事让他崩溃，心里充满罪感，他认为自己只处理了小伤，没能看到致命的问题。

　　"谈话"让里弗斯了解安德森的内心负重，大致推断出他心理问题的根源，得出阶段性的结论。同时他也知道，打开安德森的心结不是一件容易的事。首先，安德森对里弗斯信任不足；其次，安德森在多大程度上能够认识自己的病症根源，不仅与他在战地医院的创伤经历有关，还与他将在生活中要面对自己的职业角色选择和家庭角色期待有关，关键是他需要迎合妻子、儿子、岳父对他的角色期待。只有打开他的心结，让他看到自己面对压力的实情才有可能消除他歇斯底里的根源，保证医院其他病人不被他梦中的惊叫烦扰。里弗斯知道，他把安德森治好的希望十分渺茫，他甚至担心压力之下安德森会自杀，因为自杀隐患在士兵中非常普遍。医院里一个叫墨菲的士兵觉着自己颜面尽失，曾割腕自杀未遂。病人彭斯的命运有一段启示录般的预言：一次他在恍惚中从医院出走，行至郊外人迹罕至的小树林，感到眼前的树枝上挂满了小动物的尸体，"像是果实挂满枝头"。彭斯害怕了，他本能地拔脚逃离现场，但身体好像被梦魇罩住了一般，他被树林中的植物"拦着""绊着""撕扯着"……结果，他只好返回树下原地，将死去的动物取下，摆放成一个圆圈，自己则躺在圆圈中央，"身体如同树根一样苍白"。——他的命运和未来仿佛与死去的动物一样，回归大地，化作尘埃。对医生来说，任何弹震症病人的自杀会影响所有住院病人的情绪。里弗斯"忘不了那个曾经在医院里上吊死去的人。先不说当事人做出这个决定的痛苦，这件事让里弗斯花了几周的时间才把医院其他病人的情绪安定下来"。

医院如同战场，同样拷问战争本质、个人立场和生命意义。巴克通过安德森的讥讽、里弗斯的镇定以及他对弗洛伊德理论的运用揭示了人们对弗洛伊德心理学认识的"误区"，发展了弗洛伊德心理学精髓，展现了病症及人心的复杂，这绝不是套用什么现成模式理论便可以让问题得到解决的。后方医院这个安详静谧之地，如同战场上的"无人地带"和没有天空的战壕，包纳着官兵遭受的战争折磨。

四

"下流和罪恶"还来自国家机器无休止的层层牵制和严密控制。为了达到共同对敌的目标，德国这个来自外部的"敌人"和国内一切不安定因素等来自内部的"敌人"都需要打击。这就为"假想敌"创造了条件，特别在一战中期英国战事处于不利的阶段，打击力度更大。英国国家内部

"敌人"的众多名目，如颠覆政府的破坏分子、精神病患者、同性恋、和平主义者等，都让英国政府头疼。"三部曲"之《重生》面对的主要问题是反战者的抗议和参战士兵身体、心理、精神上的创伤，而第二部《门中眼》把视线放在英国大后方伦敦，构成与第一部结构上的对位和意义上的拓展——战时都是战场，没有安全之地。伦敦所面临的社会病症的严重程度丝毫不亚于前线受创的士兵。国家有条不紊地设置各种规格的监察控制机构和"疯人院"，既为本能抗拒战争疯狂而"失声"的士兵服务，也控制、镇压国内出现的各类"危险"因素。

战争狂热导致"我们"与"他们"界限分明——文明的英国人与异类狂徒德国鬼子势不两立。这种旗帜鲜明的敌我态度在英国国内表现为效忠者和告密者活动频繁，导致人人自危，如同没有硝烟的战场。不仅是前线士兵，就是后方老百姓的反常规之举也可能随时被问罪。但是英国民间各类的反战团体松散，不存在统一的组织管理，暗探的抓捕显得非常滑稽。战时生活上演的一幕幕活报剧，暴露了国家监管的偏执和荒谬。

《门中眼》中国家各级情报机关派专员忙于重点跟踪、抓捕、审讯"颠覆者"和"叛国者"，使战争在伤害年轻无辜士兵的生命的同时，还展开了"对和平主义者和同性恋的深重迫害"①。对和平主义者和同性恋的迫害是小说中两条隐秘的叙事线索。前者是所谓民间反战组织所搞的违反国家秩序的"颠覆"活动，是萨松反战观点在英国国内的一种呼应，与萨松对民众的谴责构成对比——贝蒂·洛普所在的监狱与爱丁堡克莱格洛克哈特医院一样诡异，"昏暗、庞大的建筑。六排窗户，窗口小得可怜又挨得很近，像小猪的眼睛"，如同战场上的无人地带；后者是同性恋因威胁国家利益而遭到的严厉打压，与战场上令人动容的"战友情谊"形成鲜明对比。本质上一样的事物，在不同语境中的命运和结局大不相同。

《重生三部曲》的第一部结束时病人都将返回法国战场，只有普莱尔需要继续接受观察治疗，他同时在伦敦接受了为军需部国内安全小组工作

---

① Rob Nixon, "An Interview with Pat Barker," *Contemporary Literature* 45.1 (2004) 19. Sheryl Stevenson, "With the Listener in Mind: Talking about the *Regeneration* Trilogy with Pat Barker," in Sharon Monteith et al. (eds.), *Critical Perspectives on Pat Barker* (Columbia: University of South Carolina Press, 2005) 175–176. John Brannigan, "An Interview with Pat Barker," *Contemporary Literature* 46.3 (2005) 381.

的职位，负责调查民间不断出现的反政府活动。普莱尔的角色转换让我们看到与战时英国爱国浪潮不同的"日常"生活景观：监狱与监控、对不同政见者的迫害、莫须有罪名与告密等。普莱尔从小在伦敦长大，熟悉民间社区的生活，他的主要任务是穿梭于伦敦和伦敦东北部地区，配合小组从已经被抓起来的"破坏分子"贝蒂·洛普嘴里套取口供。

贝蒂因为烧教堂的"反政府活动"和被认为有刺杀首相的动机而被关押受审。她是因为自己口无遮拦受到案件的牵连："但你要问我，首相就在跟前撅着屁股等着我呢，我要不要杀了他？……当然要杀，他们掌权就没好日子过。……杀不足赦。杀了他我不会过意不去，相反，他应该对他亲手毁了上百万年轻人的性命而心怀罪感。"贝蒂不认为自己有罪："我在法庭上讲的都是实情。……他们只问了我一个简单问题就完事了。……他们把我和可恶的贵格会反战行为混在一起，就这么让我进来了。是那些宗教团体害了我。"

贝蒂远没有萨松幸运。她曾是普莱尔儿时很喜欢的长辈邻居。普莱尔明知她并无大过，想帮助她脱离监牢之苦，但他无能为力。他非常清楚贝蒂的简单真诚，即使她不看报纸也是那类日夜为前线命悬一线的士兵的命运担忧的人。她绝不像伦敦城里其他市民那样，把报纸看得跟早点一样重要，饱餐之后就把前线的战事、死伤事实忘个一干二净，然后开始出门享受自己美好的一天。麦克也认为，把贝蒂当成刺杀首相的嫌疑人纯属无稽之谈："她是那种水池里看见一只蜘蛛都会拿张报纸把它送到院子里的人。"然而，就这样一位普通瘦弱的女子却不肯向政权发出的无稽之谈的淫威妥协，甚至蒙冤坐上 10 年牢房也不妥协。她不贪图普莱尔要报答她的再生之恩，如同"疯癫"的女先知，她问普莱尔："比利，我们曾经很亲密，你就像我自己的儿子一样。……我不想问你，你要站在哪一边，问了你也不见得跟我讲实话，即使你说的是实话，我都未必信你。但你告诉我你对这个问题的回答就够了。你知道你站在哪一边吗？"通过贝蒂强调人内心的声音，巴克阐明了人应该持有的立场。

贝蒂自称是"疯子玛丽"①，跟关在同一座楼里的那位爱尔兰的领袖级人物没办法比，人家是"女伯爵"，但贝蒂根本不屑与她为伍，拒绝她主

---

① "疯子玛丽"（Mad Mary）：英国对不守规矩女子的通称。

动提出的"握手"提议。同时，贝蒂对其他反战者也有微词："我跟你们那些文质彬彬、偷偷摸摸地打着基督的名誉进行反战的人可不一样。"贝蒂的生活状态率真而执着，虽然散兵游勇孤立无援，却一如既往不卑不亢。她和战场上的士兵一样，把自己交给命运，并不惧怕被审查。从贝蒂的叙述中可以得知她周围不少人和她命运一样，其中也包括她自己的儿子威廉，以及她千方百计想保护的邻居：那个要养 11 个孩子的父亲汤米·本金索普。政府抓这些人，是要让人们知道，不与国家合作，就是这个下场。下面是不想参军的威廉所受到的惩罚：

> 你不是宗教反战，是良心反战——不信上帝的人成不了良心反战者，因为不信上帝的人没有良心。所以，他们把威廉带到军营训练中心，告诉他，只要他穿上军装上前线，就既往不咎。威廉不从，结果他被剥光衣服单独留在一间只有简陋石板地面没有玻璃的屋子里——一月份该有多冷！威廉说，他最怕的不是生病，而是盯着他看的门中的眼睛。

不光反战者被"门中的眼睛"盯着，另一反社会势力同性恋也在劫难逃，因为他们触犯了社会禁忌。弗洛伊德认为："触犯忌讳的人，由于他具备了成为别人榜样的危险特质，自己则成了禁忌：不让别人做的事为什么就允许他做？既然榜样的力量是无穷的，那么他的影响力就是必然的。"[①]

同性恋作为社会的异己力量与社会文化既定秩序形成了对抗。国家捍卫者不会对任何有可能威胁英国秩序的做法袖手旁观。1918 年英国飞行员、出版商、国会议员比林（Noel Pemberton Billing，1881～1948）[②] 发起的反同性恋圣战称，他得到的确切情报表明，服务于德国情报部门的英国同性恋者的"首批名单共 47000 人"。他声称，德国特务掌握了一部黑皮书，用来敲诈那些身居要职的同性恋者以诈取国家机密。由于他在下院反复重申这个断言，对同性恋的恐惧在英国很快达到顶峰。这还不够，比林

---

① Sigmund Freud, *Totem and Taboo*. Trans. James Strachey（New York：Norton，1950）32.
② 比林认为，英国同性恋游走于英国社交界，与德国情报间谍机关有勾结。他发动圣战的打击目标是犹太人、德国音乐、和平主义者、费边社的社会主义者、外侨、金融家和国际主义者。详细请参见 Leo McKinstry, *Spitfire：Portrait of a Legend*（London，UK. John Murray Publisher）435。

利用他的"道德优越"和媒体优势位置,撰文攻击女舞蹈演员莫德·阿伦——她曾在王尔德的戏剧中饰演叛逆女主人公莎乐美一角。阿伦怒不可遏控告他诽谤,但比林似乎胜券在握毫不退缩,甚至谴责剧制作人 J. T. "在民族危难之际上演这部最不堪入目的堕落之作,该作品的作者就是因为这种不伦之恋而得到法庭重判的"。有趣的是,该诉讼作为巨大的诽谤丑闻风靡欧洲,人们拭目以待。结果,比林将听证会变成了反对同性恋的法庭,以正义爱国志士的形象捍卫国家尊严和形象,大声呼吁他之所以这样做是避免让英国遭到德国阴谋的颠覆。法庭居然终判比林无罪![①]

小说中援引了当时报刊上因之出现的一系列头版头条中令人触目惊心的新闻标题——"纵情酒色""海军内部四面楚歌""生活面临险境"。比林的气焰让很多具有同性恋倾向的人坐卧不安。未出柜的同性恋军官查尔斯·曼宁因曾在众目睽睽之下看过王尔德的《莎乐美》,终日恐惶不安,怕被抓走。他觉得自己"受到了最沉重的打击。就像被人剥光了衣服,被挂在高耸的岩脊上,四周通亮,下面是百万人的炯炯目光和没完没了的窃窃私语"。

这种宣传甚至抢占了最受关注的前线消息的版面。这种自上而下的同性恋清算基本上是捕风捉影,煽动起来的只是一种人人自危的情绪,好让男性收起情感然后心无旁骛地回归作战岗位。该事件将演员莫德·阿伦牵扯进来也许纯属偶然,她不过是只替罪羊。真正的靶心是不服从国家意志的人,特别是有自己想法的军人。在国家意识形态神话的背后,"既没有纯粹的想象,也没有纯粹的事件,有的只是通过受害机制产生的歪曲的报道"[②]。是比林这位代表权力和以国家之名挑起事端的迫害者认为受害者有罪。

作为英国一个悖论性的话题,性角色和性倾向的天然关系本来是一种生活需要和情感状态。[③] 特别是在战场,在那个没有女人且环境恶劣的世界里,男性需要"承担各种角色:家长、兄弟、朋友、爱人……战时经历

---

① 转引自 Samuel Hynes, *A War Imagined: The First World War and English Culture* (New York: Atheneum, 1991) 225~227。

② 〔法〕勒内·吉拉尔:《替罪羊》,冯寿农译,东方出版社,2002,第 1 页。

③ Antoine Prost, *Les Anciens Combattants et la Société Française* 1914–1939. Tome 3: *Mentalités et Idéologies* (Paris: Presses de la Fondation Nationale des Sciences Politiques, 1977).

给了官兵更多建立亲密关系的机会"① 公元 1 世纪的希腊历史学家、哲学家欧那桑德认为："战场上兄弟挨着兄弟、朋友挨着朋友、爱人挨着爱人"② 的情形有利于调动官兵最强的战斗力，是国家安定的根基。萨松可以继续战斗下去的理由正是这种战友间的牵挂。

　　无论如何，同性恋在英国的存在是一个不争的事实。王尔德丑闻并没有让同性恋销声匿迹，而转换成一种更加小心谨慎的隐蔽策略。奥斯卡·王尔德的做法虽然为当时维多利亚体面社会所唾弃，但他不屑掩盖、挑战英国社会成规的勇气还是鼓舞了他的同类，只不过没有官兵愿意自己被当成靶子而已。反同性恋势力镇压运动依靠传统的制度保障，通过国家、教会、报界媒体和民间舆论等潜在的同性恋仇视情绪让官兵深藏的恐慌日益加深。一种战时极具人性的关系被英国的社会文化力量搅和得暧昧而模糊，原来战场上可以保证团结统一人性的关系顷刻之间成为一种伤风败俗、有损国格的罪行，这无疑进一步加深了士兵的恐慌和压抑。

　　这种对同性关爱的双重标准和模棱两可的态度不能不说是造成士兵由性恐慌和性焦虑导致的深层社会心理精神创伤的动因。这种原本正常的关系不是被当作病态、变态，被送进医院或者监狱，就是被当作傻瓜，受人耻笑。士兵回到后方，发现心理上比在前线作战还紧张，根本没有"安全感"可言。这也是为什么很多士兵宁愿重返命系一线的前线，也不肯待在"安全"大后方的原因之一。

　　尽管如此，同性恋在高压下还是因它自身的土壤暗自存在。巴克在小说中并不渲染，但她小说中的人物关系，即里弗斯与萨松、普莱尔，萨松与欧文，普莱尔与曼宁，格里夫斯与萨松，罗斯与彼得，等等，都是非同一般的同路人关系。英国历史上同性恋行为先驱者、剑桥学者迪金森（Goldsworthy Lowes Dickinson，1862~1932）公然表达他自己毫不畏惧的姿态："我不知道这种仇视同性恋的偏见在将来的某一天是否会被经验、

---

① Joanna Bourke, *Dismembering the Male：Men's Bodies and the Great War* (London：Reaktion Books，1996) 126 - 128.

② Encyclopedia of Gay Histories and Cultures (ed.) George Haggerty，941. http：//books. google. com/books? id = Be39AQAAQBAJ&pg = PA941&dq = noel + pemberton + billing + sexual + degeneracy&hl = en&sa = X&ei = Py0LU6qlMLOB0AH1mIHwBA&ved = 0CD0Q6AEwAw # v = onepage&q = noel% 20pemberton% 20billing% 20sexual% 20degeneracy&f = false （2014 - 2 - 24）.

知识，乃至理性克服。这是纯粹非理性社会的最后一个堡垒。英国是它的中心和守护人。"① 尽管身居剑桥"飞地"的学者生活境遇使他与社会上其他遭遇此问题的普通英国士兵或公民的情形大相径庭，但是他的这种姿态还是起到了暗中鼓励众多持相同性倾向的人，成为与制度保障下的国家、教会、报界媒体和民间舆论等潜在的反同性恋势力相抗衡的对抗势力。

由此可见，即使非常高压的社会也不可能真正做到完全整齐划一。这既是社会的逻辑也是生命的逻辑。反动的势力总是以它自身的潜流和不可诋毁的现实存在让生活成为蕴含着各种潜伏可能的历史河流。

巴克的《重生三部曲》透过诗人和知识分子的眼光看一战的灾难性发生和战时制造恐惧心理的英国社会，其后的《生命课程》和《托比的房间》则透过艺术家的生活和眼光表达自己与他人的痛苦。道义上绝对权威的力量将人固定在社会身份的位置上，不承认人的个性化、多样化状态。抗击德国侵略行径成为英国战时国内生活的主潮，一切顺应这个潮流的行为都会受到鼓励与褒扬，反之则被归入另类，受到社会的歧视和讥笑。英国战争初期的当兵热情反映了这种现实。《生命课程》中埃莉诺的母亲就因为儿子托比报名当兵的决定拖延了几天而遭到邻居布莱德里太太的讽刺；埃莉诺自己并不否认在战争条件下选择纯粹的艺术追求的"自私"与"不入主流"，因为当时大家都这么想问题。在社会或者社群统一标准规范之下，作为主体的个体经常被社会文化力量不同程度地辖制，使坚持个人天性和个性成为不可能的事。

英国战时社会文化的压制性恶果还表现在仇德和仇外的心理上。英国政府不仅设置了敌国侨民拘留营，把敌国侨民，特别是他们中的男性当作危险分子集中看管起来，还对所有居住在英国的敌国公民的困境置若罔闻，致使不同程度的暴力事件频频发生。艺术学院的学生凯瑟琳因其德国血统受到诸多限制和威胁。住在海边，人们怀疑他们有可能向德国船只暗送情报信号；待在家里的任何做法都有搞投敌交易之嫌：拉上窗帘是信号；拉开窗帘是信号；把花放在窗台上是信号；开灯也是信号。德籍居民从租期未满的房子里被强行轰走的情况越来越多，房主甚至连租金也不退还。外国侨民的房屋门窗经常被砸，走在大街上也被人白眼相看，向他们

---

① Dennis Proctor (ed.), *The Autobiography of G. Lowes Dickinson* (London: Duckworth, 1973) 12.

吐唾沫是家常便饭。据埃莉诺说，个别地区甚至出现了暴徒，其中不光有男人，还有妇女和儿童。他们砸窗户、烧房子，警察却待在一边袖手旁观。所以，在凯瑟琳等一行四人走出多米诺酒吧等待出租车到来的空档，凯瑟琳在大庭广众之下被一名恶意十足的纨绔子弟粗鲁冲撞不足为怪。

"眼睛"是小说不断复现的意象，也是小说题目的重心，具有多层象征和内涵。

首先，普莱尔在炮弹袭击战壕之后捡起了难友图尔斯的眼球，但他无法用语言描述手里拿着的物证——武器戕害身体导致肉体被物化的见证。《重生》中普莱尔捧着拾在自己掌心被炸弹炸飞的图尔斯的"眼球"时不知所措，表达了一种对手中之物无法命名的恐惧。普莱尔之所以不知所措，是因为身体没有了身体之名，此刻它已经成了物，"玻璃球"或者"糖豆"，人的眼睛无法承受对这些面目全非的"物"的见证。所以，死亡笼罩的一战被当时情绪高昂的政治宣传和令人恐惧的肃清运动掩盖了。事实上，战时很多对残暴行径的见证不亚于后来受害者对奥斯威辛的控诉，而一战的死亡却比奥斯威辛制造的死亡提前了20多年。遗憾的是它从没有得到过真正的面对。二战过后的全面反思也比较滞后，但毕竟有意大利思想家吉奥乔·阿甘本在《奥斯威辛遗痕》一书中将战争物化人类的冷漠进行的深刻的探究：

> 几年前，一部在1945年趁集中营解放不久便在卑尔根 - 贝尔森进行拍摄的英国电影公映了。目睹成千上万具赤裸的尸体堆积在公墓里，或被扛在集中营前守卫的肩上，目睹那些被折磨得连党卫军也叫不出名的尸体（从见证人那里，我们得知，它们绝对不会被称作"尸体"或"死尸"，而只是叫 Figuren、图形、玩意儿），是让人难以承受的。既然同盟国想把这些连续的镜头当作纳粹暴行的证据并在德国公映，我们就不要忽略这些可怕场景的任何一个细节。突然，镜头意外地停留在了一群似乎还活着的人身上，一群蜷缩在地上或像鬼魂一样游走的囚徒。这仅仅持续了几秒钟，但对观众而言，它足以让人认识到，他们就是凭借某种奇迹而幸存下来的穆斯林，至少是十分接近穆斯林状态的囚徒。除了卡皮（Aldo Carpi）凭借记忆描绘的画像，这或许是我们得到的关于穆斯林的唯一图像。无论如何，同一个摄影

师曾把镜头耐心地对准了赤裸的身体，对准了被肢解并一个接一个地堆叠起来的可怕"玩意儿"，但他却无法承受对这些半死不活的存在的见证；他很快又展示起死尸。正如伊利亚斯·卡奈蒂（Elias Canetti）注意到的，尸体的堆积是一种远古的场景，通常是强力者的满足。但穆斯林的景象是一个绝对的新现象，是人类的双眼无法承受的。①

其次，它是外在于人的无处不在的社会文化力量作用于人的结果。正像监狱门面画上的永远存在的眼睛，是让国民屈服于统一号令的象征。"眼睛只待在门上还不错呢。"贝蒂轻拍着自己的脑袋说，"那眼睛留在这里时，你该坐立不安了。"巴克通过贝蒂表达了人所具有的辨别力与精神内涵的重要性。

再次，"眼睛"可能还是一种不可或缺的自我审视能力。巴克相信，对自我的审视有可能成为人走出创伤阴影的新路径。创伤的不期而至和主观经验的纠缠一面将让受害者学会表达与倾诉，去获得"我们原本无法获得的现实或真相"②，同时还让我们学会超越简单地看待历史发生的粗暴被动方式，通过"如何感知过往，如何了解历史真相"③ 而坦然正视当今同样纷繁的生活。

最后，它一定是读者阅读过程的外在审视和见证。历史在巴克看来，不是简单的线性发展，而是发展之中的无限循环。人的智性和精神性的本质决定了人的观念线性，使之运用语言表达思想，接受向善的引导，不放弃向善的追求；人的肉体性代表了人不可否认的内在本能和脆弱本质，它虽然包括自私和偏狭、黑暗面和暴力倾向，但是，如果可以将这些存在放在光天化日之下成为有目共睹的事实而非神话的时候，它将成为我们熟悉的伴侣而非陌生的异物，将不再是神话或者是吞没人灵魂主体的梦魇，而是"让人们记住伤害，学会成熟"④ 的路径。

---

① Giorgio Agamben, *Remnants of Auschwitz: The Witness and the Archive*, tran. Daniel Heller-Roazen (New York: Zone Books, 2002) 50 – 51.

② Cathy Caruth (ed.), *Trauma: Explorations in Memory* (Baltimore: The Johns Hopkins University Press, 1995) 11.

③ Cathy Caruth (ed.), *Trauma: Explorations in Memory* (Baltimore: The Johns Hopkins University Press, 1995) 4.

④ 苏玲:《文学离不开对人性的思考》,《北京晨报》"文化头牌", 2013 年 3 月 19 日。

第五章　巴克战争小说的对话诗学

艺术的根基恰恰在于人性的自然流露。[1]

大卫·华特曼认为巴克的战争主题小说突出了"男性的危机"[2]。其实，"男性危机"不只属于男性，而是人性的危机：当男权思想与英帝国霸权同构的时候，当男性遭受战场摧残而只一味地看到自身不幸的时候，当男性站出来用各种方式谴责战争残酷同时抱怨女性和后方民众"冷漠无知"而看不到女性和百姓也同样遭受不同形式战争创伤折磨的时候，由战争情势引发出来的危机就不能以性别意义划分。"男性危机"的实质是社会危机、文化危机，也是人性认识危机。巴克基于理性进行表达的同时，通过诉诸感官的、"延宕"化的创伤叙事策略，对话与帝国霸权同构的男权话语及其思维方式。

第一节　创伤与延宕

"延宕"（deferral）常常被理解为一种叙事技巧，即采取迂回、拖延的叙述语言，形成"陌生化"的效果。本章的"延宕"与其说是创伤叙事技巧或者叙述策略（delayed narrative），不如说是一种看问题的方式或观念。这种看问题的方式在甘斯那里，是通过"文本"的去世俗时间化的方式达到再世俗时间化的探索生活真相的目的[3]；在卡露丝那里，压

---

[1]　〔英〕伍尔夫：《女性与小说》，见《伍尔夫读书随笔》，刘文荣译，文汇出版社，2006，第52页。

[2]　David Waterman, *Pat Barker and The Mediation of Social Reality*（New York：Cambria Press, 2009）44.

[3]　Eric Gans, "Originary Narrative," *Anthropoetics：the journal of generative anthropology* Vol. 3 Issue 2（1998）1.

倒性事件所造成的创伤如同谜一样，造成"延宕"，需要在记忆的忘川里寻找线索，以期获得合情合理的解释①；在黎·米勒那里，是一种全新的"母体空间视角"——用阴性崇高视角对话传统的阳性崇高，以便通过自我超越创伤耻辱的逼迫理解、包容与男性话语对话的动态关系中的"他异性"②。

一

男性中心的思维方式最早可追溯到希腊化时期一个影响极大的哲学派别——斯多葛学派。这个学派于公元前300年左右兴起于雅典，创始人是芝诺（Zeno）。斯多葛（Stoic）这个词源自希腊文 stoa，意思是"门廊"，因为芝诺经常在门廊上聚集徒众而得名。其他代表人物还有古罗马帝国皇帝马可·奥勒留（Marcus Aurelius，121~180）、哲学家兼政治家西塞罗（Cicero，公元前106年~公元前43年）和塞内加（Seneca，公元前4年~公元65年）。这个学派以一元论的方式看待世界，其观点如下。第一，主宰这个世界的是宇宙理性（Logos），即神性。大自然完整的秩序就是人类应该效法的最高的道德律。第二，事物发生没有偶然性只有必然性，所以它弘扬理性，贬抑情感。我们今天仍沿用"斯多葛式的冷静"（stoic calm）形容那些不会感情用事的人。第三，人死后，身体和灵魂这个"小宇宙"（microcosmos）必将融入世界这个"大宇宙"（macrocosmos），如马可·奥勒留所言："你只是作为一分子来到这个世界：死的时候这一分子就消失了。换种方式说，你只会随着宇宙变换运行的规则常驻其中。"③ 斯多葛学派最初与人本主义思想有着千丝万缕的联系，它推动了文艺复兴运动对人性的张扬以及理性主义思维方式的确立。

叙事的演变见证了历史流变中人性的某些方面被无限张扬，某些方面被彻底冷落遗忘的过程。杰罗姆·布鲁纳认为叙事推理模式和逻辑—科学

---

① Cathy Caruth (ed.), *Trauma: Explorations in Memory. Baltimore* (ML: Johns Hopkins University Press, 1995) 5 – 10.

② 刘瑞琪:《"阴性崇高"：黎·米勒的战争摄影》,《文化研究》2013年第17期，第87~122页。

③ Marcus Aurelius, "Meditations," Ⅳ, 14. Quoted in Luc Ferry, *A Brief History of Thought: A Philosophical Guide to Living* (Harper, 2010) 37.

推理模式同样重要，指出逻辑—科学模式寻求普遍真实性条件，而叙事模式寻求事件之间的特殊联系。逻辑—科学中的解释是自时间与空间事件之中的步步推断，而叙事模式中的解释包含在上下文之中。这两种模式都是认识世界的基本模式，也是形成意义的"理性"方式。① 历史证明，后者叙事模式的"理性"方式很容易被误解，包含在语境之中的整合式看待世界和自我的叙事视角正在被重新拾起。

用整合方式看待世界和自身问题的角度和模式，与现行的逻辑—科学观念相比可能收效缓慢，不能形成某种特权阶层或团体绝对优越感，以至于不被这个充满竞争观念的世界所认可，但这并不说明它没有价值。整体观叙事模式常常被认为是"女性"的，因为它在理性叙事的基础上不放弃敏感、同情和直觉的力量。这种力量不仅有史以来就存在，甚或是人认识世界的原初形态。可是，获得了更大话语权的"科学主义"、工具理性后来者居上，以至于形成当今似乎难以扭转的势头。从 18 世纪初意大利启蒙思想家维科开始，这种整合看待自我和世界的人文传统与强势的科学主义的对话关系便没有间断过，人文传统只不过在科学技术呈迅猛上升趋势的 19、20 世纪备受压抑而已。20 世纪以降，维科的系统模式思想经由加拿大批评家弗莱、法国思想家福柯、美国历史哲学家海登·怀特等学者的拓展，获得了更加旺盛的生命力。这种思维模式被卡勒在《符号探寻》一书中浓缩成四种修辞格演化之说，还进一步把四格演进看成认识世界进程的"概念基型"，甚至是人类掌握世界方式的"唯一体系"②。这个体系经过了很多思想家的覆写，成为历史修辞的方式，用来解释"历史规律"。我国学者赵毅衡认为，四种修辞格"形成了从隐喻开始，符号文本两层意义关系逐步分解的过程，四个修辞格互相都是否定关系：隐喻（异之同）→提喻（分之和）→转喻（同之异）→反讽（合之分）"③。（见表 1）

---

① Laurel Richardson, "Narrative and Sociology," *Journal of Contemporary Ethnography* 19 (1990) 118.

② Jonathan Culler, *The Pursuit of Signs: Semiotics, Literature, Deconstruction* (Ithaca: Cornell University Press, 1981) 65.

③ 赵毅衡：《反讽时代：形式论与文化批评》，复旦大学出版社，2011，第 10 页。

表 1　维科的思维模式及拓展

学者 ＼ 社会观	隐喻 metaphor	转喻 metonymy	提喻 synecdoche	反讽 irony
维科 G. Vico 1668～1744	神祇时期 神权统领 本质在神	英雄时期 贵族统领 本质在英雄	理性时期 凡人统领 本质在普遍人性	颓废时期 他人统领 意识走向谎言
弗莱 Northrop Frye 1912～1991	罗曼史 浪漫主义式再现 神统领人	悲剧 现实主义式高模仿 英雄统领人	喜剧 自然主义式低模仿 普遍人性、内在 性统领人	反讽 现代主义式否定 被否定事物重新 被表达
福柯 Michel Foucault 1926～1984	文艺复兴前 词与物混融 神权统领	文艺复兴知识型 词与物分离 人权统领	古典知识型 词与词相互说明 理性衰落本质丧失	现代知识型 既没有词也没有物 碎片、假象
怀特 Hayden White 1928～	无政府主义式 相信浪漫移情	保守主义式 相信自然节奏、 有机论	激进主义式 相信革命方式	自由主义式 相信调谐社会节奏

　　不仅如此，这种向着反讽推进的系统模式也同时被迁移到"历史规律"之外的其他不同领域，如被心理学家皮亚杰①用到儿童心理发展研究，被汤普森②用到英国工人阶级的历史运动，被理斯曼③用于对现代行为的社会学研究，当然也被我国学者赵毅衡用于中国文学的文化研究④。

　　中外学者的研究表明，四格修辞演化说具有普遍性，但人们最关心的问题是：反讽之后又会怎样？由符号表意行为所揭示的从神权引领的本质在场的历史到如今只靠他人引领的崇高消失、本质失落的演化历程已经让有些学者看到更多的反讽破坏力⑤；弗莱在 1957 年《批评的解剖》中指出

---

① 皮亚杰（J. Piaget, 1896～1980），瑞士人，发展心理学家，著有《儿童心理学》《结构主义》等。

② 汤普森（Edward Palmer Thompson, 1924～1993），英国历史学家、社会活动家，著有《英国工人阶级的形成》《威廉·莫里斯：从浪漫主义到革命》《辉格党人与猎人》《共有的习惯》等。

③ 大卫·理斯曼（David Riesman, 1909～2002），美国公共知识分子和社会学家。他与同事1950 年合著的《孤独的人群》是对现代行为的社会学研究，书中提出了行为引导概念——传统引导、内在引导和他人引导。

④ 详见赵毅衡《反讽时代：形式论与文化批评》，复旦大学出版社，2011，第 11～12 页。

⑤ 参见 Paul de Man, "The Concept of Irony," in *Blindness and Insight*: *Essays in the Rhetoric of Contemporary Criticism* (Minneapolis：University of Minnesota Press, 1983)。

"欧洲1500年的虚构作品重点一直在下移"①，表明他并不乐观的态度。但是，由于新的表意形式无法穷尽，故人类文化的历史也不会有穷尽的可能。弗莱提出的回归"贵族情趣"般的重建神话的可能缺少在冲突中协调的动态思考，但由反讽推进的文化循环论确实具有其积极的意义。它不仅表现了理想回归的愿望，更重要的是，反讽模式通过递进的否定增加了交流的难度，它以其"言外之意和旁敲侧击"②式的曲折的表意方式不断开启对话，标志着思想走向成熟的可能。

站在这个角度，历史可以被看作是向前循环式推进的。至少，人的认识多元化、复杂化了。弗莱所言不虚，人类走过的前三个历史时期尽管各有差别，但它们的差别只是量上的——人们只会用不同的比喻样态理解事物的本质，缺少表达与阐释的张力。而反讽是对前面三个修辞格的整体否定，它突破了前面三个阶段的比较简单的符号表意，走进一种互动式的交流模态，通过欲迎先拒的方式进入对人生和世界对话式的深入探索。

二

历史、文学以及现实的教训让我们认识到叙事模式理性化的问题，但学界对意义的困惑是否说明沿着竞争、对峙的思想交锋会走进死胡同？我们是否忽略了争执不下的叙事源头的因素？

哲学家贝克莱（George Berkeley，1685~1753）曾说过："存在即被感知。"（Esse is t percipi，that is，to be，or exist，is to be perceived.）③德国哲学家叔本华始终坚持感知性认识世界方式的重要性，他认为："贝克莱是第一个将人的主体性作为起点，并说明其具有不可辩驳的存在事实的哲学家。他是观念论之父。"④在贝克莱看来，只承认世界的物质性，不承认与物质性并存的非物质性，忽略人的主体感觉观念，即人具有的内视能力，

---

① 〔加〕诺思洛普·弗莱：《批评的剖析》，陈慧、袁宪军、吴伟仁译，百花文艺出版社，1998，第5~6页。

② William K. Wimsatt and Cleanth Brooks, *Literary Criticism*：*A Short History*（New York：Knopf，1957）674.

③ Robert J. Fogelin, *Robert Berkeley and the Principles of Human Knowledge*（Routledge，2001）27.

④ Arthur Schopenhauer, "Fragments for the History of Philosophy," in *Parerga and Paralipomena*，Vol. I, Oxford：OUP，2000）29.

用科学合理性衡量人的胜败优劣，这只会使人堕入歧途。对于一个苹果而言，它的色香味和拿起来的感觉，甚至咬上一口脆脆的声音是这个苹果的全部本质和表征，即是对这个苹果的全部感知。感知外在物这个"他者"就是感知这个世界的存在和精神，精神也只有通过他者的存在才能被感知到。贝克莱认为，人不通过他者只通过自身是无法获得任何观念的。① 以他者的存在为认知世界并获得观念前提的方式其实就是一种对话的方式。

这种对话方式在美国文化人类学家、语言哲学家艾瑞克·甘斯那里得到了进一步的阐发。甘斯所关注的中心——他者——是语言存在的原始之根。在其《原初叙事》一文中甘斯通过论述叙事的起源，厘清人类认识世界的两种截然不同的方式。甘斯认为：

> 所有的文化都是文本化的，因为现存的文化本质上是再现。口述和书写文化的差别还在其次。脑子里有的故事和纸张上印刷出来的虽然不完全一样，但它们叙述的方式都是线性的，可以说在本质上还是一样的；无论是口述形式或者书写形式，任何一段都可以在整体叙述中提取。不能就此得出结论，认为这只是文化的附带现象就完了。我们经常说，我们的一生就是在讲故事；叙述是意义之本源。我试图做的工作是原初叙述分析。②

甘斯的原初叙述分析理论来源于吉拉德关于人类语言源于模仿欲望，以及暴力与神圣是有关联的观念，这使得他从发生人类学角度认识人类再现其文化的现象。在他看来，如果叙事是了解人类的前提和基础的话，那么了解人类的原初叙事就是必然。人类语言的起源是人类历史文化的独有事件，语言初期用来表达世界客体神圣与纯净的语境已经不在，语言本质上的"随意性"被文化和政治机构形成的固定性取代了。因此，语言的确立源于人类对初期语言神圣性的"挪用失效"。如果把人类初期的语言表意当作意义的神圣中心的话，那么被人类文化和政治机制规约化了的语言

---

① Robert J. Fogelin, *Robert Berkeley and the Principles of Human Knowledge* (Routledge, 2001) 74 - 75.

② Eric Gans. "Originary Narrative," *Anthropoetics: the journal of generative anthropology* Vol. 3 Issue 2 (1998) 1.

则处在表意的边缘。可以看出，甘斯和贝克莱的结论有异曲同工之妙。甘斯认为：

> 叙述的最小值就是把即刻发生的生活行为用符号表达出来。"生活行为"不可能是先验的存在。作为人的活动和能具有意义的这个行为只能通过符号进行表述，所以说，这个表述本身就是延宕——是通过背离（神圣）中心客体意义用再现形式表述出来的意义延宕。也就是说，通过语言符号表述的原始意义代表的是客体（物体）本身，而通过叙述或制度符号所表述的，只代表这个符号自我阐释的意义。①

溯源人类了解世界和了解自我的途径，就会认识人类如何组织具有现实意义的事件，进而让其对自己的生活经验进行叙事。如果历史过程中的生活行为是构成现有叙事的不同经验的集合的话，那么记住原始神圣叙事将成为人永远无法抵达的目的地，人就愿意脚踏实地地行走在路上，欣赏一路的风景，避免了人以"圣人"自居或将别人视为"圣人"的短视，从而愿意接受来自客体他者的经验，特别是不同的经验。这种缺少了总体意义，让人们脱离业已习惯依赖定论看问题的方式会让人不知所措，但并非没有益处。它让人形成自己的立场，不会因为外在因素的干扰而出现秘而不宣的情况，同时让人自己担负起探究问题的全部责任。

叙事的本质是一种超越了内在性的生成。叙事是一种创造，是以非常个人化的方式进行的创造性的认知，它藏身于容易被人忽略的日常生活的粗朴之中。作为读者或听者来说，主体把握客观事物是通过个人的切身感受获取的。认同是理解的一种；不认同，甚至有歧义也是一种理解方式——它们是理解的变体。因为人的理解不同而形成思想交锋，构成对中心意义的延宕，对话就在不同话语的相遇之中发生了。其结果必然拓宽人的认知范围和深度。这种语言的本质暴露了人的视野局限，而人类注定要依靠自己的发声获得意义。所以，存在不同的声音才是常态，要求千篇一律不啻为一种强暴行为。停止做自己而试图变成他人，就是人类文化发展到目前的结果。文化人类学以其跨时空的经验存在表明：人因为自己所想

---

① Eric Gans. "Originary Narrative," *Anthropoetics: the journal of generative anthropology* Vol. 3 Issue 2（1998）2.

要理解的东西不同而有所获益。经验的感受不同是前文本存在的条件，也是当代话语存在的条件。承认了这个条件，阐释不再有对错之分，区别只是阐释的丰富或贫乏，发人深省或呆板枯燥，激动人心或单调乏味。阿瑟·伯格在其《通俗文化、媒介和日常生活中的叙事》中对经验的论述很好地说明了这一点，尽管这种经验无法用科学验证，无法用道理说清，但它却无可否认地存在：

> 让我在结束本章之前引用一首我们常常听到的小诗。不久前一位新闻分析家曾试图用这首小诗说明为什么克林顿成功地控制了国家经济，并在对外关系方面取得了很大成功，但是许多美国人却似乎仍然不欢迎这位总统（1994年的总统竞选表明了这一点）。这位分析家给难住了，为了说明他无法找到克林顿不受欢迎的原因，他引用了300多年前托马斯·布朗写的一首诗中的一段：
>
> > 费尔医生，我不喜欢你，
> > 究竟为什么我也不知道；
> > 但是这一点我却很明了，
> > 费尔医生，我不喜欢你。
>
> 在这个简单的故事里，有一个人说他不喜欢费尔医生（并且直截了当地把这一点告诉了费尔医生），尽管他无法很好地解释为什么会这样。说话的人感觉到了这种不喜欢，对他来说这就足够了。
>
> 这首诗以简短而令人信服的方式表达了无法做理性解释的厌恶之情，人们在碰到对别人有看法，但又没有任何一种证据可以证明自己的看法时常常引用这首诗。我们知道，人们往往凭着模糊的感觉、难以捉摸的激情和非理性的好恶（直觉或第六感觉）去投票、购物、结婚以及做其他的事情——此诗是对这种行为的绝妙写照。①

所以，伯格总结说：

> 我们必须要做的一件事就是承认我们不认为是叙事的许多现象实

---

① 〔英〕阿瑟·伯格：《通俗文化、媒介和日常生活中的叙事》，姚媛译，南京大学出版社，2000，第18~19页。

际上却是叙事——或者包含着有分量的叙事成分。如果对话、病痛（这是许多对话的话题）、恋爱和心理疗法可以被认为是叙事，那就意味着它们所具备的特征和所遵循的原则在更加传统的叙事中，或者更加精确一些来说：在我们通常认为是叙事的童话、戏剧、故事、小说、电影、歌曲中也能找到。[①]

伯格所谓"更加传统的叙事"，在笔者看来即是指人在本性指引下的表达。这种表达是反映表达者文化烙印之外的心灵之声，是生命中最宝贵的部分。它来自身体的生命感受，是一种综合感知。然而，这些粗朴的素材常被男性主导的文化势力当成属于女性的把戏，成为不值一提的话题。

三

所以，巴克的战争主题小说给人的感觉是不安。她用自己的表达方式承接了弗吉尼亚·伍尔夫对战争的思考，认为女性视域与社会性别角色无关，它不是女性独有的财富，而是关乎人类被搁置的敏感、同情和直觉力量的整合看待世界和自身问题的方式。这种方式在小说中以"延宕化"创伤叙事的方式形成对男性化传统战争反讽叙事的参照、反拨与对话。

《重生三部曲》中的诗人萨松是一个持和平主义立场的人，但同时又是个勇猛的战士和士兵眼中可依赖的军官。他选择参战代表了一个有血有肉的人的理智抉择。兼具科学家和人文学家身份的里弗斯医生学识渊博，可谓"慈父"与"泰斗"级人物，但他同时既谦卑又容易焦虑与愤怒。他和其他小说人物一样，不回避所立足的生活世界，并在其中痛苦挣扎，试图寻找能安顿内心真实情感的道路或途径。他将病人治好，然后送他们返回前线，尽管他心里清楚这场战争本身就是一个错误。在《生活课堂》和《托比的房间》中具有同样身份的佟科斯用他的画笔为被战场炮弹毁了容的士兵画像，设计整容手术方案，其画作资料比照片资料更具人性温暖——画家注目下的伤者无不浸透着画者的情感认同与关爱，这种人性内涵让看过他的蜡笔画像的观者为之动容。与此同时，佟科斯又是个坚守职

---

① 〔英〕阿瑟·伯格：《通俗文化、媒介和日常生活中的叙事》，姚媛译，南京大学出版社，2000，第18页。

责、威严少语的权威人物，他严格遵守体制下的规范，同时维护伤者的隐私和自尊，将他的画像只作为整容手术的参考，不让这些不幸的人的肖像成为众人注目的焦点。

来自底层的普莱尔凭着自己在战场上的顽强、灵活和坚毅迅速获得提升，成为一名"临时绅士"。这个身份让他既偏离自己原有的生活阶层又无法进入真正的绅士阶层，在享用临时"绅士"这一特权的同时遭遇别人无法想象的偏见，更多的是来自定势文化所固有的看不见的隐性偏见。他的父亲是英国工人阶级的典型代表，具有典型的英国式家庭暴力倾向；对凶悍的父亲的惧怕和对逆来顺受的母亲的同情使他在成长过程中既玩世不恭又八面玲珑，这注定他性格的复杂和承受别人难以承受的生命重压。他在小说中所具有的多重身份不断地颠覆维多利亚社会既成的社会定势。他让优雅成为表面文章，揭示维多利亚社会的等级偏见；他以自身的机警证明博学根本不是精英的特权；他敢于对话专家，揭示对人性的洞悉首先需要有面对自我的勇气；人对自我的整合需要身体力行、表里如一。

巴克的小说人物对自我的洞悉始于她的早期创作。她在《刮倒你的房子》中所展现的妓女形象充分揭示了人性的内核。她们的存在满足了部分男性受时代生活准则约束的情感缺失，维持了男性自我意义上的心理平衡。虽然城市附近有个肉鸡屠宰场吸纳女工，但是这份看起来体面的工作掩盖了工厂里潜在的性别歧视、工友内部之间的矛盾、固定工时长对体力和精神的消耗，以及所获工资的微薄。所以这个体面的工作对有些女性的吸引力并不大。选择高风险，同时也高回报的妓女生涯是她们的主动选择。家庭陷入赤贫是女性最根本的恐惧，母亲们可以通过不乞求别人就能让孩子过上衣足饭饱的体面生活这个事实是让一些妇女愿意铤而走险的理由。

除了遭受偏见，小说毫不隐晦皮肉生意带给这些女性的乐趣。长久以来，她们之间相互关照，形成了牢不可破的连接，彼此建立起相互支持的动态联盟。尽管有些客人面相凶恶粗暴，但内心局促腼腆，甚至有些客人的"变态"举止，也不过表明这是他们释放压力的另类方式。当一位妓女谈到她的客人对撒尿要求的怪癖时乐不可支："你们知道他有多可爱……他不说'尿啊'……他说'湿—湿'。"[1] 妓女所具有的母性特质常常被占

---

① Pat Barker, *Blow Your House Down* (London: Virago, 1984).

据道德高位的翩翩君子认定为品行低劣、不堪入目。而她们却认为，客人心满意足准备离开她们的时候，即是她们获得自我成就感的时刻。

尽管她们是边缘弱势群体，但巴克的这些底层人群在苦难的生活中显示出来的生命活力和人性力量不容忽视。无论在心智还是情感上，她们毫不逊色于其他"体面"的普通妇女。她们因势利导的女性和母性特质是顺应人性的，却被人不齿，被归入"另类"。同样，具有类似顺应人性品质的男性也是时代的"另类"。

在医疗界，里弗斯一反男性作为"严父"的形象，成为病人心中的"慈父"，这是他对话学界权威所主张的"压抑、忘记、勇往直前"的医疗实践结果。"慈父"在传统文化标准下是代表了女性特质的力量。正是这种力量和他高超的医术相辅相成，成为他具备细腻、爱意、同情心和理解力的独特的职业风范。这种职业风范解构了当时社会权威话语唯一性的地位，保证了患弹震症的住院军官面对战争创伤、难堪困境时能找到另一"出口"，让病人有机会破局而出。

巴克通过里弗斯表明，男性与社会体制有着天然的合谋关系，所以人的自省与反思是必须进行的工作。里弗斯在"三部曲"中是一个发生了很大变化的人。他从开始对帝国的坚信与执着发展到与病人共情，这是他在改变他的病人的时候，能够面对与改变自己的缘故。这种人格魅力是父对子的魅力。这是巴克认为可以传承的鼓舞人的力量和精神财富。这种力量不仅帮助病人回到创伤前的状态，还能往前推进一步，那就是帮助他们回到日常的生活状态，并通过生活状态的现实认识自己和社会的局限。

《重生三部曲》记录了里弗斯无数次稳妥地处理病房里的疑难事件：他被急促的敲门声叫醒，匆匆赶到病人身边。"这次是韦斯顿。他小便失禁，正站在房间里抽泣呢，一个护士正低着身子跪在那甲好言相劝，以便让他的脚挪出那团湿乎乎的布团。里弗斯进来后把护士支开，让韦斯顿穿好睡衣回到床上，然后陪着他，直到病人彻底安静之后，才把他交给护工……"

这种发自"母体"般的关切开启了里弗斯所经手的病人的新生：他让见血就犯病的安德森冷静下来，正视现实生活的困扰；他拥抱着身体软得像新生婴儿似的彭斯"哄着、摇着"，试图把他从梦魇中唤回；甚至对待墨菲动弹不得的双腿，里弗斯也不肯使用当时流行的电击疗法、镭管针疗法、皮下注射乙醚法，也不使用催眠法，而是坚持使用循序渐进的谈话治疗方式，最终使其站立起来。他的同行海德希望他去伦敦，以便在同一所医院里共同面对"身体创伤和战争官能症"。

对付具有精神分裂倾向的普莱尔，里弗斯付出了更大的耐心。里弗斯在普莱尔即使出现双重人格的情况下也在努力呵护他的内在心灵，同时恰到好处地处理他的潜意识情绪，然后让他认识自己的创伤起因。他的创伤源于小时候父亲的粗暴，这个祸根被他后来更曲折复杂的生活经历掩藏了。一次催眠治疗后，普莱尔像个"乳臭未干的孩子"，情不自禁地用"满目茫然与伤感的脸"去"拱"他，动作唐突，但是里弗斯能够理解，这是病人对医生信任感的真情流露。最终，普莱尔重返法国战场的动机，与萨松、欧文的一样，都是"母亲般"的战场责任和战友情怀，这远远胜于政治宣传的不实与空洞。

无论背景大小，里弗斯把他的所有病人都视如己出，不断反思自己并随时调整治疗进程。他先点燃关爱与信任之火种，然后再选择合适的时机用自己高超的专业诊断步步紧逼，直击要害，开启病人心智，让他们从梦魇中脱身，以面对残酷的现实和战争的非人性。这些官兵虽然逃不掉治愈后再次回到战场送死的命运，却能带着明白的心态回到战场面对死亡，即使再次崩溃也还必须面对。还有什么参战态度能比如此视死如归地走向战场更具有反讽、反战的意味？

因诸多因素的限制，巴克非常清楚展现真相、抵达事物中心的难度，但她确信艺术家言说方式的真相展现，如同毕加索曾从"事实"出发简洁有力地回敬过德国军官在其占领地巴黎的问话。据说，有一天一个德国军官在他的寓所看到他 1937 年画作《格尔尼卡》（Guernica）的照片时顺口问他："你做的？"毕加索回答："不是我，是你做的。"①

无论是机警式还是悖论式的展现，巴克都在表达真实而不是浪漫的感受：生死瞬间，战地官兵以其粗粝的生活给出最饱满、最鲜活的证据。她的小说创作立足于男性暴力文化根基下的日常生活中的微小细节，以挑战、对话现行世界的权威尺度，开启揭开"历史背后隐藏着的历史"②的

---

① Tom Lubbock, "Power painting," *The Guardian* (January 7, 2005).
② Peter Hitchcock, "Radical Writing," *Feminism, Bakhtin and the Dialogic*, Dale M. Bauer and Susan Jaret Mckinstry (eds.) (Albany, NY: SUNY P, 1991) 97.

视角。这种视角具有大地母亲般的包容，将一切人的本性袒露天下，拒绝煽情、浪漫、虚设，唯独弘扬具体语境下人性关怀这个鼓舞人的照耀力量。

在情感真实流露这个鼓舞人心的照耀力量下，即便是小说中频繁出现的一战鬼魂也不同于哥特小说中的恐怖与晦涩。读者会发现，巴克小说中的鬼魂都是被概念化、被忽略的灵魂。但是，作为曾经与幸存者同呼吸共患难的兄弟，他们的瞬间死亡让和他们生死与共的战友和弟兄无法释怀，成为在场的幸存者此后一生的心结。尽管巴克小说中的历史人物都有名有姓、有据可查，但她通过这些典型人物所表现的真正意图是对无数逝去亡灵的祭奠。战争让他们不明不白地死去，让他们的亲人无法安顿自己的悲伤和愧疚。所以，这些死无归所、到处游荡、无以安身、无处不在的幽魂对于小说中的幸存者来说一点儿也不可怕。相反，他们楚楚可怜，让幸存者，甚至读者心怀不安，这种不安能引起人的思考并落实到可能的行动之中。所以巴克说："欢迎回来！……鬼魂让活下来的人不安，这很正常。这正说明我们同过去有关系。我们没能把他们安置好。感谢上帝让我在这种环境下长大。"① 不仅《重生三部曲》是关于战争亡魂安置的，《别样世界》和《托比的房间》也不例外。在《别样世界》中，幸存的百岁老兵乔迪经历了战后 80 年的和平生活——他逐渐被国家当成"国宝"级的战争英雄，甚至他儿孙绕膝之后在家人的悉心照顾下也没能将纠缠自己的"鬼魂"安置好。他的生活直接影响了他的家人，特别是他的外孙尼克的生活。麦肯和波尔曼撰文将这种影响现象称作"替代性创伤"或"对病人的创伤体验"② 。那么，第三代人尼克将如何看待外祖父传给他的这个"鬼魂"？

第二节　创伤修复之途：一战老兵的生命启示

《别样世界》中 101 岁的老兵乔迪的战场心结直到他去世都没解开。乔迪作为最年长的战争亲历者，给后人留下了什么？作为读者的我们，能

---

① Kennedy Fraser, "Ghost Writer," *The New Yorker* Vol. 84 Issue 5 (March 17, 2008) 41.

② Lisa McCann and Laurie Anne Pearlman, "Vicarious Traumatization: A Framework for Understanding the Psychological Effects of Working with Victims," *Journal of Traumatic Stress* 3 (1990) 131.

否跟着他一起走进那场战争？我们又如何进入那场战争？我们知道些什么？我们选择记忆什么，或者遗忘什么？

战争改变了乔迪的人生。他如同美国故事《瑞普·凡·温克尔》① 中的同名主人公一样再也无法返回曾经生活的世界。开战时他和亲兄弟哈利一同共赴西线战场——一个外人难以想象的世界。18 岁战争结束后，他回到家乡，结婚生女，然而再也无法真正融入和平世界的日常生活。乔迪始终停留在一战战场给他留下创伤的时刻——那是一份彻底的"孤独感"。

一

小说以老兵乔迪生命最后的日子为轴心，纵向线索是乔迪的战争梦魇——他的亲兄弟哈利在索姆河战役阵亡的事件；横向线索是乔迪的外孙尼克的家庭生活，以及尼克与外祖父几十年相互陪伴的关系；与此同时，小说还通过经常采访乔迪的历史学家海伦，构成尼克了解外祖父战场经历和确认自我身份的历程。

小说的背景是 20 世纪 90 年代末英国东北部工业城市纽卡斯尔，正值学校放假的八月份。大学教授尼克与第二任妻子芙兰组成的新家庭刚刚搬入纽卡斯尔郊外的新居。这五口人分别是：他与前妻所生的 13 岁的女儿米兰达、芙兰和其前夫所生的 11 岁的儿子加利斯，还有他们婚后共同生养的 2 岁的儿子贾斯伯。可以想象，光是这个家庭本身成员组成的关系就够复杂，这时芙兰又有身孕，预产期在十月份。更难的是，尼克在全力协调自己这一家人生活的同时，还要与姨妈一起照顾已经 101 岁的外祖父乔迪。乔迪受一战噩梦折磨了 80 年，濒临死期噩梦不断，旧病复发。

海伦是历史学家，专注于研究战争与记忆。她从早年就开始跟踪采访乔迪，连续 20 年没有间断。她有乔迪的大量资料，都是几十年来采访乔迪的口述文字材料和录音记录，出版过一本乔迪访谈录《士兵，从战场归来》。读者对乔迪生活的了解主要通过尼克家人之间和海伦与尼克之间的谈话细节。

---

① 美国作家华盛顿·欧文（Washington Irving, 1783～1859）创作的著名鬼怪故事。同名主人公瑞普·凡·温克尔（Rip Van Winkle）因厌烦悍妻唠叨，独自出门上山去打猎，喝了山上遇到的伙伴的仙酒之后醉倒。一觉醒来下山回家已经过了 20 年，村子里已是物是人非。

　　乔迪一方面丝毫不怀疑他的战争故事的确证性，另一方面又始终迷失在生活中。随着乔迪年龄越来越大，他被社会用来讲述战争经历的价值就越大。他被邀请做报告，讲战场亲历。一次乔迪在帝国战争博物馆给小学生们讲他在战壕里的故事。学生们问他："战壕里面是这样的吗？"他说："差不多，当时里面还有老鼠有死尸有难闻的味道，炸弹在四周爆炸，又冷又潮湿，声音不断，心里又烦又怕，特想回家。"当海伦问他，这样讲是否足够时，乔迪一点也不怀疑这样讲的效果。

　　乔迪一直认为，战争期间留下的刀伤是导致他死亡的根本原因，他似乎从未意识到自己年事已高，而且已经得了癌症的事实。他的噩梦总是徘徊在八十年前索姆河一仗哥哥死亡的一幕，"哈利的名字不断出现在他夜里的喊叫声中"。通过他跟海伦的谈话，我们知道，原来哈利在前线被炮弹掀起，被挂在了铁丝网上。乔迪无法忍受他的嘶叫，冒着炮火爬过去："他还在嘶叫，我能看见的就是他的嘴、他不大的蓝色的眼睛，还有他挂在铁丝网上流出来的内脏……我所看见的就是那张大嘴，我用手指伸进他的胸部，找到最要命的那个地方，抬手把刀子猛插进去，随后，嘶叫声就停了。"乔迪始终认为，如果不是自己亲手结束了哥哥的性命，说不定他还能活着。

　　乔迪的孤独、负罪感从相反的角度延伸了巴克早在《重生三部曲》中通过里弗斯"谈话"治疗病人的方式，了解一战战场上官兵遭遇的创伤之重和叙述之难。乔迪脑际挥之不去的"哈利嘶叫的大嘴"与接受亚兰德传统权威"电击休克疗法"被迫张开的"嘴"一样表达了语言难以传达的战争苦难。巴克小说中与前两者突出叫喊和发出含混不清声音的"大嘴"形成对照的，是《门中眼》中军官曼宁回答里弗斯询问战场所经历的最糟糕的事时所讲述的萦绕脑际的诡异声音：

　　　　"泥潭里高高举着伸出来求生的手。那只手曾一度够着了跳板，然后……什么都没了。都下去了。"
　　　　片刻沉默。
　　　　"还有声音。"曼宁拿出一支烟，然后意识到屋里不允许抽烟，"不是哪个人从那里发出的声音。那声音……就在那里。"
　　　　里弗斯等着他说："声音说的什么？"

"'斯卡特在哪儿呢?'"曼宁笑了笑,"好恐怖,听到那么小的声音。'斯卡特在哪儿呢?斯卡特在哪儿呢?'"

"你回答了吗?"

"我不知道啊。天知道答案。"

……

"我不愿意谈这个的原因,"曼宁双目紧闭,深深地吸了口气,笑了笑,说,"除了别人骂你胆小,再就是,说了根本没有任何意义。"

"因为别人听不懂吧?"

"是啊。相比之下,是非常小的事情。你开赴伊普尔①战场时的心理感觉,你只有去过那个地方才能了解你要面临的危险。你真的要跟这个世界永别了。你得一脚前一脚后地移动,一步,然后再一步,然后再一步。"

里弗斯听着。

"根本……不可捉摸,"曼宁终于说,"我不是说因为你没去过那里你不能把控。我就在那儿,我也不能把控。我根本无法理解所发生的事。(双关语:无法忘记)"

"你在跟我讲斯卡特的故事。"

"是吗?"

他们四目相对。

曼宁又笑了笑:"是啊,我在讲这个故事。他是我的兵。通常认可的情况是,你带的兵如果有胳膊有腿儿还不傻,你都能把他们训练成战士。只是斯卡特不属于此行列。他打不了仗,他自己很清楚。我们要动身开赴战场的前夜,斯卡特喝多了。当然了,那晚喝醉酒的人多了,只是他……不省人事了,所以没跟上队伍,受到了军事法庭的处理。他被关在谷仓里。那晚我去看他,我们坐在一捆草包上聊了聊。我了解到他在前一年接受过弹震症治疗,给他用的是电击休克疗法。这之前真不知道他们用这种方式治疗。"

---

① 原文 the Salient 是个军事名词,中文通常会译为"突出部",指伸入敌军、三面被敌军包围的一小块地方,是伊普尔战场之地。以英法为首的协约国部队与德国军队在这里展开过三次大规模战役,双方阵亡人数逼近百万,场面异常残酷血腥。

"是啊，"里弗斯说，"他们用电击疗法。"

"他在梅西纳战场经历过地雷爆炸，他经常梦到爆炸和血与火的场面。他脑袋曾经抽搐，他发出愚蠢的噪音。医生是这么定性的，愚蠢的噪音。用电击休克治疗之后，他好像好过一阵。电刺激治疗之后的当天晚上，他梦里没有出现地雷，却梦见回到战壕接受电击休克治疗。那天我大概跟他聊了两个小时。"曼宁微微一笑，"他是个最倒霉的人了。我这么说，是怕你书桌下面藏着个弗洛伊德教条分子。"

里弗斯假装四处看看："没有啊，连桌子后面也没有啊。"

曼宁笑了。

……

"我们出发了，那天下着雨。那时候经常下雨，老天都打开了大门。要求我们这支队伍到墓地待命。"曼宁又笑了，这次是真笑，"我以为，我的天，简直幽默到家了。一点不错，我们驻扎在墓地。太特殊了。坟墓已经被炸弹炸开，一眼就能看到墓穴，所以这片地方到处都是尸体。我们把尸体聚拢在一起，将他们掩埋，这活儿足以让人崩溃了。到处都是尸体和尸体的残骸，而那些年轻的士兵——斯卡特是其中一员——完全被这些墓穴吸引了。你会看到他们趴在那儿从窟窿眼儿往里看，因为墓穴让雨水淹了，棺材飘起来打转，似乎里面的人是真死了的，而冲到路边的这些尸体没有死，好像我们也不是活人似的。"

"那天晚上炮弹炸了过来。三个人受伤。我组织担架抬伤员——能想象吧，很难弄——我刚做完这个，海恩斯走过来对我说：'斯卡特走了。'他站起来，然后就走了。别人以为他去小便了，可他一直没有回来。我们集合起来准备找他。我想，他会不会掉进墓穴啦，我们到处找他，喊他的名字。我决定亲自去找他。我知道，一个指挥者不应该这样做，只是我们的副指挥特别好，想到斯卡特也不会走远。你知道，都在进攻，那路是走不出去的。我希望我能在军事警察抓到他之前把他找着，要不他会被枪毙的。在对敌作战的时候出现这情况完全可以做逃兵处理。我玩儿命地找他，他不可能走远。没多久我就赶上他了，他看都不看我一眼，径直往前走。我和他并排走着，想跟他说话，可是他显然没在听我说话。我把他拉到路边，我们顺着滑到一个弹坑的边上，那里的水洼冒着气体，走近些眼睛都被那气体熏得疼。他情绪低落，我试图劝他。他说：'这简直是疯了。'我说：'是啊，这个我知道，可是我们必须执行任务。'最后，我例数这些人的名字，还有他班上人的名字。我说，'他们必须这么做。你这样做反而给他们带来更大的麻烦。'最后他终于站起来跟着我回去，像一只小羊羔。"

曼宁动了动，手又去摸另一支烟。"我们刚回去，就又要一起开拔。命令都是诸如'战壕'和'进攻地点'之类的地方。哪里有什么战壕，进攻地点不外乎是一排用白丝带捆着的木棍作标识的地点。我们到达目的地的时候晚了，天都亮了。要是我们准点到，我们就会在黑暗中径直地匍匐过去。那条'线'是一线弹坑，人若陷进泥泞里面去根本难出来。我们通过的时候都得用手把着弹坑边，然后……耐心等待。我们往前挪着。谁跟谁也别太近，路坡那边正架着机枪候着呢。死伤无数，死伤的人数太多了，根本弄不完。送伤员的担架两个小时才走出一百码的路。所以，我们只好在下一个弹坑边上蹲伏着，就像在第一个弹坑时做的一样。只要机枪不扫了，我就从一个弹坑爬到另一个。两个弹坑的距离花了我一个小时的时间。到另一个坑里的时候，我看见四个人，都好好的，我心里暗想，感谢上帝，这时听到有人说，'斯卡特在哪儿？'我可真的没办法了，动都不能动，炮弹一个接着一个地飞来。就在其中的间歇，我们听到一声叫喊，好像从弹坑深处发出来的，并不太远。我们爬过去，看到了他。"

"谁知道他是滑下去的，还是被炮弹掀过去的。我看应该是被掀过去的，他掉下去的位置远了点儿。泥浆在他齐胸深的地方。我们想把他弄上来，我们就是站成一排让前面的人将长枪托把递给他，也够不着他。他的手只能触到枪把的头，他手上的泥太滑了根本抓不住。我知道，如果我们救援下去，还会有人掉下去。斯卡特这时特别恐慌，……他求我们想办法救他。他那惊恐的脸我永生难忘。这个情景就这么进行着，他一直在下沉，缓慢地下沉。我知道该怎么办了。我让在场的人排好队，同时我告诉他我们再做一次努力。就在他面向大家时，我爬到另一边，开了枪。"曼宁闭上了眼睛，"我没打中。太可怕了，这时他明白是怎么回事了。我又开了枪，这次终于命中。"

　　"那天后半夜我们就待在那儿，那个坑里。好怪异。你知道，士兵没有人对我说：'你做错了。你该让他自己慢慢地死去。'也没有人愿意跟我说话，他们跟我保持了距离。"

　　长时间的沉默。"他妈妈在我住院的时候给我写信，说感谢我。很显然，斯卡特曾在过去给她的信中提到过我，说我对他不错。"

　　里弗斯肯定地说："你确实对他好。"

　　曼宁看着他，然后避开他的眼神："第二天我们可以松口气了。我回到军队司令部汇报，司令部对我们很不满意。很明显，我们出了错，待错了弹坑。他们在吃饭，小牛肉、火腿派和红酒，忽然间我意识到都没让我们喝点什么。我伸手从桌子上拿起两个玻璃酒杯，递给海恩斯一个，我说：'先生，为国王干杯。'当然了，大家立刻都来了神排好队。"他又笑了起来，"然后，……我们摇摇晃晃地沿着大路走着，像一群小学生互相取乐。就在我们哈哈大笑的时候，一个炮弹过来了。就这样，我负了伤，倒霉的海恩斯……我爬到他身边，他看着我的眼睛，说了句'我没事，老妈'，然后，死了。"

海恩斯临终时叫曼宁"老妈"，这和里弗斯的病人把他认作"慈父"一样，成为战争死亡陷阱里最后的光亮和慰藉；而乔迪似乎缺少能为他提供这束光亮的人而错过契机以至于终生摆脱不掉自我折磨。巴克展示的战争真相是煎熬和绝望，但其间官兵之间的互相支撑和友爱，则成为漫长等待和活下去的希望。有了这种关系，战争的残酷也因为多了人性色彩而具有了温暖和可期盼的前景。所以，战争的残忍、荒谬感是官兵切肤的感受，是不容忽视和亵渎的。哪一个读者读了这样的段落，都会对战争的本质形成难忘的认知。战争的残酷占据人的感官，形成梦魇，和乔迪、曼宁一样，都有挥之不去的记忆。

二

　　除了哥哥哈利死亡现场造成的创伤，乔迪对战场的荒谬同样刻骨铭心。1915 年 8 月 31 日那天，"真不知是怎么回事。我们六个人在路边，正好我不知因为吃了什么不合适的东西，我就一路小跑到一边去拉屎。我刚脱了裤子蹲下，一个炮弹打来，那五个人全死了。荒诞透顶，是不是，我去拉屎，才没被炸死。这是什么道理？"

乔迪没有死于战争，却早已死于记忆。死亡以它的绝对安置了死者，活着的乔迪却被"和平"淹没，找不到归属。战场上切肤的痛苦——触觉、嗅觉、味觉、听觉、视觉——用尼克的话说："你能侥幸逃离？"

乔迪当时惧怕任何跟战争有关的纪念活动。"我不能看那场面，集会啊，游行啊，我躲到海边去，我会走得很远很远，根本没意识到回家时会是 11 点了。那时我一整天都不说话。""不接受任何引起战场回忆的场面。唯一有一次参加活动，是因为哈利的儿子杰弗里去了，所以我觉得我也得去。真希望我没看到这场面。杰弗里胸口别着他父亲的英雄勋章，站在那里根本不知道活动是为了什么。他脑子里想的就是活动结束后赶紧去吃果冻和蛋奶糊。他们经常在活动后给战争孤儿备好茶点让他们享用。活动回来之后，我听到杰弗里跟他的小伙伴吹牛。小伙伴对他说：'我宁愿要我的爹爹。'想象一下杰弗里那天吃得满脸都是蛋糕的样子吧。我知道他根本不明白爹爹死了和让他吃得满嘴满脸都是果冻、蛋奶糊之间的联系。看了真让人受不了。"

海伦问乔迪，这些集会游行的活动不是在美化战争吗？乔迪表示，一定程度上是的，觉得挺虚伪的。他说，战争是为了让千家万户过上安宁的日子。你要知道，我曾经认为，有人把纪念死者搞得轰轰烈烈，他们就可以问心无愧地忘了活着的人的需要了。他甚至跟海伦说："我认为我们受骗了。（笑）我知道我们受骗了。"然后说说，没有工作，没有人爱……

乔迪生命中出现了与他组成家庭的妻子。妻子毫无怨言地承担了对他的倾心照料。接着，生活发生了变化，他还在印刷厂找到了工作……但他的记忆仍然停留在战场上让他最痛心的时刻。乔迪对海伦有问必答：

> 海伦：那时你幸福吗？
>
> 乔迪：非常幸福。现在也很幸福，对一切都满意。我的生活不错。
>
> 海伦：只是你还不去参加游行啊，集会什么的？
>
> 乔迪：不去，我用自己的方式记忆。每到 8 月 31 日，我都要默默怀念那五个被炸死的兄弟。还有另外的日子，6 月 22 日。
>
> 海伦：哈利的忌日？
>
> 乔迪：是的，哈利。

可见，乔迪虽然不忘过去，但是过去对他而言，无法抵达。访谈总是绕着那个黑暗、沉默的中心打转，深入不进去。乔迪对战争的记忆似乎只停留在回答海伦所提问题的表层。他对战争从来没有完整的记忆，不能讲述自己完整的经历。他的内在生活经历似乎都一成不变地出现在他的噩梦里，这恐怕也是他的亲属必须终生看护他的理由，特别是乔迪在即将走完人生的最后几周里，这种回光返照越来越频繁。尼克的姨妈在回答尼克询问乔迪住院期间是否还做噩梦时说：

> 比做噩梦还糟糕呢。他经常醒来，好像战场的那番经历正在眼前发生。我小的时候他就这样过。那时我站在厨房门口看着你外婆把他拽回屋里。可是，后来他好了呀，我真的被他弄糊涂了。他多少年都不这样了，这次又旧病复发。你知道，他认定自己看见了哈利被杀死的现场。事实可不是他记忆的样子呀，只是他表现得就像他亲眼见到了似的。他一边挥舞着胳膊，一边拼命地喊着"哈利"。你若去拦着他，就知道他只在他的世界里呢，根本不理会你。老实说，开始一两次我真的吓坏了，太可怕了，你知道，从我记事儿起，我就没见他跟家人动过一根手指头。他从来就不是有暴力倾向的人。

对于乔迪来说，"战争"就是"哈利"。他多少次夜里的叫喊，中心内容只有一个——哈利。

乔迪一生都停留在哈利嘶叫的时刻——"我在地狱里煎熬"——乔迪在弥留之际的最后时刻，说的还是关于哈利——"哈利的名字不断出现在他夜里的喊叫声中"。

海伦在采访中一直试图暗挖渠沟，想通过提问的方式引导乔迪找出症结，走出绝望的记忆。临终前谈话中，海伦再次让他知道，他经常给人们讲的战壕的故事只是人们希望听的故事，关键是他可曾想过自己该如何管理自己的记忆，那个内心的声音为什么这样说话。乔迪似乎有所领悟，但他否认自己的记忆随着时间的推移和大众对战争态度的转变而有变化。乔迪用生命证明不是那么回事。乔迪的过去根本就不属于过去，而是属于永恒的现在。乔迪临终时仍被哈利的"嘶叫"声纠缠——"他还在嘶叫，我能看见的就是他的嘴、他不大的蓝色的眼睛，还有他挂在铁丝网上流出来的内脏……我所看见的就是那张大嘴，我用手指伸进他的胸部，找到最要命的那个地方，抬手把刀子猛插进去，随后，嘶叫声就停了。"

小说中乔迪的手指指向哈利的伤口，与卡拉瓦乔的画作《多疑的多马》① 构成互文，而实际上，他更像"卡拉瓦乔的杰罗姆"。他在索姆河战场上最令人痛苦的时刻完成了爱与死的抉择——他解除了哈利的痛苦，自己却因为无能为力或者没有机会而获得重整自我的可能，以至于那个痛苦的时刻终生伴随他，成为他自己精神分裂的源头。表面上，他是战争英雄；实际上，他是战争牺牲者、受害人。

如果说卡拉瓦乔的画作通过耶稣与多马的互动寄托了真相印证和信念支持的话，乔迪终生的梦魇则因为缺少这种支持与共振而成为孤独的魂灵。他的生命线早已被战争记忆切断，中止在 6 月 22 日哈利惨死在战场上的那一天。

经历了本质上相同的抉择但却获得与乔迪不同结果的人是《门中眼》中的曼宁。他有机会在医院里接受治疗，并有机会在里弗斯身上获得重整自我的动力。他们谈到萨松的诗歌《吻》②，诗歌中"战场上不顾一切杀敌的指挥官的视角和回到营地拿出笔记本的写作人的视角"构成的含混与复意让他们能够彼此心领神会：子弹的盲目和刺刀的直入，既表达战斗者视死如归的无畏，又表达跳出战场之后的清醒。曼宁努力搜索词句想把自己的意思表达出来："事实是，军队对于刺刀的用途是很模糊的……我找不到合情合理的表达方式……我想说，我用刀来结束生命的那个身体源自我

---

① 《约翰福音》第 20 章第 24～25 节，多马怀疑耶稣复活，表示要摸到他的伤口才相信真有其事，而耶稣向他显示了其身上的伤痕。在多马看到活着的耶稣后，他宣告对耶稣的信心，耶稣亦称他为信徒。意大利画家卡拉瓦乔有一幅见证这个时刻的画作，画出了耶稣爱的姿势：耶稣向多马主动敞开伤口，给多马亲自体验耶稣是否复活了的机会。画作柔和的光线下耶稣以邀请的姿势，打开衣襟，开放胸怀，坦然平和，一手拉着衣袍，一手抓住多马的手，让他把食指伸进肋旁的伤口里。那弯下身来想探个究竟、看个清楚的多马，额头显现条条皱纹，鹰钩鼻直挺，仿佛正睁大眼睛细究真相，后面两个门徒也弯身探头细看，非常戏剧地表现了四人神情肃穆认真的样子。

② Siegfried Sassoon, "The Kiss" in *The War Poems* (London: Faber & Faber, 1983) 17.

To these I turn, in these I trust -- / Brother Lead and Sister Steel. / To his blind power I make appeal, / I guard her beauty clean from rust.

He spins and burns and loves the air, / And splits a skull to win my praise; / But up the nobly marching days / She glitters naked, cold and fair.

Sweet Sister, grant your soldier this: / That in good fury he may feel / The body where he sets his heel / Quail from your downward darting kiss.

生命中的……那个心理分析术语是什么来着，我才因此憎恨刺刀拼杀训练?"——爱、恨、恐惧——这三种情绪交织在一起，形成难分难解的混合体，曼宁终于用一个生活实例来说明：

> ……我儿子罗伯特小的时候喜欢洗澡。不知从哪天开始，他突然不喜欢了。每当保姆要把他放进去洗的时候，他挺直身子大哭大叫就是不干。原来，他看到浴缸里的水顺着通向下水道的窟窿眼儿往下流，以为自己会流进那个窟窿。别人跟他说，这是个愚蠢的念头。曼宁笑了笑："我得说，这是再清楚不过（原文强调）的恐惧感。"

> 里弗斯笑着说："我不会让你流进那个窟窿眼儿里去的。"

时隔八十年，乔迪终于只对海伦一个人吐出内心的块垒。毕竟，巴克没有让他带着更大的遗憾离开这个世界。海伦既守住了承诺，又让乔迪深埋的痛点成为思想资源。正如海伦同意让尼克知道乔迪的谜底，因为这是"他（指乔迪）"是自己把自己的故事"讲给你听"的。乔迪自己的声音（录音）成为海伦记录他战争口述史的别样视角的注脚和补充。无论在其他人眼里他是怎样的"英雄"和令人羡慕的"楷模"，乔迪至死都一直"生活在地狱里"。

三

《别样世界》中用三代人受战争创伤影响的生活，包括乔迪在战场经受的折磨、第二代成员杰弗里靠军功章替代对父亲的记忆和第三代成员尼克因随外祖父长大而不得不思考战争创伤对人的日常生活的影响，展开对英国社会历史文化问题的反思和批判。

乔迪的生活永远地停留在他在战场面对哈利的那个受创时刻。那个场面具有特定的情节性和独特性，是他所生活时代的文化限定和他记忆选择的结果。他固守着自己内心深处所受的伤害，如同他生命过往中不肯丢弃的钢镜，模糊而又坚实，就是摔在地上也不会破碎。尽管如此，作为生命传承的纽带，他的痛苦经历还为后人提供了研究案例。小说中与乔迪关系密切的人物都用自己的方式填补他留下的空白。这个填补空白的过程即是小说人物和读者借着乔迪建立起来的线索寻找自己答案的过程。

第二代哈利的遗腹子杰弗里对父亲的记忆除了那枚军功章之外毫无其他感知。杰弗里作为其父亲的直接代表在战后被邀请参加当地每年举办的战争胜利纪念日活动。滑稽的是，如此严肃的成人世界纪念仪式上，让杰弗里真正感兴趣的是仪式过后款待宾客的甜点和蛋糕。杰弗里在庆祝活动上贪吃蛋糕的模样让乔迪十分痛苦。所以，杰弗里佩戴在胸前的军功章只是个虚幻的能指。即使在杰弗里长大成人之后，他因为丧失了与父亲切身交流的机会而错失最根本的代际沟通，形成他自己最大的身份认同困惑。当家人安葬了乔迪之后，杰弗里跟尼克坦言："我从来都不了解我父亲"，"可以说乔迪伯伯一直是我心中的英雄"。

与杰弗里不同，第三代人尼克与乔迪在一起生活过，亲昵过，他对外祖父的感情既切身又模糊——乔迪生活中的每个细节都带有他经历的烙印，成为割不断的历史联系，但乔迪在他眼里是个谜。乔迪的沉默是尼克感受最深的记忆，虽然他无法了解乔迪亲历残酷战场的独特经历。作为大学教授，尼克有能力通过思考而不是通过具在的历史物证搭建起一种具有文化意义的符号式思维方式。这种语义符号的意义经过了前人直接的、自传式的思想传承下来，其中最重要的意义就是代际传承——尼克对战争的认知是将乔迪的具体情节记忆通过自己的亲身经历、理解和思考转变成对历史社会文化抽象的符号记忆的思辨过程。读者跟着尼克所经历的这一必不可少的过程，是战争经历者的后代有责任在道义上将一战的生命记忆传承下去的过程。

尼克是玛丽安·赫什提出的"后记忆"——文化与价值世代相传的代表。"后记忆"强调前一代人的记忆是在与后一代人形成深切的人际关系之后而发生的历史的连接。作为记忆的形式，"后记忆"是一种想象性的投入与创造，强调记忆同形成它的客体或者源头的连接与对话，而不可能通过那种人们早已熟悉的具象物体进行回忆。"后记忆"的发生使上一代人所经历的创伤事件完全左右了后来人的生活，特别是一战结束几十年之后战争故事被反复讲述，以至于到了毫无新意、老生常谈的程度。用赫什的话说，后来人在他们出生前就已经被社会主流思想固定在既定的文化思维下，导致对前人所经历的创伤事件难以想象，也难以用语言表达。①

开启尼克和外祖父之间真正战争创伤连接的事件是尼克陪同年迈的外祖父到访当年残酷的西线战役索姆河战场。在法国蒂耶普瓦勒②现场，乔迪才真正获得机会将"他的记忆植入到尼克那里去"："在现场有好几次……尼克忽有所悟，尽管这个事实他早就知道：他（外祖父）曾经在那里。"

尽管尼克通过外祖父对战争概念并不陌生，但刚到索姆河纪念碑现场时，尼克还是被吓着了。纪念碑拱门给人留下的虚无感觉让人目眩："拱门映衬天空的浩渺和大地的寂寥，他们向虚无敞开胸怀。尼克脑海里浮现出武士戴的钢盔，但钢盔里面没有了脑袋。不不，此地的样子比钢盔可怕多了，它是墓地，是战死沙场无处还的地方。"尼克认为：从某种意义上看，纪念碑不能算是"超越死亡的胜利"，而是"死亡的胜利"，因为"蒂耶普瓦勒是一个横遭洗劫的抽象概念"。这让尼克顿生一种"厌恶感"。

尼克深切地感到，拱门下面的虚空表达了丧亲之后无边的痛楚。战争是吞噬生命的无底洞，一切都在泥土中消融，让个体没有了肉身和身份，只剩下抽象概念——"那放眼望不到边的阵亡名单"，记录下最诡异的存在，这些"鬼魂"连身份都没有，如何用丧失了表意功能的语言讲述这巨大的虚无？

所以尼克认为，纪念碑是语言失效的象征，是鬼魂在时空中游荡的创伤明证。纪念碑上镌刻的姓名像是在用语言表达，又像是在用语言掩盖这些人曾经的存在。尼克把集体纪念碑当作一个符号记忆，认为它是"永恒的坟墓"，它将战死之人"固定在了青春年华"，成为静态的、理想化的、经过处理的过往。正因为纪念碑代表永恒，所以他们整齐划一，是一种规范。阵亡公墓也都是同一种样式：祭坛、受难十字架、官方种植的草木，还有那"一排排白色的石碑"，它们像长眠地下的老兵活着的时候一样，排好了队正待命出发，然后，整个军队都消失在战场。

在尼克的眼里，纪念碑这个记忆场所成了时间和空间共同融合成的整体③，

---

① Marian Hirsch, *Family Frames*: *Photography*, *Narrative and Postmemory* (Cambridge: Harvard UP, 1997) 22.

② 蒂耶普瓦勒（Thiepval），法国索姆省一市镇，第一次世界大战索姆河战场所在地。

③ M. M. Bakhtin. "Forms of Time and of the Chronotope in the Novel," in Michael Holquist (ed.), *The Dialogic Imagination*: *Four Essays by M. M. Bakhtin*, trans. Caryl Emerson and Michael Holquist (Austin: University of Texas, 1981) 84 – 258.

是"让时间停摆的地方"①。正如约翰·伯格到访索姆河战役纪念碑之后曾发出过的感慨:"纪念碑,对于难以言传的毁灭性战争所带来的痛苦,是麻木的。"② 巴克通过尼克展开对官方和集体纪念碑作用的批判,以及对战争纪念碑作为永恒铭记之代名词不可颠覆的形象的质疑。

纪念碑的不动性,体现在其长久不变的具有重复性的纪念仪式上。用巴克小说中老兵的生活状态来说,纪念碑是他们的记忆只能停留在一个"永久的现在"的比喻,它成为受创者梦魇、幻觉、强迫等行为的土壤,是生命永远停留在无休止的魂牵梦绕、无法自拔的境地③的根源。有些老兵所经历的过去总是以其受创的姿态不断出现,并不表明受创主体记住了什么,而是他们在特定文化强压下不自觉地记住并重演他们被强化的过去的一幕。巴克通过尼克的纪念碑叙事,表明纪念物实际上也可能成为创伤的永恒居所。

《别样世界》中尼克在纪念碑场所的思绪与该小说中的教堂墓地,以及《亡魂路》中原始部落美拉尼西亚的墓地形成鲜明对照。国家纪念碑威严耸立、一尘不染;碑座大理石"永恒的墓碑"上清晰地刻满了死者名字,将永远地矗立在那里,表达希望逝者永垂不朽之意。与战争墓地形成鲜明对照的是,民间的墓地都很老旧,随时间流逝而呈现破败迹象,"死者的名字被苔藓遮住了",象征时间是治愈创伤的良药。

太平洋岛上的原始部落的美拉尼西亚人拒绝使用抽象概念淡化死亡与痛苦的现实。他们用整合的方式哀悼逝者,以面对与修复丧亲之伤:他们承认身体的合法性的权力,将死者的身体安置在最明显的位置,围绕死者的身体做仪式;同时以逝者的头颅代替他们本人陈列在大庭广众之下加以供奉与纪念。

巴克的小说把整合的个体记忆与集体记忆,以及叙事者与当事者的关系都通过叙事者的思绪呈现出来,过去的生活通过闪回和想象性投入与创造将战争情形放在读者眼前。鲜活的记忆既是个人的,也是集体的,更是属于整体社会历史的。个人生活的档案,同时也是记录下来的群体共享的

---

① Pierre Nora (ed.), *Les Lieux de Memoire* (Paris: Gallimanrd, 1984) xxxv.

② John Berger quoted in Geoff Dyer, *The Missing of the Somme* (London: Penguin, 1995) 24.

③ Cathy Caruth (ed.), "Introduction," in *Trauma: Explorations in Memory* (Baltimore: The Johns Hopkins University Press, 1995) 3 – 12, 151 – 157.

历史风貌个案；众多的个人生活档案将汇成过去发生的记忆洪流，提供现实生活的个体定位。

　　因此，小说主人公尼克的闪回式的叙事和联想式的领悟性叙事可以同时提供个人生活和社会政治两条线索，其中社会政治线索就贯串在个体独特的生活记忆之中。由此，小说人物的历史意义的两个特征跃然纸上：一个是我们从小说中看到的历史，即小说人物的主观经历；另一个是作为观者看历史中的主体，那个主体就在虚构的社会现实找那个生活，有着生活赋予他的角色定位。

　　本部分论述的创伤修复之途在个体闪回式的、社会政治话语式的、想象性符号式的三种记忆中穿梭，以找寻协商的可能。乔迪一生没有解决的问题，一定会留给后来人去面对。战争的全部真相难以获知，因为记忆不可能把过去全部揭开。记忆只能揭开其中的部分，而且揭开的部分既不能避免个体经历和认知条件的局限、社会政治记忆的牵绊，也不可能避免符号性的个体想象与文化批判的执拗。但是，作为人类共性存在与渴望的爱与美是人之向往的健康生活方式和记忆方式。健康的生活方式和记忆方式是人类共有的，不是用性别区分的。巴克的创伤叙事在记忆与遗忘的交错中暗示读者，记忆是平衡，忘却是智慧。记忆和忘却都离不开作为主体的人的认知与把握。过去的经历只有在现实生活的把握中，才能走向健康的、有意义的未来。

第三节　双重视域：从伍尔夫到巴克

　　双重视域是事物存在的表象之真与隐含的本质之真两个层面的共存。伍尔夫和巴克的创作在于她们都能够冲破生活表象，进入本质层面进行思考，尽管她们生活的时代和创作风格不尽相同。伍尔夫早在1936年出版的《三个基尼金币》[①]中谴责了战争，提出性别和暴力同构、文化是形成战争暴力途径的土壤。她指出英国很多绅士认识不到原来自己就是促成战争帮凶的遗憾。时至今日，在人类历史走过将近一个世纪之后来看，伍尔夫的

---

　　①　Virginia Woolf, *Three Guineas*, Mark Hussey (ed.) (Orlando: Harcourt, 2006).

洞见并没有引起当今世界对待战争态度的任何变化，人类战争观念难以撼动，但这并不意味着它不需要撼动。巴克无疑承接、发展了伍尔夫看待战争的立场，试图还原隐藏在历史背后不为人知的存在，并以得不到恰当安置的幽魂形象展现战争创伤留下的长久伤害，重拾对战争残酷、荒谬的认知，继续开启对待战争问题的思考。

一

　　巴克的战争题材小说和当年伍尔夫关于战争的书写一样，都是对逝去生命的追思和对未来的担忧。巴克和伍尔夫的作品不仅可以看作不同时代作家对战争受难者的祭奠，更重要的是对生者的警醒。和男性主导视角不同，女性发声从一开始就在男性话语的阴影下挣扎起步，难免饱受自身视野的局限，表现出明显的哀怨和愤怒。伍尔夫对此早有提醒："女性意识——一种因自身受到歧视而感到愤怒，因自身不受重视而想大声呼吁的女性意识。这就使当时的女性小说比一般的男性小说多了一种额外的因素，而这一因素，通常会使小说扭曲，或者说，是这类小说的一大缺陷。小说家一心为自己的切身利益声辩，或者把小说人物当作发泄自身不满情绪的传声筒，无疑会产生一种令人不安的副作用，那就是：读者不能单纯地把注意力集中于小说本身，而必须双重地关注那些与小说无关的问题。"①

　　伍尔夫对当时大多数女性写作弊端的微词直接指向女性因历史原因而形成的偏狭眼光。随着社会对女性的逐步开放，首先，精英阶层女性开始越来越多地分享了男性的活动场域，走进男女共存的社会生活。这时候，女性视角所照耀的不仅仅是过去习惯了的、依照男权规范形成的世界和自己，更照耀了过去被男性忽略的角落——隐含事实存在的场所。这个事实可以理解为女性经历漫长封闭生活而获得的独到感悟，那就是专注于"身体事实"（the truth of the body）② 所表达的真相，而不被眼花缭乱的生活表象所蒙蔽的本能。身体感受既是女性天然生理事实所赋予的一种本能，也是女性在历史长河中遭受不公平待遇时逐渐形成的独特判断。这种感受若说属

---

　　① 〔英〕伍尔夫：《女性与小说》，选自《伍尔夫读书随笔》，刘文荣译，文汇出版社，2006，第 51 页。

　　② Maya Jaggi, "Dispatches from the Front," *The Guardian*（August 16, 2003）.

于女性独有，也是因为自古以来一代又一代女性在逆境中学会适应与应对的结果。实际上，经历了生活的巨大不公并能坚持挺过来的任何人都有可能会具备这种女性特质——坚忍、包容、同情、博爱。她们更看本质而不被表象所蒙蔽。具有如此眼光的作家在写作时，"既不是男人，也不是女人。他们诉诸人类灵魂中那一片无性别的疆域；他们从不煽情；他们只是给人以教诲，使人从善，使人向上；所以不论男女，都可以从他们的作品中得益，因为那里既没有偏执的性别感情，也没有狂热的同志思想"①。

伍尔夫的洞见早在20世纪30年代就已经形成。她站在对人类生活复杂纷繁认知的立场上，厘清当今只有在后现代语境下才可能被相对更多人群探讨与思考的诸多隐含的、复杂的观念。比如由"暴力"衍生出来的"战争"观念，其本身具有多种深层意义和阐释，远不是在政治正确前提下所提供的唯一可解释的范畴。伍尔夫的《三个基尼金币》针对德国法西斯支持西班牙弗朗哥政权的血腥现实，指出"政治美学化"②的危害，以一个"绅士的女儿"③的身份用书信体形式并附上绅士们的照片回答男性提出的关于暴力与战争问题的法西斯本质。在她看来，暴力具有不同的形式：看得见的战争和同样血腥的、看不见的体制性暴力，以及隐藏在日常生活中的暴力。暴力观念早已浸淫于男性的血液之中以至于他们完全被"催眠"④，成了政府暴力手段下的帮凶。

伍尔夫的洞见在当代学界产生共鸣。在斯洛文尼亚出生的思想家齐泽克在其《暴力：六个侧面的反思》第一章中明确了"暴力"的三层互动的意义：第一是由社会组织名下所进行的"主观暴力"，这是最显而易见的暴力形式；第二是隐含的、系统性的"客观暴力"，用拉康的概念来说就是处在现实和真实界（the reality and the Real）缝隙间的意义；第三是"符号暴力"，它与语言相伴而行，其复杂隐含性更需要在具体语境中做具体分析。⑤

---

① 〔英〕伍尔夫：《文学与性别》，选自《伍尔夫读书随笔》，刘文荣译，文汇出版社，2006，第51页。

② Virginia Woolf, *Three Guineas*, Mark Hussey（ed.）（Orlando：Harcourt, 2006）242.

③ Virginia Woolf, *Three Guineas*, Mark Hussey（ed.）（Orlando：Harcourt, 2006）21.

④ Virginia Woolf, *Three Guineas*, Mark Hussey（ed.）（Orlando：Harcourt, 2006）135.

⑤ Slavoj Zizek, Violence：Six Sideways Reflections（New York：Picador, 2008）．还可参照阅读〔斯〕齐泽克《暴力：六个侧面的反思》，唐健、张嘉荣译，中国法制出版社，2012，第9~35页。

人们"看"事件的方式也许简单，也许复杂，加之人类总有"先验"的观念介入"看"的程序，观看者看的时候是一种什么契机，他用一种什么心情在看，都会导致事物面相的不同。无论是单纯地看，还是深入到事件背景历史进程中用联系的方式看，都难免有局限性和盲点。法国思想家罗兰·巴尔特（1915~1980）在谈到摄影成品所包含的具体内容时说："照片的悖论……在于它同时承载两个不分彼此的信息，一个是无码的（比如照片本身），另一个是有码的（它涉及照片的'艺术'理解、照片的加工处理、照片的'文字说明'及照片的修辞等）；从结构上看，它们的悖论是……携带内涵的信息（有码信息）是在无码的信息基础上发展起来的。"[1]

用巴尔特的观点理解伍尔夫并不困难。她在《三个基尼金币》中审视照片的态度是，照片可以被当作是无码的，也可以被当作是有码的，但这两种观点都很极端：前者视野太窄，后者视野太宽。伍尔夫的视角可理解为在罗兰·巴尔特所说的两个极端的中间某个点上找平衡。针对如何观看的问题，伍尔夫就一张名为《将军》的身穿军服的男性照片进行了说明。

这个为国家效力的绅士所穿的"衣服"很朴素，她甚至半开玩笑地做了个对比，说他的衣服和他身上的军功章装饰就像给市场上不同品质的黄油在做广告[2]。这个服饰的"广告"用词传递出让人羡慕与鼓励竞争的信息。照片上的这个人物已经表现出他对于其他人而言更为强大的优越感。让人羡慕和鼓励竞争这两个信息都是引发战争暴力的潜在因素。

> 服饰和战争的关联并不遥远。作为战士，你穿的是最精神的服装。现役军人现在不穿用红色和金色装点、用铜扣和羽毛装饰的服装，却总要穿上能突出特色、绝不是为了打理方便而定制的服装。这类服装在设计时必然考虑如何把人的注意力吸引到军容之庄严上面，还得考虑让年轻人出于虚荣而梦想成为战士的需要。……我们这些没有机会穿上这种制服的人可能会这么想，觉得穿上这种制服的人既不好看也不令人羡慕。相反，他的样子滑稽、野蛮、让人不舒服。[3]

①　Roland Barthes, *Image Music Text*, trans. Stephen Heath（New York：Hill and Wang, 1998）19.
②　Virginia Woolf, *Three Guineas*, Mark Hussey（ed.）（Orlando：Harcourt, 2006）19.
③　Virginia Woolf, *Three Guineas*, Mark Hussey（ed.）（Orlando：Harcourt, 2006）21.

文字记录了对同一张照片的两种不同角度的"看"——意识形态之"看"和具有独立思想的"我们"之"看"。两种"看"的内容大相径庭。同一张照片，前者看到的是将军的"笑容可掬"，后者看到的则是他的"滑稽、野蛮、让人不舒服"。他的笑容在前文也许拘谨了些，但到了后文则成了某种自鸣得意甚至病态。

伍尔夫用这个例子说明，图片本身的意义不可能是固定的。至少对她来说，她看到这个照片时持第二种观点。约翰·伯格所说的"看的不同方式"①，用伍尔夫的原话即是："我们虽然在看同样的事物，我们的看法却不尽相同。"②

无论是照片提供的显而易见的"事实"，还是通过照片表象挖掘出它背后的深意，照片本身并不自明。伍尔夫的双重视域为读者提供了不同视角的最好例证。

尽管如此，伍尔夫并不认为"事实"可以众说纷纭，没有了标准。她在1933年写给小说家温妮弗莱德·霍特比的信中提到《三个基尼金币》的写作初衷："我要更贴近事实。"③ 那么，在伍尔夫看来，如何才能"更贴近事实呢"？

伍尔夫启用照片这种在当时属于一种非常新型的言说媒介来对抗浸淫至深的男权观念的话语体系。与此同时，她运用父权策略，并运用语言讽刺达到颠覆父权思想的效果。她承认自己是"绅士的女儿"，非常熟悉绅士们的思路和想法。和绅士们不同的是，她不赞同绅士们心甘情愿成为英帝国士卒的做法。她另有一套想法，她的目标是反战。

然而，生活现实中的"事实"很政治，"美学"的视角也很有限，所以她要用影像这种新文本冲击已成定势的观念，将坚如磐石的社会文化秩序破坏掉，以使思想敞开，让对话成为可能。一方面，伍尔夫不放弃事实，她要基于照片提供的事实阐释她的思想；另一方面她要全身心拥抱那看起来透明的、不容置疑的事实背后的神秘、有限、含混和不确定，这是

---

① John Berger and Jean Mohr, *Another Way of Telling* (New York：Pantheon, 1982) 22.

② Virginia Woolf, *Three Guineas*, Mark Hussey (ed.) (Orlando：Harcourt, 2006) 7.

③ Naomi Black, "Introduction" in Virginia Woolf, *Three Guineas* (Oxford：Blackwell Publishers, 2001) xxv.

历史学家多娜·哈洛维所称为"情景化知识"①的东西。这种"情景化知识"指一种客观存在，但它的客观性不同于男性话语体系下的恒定"客观"——即"神的把戏"②，而是部分洞见。这个部分洞见是经过个人验证的信念。它们虽然也建立在知晓人视野的有限性基础之上，但它不会歪曲事实。更难能可贵的是，一旦思想敞开，这样的部分洞见会越来越多，那么人所能了解、拥抱的经验世界就会越来越宽广。

伍尔夫在《三个基尼金币》中阐释的这种思想始终贯串在她所有小说的创作之中。当《到灯塔去》出现"人需要五十双眼睛去看……。就是五十双眼睛拉姆齐太太都嫌不够用"③时，伍尔夫通过莉莉之口表达人类需要用不同角度看世界的必要，这是人可以获得更大理解力的前提。在伍尔夫的小说中，对单一视角狭隘性的批判比比皆是。

二

在伍尔夫的另一部小说《雅各的房间》④中，同名主人公雅各 1906 年 10 月去剑桥大学深造，到 26 岁在战争初期死去之前，他像一只待飞的雏鹰如饥似渴地享用着剑桥、伦敦和欧洲各地——巴黎、罗马、雅典——所提供的各式各样的生活。他探索自然、交流思想、享受生活，包括剑桥学子不可或缺的自由浪漫的性生活。雅各以他年轻人的如饥似渴的求知欲望无拘无束地享受、批判、幻想着他未来生活的世界。他参加学校教授的宴会居然"把时间搞错了"，女主人给他单独端上一份卷心菜和烤羊肉，看着他"饿坏了"的样子。虽然在教授家饱餐一顿，但他并不买主人的账，不喜欢主人家毫无个性、迎合世界的品味："……尽管他大有初生牛犊不怕虎的气势，但他确信老一辈人在地平线上建立起来的城市，在一片红黄色火焰的映衬下，就像是砖建的城郊房屋、兵营和管教所。他容易动情，

---

① Donna J. Haraway, "Situated Knowledges: The Science Question in Feminism and the Privilege of Partial Perspective," *Simians, Cyborgs, and Women: the Reinvention of Nature* (London: Free Association Books, 1991) 183 – 201.

② Donna J. Haraway, "Situated Knowledges: The Science Question in Feminism and the Privilege of Partial Perspective," *Simians, Cyborgs, and Women: the Reinvention of Nature* (London: Free Association Books, 1991) 189.

③ Virginia Woolf, *To the Lighthouse* (Oxford: OUP, 2000) 266.

④ 〔英〕伍尔夫：《雅各的房间》，蒲隆译，人民文学出版社，2003。

但这种说法与他掬着手挡风划火柴时表现出的沉着镇定完全矛盾。他是一个殷实的年轻人。"他不仅有情投意合的朋友，而且还有女人缘，所以他处处留情，让许多人对他过目不忘。但是，他外出旅行时只给"不爱女人也从来不读一本傻书的博纳米"写信。

他喜欢"拜伦诗歌"，读"荷马、莎士比亚和伊丽莎白时代诸家的作品"，既欣赏"莎士比亚最纯净的诗章"，也拥抱多恩诗歌中的"野性"。他发誓："我就是原原本本的我，一定要维护我的本色。"他在环境简陋的房间里撰写论文《难道历史就是伟人的传记?》，决定让"他自己就是继承人"；外出游历时他"继续读书。他把书搁在地上，似乎读过的内容给了他灵感，他开始写一点关于历史的重要性——关于民主——的笔记，这些信笔乱写的东西也许就是众生难遇的皇皇巨著的基础；在这里，二十年后，它从一本书里删除，人们将会连一个字也记不住的，这真有点令人痛心。最好还是付之一炬"。

这样一个真实、矛盾、活力四射的雅各，注目他的何止五十双眼睛！出门乘车时，和他在同一个包厢里的诺曼太太观察到雅各"身材魁梧"，"漠然……显得可爱，英俊、有趣、性格独特、体态端庄，就像她自己儿子"；达特兰夫人眼中的雅各有时"不同凡响、相貌不凡"，有时又"笨到家了"；克拉拉眼中的雅各是"超凡脱俗、不摆架子"的；巴富特上尉"最喜欢雅各"，但说不出为什么；范妮爱上了雅各，甚至因为得不到他的垂青而要"跳河"；博纳米猜想雅各在希腊游历时一定要"恋爱了"；"雅各郁闷时，看起来像个没事干的马盖特农民，或者像一个英国海军司令。……最好让他一个人待着。他闷闷不乐。他动辄发火"；在雅典认识的有夫之妇桑德拉第一眼看见"走进来的一个穿灰色方格西服的年轻人"时不由得赞叹"漂亮，但是危险"；后来疑心他"不过是个土老帽儿"；她在雅各死后感慨"他像莫里哀书中的那个人"——"她指的是阿尔赛斯特。她的意思是他很严肃。她的意思是她能蒙他。"随后，她又暗自思忖："雅各会吓坏的。"弗洛琳达在走进酒吧的人群中看到某位新客时心中一怔，"他像雅各"……

《雅各的房间》突出了没有主人公的虚位空间里由众多记忆构成的雅各的形象，由此强化了生命的转瞬即逝。活力四射的雅各离去得太匆匆，他的死让读者来不及转换思路，接受斯人已逝的现实。具有讽刺意味的是，伍尔夫让死亡成了联结众人和联结生活的方式，它汇成记忆的洪流，直抵记忆中心——雅各本人。而这个联结众人记忆的中心人物雅各不过暂时聚集了纷繁的生活，成为一股生活存在之流，与社会固化的生活惯性构成对抗或平行。但是，世界偌大的空间早已被林林总总的权力象征符号塞满，父权所代表的不容置疑的秩序，是整齐划一、难以抗拒的帝国号令。它是读经台上摆着的"那只驯顺的鹰"，是"壁炉台上的钟"，是"《泰晤士报》"，是"伦巴第街、脚镣巷和贝德福广场"，是"为顺利处理事务而制订的计划"……它高高在上正以不同的符号俯视并震慑芸芸众生。

雅各用他旺盛的求知欲在生活的纷纭中辗转，可惜来不及停下脚步就黯然逝去。雅各的母亲贝蒂含辛茹苦地把他养大，最后只从他房间里"拎出雅各的一双旧鞋"——"我拿它怎么办，博纳米先生？"

贝蒂的询问代表了英国几十万母亲悲痛欲绝、无以释怀的质询。伍尔夫笔下维多利亚精神培养出来的"绅士的太太"，和绅士们一样，可以在痛苦来临之时都能保持优雅得体，但她们内心密布的阴云又有谁知道。雅各的家庭虽不是贵族也可谓中产。父亲早逝，母亲为了让他前程远大曾经想尽一切办法供他完成未来作为一个"绅士"的精英教育：给他请家庭教师，供他进剑桥大学，然后让他去欧洲游学。就在家庭为一个男孩子付出了如此大的代价、期待他能大展宏图之际，雅各无声无息地死在战场上。所留下的零星遗物是含辛茹苦把他养大的母亲无法释怀的。伍尔夫的小说到此戛然为止，留给读者慢慢消化那"不用再怕骄阳蒸烤，不用惧怕寒冬凛冽"① 的死亡的侵袭。

这样失去"儿子"的母亲何止千千万万！读者还可以透过极具伍尔夫精英品位、荟萃伦敦名流宾客的《达罗卫夫人》② 中一家忙碌的背后，感受英国战后社会由诗人欧文所表现的悲悼如何成为伍尔夫小说中的现实生活：战争结束了，一个叫福克斯·克劳福特太太的人，她家的遗产继承人战死了，遗产要易主；另一个叫贝克斯波罗的女士，自己家里有个店铺，他们说她手里拿着一纸电文，约翰，家里她最亲的儿子，没了；"可是结束了；感谢上帝——结束了"。战争虽然结束了，但战争后遗症

---

① 源自莎士比亚《辛柏林》第四幕，见 William Shakespeare, *The Stratford Shakspere*: *Macbeth. Coriolanus. Julius Caesar. Antony & Cleopatra. Cymbeline. Troilus & Cressida*（South Carolina Charleston: Nabu Press, 2010）442。

② Virginia Woolf, *Mrs Dalloway*（London: The Penguin Group, 1996）.

才刚刚开始，除了女士们，"邦德街的小保利先生"有无法排解的悲伤。所以伍尔夫的叙述者说："这个世界近期充满苦难，男人和女人都深陷其中。"除此之外，社会经济倒退，人心不古。克莱丽莎战前买手套都必须"无可挑剔"才行，战后的店里根本没有手套可卖；家庭教师吉尔曼小姐因其德国血统在战争期间被勒令退学，这让她感到既背运又"特伤自尊"……与此同时，伍尔夫通过弹震症患者赛普提莫斯和他的家庭生活展现战前曾让人坚信不疑的"勇敢""荣誉"造成了多么不可挽回的伤害。

赛普提莫斯具有欧文和萨松的文人气质。他喜欢写诗，最早报名去前线时满怀救世情怀。战争让他成为"男子汉"，使他有机会升了官，还有了社会地位。他同一位叫伊旺斯的军官交好，直到伊旺斯在停战前死亡。当时，"赛普提莫斯没有沉浸在悲伤之中……，为此他深感万幸。战争锤炼了他，他算走过来了"。可是，随着战后生活的开始，他自己陷入了无法自拔的白日梦，记忆在战友伊旺斯死亡的那一刻定格。可悲的是，家属和医生都只用社会标准衡量他，不懂得给他表达真实感受的机会。最终，对他而言，"死是反抗，是试图沟通"。

"砰！"街上传来的似枪声的响声对不同的人构成了不同的意义。

《达罗卫夫人》这本小说尽管以精神主义著称，被当作指向内心的文学，表现心理的幽暗区域或重要的瞬间，揭示人隐秘深处的生命律动和心灵深处的火焰之光，但是小说不乏社会批判和文化批评的内容——它们包藏在小说艺术形式和语言之中，并以直观感受和体悟印象把自己的"领悟与感知"[①] 渲染、烘托出来，构成一幅幅生动的画像，形成对维多利亚时代的体制化话语的挑战。离开伍尔夫作用于感官的、浓郁的色彩语言和诗意的意象节奏，就无法体会主人公克莱丽莎潮水般的情感与思绪。小说《达罗卫夫人》一开场就奠定了整部小说的基调：早上达罗卫夫人上街买花，为当晚名流荟萃的家庭晚宴做准备。读者随她走上街头，在了解她的社会身份的同时，也步入了她隐秘的内心世界。

伍尔夫通过克莱丽莎展现她的双重世界，它们分别由两种意识引导：受

---

① 〔美〕布鲁姆：《西方正典：伟大作家和不朽作品》，江宁康译，译林出版社，2005，第344页。

外部时间支配的"现时性意识"和受内心时间支配的"回忆性意识"①。读者一面随她走在伦敦市中心繁华热闹的街上，感受她大病初愈的舒畅；一面进入她的思绪，体会她内心深处的不满与惆怅。表面上，她是上流社会的一员，是优雅的主妇；她身体纤弱，却精神饱满，备受周围人们的羡慕和尊重；社会和家庭角色让她心满意足的同时，也让她深感丧失完整自我的愤怒和失落。女主人公本真的一面（克莱丽莎）和社会的一面（达罗卫太太）在她走向花店的路上自然充分地展现给读者，让读者了解女主人公的双重人格。这种分裂人格的纠缠贯串她婚后的生活，让她在小说所展现的片刻之间摇摆于爱与恨、生与死的边缘，徘徊于社会上成功的虚荣与人生的无常之间。

小说开端最富有创意的写法是贯串"买花"路上不断复现的与"海"有关的意象——旋涡、浪花、波纹、潮汐等始终盘旋于小说人物的意识和视角之中，用来表达情感和思绪，构成小说主人公在真实的自我和社会的自我之间浑然不觉的转换。小说中"大海"的意象既代表开阔、平稳、深邃与和谐，又代表孤独、恐惧、破碎与剥离，它让记忆瞬间复活，犹如海浪拍岸，势不可挡；它冲破一切阻碍、犹疑，一直向前。实际上，这潮水的源头并非那非人格的大海，而是作者赋予克莱丽莎内心涌动的生命力和创造力，这股力量译成汉语②之后，无论如何也难完全传达英文原文的意蕴。如：

> What a lark！What a plunge！多美好！多痛快！
>
> How fresh，how calm，stiller than this of course，the air was in the early morning；like the flap of a wave；the kiss of a wave；那儿清晨的空气多新鲜，多宁静，当然闭上眼后更为静谧：宛如波浪拍击，或如浪花轻拂；
>
> There！Out it boomed. First a warning，musical；then the hour，irrevocable. The leaden circles dissolved in the air. 听！钟声隆隆地响了。开始是预报，音调悦耳；随即报时，千真万确。沉重的音波在空中渐

---

① "现时性意识"和"回忆性意识"是德国批评家埃里希·奥尔巴赫在其《棕色长筒袜》一文中评论马塞尔·普鲁斯特和弗吉尼亚·伍尔夫作品时使用的概念。参见 Erich Auerbach，"The Brown Stocking," in *Mimesis：The Representation of Reality in Western Literature*，trans. Willard R. Trask（New York：Doubleday，1957）463 – 488。

② 〔英〕伍尔夫：《达罗卫夫人》，孙梁苏美译，上海译文出版社，2007。

次消逝。

Arlington Street and Piccadilly seemed to chafe the very air in the park and lift its leaves hotly, brilliantly, on waves of that divine vitality which Clarissa loved. 闹哄哄的阿灵顿街和皮卡迪利大街，似乎把公园里的空气都熏暖了，树叶也被烘托起来，灼热而闪烁，漂浮在克莱丽莎喜爱的神圣而活力充沛的浪潮之上。

She had a perpetual sense, as she watched the taxicabs, of being out, out to sea and alone; she always had the feeling that it was very, very dangerous to live even one day. 她看着过往的出租车，内心总有远离此地、独自去海边的感觉。她总觉得，即使活一天也极危险。

... but that somehow in the streets of London, on the ebb and flow of things, here, there, she survived, Peter survived, livedin each other, she being part, she was positive, of the trees at home; 不过，即使人事沧桑，她在伦敦的大街上却能随遇而安，得以幸存，彼得也活过来了，他俩互相信赖，共同生存。她深信自己属于家乡的树木与房屋；

Bond Street fascinated her; Bond Street early in the morning in the seaon; its flags flying; its shops; no splash; no glitter; one roll of tweed in the shop where her father had bought his suits for fifty years; a few pearls; salmon on an iceblock. 邦德街使她着迷，旺季中的邦德街清晨吸引着她；街上旗帜飘扬，两旁商店林立，毫无俗气的炫耀。一匹苏格兰花呢陈列在一家店铺里，他父亲在那里买衣服达五十年之久；珠宝店里有几颗珍珠；鱼店里有一条鲑鱼躺在冰块上。

And as she began to go with Miss Pym from jar to jar, choosing, nonsense, nonsense, she said to herself, more and more gently, as if this beauty, this scent, this colour, and Miss Pym liking her, trusting her, were a wave which she let flow over her and surmount that hatred, that monster, surmount it all; and it lifted her up and up when—oh! a pistol shot in the street outside. 她和皮姆小姐顺着一个个花罐走去，精心挑选花朵；她喃喃自语；那憎恨的心思真要不得，要不得——声音越来越轻柔，恍惚这种美、这芬芳、色彩，以及皮姆小姐对她的喜爱和信任汇合成一股波浪，她任凭浪潮把自己浸没，以征服她那仇恨之心，驱

走那怪物，把它完全驱除；这种想法使她感到超凡脱俗，正在这时——砰，街上传来枪声似的响声！

"海"的意象在小说开始部分的交替出现为达罗卫夫人所代表的双重人格和双重生活埋下了伏笔，推动了克莱丽莎最终通过赛普提莫斯的死所达到的对人生真谛的领悟。尽管死神——"不用再怕骄阳蒸烤，不用惧怕寒冬凛冽"①——一再萦绕，尽管"毁灭性地沉入虚无的黑渊的恐惧或诱惑力在整部《达罗卫太太》中回响"②，小说始终追寻"整体性"和"完满的境界"③。伍尔夫的"完满"是个可望而不可即的梦，但是人生不能没有它。它涵盖了社会生活层面的附会和内心真实无法否认的双重存在。伍尔夫通过穿透生活表象探讨迷一般人生困境的坚持得到了巴克认同："伍尔夫的'身体事实'"是一把钥匙。"作为女性，你是有事实可说的。"④

三

巴克的新作《托比的房间》⑤出版于一战结束近百年之后，和伍尔夫的《雅各的房间》有着无法否认的关联。两本小说都是写青春壮年男性主人公未展宏图先殒命战场，留给家人巨大创痛的故事。所不同的是，后现代的巴克在《托比的房间》中继续伍尔夫当初无法明言只能隐喻的话题——丧亲之痛和死亡真相之追问。

有必要再次重申那场战争留下的死亡阴影。截止到 1918 年的数字统计，欧洲的死亡人数超过了 900 万⑥，而实际数字肯定比这个大。战争结束时，交战各国各家各户都跟死亡打过交道⑦，死亡控制着战后百姓的日常生活。一战给人带来了巨大的创伤，就连当时远离战争的伍尔夫、劳伦

---

① Virginia Woolf, *Mrs Dalloway* (London: The Penguin Group, 1996) 8.

② 〔美〕米勒:《小说与重复》，王宏图译，天津人民出版社，2008，第 207 页。

③ 〔美〕米勒:《小说与重复》，王宏图译，天津人民出版社，2008，第 208 页。

④ Maya Jaggi, "Dispatches from the Front," *The Guardian* (August 15, 2003).

⑤ Pat Barker, *Toby's Room* (New York: Doubleday, 2012).

⑥ Jay Winter, "Demography," in John Horne (ed.), *A Companion to World War I* (Chichester: Wiley-Blackwell, 2010) 249; Table in Gerhard Hirschfeld et al. (eds), *Enzyklopädie Erster Weltkrieg* (Paderborn, Munich and Vienna, 2004) 664 – 665.

⑦ Stéphane Audoin-Rouzeau and Annette Becker, 14 – 18: *Understanding the Great War* (New York: Hill & Wang, 2003) 206 – 212.

斯（D. H. Lawrence）、乔伊斯（James Joyce）、艾略特（T. S. Eliot）、弗罗斯特（Robert Frost）等人的文学作品都渗透着战争之殇。早在 1915 年，弗洛伊德撰文谈到战争与死亡问题时预计，交战国中战争造成的死亡数量将是战后社会的主要难题。① 文中提到，战争让死亡成为必须面对的现实，"死亡远不是以单个个体计算的，是以一批多少人来计算的，在一天之内万人丧生也是常事"②。弗洛伊德认为，人类需要学会面对死亡，依靠比较理智的态度让它安然过渡③。

温特等人分析道，集体哀思和公众追悼等战争纪念物和纪念仪式经常见诸报道④，但战后社会对战争记忆的狂热投入主要还是基于国家政治形象和国家凝聚力的需要，他们只是简单地把可见的仪式当成面对死亡与安置个人悲伤的手段⑤。小说《托比的房间》中托比的好友安德鲁1915 年死于战场，这令他备受打击。1917 年，时龄 28 岁的托比和伍尔夫小说中的雅各、伊旺斯一样有去无回，身后只有一封写着"失踪，据信已死亡"的电文和随后由前线寄到家中的一包遗物，里面有"军衣、皮带、观测镜、短裤、鸭舌帽、绑腿、军靴"。打开包裹的时候，托比的两个姐妹、母亲和用人都在场。

> 母亲小心翼翼地摸了摸军衣，将袖口轻轻拉向自己。一开始，她好像特别镇定，紧接着她的嘴抽动着，眉宇间骤然隆起，开始哭了起来。这哭声哪里像个大人；一点不像，哭声凄厉，像没人管的咧开大嘴拼命嚎啕的婴儿。

① Sigmund Freud, *Reflections on War and Death*, tran. Dr. A. A. Brill and Alfred B. Kuttner (New York: Moffat, Yard and Company, 1918) 3.
② Sigmund Freud, *Reflections on War and Death*, tran. Dr. A. A. Brill and Alfred B. Kuttner (New York, Moffat, Yard and Company, 1918) 47.
③ Sigmund Freud, *Reflections on War and Death*, tran. Dr. A. A. Brill and Alfred B. Kuttner (New York: Moffat, Yard and Company, 1918) 71.
④ Jay Winter, *Sites of Memory, Sites of Mourning: The Great War in European Cultural History* (Cambridge, 1996) 33–45; Stefan Goebel, *The Great War and Medieval Memory: War, Remembrance and Medievalism in Britain and Germany, 1914–1940* (Cambridge, 2007); Adrian Gregory, *The Silence of Memory: Armistice Day, 1919–1946* (Oxford and Providence: RI, 1994).
⑤ Jay Winter, "The Great War and the Persistence of Tradition: Languages of Grief, Bereavement, and Mourning," in Bernd Hüppauf (ed.), *War, Violence and the Modern Condition* (Berlin and New York, 1997) 33–45.

　　蕾切尔把东西赶紧拢在一起，把它一把塞到埃莉诺的手里。"拿走。"

　　"让我放哪儿？"

　　"我怎么知道？扔了它，上帝啊。"

此后母亲便失去了生活的动力。她经常"坐在一个地方很少动地儿。她皮肤松弛，好像被人从里面给掏空了。就是到了这个年龄，母亲仍是风韵犹存的美人，可是现在没有人把她和漂亮扯在一起"。她就是这样，"整天躺在沙发里，无心梳洗"。这种诉诸感官的叙述让读者直接面对母亲的无助、绝望和悲伤。巴克的叙述没有伍尔夫笔下的母性所表现出来的优雅与克制，但她们背后的无奈、绝望同出一辙，都是无法宣泄的丧亲之痛。

　　一般说来，人类的文化期待把女人固定在不容置辩的生命给予者，同时也是生命哀悼者的位置。丧亲之痛被当作个人和家庭私人领域的活动，悲悼似乎是女人的专利。情感表达被道德化的后果是，创伤得不到适时的面对与安置，痛苦要么被无理性吞噬，要么被无限期地延宕。

　　正如伍尔夫塑造了并不完美却真诚面对自己和生活世界中诸多矛盾的克莱丽莎一样，巴克塑造了埃莉诺这个"面容苍白的姑娘"①。她不是欧文诗歌中被悲伤淹没、同时眼睛里"闪耀着神圣光辉的道别"的姑娘，而是"说话爽快、举止自信"、坚持自己主张的人。她痛恨战争，不愿意盲从国家宣传。作为艺术家，她坚持艺术高于生活、女人不要与战争为伍："女人不要与战争为伍……这话由她（伍尔夫）说出来就鞭辟入里，由我说出来就是鹦鹉学舌。"埃莉诺在日记中对女性被卷入战争的做法很是不屑：

　　妇女在国内并不闲着，她们用石头砸"德国人"开的商店，结果证明被砸的不是什么德国人，而是波兰人或者俄罗斯人什么的，反正是外国人就行。托比当时回到伦敦本想把他的学业结了，结果姑娘们就把白色的羽毛送给他。所有医学院的学生都会有幸获得白色羽毛。这就是为什么医学院的学生最终都得穿上军装的缘故。我知道，说女人闲着是不可能的。这场战争让人知道女人不是善茬。是一部分女人不是善茬。

---

① 与欧文《青春挽歌》（*Anthem for Doomed Youth*）互文。

战争的破坏力让埃莉诺看到战争无道德可言。她本能地靠近主张用和平手段解决问题的布鲁姆斯伯里文人圈。战争意味着死亡，埃莉诺对此早有认识。她对朋友保罗说过，托比若是死在战场，她定会以回家作画的方式寄托哀思。画作一定是关于托比如何成为他自己的，而不是托比如何被毁掉的。这种想法与她憎恶战争、不染指暴力的艺术主张密切相关，是叶芝、伍尔夫思想的体现。但是，埃莉诺经历了丧亲之痛才可能真正认识到，言称不染指暴力的叶芝、伍尔夫始终没有放弃用自己的艺术方式揭露战争的荒谬。

立足于爱尔兰文化土壤同时兼具现代意识的诗人叶芝（1865～1939）曾拒绝把一战诗人欧文、萨松、布莱顿、罗森伯格等的诗歌放进由他主编出版的《牛津现代诗歌集》（1892～1935）中。他声称："我以为如此时刻诗人最好／把嘴闭上，因为真相／绝非由我们的天赋改变政治家的航向。"[1]

叶芝在诗歌集的序言中直言他评判诗歌的标准："忍受苦难不适合作为诗歌的主题。伟大的悲剧主人公从来都是慷慨赴死，在希腊，有合唱队亦歌亦舞。"[2] 叶芝选择坚守维多利亚时代的高雅审美趣味，认为欧文等新一代诗人诗歌用词太过"粗俗"[3]，不配公开刊出，避免污染读者心灵。尽管如此，叶芝本人在纳粹活动最猖獗的1938年还是创作了一首叫《政治》[4] 的诗歌，回应托马斯·曼所代表的与之相左的艺术家的观点，即"我们这个时代，人的命运在政治术语中呈现它的意义"。诗中写道：

> 我怎么能，就在那儿站着的女孩儿，
> 将我的注意力

---

[1] Tim Kendall (ed.), *Poetry of the First World War: An Anthology* (Oxford: OUP, 2013) 22. 该诗歌是1915年2月6日亨利·詹姆斯邀请叶芝写的，也是他写过的唯一一首关于一战的诗歌。他随该诗附言道："这是我迄今和以后所写有关战争的唯一的诗歌，希望不会带来什么不便。"参见 William Butler Yeats, qtd. in *A Commentary on the Collected Poems of W. B. Yeats* by Norman Alexandere Jeffares (Stanford University Press, 1968) 189。

[2] William Butler Yeats, "Introduction," *The Oxford Book of Modern Verse*, 1892–1935 (Oxford: The Clarendon Press, 1936) xxxiv.

[3] William Butler Yeats, *The Letters of W. B. Yeats*, Allan Wade (ed.) (New York: Macmillan, 1955) 874.

[4] Dennis Todd, Cynthia Wall, J. Paul Hunter (eds.), *Eighteenth-century Genre and Culture: Serious Reflections on Occasional Forms: Essays in Honor of J. Paul Hunter* (University of Delaware Press, 2001) 281.

> 集中在罗马或俄罗斯
> 或西班牙政治?
> 然而有一位通世达人
> 讲得头头是道,
> 还有一位政治家
> 他博学多识,
> 或许他们所言不虚
> 讲战争和战事的警告,
> 可是,假如我还年轻
> 定将她揽进我的怀抱。

　　叶芝通过这首叫作《政治》的诗歌表现艺术观念之争。该诗既透着他与生俱来的维多利亚品位,同时又不乏意象建构的新视角——他将象征织入诗歌的结构之中,并"试图将象征的意义延伸到极致"①,形成多维、复杂、立体的观察世界的方式。《政治》这首诗中所并列对应的意象——老人/青年、理性/情感、男性/女性——都是叶芝诗歌实验性的人物创造,是"一种超主体。这种超主体体验者比普通人更能体验刺激的、沉溺自我世界的生活,而现代世界则被看作是外在的、对立于人的世界,它不会滋养也不会限制"②。叶芝的超主体视域是建立在他对东方宗教和神秘主义探索基础之上的"一种符号式的神话体系"③。他自述:"那是我第一次遇到一种哲学,它巩固了我的模糊的玄想,显得既合逻辑又博大无边。"④ 叶芝在坚守其维多利亚高雅诗风的同时超越了西方基督教的局限,通过独白,叶芝将两种对抗与对话的声音充分展现给了读者。

　　尼古拉·梅慧珍认为,几组意象分别象征了年老的诗人同年青一代诗人之间无法相通与兼容的诗歌创作倾向,他无法把年轻人的诗歌"揽进我的怀抱"。叶芝说,他不能将"注意力"按照"就在那儿站着的女孩儿"

---

① John Unterecher, *A Reader's Guide to William Bulter Yeats* (New York: Octagon, 1983) 41.

② Catherine Belsey, *Critical Practice* (London: Methuen, 1980) 68.

③ Richard Ellman, *Four Dubliners: Wilde, Joyce, Yeats and Beckett* (London: Hanish Hamilton, 1982) 34.

④ W. B. Yeats, *Autobiographies* (Macmillan, 1956) 91 – 92.

的吸引转向"政治",表现了诗歌理念上的理性与情感之争。诗歌表明,最后取胜的一方是情感——年青一代的诗歌理念。[①] 梅慧珍接着认为,诗歌最后一句表现出的性渴望有望让男女在两性结合中得到统一。而笔者认为,这个结论有些牵强。叶芝是不可能改变的。他的诗歌创作极具现代性,但他不愿意脱离浸润他一生的维多利亚高雅文风。诗人所表现的怅然与哀叹体现在最后一句上:我已经不年轻,追不上你们的脚步,这是没有办法的事。"过去欺骗了我们:就让我们接受这毫无价值的现在吧。"[②]

叶芝这首表达与政治无涉的诗歌实际上充满政治意味,表现出他一贯持有的"对生命的机械简化"[③] 的深恶痛绝。在这一点上,他与伍尔夫、欧文的创作宗旨有着非常强烈的共鸣。所不同的是,叶芝同伍尔夫一样,在他作为"绅士"的维多利亚高雅趣味上进行他的诗歌创作,而欧文等艺术家认识到传统语言成规无法表达"对生命的机械简化"的绝望,转而寻找新的语言形式,传达憎恶战争的心声。巴克笔下的埃莉诺倾向叶芝的艺术观,预示了她就是必须表达政治立场也决不放弃有意味的艺术形式。

四

双重视域在《托比的房间》中体现为使用平行叙述方式,一方面展现处于社会主宰位置的男性在付出与回报大相径庭的情况下的愤怒与迷失;另一方面展现由埃莉诺所代表的处于社会被动位置的女性的冷静与执着。埃莉诺对哥哥死亡真相的探寻既是她用艺术唤起记忆、自我疗伤的过程,也是她自我发现的过程。

埃莉诺得知托比死讯时的第一反应是,她有一种"要干点什么的冲动"。她特别想拿起画笔凭记忆为哥哥画像。"悲伤来自人去无归,只要她(埃莉诺)活着还能作画,托比永远不死。"但是,作画方式并没有让她得到宣泄,反而换来更大的疑惑。她日渐疲劳,脑袋空空,痛苦再次侵袭着她:"……没有尸体,没有坟墓,没有告别仪式,只有这几件替换衣物,

---

[①] Nicholas Meihuizen, *Yeats and the Drama of Sacred Space* (Amsterdam & New York: Rodopi, 1998) 158.

[②] W. B. Yeats, "Modern Poetry: A Broadcast," *Essays and Introductions* (London: Macmillan, 1980) 499.

[③] James Hall & Matin Steinmann (eds.), *The Permanence of Yeats* (Macmillan, 1950) 217.

那是他最后上战场留在身后的物品",能够证明托比存在的似乎只有他的房间。那个空荡荡的房间就是被她视若神龛也无济于事。她再也画不出当年远赴伊普雷时的《哺乳图》《街心公园》那样的作品。托比的形象在她脑海中居然不能清晰起来。埃莉诺转而将感情寄托于风景,画了一批极罕见的冬日景色。仔细看来,每幅画里都有一个人影,被放在离景致中心距离很远的边缘,随时都会从画面消失。画作里面的人影线条很淡,好像是光与影促成似的。在保罗看来,"这些画作使用的是传统画法,但里面有不安因素。惶恐。奇怪的是,保罗对这种感觉不陌生。前线的生活就是这样的,充满悖论:战地其实到处都是人,但满目空旷"。

托比之于埃莉诺的重要首先源于埃莉诺成长的孤独。缺乏长辈的引领,貌似和谐的父母对埃莉诺的疏离,都让托比成了让她最愿意依赖的人。埃莉诺对托比刻骨铭心的记忆是夏日某个周末的下午,她和托比一起外出散步,回到了他们儿时去过的旧磨坊。他一把把她揽在怀里,开始吻她……

> 然后,突然间,他一把推开她。
> "对不起,对不起,对不起,对不起……"
> 她无言。一个人怎么可能在情感进入如此深的地步刹那间还能拔得出来?
> "嗨,你回家吧,"他说,"我随后就回去。"
> 埃莉诺想都没想正要离开,却想起了那条河,又转过身来。
> "别管我。我没事的。"他说。
> "我自己回去的话,他们会盘问我是不是出事儿了。"
> "你就说你不舒服。"
> "你让我一个人解释?别这样。不行,过来,咱俩一起回。"
> 这次他点了头听了她的。这举动比他刚才的强吻还令她吃惊。他比她大两岁,是个男人。过去总是他说了算。

让埃莉诺觉得特别委屈的是,她到家时头真的疼了起来,所以说了句回房休息就离开了。托比对在楼梯上向他询问的母亲说:"她不舒服。我想是太阳太毒了。"托比又一次撒谎!埃莉诺痛切地感到,小事情背后藏着大问题。平时兄妹吵架,母亲一定护着哥哥,说她有问题。所以,"长兄的拥抱不必大惊小怪。接吻有点不对劲儿。不过如此。不要当事儿。至于她本人的反应——震惊、害怕，还有诸多无法命名的什么感觉，最好统统忘掉"。她到艺术学院上学之前，从来不会考虑到自己的感受，"照顾人是她接受的一贯的教育"。

可是，托比又是从小呵护她长大的哥哥。父亲以工作为由常年住在伦敦的俱乐部，母亲喜欢姐姐蕾切尔，总对她吹毛求疵，是托比缠着父亲不顾母亲和姐姐的反对让父亲送埃莉诺到伦敦斯拉德艺术学院深造的。所以，每当想到那天发生的事情，她心理就不平衡。她不希望托比离她而去："她需要有人与她一同分担心理与情感负重。一想到托比若无其事的样子，她就怒不可遏。当晚心怀不甘的埃莉诺想着要杀一杀托比的威风，她就穿着睡裙溜进托比的房间，顺手抄起水罐想把熟睡的托比激醒。这时托比睁开眼睛，无言地注视着她，然后伸出手臂。她无法抵抗，顺势在他旁边躺下……"

这种僭越人伦的兄妹之情很快就由托比做了了断："我负90%的责任，责任不全在我。"事后，托比的理智与决绝的态度让埃莉诺非常生气。她认为托比是"一派胡言"——那情感依然存在，他为何"让她忘记"？埃莉诺曾认为托比太自私，同时心里清楚，托比是在以他的方式努力修补他们之间的伤害。但埃莉诺认为，让她把那天晚上的事情统统忘掉，由她一个人独立面对记忆，这太不公平。但是，当埃莉诺看到托比征服的不只是她一个人，医学院里众多的学弟们也喜欢他，包括在他高烧不退坚守在他身边听候调遣的安德鲁时，她似乎意识到托比应该有自己的生活，特别是托比昏睡状态下不断发出的"对不起，对不起……"的喃喃呓语，完全抵消了埃莉诺的怨恨，甚至心里升腾起一种超越的柔情——她为他用冷水降温，唱着儿歌哄他安静入睡："黛西、黛西，告诉我你愿意，我疯狂地……全心全意地爱着你。"

可以看出，年轻的托比在小说中实际上取代了父亲的位置而成为埃莉诺生活的向导。尽管他并非完美，但他和埃莉诺一起"将做的错事放在脑后，彼此在一片焦土之上重新建立起一种不同以往的、更加深厚的关系"。托比之死强行中断了这种关系，这是埃莉诺不能接受的。如果说雅各的母亲手里拿着雅各曾经穿过的一双鞋，这无法让她想象、追寻他生命最后的日子，那么埃莉诺除了哥哥的衣物，她还在军服的夹层里发现了托比死前写给她但没有发出去的一封信！信中暗示了他即将赴死的命运，其中有一个线索，那就是和他同在一个医疗所做担架员的基特·奈维尔知其所然，将来不妨一问。当她和腿部受伤的保罗找到被送回伦敦医院、被炮弹炸飞了鼻子的奈维尔时，奈维尔说："我无可奉告。他被炮弹直接击中。人在片刻蒸发，没有痛苦。他人很勇敢，是位优秀的医生，认识他的人都喜欢并尊重他……真的没的可说了。"

奈维尔的话不仅让埃莉诺不信，连在场的保罗也不信。保罗以为，埃莉诺离开后奈维尔也许可以谈实情。所以，单独和奈维尔在一起的时候，他问道：

> "布鲁克到底怎么回事？"
>
> "让她知道事情原委没有好处。"
>
> "那你告诉我。"
>
> "不，我不能告诉你，因为你总会告诉她的。好了，我知道你说你保证不告诉她，但你还是会告诉的。你就是这样的人。她不费劲儿就能让你就范。"
>
> "这么说一定事出有因喽？"
>
> "你跟我一样清楚做事的规则。战场的事只在战场上了结。"他站起身，"包括我这个倒霉的鼻子。"

奈维尔的话同《重生三部曲》中萨松、里弗斯的观点如出一辙。从文化层面上看，这就是埃克斯坦在《春之祭》一书中提到的英国人喜欢遵循"游戏规则"的文化本性："英国人要完成的主要使命是传播公民道德。"[1]换句话说，为了听起来符合道德，可以牺牲真相。这种以男权意识形态为中心的公民道德牺牲了人内心的真实感受，并以男性的谎言为装饰，使其成为一种坚不可摧的权威和规则。正如歌谣所唱："他们问我们，有多危险，哦，我们不会告诉他们，不，我们不会告诉他们……"但若从心理层面上看，奈维尔、随军牧师和托比所在部队的上级领导都确认，托比是被炮弹炸飞的，甚至连身份牌都没有找见。如果这是谎言，里面一定有难言之隐，关乎人性不为人知的一面。事实是：在前线医疗所工作时，奈维尔

---

① Modis Eksteins, *Rites of Spring*: *The Great War and the Birth of the Modern Age* (New York: Houghton Mifflin Harcourt, 1989) 117.

曾经想给自己一枪，以便瞒天过海，得到回家治病的机会。但是，"一枪打出去会怎么样？他扣着扳机的手还是松开了。负点轻伤就好，别太严重，能回家就行"。他随后希望通过自己的病症能让主管医生托比顺势给他开个"绿灯"。结果，托比没有同意，还对他提出警告。这让奈维尔自尊心受损。奈维尔转败为胜的契机是大半夜托比与马童在马棚里"道德败坏、行为不轨"，正被奈维尔撞见。随后他报告了随军牧师。随军牧师因早与托比意见不合而报告上级，上级让托比自行了断……

令奈维尔震撼的是，那个让他耿耿于怀的托比居然能泰然处之。他无言地接受了命运，并让奈维尔见证由自己亲手结束生命的过程。常理上看，托比若不自行了断，"就会上军事法庭，被剥夺军衔，可能得干十年苦役。到时候，不能注册行医"。保罗对埃莉诺转述时还强调："出来做不成医生。你看到了吧，为什么自杀是唯一的出路？他可以让家庭免受羞辱。"

聪明的保罗"不知道奈维尔讲的故事有多少可信的成分。奈维尔已经说出了真相——这一点他丝毫不怀疑——然而，他终究还是有可能隐瞒某些事，那些不宜让人知道的事。"在从原来不喜欢托比的奈维尔的叙述中，保罗听出他不止一次地对托比发出赞叹，这赞叹也许让奈维尔既幸灾乐祸（托比为人不齿的"下流"行为）又让他相形见绌（视死如归）。特别是托比死后，奈维尔在无人地带居然"待了一整天加上一个半夜，然后我匍匐回去，回去的正是时候，紧接着的爆炸让那个地方都成为碎片"。整个事件可以简单归为：两个人去了无人地带；只有一个回来了。除了在场者奈维尔谁还能言真相？巴克通过保罗的转述再次表达，百分百的战争真相是不可能的。"接近就可以了，他（奈维尔）已经很接近了。"

当保罗对埃莉诺转告"事实"的时候，也有所保留。保罗心里想，"不让埃莉诺知道某些事情没有关系。有些秘密是不能讲的"。对于埃莉诺而言，托比死之疑团的部分真相的揭开，让她由开始的内心紧张、惶恐和故作冷漠变成了"愤怒"——"他不再是无辜的受害者：他的死出于选择"。尽管如此，埃莉诺还是摆脱不了无尽的折磨与思念，托比"蓝色的眼睛，现在反正闭上了；耳朵，听不见了，嘴巴，永远张不开了"。

埃莉诺给外人的印象是古怪，给家人的印象是"自私"，给保罗的印象是会巧妙"利用"人，完全不具备斯巴达城邦所提倡的被客体化了的女性"品格"。她鄙视自己母亲完全被托比之死所淹没的情绪放纵，但她自己毫无例外地与"弹震症"士兵，甚至面部受伤的"破脸人"一样内心遭受重创，也是"在发生之初认识不了，把握不住"① 的，是"历史上的不可能：一个没有所指的事件"②，需要走进剥离表象、进入内里的探索真相的漫长过程。

巴克的真相探索是不同个体的战争生活经历的总汇，它以其切身性确立其合法地位。即使在战场上，除交火开战之外，男性的困境不只是表面看起来的社会男性标准悖谬的迫害与折磨，他们困境的根源是自己内心深处与生命俱在的本能，它引而不发，却根深蒂固，超越性别和阶级。巴克用冷峻的笔调书写战争给所有人情感和身体造成的巨大创伤：埃莉诺失去了关系至亲的哥哥，保罗的腿部受伤、行动受限，基特·奈维尔面部受伤没有了鼻子，成了佟科斯档案中的人物。无论埃莉诺多想远离战争，战争都无法让女人走开，只要她们有父亲、丈夫、兄弟、儿子、男友在战场，她们就不可能与战争无关。

巴克通过埃莉诺为哥哥战场之死寻找真相的过程替男性叩问了社会的功利与虚假，同时揭开人性之软肋。小说结尾，埃莉诺不仅走出画室接替佟科斯继续在医院为"破脸人"画像，她还从托比楼上的房间走下来，去给保罗开门——埃莉诺正在走出自我阴霾，走进无可逃避的混沌的生活，正像身心严重扭曲、需要重整旗鼓的保罗、奈维尔一样。巴克笔下的埃莉诺，如同福尔斯笔下的莎拉③，用她的"怪癖"揭开人类不容易和不愿意认知的隐秘，在挑战社会文化常规的整体上的麻木与虚假的同时，认识"暴力的牺牲品"，即"暴力的怂恿者"④。

① Cathy Caruth (ed.), "Introduction," *Trauma: Explorations in Memory* (Baltimore: The Johns Hopkins University Press, 1995) 8.

② Shoshana Felman and Dori Baub, *Testimony: Crisis of Witnessing in Literature, Psychoanalysis and History* (London: Routledge, 1992) 102.

③ 莎拉是法国小说家福尔斯《法国中尉的女人》中的人物。

④ Donna Perry, "Pat Barker," *Backtalk: Women Writers Speak Out* (New Jersey: Rutgers University Press, 1993) 50.

结　语

乃知兵者是凶器，圣人不得已而用之。①

　　本书以《重生》、《门中眼》、《亡魂路》、《别样世界》、《生活课堂》和《托比的房间》等六部一战小说为蓝本，从以下几个方面分析了巴克一战小说的创伤叙事。

　　第一，巴克一战小说"创伤"叙事的总体特征：历史性叙事与回忆性叙事的观照与对话。巴克用历史性叙事展现特定社会历史文化生活的个性及局限，表达文学对社会历史文化之思；用回忆性叙事揭示跨地域、跨时代的人所具有的共性，迫使人正视人的心理现实之根，直面现存社会问题的历史根源。

　　第二，通过小说人物身体叙事的个体性话语与国家话语对话。个体性话语代表创伤视角下的战争观，与此相对的国家话语则代表启蒙视角下的战争观。巴克站在人的个体性立场上消解战争神话，通过叙事方式表达其明确的伦理立场。

　　第三，通过"小历史"生命叙事、绘画叙事、诗歌叙事等表达媒介对话国家战争话语，提供多方位的战争生活视域，展现创伤的不同表达和认知，并在社会政治话语和伦理审美追求上寻找可能的平衡契机和出口。基于文化本体论的社会政治话语和基于人的本体论的生命话语构成对战争暴力的不同视角，代表了看待战争暴力的不同伦理选择。

　　第四，通过记忆叙事，在"回溯"中探寻真相，展开对英国社会诸多社会问题的叩问和探索。巴克通过经历历史事件冲击的人的切肤感受，走进记忆，使创伤症状回到事件客观发生时的情势，表达被传统历史叙事所

---

　　①　出自李白《战城南》，选自詹福瑞等《李白诗全译》，河北人民出版社，1997，第1003~1004页。

拒斥、压抑的另一层真相，以重新诠释历史的对话场域。

第五，巴克战争小说的对话诗学不仅要面对一战凸显的英国的"男性危机"，还要面对社会危机引起的人性认识危机。唤起这种危机意识，需要在英国文学传统中寻找叙事起点，搭建对话的，乃至反抗的战争叙事空间，通过该空间叩问男性集体神话，用女性战争叙事的视域对话当时处于主导地位的男性话语，为人类正视自身的问题提供参照。巴克正是通过叙事模式，即敏感、同情、整合地看待世界的眼光，以及通过感官体验、直觉领悟与理性判断和审思的力量，通过基于理性判断又不排除诉诸感官的叙事策略，通过充满张力的"延宕"叙事对话方式与帝国霸权同构的男性思维方式，质疑占领主导地位的男性话语权力的绝对权威。

创伤叙事不同于暗含历史因果论的"本原"叙事，也不同于饱含乐观主义历史进步论的"目的论"叙事，是 20 世纪末宏大叙事主导背景下人类个体经验性的、由内向外的、自下而上的诉说，属于小叙事的范畴。不同的个体声音通过各自主体切身的自我探索绘成多样图景，形成更具个性化、更复杂、更具有阐释力和启发性的书写，对话与消解传统权威话语体系，展现创伤叙事文化和其审美意义。

"对生命的机械简化"的深恶痛绝是当代英国作家帕特·巴克的文学创作同伍尔夫、叶芝等人的共鸣。所不同的是，伍尔夫和叶芝秉承了作为"绅士的女儿"和"绅士"的维多利亚高雅趣味；而在后现代社会背景下从社会底层走出来的巴克受惠于民间普通百姓的生命智慧。她面对社会定式思维和传统语言成规"对生命的机械简化"的现实，使用"身体的语言"表达被英帝国文化否定的人类天然情感和人性中不容忽视的本能。巴克六部战争小说的主人公因战争伤害而在生理层面上背负拖累、心理层面上焦虑自闭、文化层面上与社会隔膜，导致严重的身份认同障碍。

巴克的战争小说写战场上官兵的感受。她把目光投向人在战场上的承受和坚持——不是谁喜欢打仗，而是打仗时要坚守命令和职责。如果现世的"权力化"视角是男性视角的话，那么巴克的女性视角姿态就是"权力"现实背后隐含存在的"事实"的视角，这个视角以同情和关爱为前提，在战场极限状态下不否认身体的逻辑，并极力维护身体的感受，以至于在极限环境中不惜以终止身体的痛苦作为维护同胞尊严的选择。这种特质人所共有，并在极限环境中凭本能和责任做出判断。它不是性别角色的特征，而是正常人的特征。靠着这种共识与默契，一战官兵才能在极其残酷的环境下忍受坚持到最后战争结束。

巴克通过小说人物的战争经历表现他们遭受暴力痛苦所带来的创伤之深、破坏之大、影响之久、修复与安度之难，展现战争生活的悲剧本质，传达隐而未发的英国民间文化传统这一生命立场。这一立场立足于不屈不挠的生命本能和在群体交流中不可或缺的互助与共情，以及在这个过程中的自我叩问、自我质疑、自我认知的叙述策略，以达到自我力量的增长和自我改变的可能。并行不悖的理性反思和民间文化生命立场的书写方式使她对一战过往的再书写充满张力，这显然不同于处于宰制地位的英国理性主义框架内的历史主义视角。她为战争小说中代表不同伦理力量的多元视角提供了自主发声、平等对话的场域。

巴克并未寄希望于用小说创作去改造社会，但这不妨碍她言说这个世界。巴克将战争灾难当成日常思维定式在特定情形下的突出反映，使战争成为表现人类生活状态和困境的题材。她将创伤记忆当作凝聚受创官兵共同生命尊严的纽带，指向交流、自省、反思下的自我救赎。所以，创伤记忆不只属于过去，它面向的还有未来。

参考文献

外文文献

帕特·巴克作品

Pat Barker, *Union Street* (London: Virago, 1982).

Pat Barker, *Blow Your House Down* (London: Virago, 1984).

Pat Barker, *Liza's England* (London: Virago, 1986).

Pat Barker, *The Man Who Wasn't There* (London: Virago, 1989).

Pat Barker, *The Regeneration Trilogy* (London: Penguin Books, 1996). (*Regeneration* 1991, *The Eye in the Door* 1993, Ghost Road 1995.)

Pat Barker, *Another World* (London: Penguin Books, 1998).

Pat Barker, *Border Crossing* (London: Penguin Books, 2001).

Pat Barker, *Double Vision* (Suffolk: Quality Paperbacks Direct, 2003).

Pat Barker, *Life Class* (London: Penguin Books, 2007).

Pat Barker, *Toby's Room* (New York: Doubleday, 2012).

Pat Barker, *Noonday* (London: Penguin Books, 2016).

帕特·巴克访谈

Donna Perry, "Going Home Again: An Interview with Pat Barker," *The Literary Review: An International Journal of Contemporary Writing*, 34: 2 (Winter 1991) 235 –244.

Donna Perry. *Backtalk: Women Writers Speak Out* (New Brunswick, NJ: Rutgers UP, 1993) 43 –61.

Francis Spufford, "Exploding the Myths: An Interview with Booker Prize-Winner Pat Barker," *Guardian Supplement* (Nov. 9, 1995).

John Brannigan，"An Interview with Pat Barker," *Contemporary Literature* 46. 3 （2005）367 – 392.

Rob Nixon，"An Interview with Pat Barker," *Contemporary Literature*, Vol. 45, No. 1 （Spring, 2004）1 – 21.

外文报刊、学术期刊文章

Ahmad Abu Baker， "The Theme of 'Futility' in War Poetry," *Nebula* 4. 3 （Sept. 2007）125 – 140.

Amna Haider， "War Trauma and Gothic Landscapes of Dispossession and Dislocation in Pat Barker's Regeneration Trilogy," *Gothic Studies* Vol. 14 Issue 2 （Nov. 2012）55 – 73.

Andrew Barnaby， "Coming Too Late: Freud, Belatedness, and Existential Trauma," *Substance* Vol. 41 No. 128 （2012）119 – 138.

Belinda Webb, "The other Pat Barker trilogy," *Guardian* （Nov. 20, 2007）.

Bernd Hüppauf, "Experiences of Modern Warfare and the Crisis of Representation," *New German Gritique* 59 （1993）41 – 76.

Charles S. Myers， "A Contribution to the Study of Shell Shock," *Lancet* （Feb. 13, 1915）316 – 320.

Cole A. Giller, "Emperor Has No Clothes: Velocity, Flow, and the Use of TCD," *Journal of Neuroimaging* 13. 2 （2003）97 – 98.

Debra Lennard, "Censored flesh: The wounded body as unrepresentable in the art of the First World War," *The British Art Journal* Vol. 12 Issue 2 （Autumn 2011）22 – 33.

Emma Chambers， "Fragmented Identities: Reading Subjectivity in Henry Tonks Surgical Portraits," *Art History* 32 No. 3 （2009）578 – 607.

Eric Gans, "Originary Narrative," Anthropoetics: The Journal of Generative Anthropology Vol. 3 Issue 2 （1998）1 – 16.

F. R. Ankersmit, "Hayden White's Appeal to the Historians," *History and Theory* 37 （1998）182 – 193.

Henry Tonks, "Notes from 'Wander-Years'," *Artwork* No. 20 （Winter 1929）.

Hortense Spillers, "Mama's Baby, Papa's Maybe: An American Grammar Book," *Diacritics* 17. 2 (1987) 65 – 81.

Jane E. Dickson, "Singing with Mystery: Interview with Graham Swift," *Sunday Times* (Feb. 16, 1992).

Janet Chauvel, "Freud, Trauma and Loss," a presentation to the Victorian Branch of the Australian Association of Social Workers' Psychoanalytic/Psychodynamic Interest Group (Sept. 13, 2004).

Jennifer L. Aaker, "The Malleable Self: The Role of Self Expression in Persuasion," *Journal of Marketing Research* Vol. 36 No. 1 (Feb. 1999) 45 – 57.

Kennedy Fraser, "Ghost Writer," *The New Yorker* Vol. 84 Issue 5 (Mar. 17, 2008).

Laura Sjoberg, "Women fighters and the beautiful soul narrative," *International Review of the Red Cross* Vol. 92 No. 877 (Mar. 2010) 53 – 68.

Laurel Richardson, "Narrative and sociology," *Journal of Contemporary Ethnography* 19 (1990) 116 – 135.

Linda Hutcheon, "Postcolonial Witnessing-and Beyond: Rethinking Literary History Today," Neohelicon 30 (2003) 13 – 30.

Lisa Mc Cann and Laurie Anne Pearlman, "Vicarious Traumatization: A Framework for Understanding the Psychological Effects of Working with Victims," *Journal of Traumatic Stress* 3 (1990) 131 – 150.

Lucy Hughes-Hallett, "Life Class," *The Sunday Times* (Jul. 8, 2007).

Lynda Prescott, "Pat Barker's Regeneration trilogy: Lynda Prescott examines the interweaving of fiction and history in Barker's novels," *The English Review* (Nov. 2008) 17 – 20.

Margaret Wilkinson, "Undoing dissociation: Affective neuroscience: A contemporary Jungian clinical perspective," *Journal of Analytical Psychology* 50 (2005) 483 – 501.

Maya Jaggi, "Dispatches from the Front," *The Guardian* (Aug. 16, 2003) 16 – 19.

Michael Roper, "Re-Remembering the Soldier Hero: The Psychic and Social Construction of Memory in Personal Narratives of the Great War," *Histo-*

ry Workshop Journal 50 （Autumn 2000）181 – 204.

Perter Brooks, "Constructions Psychanalytiques et Narratives," trans. Jessica Meyer, *Poetique* 61 （1985）63 – 74.

Peter Kemp, "Pat Barker's Last Battle?" *The Sunday Times* （Jul. 1, 2007）.

Pico Iyer, "The Folly of Thinking We Know," *New York Times* （Mar. 21, 2014）.

Richard Locke, "Chums of War," *Bookforum* （Feb/Mar. 2008）.

Sandra M. Gilbert, "Soldier's Heart: Literary Men, Literary Women, and the Great War," *Signs* 8: 3 （Spring 1983）447 – 450.

Sarah Gamble, "North-east Gothic: Surveying Gender in Pat Barker's Fiction," *Gothic Studies* Vol. 9 Issue 2 （Nov. 2007）71 – 82.

Stella Rimington, "John Buchan and *The Thirty-Nine Steps*," *The Telegraph* （Jan. 11, 2011）.

Suzannah Biernoff, "Flesh poems: Henry Tonks and the Art of Surgery," *Visual Culture in Britain* Vol. 11 Issue 1 （Mar. 2010）25 – 47.

Ted Bogacz, "War Neurosis and Cultural Change," *Journal of Cotemporary History* 24 （1989）227 – 256.

Tim Peters, "PW Talks with Pat Barker War as a Human Experience （Interview with Barker about *Life Class*)," *Publishers Weekly* （Nov. 12, 2007）.

Tom Lubbock, "Power painting," *The Guardian* （Jan. 7, 2005）.

外文著作

Adrian Gregory, *The Silence of Memory: Armistice Day*, 1919 – 1946 （Oxford and Providence: RI, 1994）.

A. E. Housman, *A Shropshire Lad* （London: Kegan Paul, Trench, Trübner & Co., 1896）.

Andreas Kitzmann, Conny Mithander and John Sundholm （eds.）, *Memory Work: The Theory and Practice of Memory* （Frankfurt: Peter Lang, 2004）.

Ann Scott, *Real Events Revisited: Fantasy, Memory and Psychoanalysis* （London: Virago, 1996）.

A. K. Smith, *The Second Battlefield: Women, Modernism and the First World*

War (Manchester: Manchester University Press, 2000).

Ann Whitehead, *Trauma Fiction* (Edinburgh: Edinburgh University Press, 2004).

Antoine Prost, *Les Anciens Combattants et la Société Française* 1914 – 1939. Tome 3: *Mentalités et Idéologies* (Paris: Presses de la Fondation Nationale des Sciences Politiques, 1977).

Arthur Marwick and Wendy Simpson, *Primary Sources* 2: *Interwar and World War II* (Milton Keynes: The Open University, 2000).

Arthur Schopenhauer, *Parerga and Paralipomena*, Vol. I (Oxford: OUP, 2000).

Arthur W. Frank, *The Wounded Storyteller: Body, Illness, and Ethics* (Chicago: University of Chicago Press, 1995).

Bernard Bergonzi, *Heroes' Twilight: A Study of the Literature of the Great War* (London: Constable, 1965).

Bernd Hüppauf (ed.), *War, Violence and the Modern Condition* (Berlin and New York, 1997).

Brian W. Shaffer, *A Companion to the British and Irish Novel* 1945 – 2000 (Malden, MA: Blackwell Publishing, 2005).

Candace Ward (ed.), *World War One British Poets: Brooke, Owen, Sassoon, Rosenberg and Others* (New York: Dover Publications, 1997).

Catherine Belsey, *Critical Practice* (London: Methuen, 1980).

C. B. Cox and A. E. Dyson, *Modern Poetry Studies in Practical Criticism* (London: Edward Arnold, 1963).

Cathy Caruth, *Unclaimed Experience: Trauma, Narrative, and History* (Baltimore, ML: Johns Hopkins University Press, 1996).

Cathy Caruth, *Trauma: Explorations in Memory* (Baltimore, ML: Johns Hopkins University Press, 1995).

Christopher Bollas, *The Shadow of the Object: Psychoanalysis of the Unthought Known* (London: Free Association Books, 1987).

C. E. Montague, *The Western Front*, II (London, 1917).

Claire M. Tylee, *Great War and Women's Consciousness* (Iowa City: University of Iowa Press, 1990).

Cynthia Monahon, *Children and Trauma: A Guide for Parents and Professionals* (San Francisco: Jossey-Bass, 1993).

Dale M. Bauer and Susan Jaret Mckinstry (eds.), *Feminism, Bakhtin and the Dialogic* (Albany, NY: State University of New York Press, 1991).

Dannis Winters, *Death's Men: Soldiers of the Great War* (London: Penguin, 1985).

David Waterman, *Pat Barker and the Mediation of Social Reality* (New York: Cambria Press, 2009).

Deborah Cohen, *The War Come Home: Disabled Veterans in Britain and Germany*, 1914 – 1939 (Oakland: University of California Press, 2001).

Dena Elisabeth Eber and Arthur G. Neal (eds.), *Memory and Representation: Constructed Truths and Competing Realities* (Bowling Green, USA: Bowling Green State University Popular Press, 2001).

Dennis Proctor (ed.), *The Autobiography of G. Lowes Dickinson* (London: Duckworth, 1973).

Dennis Todd, Cynthia Wall and J. Paul Hunter (eds.), *Eighteenth-century Genre and Culture: Serious Reflections on Occasional Forms: Essays in Honor of J. Paul Hunter* (University of Delaware Press, 2001).

Dominick LaCapra, *Representing the Holocaust: History, Theory, Trauma* (N. Y.: Cornell University Press, 1994).

Dominick LaCapra, *Writing History, Writing Trauma* (Baltimore: Johns Hopkins University Press, 2000).

Donna J. Haraway, *Simians, Cyborgs, and Women: the Reinvention of Nature* (London: Free Association Books, 1991).

Elaine Scarry (ed.), *Literature and the Body: Essays on Populations and Persons* (Baltimore: Johns Hopkins University Press, 1988).

Elaine Showalter, *The Female Malady: Women, Madness and English Culture*, 1830 – 1980 (London: Virago, 1987).

Elizabeth Anderson, *Excavating the Remains of Empire: War and Post-Imperial Trauma in the Twentieth-Century Novel* [PhD] (Durham: The University of

New Hampshire, 2002).

Emily Mayhew, *Wounded: A New History of the Western Front in World War I* (New York: OUP, 2014).

Eric J. Leed, *No Man's Land: Combat and Identity in World War I* (Cambridge: CUP, 1979).

Erich Auerbach, *Mimesis: The Representation of Reality in Western Literature*, trans. Willard R. Trask (New York: Doubleday, 1957).

F. Skinner, *Verbal Behavior* (New York: Appleton-Century-Crofts, 1957).

Gary S. Messinger, *British Propaganda and the State in the First World War* (Manchester: Manchester University Press, 1992).

Geoff Dyer, *The Missing of the Somme* (London: Penguin, 1995).

George Orwell, *Collected Essays, Letters and Journalism* Vol. 1, Sonia Orwell and Ian Angus (eds.) (Harmondsworth: Penguin, 1970).

George Robb, *British Culture and the First World War* (London: Palgrave, 2015)

George Stade and Carol Howard (ed.), *British Writers, Supplement* IV (NY: Scribner's, 1997).

G. Watson, *The Idea of Liberalism* (London: Macmillan, 1985).

Gerhard Hirschfeld et al. (eds), *Enzyklopädie Erster Weltkrieg* (Paderborn, Munich and Vienna, 2004).

Gert Buelens, Sam Durrant and Robert Eaglestone (eds.) *The Future of Trauma Theory: Contemporary Literary and cultural criticism.* (New York: Routledge, 2014).

Gilles Deleuze, *Pure Immanence Essay on A Life*, trans. Anne Boyman (Brooklyn, NY: Zone Books, 2001).

Giorgio Agamben, *Remnants of Auschwitz: The Witness and the Archive*, tran. Daniel Heller-Roazen (New York: Zone Books, 2002).

Gordon Wheeler, *Beyond Individualism: Toward a New Understanding of Self, Relationship, and Experience* (Hillsdale, NJ: Analytic Press, 2000).

Guy Cuthbertson, *Wilfred Owen* (New Haven and London: Yale University Press，2014）.

Harold Bloom（ed.），*Modern Critical Views：Anthony Burgess*（New York & Philadelphia：Chelsea House Publishers，1987）.

Harold Owen and John Bell（eds.），*Collected Letters* by Owen（London：OUP，1967）.

Harry Blamires，*Twentieth-Century English Literature*（London：Macmillan Press，1982）.

Herman Wouk，*The Caine Mutiny*（Back Bay Books；Reprint edition，1992）.

Ian Hacking，*Rewriting the Soul：Multiple Personality and the Sciences of Memory*（Princeton，NJ：Princeton University Press，1995）.

I. Opie and P. Opie，*The Oxford Dictionary of Nursery Rhymes*（New York：OUP，1997）.

James Elkins，*On Pictures and the Words that Fail Them*（Cambridge：CUP，1998）.

James Gibson（ed.），*Thomas Hardy：The Complete Poems*（Palgrave Macmillan，2001）.

James Hall & Matin Steinmann（eds.），*The Permanence of Yeats*（Macmillan，1950）.

Jane Potter（ed.），*Wilfred Owen：An Illustrated Life*（Oxford：Bodleian Library，2014）.

Jay Winter，*Sites of Memory，Sites of Mourning：The Great War in European Cultural History*（Cambridge，1996）.

Jean-Jacques Rousseau，*Emile*，trans. Allan Bloom（New York：Basic Books，1979）.

Jeffery C. Alexander（ed.），*Cultural Trauma and Collective Identity*（Berkley：University of California Press，2004）.

Jerome H. Barkow，L. Cosmides and J. Tooby（eds.），*The Adapted Mind*（Oxford：Oxford University Press，1992）.

Jessica Meyer（ed.），*British Popular Culture and the First World War*（Leiden · Boston：Brill，2008）.

Jessica Meyer, *Men of War: Masculinity and the First World War* (London: Palgrave Macmillan, 2009).

Joanna Bourke, *Dismembering the Male: Men's Bodies and the Great War* (London: Reaktion Books, 1996).

John Berger and Jean Mohr, *Another Way of Telling* (New York: Pantheon, 1982).

John Brannigan, *Pat Barker* (Manchester: Manchester University Press, 2005).

John B. Watson, *Behaviorism* (New York: Norton, 1925).

John Horne (ed.), *A Companion to World War I* (Chichester: Wiley-Blackwell, 2010).

John Stallworthy (ed.), *The Poems of Wilfred Owen* (London: Hogarth Press, 1985).

John Stallworthy (ed.), *Wilfred Owen* (Chatto & Windus and OUP, 1974).

John Todman, *The Great War: Myth and Memory* (London: Hambledon and London, 2005).

John Unterecher, *A Reader's Guide to William Bulter Yeats* (New York: Octagon, 1983).

John Welchman (ed.), *Rethinking Borders* (London: Macmillan, 1996).

Jon Silkin, *The Penguin Book of First World War Poetry* (London: Penguin, 1979).

Jonathan Culler, *The Pursuit of Signs: Semiotics, Literature, Deconstruction* (Ithaca: Cornell University Press, 1981).

Joseph Hone, *The Life of Henry Tonks* (London: Heinemann, 1939).

Judith Butler, *Gender Trouble: Feminism and the Subversion of Identity* (New York: Routledge, 1990).

Judith Herman, *Trauma and Recovery: The Aftermath of Violence-from Domestic Abuse to Political Terror* (New York: Basic Books, 1992).

Kali Tal, *Words of Hurt: Reading the Literatures of Trauma* (Cambridge:

Cambridge University Press, 1996).

Kate Conboy, Nadice Medina and Sarah Stanbury (eds.), *Writing on the Body: Female Embodiment and Feminist Theory* (New York: Columbia UP, 1997).

Kate McLoughlin (ed.), *The Cambridge Companion to War Writing* (Cambridge: CUP, 2009).

Laurie Vickroy, *Reading Trauma Narratives: The Contemporary Novel and the Psychology of Oppression* (Charlottesville & London: University of Virginia Press, 2015).

Leo McKinstry, *Spitfire: Portrait of a Legend* (London: John Murray Publisher, 2008).

Linda Hutcheon, *A Poetics of Post-modernism: History, Theory, Fiction* (London: Routledge, 1988).

Luc Ferry, *A Brief History of Thought: A Philosophical Guide to Living* (Harper, 2010).

Malcolm Bradbury, *The Modern British Novel 1878 - 2001* (Beijing: Foreign Language Teaching and Research Press, 2005).

Marian Hirsch, *Family Frames: Photography, Narrative and Postmemory* (Cambridge: Harvard UP, 1997).

Mark Currie, *Postmodern Narrative Theory* (Hampshire: Palgrave, 1998).

Mark Epstein, *The Trauma of Everyday Life* (New York: The Penguin Press, 2013).

Matt Ridley, *The Origins of Virtue* (London: Viking/Penguin Books, 1996).

Max Hastings, *Catastrophe 1914: Europe Goes to War* (New York: Alfred A. Knopf, 2013).

Michael Kammen, *Mystic Chords of Memory* (New York: Alfred A. Knopf, 1991).

Michael Holquist (ed.), *The Dialogic Imagination: Four Essays By M. M. Bakhtin*, trans. Caryl Emerson and Michael Holquist (Austin: University of Taxes, 1981).

Michael Sanders and Philip M. Taylor, *British Propaganda during the First World War*, 1914–18 (London: Macmillan Press, 1981).

Modis Eksteins, *Rites of Spring: The Great War and the Birth of the Modern Age* (New York: Houghton Mifflin Harcourt, 1989).

Nancy R. Goodman and Marilgn B. Meyers (eds.), *Reflections, Reverberations, and Traces of the Holocaust* (New York: Routledge, 2012).

Nick Bentley (ed.), *British Fiction of the 1990s* (London and New York: Routledge, 2005).

Nicholas Meihuizen, *Yeats and the Drama of Sacred Space* (Amsterdam & New York: Rodopi, 1998).

Nicholas J. Saunders (ed.), *Matters of Conflict: Material Culture, Memory, and the First World War* (New York: Routledge, 2004).

Nina Baym (ed.), *The Norton Anthology of American Literature* 6th edition (New York: W. W. Norton & Company, 2003).

Norman Alexandere Jeffares, *A Commentary on the Collected Poems of W. B. Yeats* (Stanford University Press 1968).

Pam Morris (ed.), *The Bakhtin Reader* (London: Edward Arnold, 1994).

Pat Wheeler (ed.), *Re-Reading Pat Barker* (Newcastle upon Tyne: Cambridge Scholars Publisher, 2011).

Paul Connerton, *How Societies Remember* (Cambridge: Cambridge University Press, 1989).

Paul de Man, *Blindness and Insight: Essays in the Rhetoric of Contemporary Criticism* (Minneapolis: University of Minnesota Press, 1983).

Paul Fussell, *The Great War and Modern Memory* (New York: OUP, 1975).

Paul Nash, *Outline: An Autobiography and Other Writings* (London: Faber, 1949).

Peter Alexander, *Hamlet: Father and Son* (Oxford: Clarendon Press, 1955).

Peter Childs, *Contemporary Novelists* (New York: Palgrave Macmillan,

2005).

Peter Kropotkin, *Mutual Aid: A Factor in Evolution*, Paul Avrich (ed.) (London: Allen Lane, 1972).

Peter Liddle, *The 1916 Battle of the Somme: A Reappraisal* (L. Cooper, 1992).

Peter Richard Wilkinson, *Thesaurus of Traditional English Metaphors* (Routledge, 2002).

Pierre Nora (ed.), *Les Lieux de Memoire* (Paris: Gallimanrd, 1984).

Richard C. Onwucinibe, *A Critique of Revolutionary Humanism: Frantz Fanon* (St. Louis, Missouri: Warren H. Green, 1983).

Richard Ellman, *Four Dubliners: Wilde, Joyce, Yeats and Beckett* (London: Hanish Hamilton, 1982).

Richard J. McNally, *Remembering Trauma* (Cambridge, MA: Harvard University Press, 2003).

Richard Slobodin, *W. H. R. Rivers* (Stroud: Sutton, 1997).

Robert Boyers, *The Dictator's Dictation: The Politics of Novels and Novelists* (New York: Columbia University Press, 2005).

Robert Con David (ed.), *Contemporary Literary Criticism* (New York & London: Longman, 1986).

Robert J. Fogelin, *Robert Berkeley and the Principles of Human Knowledge* (Routledge, 2001).

Robert Penn Warren and Albert Erskine (eds.), *Short Story Masterpieces* (New York: Dell Publishing Co., INC., 1954).

Robert Stolorow, *Trauma and Human Existence: Autobiographical, Psychoanalytic, and Philosophical Reflections* (New York: Routledge, 2007).

Roland Barthes, *Mythologies* (New York: Hill &Wang, 1972).

Roland Barthes, *Critical Essays* (Illinois: Northwest University, 1985).

Roland Barthes, *Image Music Text*, trans. Stephen Heath (New York: Hill and Wang, 1998).

Ruby V. Redinger, *George Eliot: The Emergent Self* (New York: Alfred A. Knopf, 1975).

Ruth Leys, *Trauma: A Genealogy* (Chicago: University of Chicago Press, 2000).

Samuel Hynes, *A War Imagined: The First World War and English Culture* (New York: Atheneum, 1991).

Santanu Das, *Touch and Intimacy in First World War Literature* (Cambridge: CUP, 2005).

Sarah Wise, *Inconvenient People: Lunacy, Liberty and the Mad-Doctors in Victorian England* (Berkeley, California: Counterpoint, Reprint edition 2013).

Sharon Monteith, Jenny Newman and Pat Wheeler (eds), *Contemporary British and Irish Fiction: An Introduction Through Interviews* (London: Arnold, 2004).

Sharon Monteith, Margaretta Jolly, Nahem Yousaf and Ronald Paul (eds.), *Critical Perspectives on Pat Barker* (Columbia: University of South Carolina Press, 2005).

Shoshana Felman, *Writing and Madness: Literature/Philosophy/Psychoanalysis*, trans. Martha Noel Evans, Shoshana Felman and Brian Massumi (Ithaca, New York: Cornell University Press, 1985).

Shoshana Felman, *The Juridical Unconscious: Trials and Traumas in the Twentieth Century* (Cambridge, MA: Harvard University Press, 2002).

Shoshana Felman and Dori Laub, *Testimony: Crises of Witnessing in Literature, Psychoanalysis and History* (London & New York: Routledge, 1992).

Siegfried Sassoon, *The Complete Memoirs of George Sherston* (London: Faber and Faber, 1945).

Siegfried Sassoon, *The War Poems* (London: Faber & Faber, 1983).

Siegfried Sassoon, *Collected Poems* 1908 – 1956 (London: Faber & Faber, 1986).

Sigmund Freud, *Reflections on War and Death*, trans. Dr. A. A. Brill and Alfred B. Kuttner (New York: Moffat, Yard and Company, 1918).

Sigmund Freud, *Totem and Taboo*, trans. James Strachey (New York: Norton, 1950).

Slavoj Zizek, *Violence: Six Sideways Reflections* (New York: Picador, 2008).

Sonia Orwell and Ian Angus（eds.）, *Collected Essays, Letters and Journalism of George Orwell*, Vol. 1（Harmondsworth：Penguin, 1970）.

Stefan Goebel, *The Great War and Medieval Memory：War, Remembrance and Medievalism in Britain and Germany*, 1914–1940（Cambridge：CUP, 2007）.

Stéphane Audoin-Rouzeauand and Annette Becker, 14–18：*Understanding the Great War*（New York：Hill & Wang, 2003）.

Stuart Sillars, *Art and Survival in First World War Britain*（London：Macmillan Press, 1987）.

Sue Malvern, *Modern Art, Britain and the Great War Witnessing, Testimony and Remembrance*（London：Paul Mellon Centre BA, 2004）.

Suman Gupta and David Johnson（eds.）, *A Twentieth-Century Literature Reader：Texts and Debates*（London and New York：Routledge, 2005）.

Susan D. Lanier-Graham, *The Ecology of War：Environmental Impacts of Weaponry and Warfare*（New York：Walker and Company, 1993）.

Susan R. Grayzel, *At Home and under Fire：The Air Raid in Britain from the Great War to the Blitz*（Cambridge：CUP, 2012）.

Theodor W. Adorno, *Prisms*, trans. S. Weber and S. Weber（London：Neville Spearman, 1967）.

Theodor W. Adomo and Max Horkheimer, *Dialectic of Enlightenment*, trans. John Cumming（New York：Herder & Herder, Inc., 1972）.

Tim Kendall（ed.）, *Poetry of the First World War：An Anthology*（Oxford：Oxford University Press, 2013）.

Tim O'Brien, *The Things They Carried*（Boston：Houghton Mifflin / Seymour Lawrence, 1990）.

Trudi Tate, *Modernism, History and the First World War*（Blanchester and New York：Manchester University Press, 1998）.

Vincent Sherry（ed.）, *Cambridge Companion to the Literature of the First World War*（Cambridge：Cambridge University Press, 2005）.

Vladimir Nabokov, *Strong Opinions*（New York：McGraw-Hill, 1973）.

Virginia Woolf, *Mrs Dalloway*（London：The Penguin Group, 1996）.

Virginia Woolf, *To the Lighthouse*（Oxford：OUP, 2000）.

Virginia Woolf, *Three Guineas*, （ed.） Mark Hussey （Orlando：Harcourt, 2006）.

Walton Litz and Christopher MacGowan （eds.）, *The Collected Poems of William Carlos Williams*, Vol. I （New York：New Directions Publishing Corporation, 1986）.

Wang Lili, *A History of 20th-Century British Literature* （Jinan：Shandong University Press, 2001）.

William Butler Yeats, *The Oxford Book of Modern Verse*, 1892 – 1935 （Oxford：The Clarendon Press, 1936）.

William Butler Yeats, *The Letters of W. B. Yeats*, Allan Wade （ed.） （New York：Macmillan, 1955）.

William Butler Yeats, *Autobiographies* （Macmillan, 1956）.

William Butler Yeats, *Essays and Introductions* （London：Macmillan, 1980）.

William Carlos Williams, *A Recognizable Image：William Carlos Williams on Art and Artists* （New York：A New Directions Book, 1978）.

W. H. R. Rivers, *Dreams and Conflicts* （Cambridge, 1920）.

W. H. R. Rivers, *Instinct and the Unconscious* （Cambridge, 1920）.

William K. Wimsatt and Cleanth Brooks, *Literary Criticism：A Short History* （New York：Knopf, 1957）.

William Shakespeare, *The Stratford Shakspere：Macbeth. Coriolanus. Julius Caesar. Antony & Cleopatra. Cymbeline. Troilus & Cressida* （South Carolina Charleston：Nabu Press, 2010）.

Winston S. Churchill, *My Early Life：1874 – 1904* （London：Butterworth, 1930）.

中文文献

中文报刊、学术期刊文章

程巍：《伦敦蝴蝶与帝国鹰：从达西到罗切斯特》，《外国文学评论》2001年第1期，第14~23页。

何卫平：《人文主义传统与文化哲学——以维科为基点的两个层面的

透视》，《光明日报》2011 年 2 月 15 日。

雷怀：《英国防大臣布朗要为一战时三百遭枪决逃兵平反》，《青年参考》2006 年 8 月 23 日。

李公昭：《战争·生态·文学——以美国战争小说为例》，《徐州师范大学学报》（哲学社会科学版）2009 年第 2 期，第 19～23 页。

李明、杜建政：《旧事为何重提？——忆旧、叙事与自传记忆的功能研究及其整合》，《心理科学发展》2015 年第 23 期，第 1732～1745 页。

刘瑞琪：《"阴性崇高"：黎·米勒的战争摄影》，《文化研究》2013 年第 17 期，第 87～122 页。

苏玲：《文学离不开对人性的思考》，《北京晨报》"文化头牌" 2013 年 3 月 19 日。

童庆炳：《文学独特审美场域与文学入口——与文学终结论者对话》，《文艺争鸣》2005 年第 3 期，第 69～74 页。

许德金：《自传叙事学》，《外国文学》2004 年第 3 期，第 44～51 页。

杨金才：《当代英国小说研究的若干命题》，《当代外国文学》2008 年第 3 期，第 64～73 页。

云也退：《需要永远拷问的战争论理》，《南都周刊》2007 年 6 月 16 日。

张和龙：《小说没有死——1990 年以来的英国小说创作》，《译林》2004 年第 4 期，第 192～197 页。

中文著作

〔英〕阿瑟·伯格：《通俗文化、媒介和日常生活中的叙事》，姚媛译，南京大学出版社，2000。

〔英〕艾瑞克·霍布斯鲍姆：《极端的年代》，郑明萱译，江苏人民出版社，1999。

〔俄〕巴赫金：《巴赫金全集》（第二卷），钱中文译，河北教育出版社，1998。

〔英〕彼得·福勒：《艺术与精神分析》，段炼译，四川美术出版社，1988。

〔法〕柏格森：《道德和宗教的两个来源》，王作虹、成穷译，贵州人民出版社，2000。

〔希〕柏拉图：《理想国》，张竹明译，译林出版社，2009。

〔美〕布鲁姆：《西方正典：伟大作家和不朽作品》，江宁康译，译林出版社，2005。

〔以〕费修珊、劳德瑞：《见证的危机》，刘裘蒂译，麦田出版社，1997。

〔英〕福勒：《艺术与精神分析》，段炼译，四川美术出版社，1988。

〔法〕福柯：《福柯集》，杜小真编选，上海远东出版社，1998。

〔奥〕弗洛伊德：《癔症研究》，《弗洛伊德全集》（第一卷），车文博编，张韶刚译，长春出版社，2004。

〔加〕格温·戴尔：《战争》，李霄垅、吕志娟译，江苏人民出版社，2007。

〔德〕哈贝马斯：《交往行为理论》（第一卷），曹卫东译，上海人民出版社，2004。

〔德〕海德格尔：《存在与时间》，陈嘉映、王庆节译，生活·读书·新知三联书店，2012。

〔英〕海默尔：《日常生活与文化理论导论》，王志宏译，商务印书馆，2008。

〔英〕赫伯特·里德：《艺术的真谛》，王柯平译，中国人民大学出版社，2004。

〔德〕黑格尔：《小逻辑》，贺麟译，商务印书馆，1980。

〔英〕霍布斯邦：《帝国的年代》，贾士蘅等译，国际文化出版公司，2006。

〔德〕霍克海默、阿道尔诺：《启蒙辩证法》，渠敬东、曹卫东译，上海人民出版社，2003。

〔英〕霍斯曼：《西罗普郡少年》，周煦良译，湖南人民出版社，1983。

〔德〕加达默尔：《哲学解释学》，夏镇平、宋建平译，上海译文出版社，2004。

〔英〕杰弗里·帕克等：《剑桥战争史》，傅锦川、李军、李安琴译，吉林人民出版社，1999。

〔意〕卡尔维诺：《通向蜘蛛巢的小径》，王焕宝、王恺冰译，译林出版社，2012。

〔美〕柯瑞·罗宾：《我们心底的"怕"：一种政治观念史》，叶安宁译，复旦大学出版社，2007。

〔英〕昆汀·贝尔：《隐秘的火焰：布鲁姆伯里文化圈》，季进译，江苏教育出版社，2006。

〔匈〕拉斯洛：《故事的科学：叙事心理学导论》，郑剑虹、陈建文、何吴明等译，北京师范大学出版社，2018。

〔法〕勒内·基拉尔：《浪漫的谎言与小说的真实》，罗芃译，生活·读书·新知三联书店，1998。

〔法〕勒内·吉拉尔：《替罪羊》，冯寿农译，东方出版社，2002。

〔法〕莱辛：《拉奥孔》，朱光潜译，人民文学出版社，1982。

〔美〕理查德·沃林《瓦尔特·本雅明：救赎美学》，吴勇、张亮译，江苏人民出版社，2008。

〔法〕卢梭：《社会契约论》，何兆武译，商务印书馆，1996。

〔美〕罗宾：《我们心底的"怕"：一种政治观念史》；叶安宁译，复旦大学出版社，2007。

〔德〕马克思、恩格斯：《马克思恩格斯选集》（第二卷），中共中央马克思恩格斯列宁斯大林著作编译局译，人民出版社，2004。

〔美〕马斯洛等著《人的潜能和价值：人本主义心理学译文集》，林方主编，华夏出版社，1987。

〔美〕米勒：《小说与重复》，王宏图译，天津人民出版社，2008。

〔德〕尼采：《快乐的科学》，黄明嘉译，漓江出版社，2007。

〔加〕诺思洛普·弗莱：《批评的剖析》，陈慧、袁宪军、吴伟仁译，百花文艺出版社，1998。

〔美〕米切尔、布莱克，《弗洛伊德及其后继者 现代精神分析思想史》，陈祉妍、黄峥、沈东郁译，商务印书馆，2007。

〔意〕普里莫·莱维：《休战》，杨晨光译，中信出版集团股份有限公司，2018。

〔俄〕契诃夫：《契诃夫论文学》，汝龙译，人民文学出版社，1959。

〔斯〕齐泽克：《暴力：六个侧面的反思》，唐健、张嘉荣译，中国法制出版社，2012。

〔斯〕齐泽克：《幻想的瘟疫》，胡雨谭、叶肖译，江苏人民出版社，2006。

〔美〕桑塔格：《关于他人的痛苦》，黄灿然译，上海译文出版社，2006。

〔俄〕舍斯托夫：《在约伯的天平上》，董友译，上海人民出版社，2004。

〔奥〕维特根斯坦：《哲学语法》，韩林合译，商务印书馆，2012。

〔英〕伍尔夫：《伍尔夫读书随笔》，刘文荣译，文汇出版社，2006。

〔英〕伍尔夫：《雅各的房间》，蒲隆译，人民文学出版社，2003。

〔英〕伍尔夫：《达罗卫夫人》，孙梁、苏美译，上海译文出版社，2007。

〔德〕伊瑟尔：《虚构与想象：文学人类学疆界》，陈定家译，吉林人民出版社，2003。

〔德〕于尔格斯：《战争中的平安夜》，陈钰鹏译，新星出版社，2006。

〔英〕约翰·加思：《托尔金与世界大战》，陈灼译，文汇出版社，2008。

〔英〕约翰·伯格：《毕加索的成败》，连德诚译，广西师范大学出版社，2007。

金志霖主编《英国十首相传》，东方出版社，2001。

李公昭：《美国战争小说史论》，北京大学出版社，2012。

梁梁、厉云选编《我和死亡有个约会》，解放军文艺出版社，2005。

刘小枫：《这一代人的怕和爱（增订本）》，华夏出版社，2007。

施琪嘉：《创伤心理学》，中国医药科技出版社，2006。

童庆炳：《维纳斯的腰带：美学创作》，中国人民大学出版社，2009。

王志耕：《圣愚之维：俄罗斯文学经典的一种文化阐释》，北京大学出版社，2013。

王佐良：《英国诗史》，译林出版社，1997。

殷企平：《推敲"进步"话语：新型小说在19世纪的英国》，商务印书馆，2009。

张贤明编著《现代短诗一百首赏析》，文化艺术出版社，2004。

翟世镜等编著《当代英国小说》，外语教学与研究出版社，1998。

翟世镜、任一鸣:《当代英国小说史》,上海译文出版社,2008。

詹福瑞等译释《李白诗全译》,河北人民出版社,1997。

赵毅衡:《反讽时代:形式论与文化批评》,复旦大学出版社,2011。

后　记

我与巴克小说结缘于 2006 年。那时我丈夫王佐超因国家自然科学基金委员会项目在伦敦皇家整形医院做研究，我带女儿随访期间随手翻过她的小说《丽莎的英国》（又名《世纪的女儿》）。2008 年，我随导师王志耕在职攻读博士学位便毫不犹豫地选择了国内学术界较少关注的"帕特·巴克战争小说研究"作为我的博士论文选题。2012 年，我申请的《帕特·巴克战争小说的创伤叙事》课题（12BWW035）通过国家社科基金一般项目。

历时 10 年，巴克研究成了我的奥德修斯之旅：工作投入，生活琐屑，诱惑纠缠，千辛万苦，成果进展缓慢却矢志不渝、未曾放弃。其间，作家巴克始终笔耕不辍。她的战争小说创作从书写一战进入二战（《正午》，*Noondy*，2016），而后又跨越历史三千年重返古希腊战场（《女人的沉默》，*The Silence of the Girls*，2018）。巴克在《女人的沉默》中启用由"金苹果"缘起的特洛伊十年战争的故事，想象性地再造了与"海伦之争"可谓平行的另一叙事线索"布里赛斯之争"——通过阿基里斯和阿加门农的女奴之争代言历史上杰出女性面对命运不公正所做出的抗争。布里赛斯是特洛伊城的王后，在城池陷落之后沦为阿基里斯的女奴。她有着清醒的自我意识，受尽屈辱却难以自弃。作为小说中的叙述者，她尽管卑微却毫不迟疑地与男性共同面对与承担了历史事件中自我命运的主体建构，以此指向人类历史发展的未来。

巴克关注人作为生命本体的自觉性和创造性。即使表现人在战争状态下最压抑的生活，她都十分讲究美学上的策略，让人物的经验能够在语言观照的上下文语境和复杂的文化系统中得到确认、留下印记并产生特定的意义，成为"写给激荡时代的悲悯史诗"[①]。相对于传统战争小说宏大叙事

[①]　巴克：《重生三部曲》，宋瑛堂译，上海人民出版社，2019，中文版书皮封面摘录。

的范式，巴克的战争小说所提供的是历史性叙事与回忆性叙事纵横交错对话的小叙事范式，以重新审视当年一战意识形态文化所认定的社会力量成规。

巴克的小说总是以英国的"乱世为背景，针砭时弊、唤起良知"。她将自己家庭和亲友中不同成员与战争相关的生活作为战争后果和文化"遗产"写进小说，思考"缄默"与"失声"背后所隐藏的复杂的社会文化内涵，代言了成千上万不为人知的普普通通家庭在战争中丧父、丧夫、丧子的切肤之痛，以及他们丧亲之后的悲苦无依和需要重新面对生活的内在力量。她始终关注那些在历史上曾经扮演了重要角色但又较少受人关注的人物，书写战争不为人知的一面，以展现造成他们个体命运的时代政治、经济、文化的诱因，成为思考当下生活的参照。

巴克的创作值得继续深入地研究下去。可喜的是，近年来巴克研究在我国逐渐有了起色。2018 年朱彦出版了《帕特·巴克尔小说创伤记忆主题研究》；2019 年宋瑛堂翻译的《重生三部曲》由上海人民出版社付梓。

本书的写作自始至终受到我的导师——南开大学王志耕教授的悉心指导。志耕师的眼光让我收获的不仅是完成论文和课题，更重要的是保持初心，平衡生活、工作、研究和把握看待世界的心态。文学不仅仅是认识生活世界的一种途径，它还是人的精神指向，是生活方式，是尘埃落尽中美的生命形态。

感谢南开大学王立新教授、复旦大学李剑鸣教授和陈亚丽教授。他们在学术和生活中给我的启迪令我没齿难忘。没有他们的鼓励，我不可能在走向知天命之年之后顺利完成博士学位和国家社科基金课题。

感谢杭州电子科技大学王韵秋。她专攻阿特伍德小说创作，在创伤书写研究方面有很多心得与我分享，使我获益匪浅。

感谢天津师范大学。母校在我做课题期间为我提供了减少相应教学工作量等诸多方便，让我有机会在美国海德堡大学、英国赫尔大学分别承担交流项目的文化教学工作和孔子学院院长工作。两所海外大学图书馆让我得到查阅、使用英文资料的方便，其办公和人文环境保证了我在完成中国语言文化教学和行政管理任务之余进行写作。

感谢我的家人。很幸运我生命中的每一天都有他们爱的注视、理解的相伴。

图书在版编目（CIP）数据

帕特·巴克战争小说的创伤叙事 / 刘建梅著 . -- 北
京：社会科学文献出版社，2020.7
ISBN 978 - 7 - 5201 - 6966 - 0

Ⅰ . ①帕…　Ⅱ . ①刘…　Ⅲ . ①小说研究—英国—现代
Ⅳ . ①I561.074

中国版本图书馆 CIP 数据核字（2020）第 131798 号

帕特·巴克战争小说的创伤叙事

著　　者 / 刘建梅

出 版 人 / 谢寿光
责任编辑 / 杜文婕
文稿编辑 / 李　伟

出　　版 / 社会科学文献出版社（010）59367143
　　　　　地址：北京市北三环中路甲 29 号院华龙大厦　邮编：100029
　　　　　网址：www. ssap. com. cn
发　　行 / 市场营销中心（010）59367081　59367083
印　　装 / 三河市尚艺印装有限公司

规　　格 / 开 本：787mm × 1092mm　1/16
　　　　　印 张：16.25　字 数：267 千字
版　　次 / 2020 年 7 月第 1 版　2020 年 7 月第 1 次印刷
书　　号 / ISBN 978 - 7 - 5201 - 6966 - 0
定　　价 / 88.00 元